Irmgard Kramer
17 Erkenntnisse über Leander Blum

Irmgard Kramer wurde 1969 geboren und arbeitete zunächst als Lehrerin, bevor sie sich als Schriftstellerin selbstständig machte. Durch ihre Kinderbücher ist sie einem breiten Lesepublikum bekannt und verzaubert kleine und große Leser*innen mit ihren abenteuerlichen und humorvollen Büchern. Für diesen Text ist sie gemeinsam mit PEKS tagelang durch Wien gestreift, war auf der Suche nach der ultimativen Wand, durfte mit Spraydosen herumhantieren und wurde in die Geheimnisse der Streetart eingeweiht.

www.irmgardkramer.at

Österreichischer Kinder- und Jugendbuchpreis | 2019, Preisbuch

Umschlaggestaltung: Nele Steinborn
Grafische Gestaltung und Satz: Kevin Mitrega, Schriftloesung
Schriften: Versus, Scala, PF Spine, Milka Dry
Druck und Bindung: Florjančič, Maribor
ISBN 978-3-7022-4232-9 (gedrucktes Buch)
ISBN 978-3-7022-4242-8 (E-Book)
E-Mail: buchverlag@tyrolia.at
Internet: www.tyrolia-verlag.at
Social Media: Tyrolia Verlag Kinderbuch

IRMGARD KRAMER

17 ERKENNTNISSE ÜBER LEANDER BLUM

Tyrolia-Verlag · Innsbruck–Wien

Kunst ist eine grausame Angelegenheit, deren Rausch bitter bezahlt werden muss.

Max Beckmann

Gemälde: boys escaping the tunnel
Öl auf Leinwand. 100 × 70 cm

Der Künstler ist ein Getriebener,
der nur eines im Kopf hat:
Den Moment so intensiv wie möglich
spürbar zu machen.
(Winter Winetzki, Kunstkritikerin)

Die Nacht war nebelig. Ich roch das ölige Bahngleis, die Pisse am Bahndamm und Jonas' Haargel. Ich zog mir die Sturmhaube übers Gesicht und hörte Jonas fluchen – die Drahtschere, mit der er ein Loch in den Maschendrahtzaun geschnitten hatte, war ihm auf die Zehen gefallen. Er packte sie zurück in seinen Rucksack und bog den Draht auseinander. Hinter mir knackte es. Ich fuhr herum, blickte ins Gebüsch. Verdammte Katze.

„Was machst du noch? Komm weiter", drängte Jonas. Wir schlüpften durch den Zaun und liefen an den Gleisen entlang. Wie schwarze Gespenster huschten wir auf Turnschuhsohlen von Schatten zu Schatten, gebückt und mit Rucksäcken voller Farbdosen auf unseren Rücken; nur die Metallkugeln darin klapperten verräterisch – wir hätten Magnete unter die Dosen kleben oder die 800er ohne Kugeln verwenden sollen. Ein Zug quietschte und klang wie der Schrei einer Frau.

„Pass auf", flüsterte Jonas; immer um meine Sicherheit besorgt. Wir sprangen über die gelbe, kniehohe Metallschiene, in der Strom floss, und landeten auf einem schmalen Weg aus Steinplatten, der zwischen der Stromschiene und der Tunnelwand entlangführte. Ich ließ Jonas den Vortritt und heftete mich an seine Fersen, von Steinplatte zu Steinplatte. Mit meiner Schulter streifte ich die feuchte Tunnelwand. Züge donnerten hinter Mauern. Wir waren wieder unterwegs! Gab es etwas Besseres? Am liebsten hätte ich Jonas umarmt. Aber er hätte das falsch aufgefasst und mir eine gescheuert.

Mattes Licht von Notlampen beleuchtete den Tunnel. Aus dem Schienengraben kletterten wir auf einen Bahnsteig. Wir betraten das Allerheiligste: zu beiden Seiten des Bahnsteigs U-Bahn-Wägen, jeder mehrere Waggons lang.

Wir konnten uns aussuchen, an welchem wir unser Masterpiece nach unzähligen gescheiterten Versuchen endlich vollenden konnten. Genau genommen hätte jeder von uns einen ganzen Zug haben können. WHOLE TRAIN FOR ALL OF US. Feiertag im Schlaraffenland.

Wenn wir Glück hatten, würden die Züge stillstehen bis der Morgen graute, wenn wir noch mehr Glück hatten, würden die Züge dem Putztrupp entkommen, der normalerweise dafür sorgte, dass kein Zug mit nächtlich gesprayten Graffiti in die Welt hinausgeschickt wurde. Mein Herz trommelte. Die Vollendung unseres Masterpieces lag zum Greifen nah.

Mehr als ein Jahr Vorbereitung, unzählige Sketche, in jeder freien Minute waren wir über Papier gebeugt gewesen und hatten gekritzelt und gezeichnet, alles wieder auf den Kopf gestellt und von vorne begonnen. Jonas war ein Tüftler. Der gab sich nicht so schnell zufrieden. Er trieb uns beide zu Höchstleistungen, die mir selbst unheimlich wurden.

„Was ist denn mit dir los?“, fragte Jonas und hielt mir Latexhandschuhe vor die feuchten Augen. „Sentimentale Anwandlungen?“

Der konnte mich mal. Ich zog Rotz hoch, riss ihm die Latexhandschuhe weg und zog sie über meine Finger. Dann wendeten wir uns den beiden Wagen zu, entschieden uns für den sauberen, traten zurück und legten unser Piece mit der Kraft unserer Vorstellung über das Fahrzeug. Wir streckten unsere Arme aus, betrachteten durch die gespreizten Finger den Zug, setzten Fluchtpunkte fest und wussten, was zu tun war, um die Perspektive so hinzukriegen, dass das Piece Eindruck hinterließ.

Auch das hatte ich Jonas zu verdanken. Ich wusste nicht, was in seinem Hirn so alles abging, aber irgendwie drehten sich dort ein paar Schrauben mehr. Er sah hinter die Dinge. Er sah das Wesentliche. Er sah, wie etwas gemacht wurde. Technisch hatte er mir so ziemlich alles beigebracht, was relevant war. Und nun konnten wir der Welt zeigen, wie weit wir es inzwischen gebracht hatten. Heilige Scheiße, hatte ich mich auf den Moment gefreut.

Etwas schoss in mein Gehirn, belebend, euphorisierend, explosiv. Zielsicher griffen wir nach den richtigen Farben – Fever, Campari, Vietnam, Tabacco. Wir gaben uns Five und sprayten die Firsts auf das silberne Blech. Den Background fabrizierten wir mit beiden Händen gleichzeitig. Wir reckten uns, bewegten uns in alle Richtungen, waren aufeinander eingespielt. Schnell. Jeder Strich musste sitzen. Zwei Dosen schüttelnd, tänzelte Jonas an mir vorbei. Ich prostete ihm lachend zu. Wir führten uns auf wie vollgekokste Gorillas. Adrenalin war das geilste Zeug im Universum; es sprudelte in unseren Adern wie in einer Fritteuse. Wie sehr ich den beißenden Lackgeruch liebte, den Schweiß, der mir die Sturmhaube an die Haut klebte. Mein Puls raste. In diesem Moment fühlte ich mich lebendig, verdammt lebendig!

Nach dem Pilling zogen wir extradicke Outlines und sorgten für Lichteffekte – sparkling, twinkling, dazzling, glittering, lighty, glary, flashy, crispy, crusty. Wie Feuerwerkskörper funkelten die

Lieblingswörter meiner Muttersprache grell an meiner Netzhaut vorbei und vermischten sich mit den Farben auf dem Zug.

Plötzlich der Widerschein einer Taschenlampe in der Scheibe! Im Tunnel begegnet dir eigentlich nichts. Nichts, außer Kupferdieben, Putztrupps, Ratten und Polizisten. Von keinem dieser Gesellen wollten wir uns die Tour vermasseln lassen. Erschrocken presste sich Jonas den Zeigefinger auf die Lippen. Wir lauschten. Er schüttelte den Kopf. Weiter. Ich wischte mir Schweiß aus den Augen und wollte ein Fenster anmalen, als mich plötzlich ein Dämon ansprang und in die Knie zwang. Mir war, als wollte er mich vor drohendem Unheil warnen. Heftig atmend musste ich mich abwenden, weil ich mir plötzlich einbildete, dass sich im Fenster der Eingang zum stinkenden Schlund der Hölle befand, der mich verschlingen würde, sobald ich hindurchschaute. Verdammt, bisher hatte ich noch nie Skrupel gehabt, eine Fensterscheibe anzumalen, aber meine Nerven waren offenbar kurz davor zu reißen. Es knackte. Das war ein verdammtes Funkgerät! Den Sound kannten wir, hatten oft genug damit gespielt, als wir noch klein waren.

„Bullen!", keuchte Jonas. Eine Sprechblase aus Flüchen poppte in meinem Gehirn auf, während ich wütend die Kannen in die Rucksäcke warf. Jonas drückte mir meinen Rucksack in die Hand und hängte sich den anderen um. „Weg hier!", formte er mit seinen Lippen. Auf den Videos von den Überwachungskameras, die überall in der U-Bahn hingen, würden sie uns nicht erkennen; wir sahen aus, wie alle aussahen: speckige Jeans, dunkle Kapuzenshirts, vermummte Gesichter, also nichts wie weg …

Zwei Polizisten traten zwischen Waggons hervor und sperrten uns den Weg ab, für den Bruchteil einer Sekunde standen wir uns mit einigem Abstand feindlich gegenüber. Die durchdringend blauen Augen des einen Polizisten kannte ich besser, als mir lieb war. Sie gehörten meinem Vater. Natürlich. Der Moment hatte ja kommen müssen. Früher oder später. Später wäre mir lieber gewesen. Beim Abendessen, als ich angekündigt hatte, bei Jonas übernachten zu wollen, hatte er noch von Innendienst geredet, aber an Abmachungen hatte er sich noch nie gehalten. Diese beschissene Begegnung hätte er uns beiden wirklich ersparen können.

„Ist das … ?", japste Jonas, während wir uns umdrehten und losrannten.

„Ja, verdammt." Ich hörte nur noch, wie mein Vater mit seinem Funkgerät um Verstärkung bat, was uns ein paar Atemzüge Vorsprung gab. Ich konnte es ihm wirklich nicht antun, dass er uns erwischte. Seit Jahren war er hinter BLUX her. Er hatte all unsere Graffiti fotografiert, registriert, katalogisiert, geprüft, geordnet und verglichen. Mit den Werken anderer Crews tat er das auch und zu unserer Ehrenrettung musste ich sagen, dass er bei den Werken der größten Mastercrew unserer Stadt, den MÖRVs, wesentlich aggressiver fluchte, als wenn er es mit BLUX zu tun hatte. Mit unseren Graffiti tapezierte er sein Büro und ich hatte ihn schon öfters im Verdacht gehabt, dass sie ihm insgeheim gefielen.

Trotzdem würde er den Schock, wenn er herausfinden würde, dass sein eigener Sohn und dessen bester Freund hinter BLUX steckten, nicht überleben. Noch wahrscheinlicher war allerdings, dass Jonas und ich das nicht überlebten, weil uns mein Vater zwingen würde, das Aerosol aus unseren Kannen zu sniefen, bis wir einen qualvollen Tod starben. Vor allem dann, wenn ihm klar werden würde, dass er an unserer Sucht nicht ganz unbeteiligt gewesen war.

Er würde eins und eins zusammenzählen und sich plötzlich daran erinnern, wie er von einer nächtlichen Verhaftungstour mehrere Kartonschachteln voll neuer Spraydosen mit nach Hause gebracht hatte, weil er zu faul gewesen war, noch einmal ins Präsidium zu fahren, um sie fachgerecht zu entsorgen. Meine Mum hatte ihn tagelang deswegen genervt, weil die Schachteln unseren ohnehin schon engen Flur vollgestopft hatten. Jonas und ich halfen aus, indem wir die Sache buchstäblich in die Hand nahmen und den Inhalt der polizeilich beschlagnahmten Dosen auf unsere Weise entsorgten – wir sprühten sie leer, bis wir Krämpfe in den Zeigefingern hatten und uns die Unterarme beinah abfielen. Wir waren zwölf.

Meinem Vater war ich ständig einen Schritt voraus, weil ich zu Hause täglich gratis wichtige Informationen geliefert bekam. Während ich im Curryreis stocherte und tödliche Langeweile vorzutäuschen versuchte, lieferte er mir bereitwillig alles, was ich wissen musste und das, was ich nicht wissen wollte. Zum Beispiel, wenn wieder ein Sprayer tödlich verunglückte. Trotzdem konnte ich nicht widerstehen.

Mit langen Schritten folgte ich Jonas. Beinah war ich unserem sadistischen Sport- und Zeichenlehrer, dem Drill Sergeant, dankbar, dass er uns wöchentlich mit Intervalltraining quälte. Wir waren so was von fit. Leider war mein Vater genauso fit.

Dicht hintereinander jagten wir durch den U-Bahn-Tunnel. Bloß nicht ausrutschen, neben uns floss Strom in Schienen. Konnte sein, dass man den inzwischen abgeschaltet hatte; das passierte, sobald Eindringlinge gemeldet oder gesichtet wurden. Aber drauf ankommen lassen wollte ich's nicht. Unsere Verfolger hingen uns an den Fersen.

„Notausgangsschacht!", japste Jonas. „Wir brauchen einen Scheiß Notausgang!" Aber da war keiner. Oder wir sahen keinen. Meine Lungen brannten. Seitenstechen. Wir zweigten in einen anderen Tunnel ab, rannten um eine Kurve, rissen eine Metalltür auf, rannten über einen Steg aus Eisengitter durch ein unterirdisches Gewirr aus Kabeln und Rohren. Wassertropfen klatschten von der Decke. Hinter uns das Poltern der Polizeistiefel. Das Zucken eines Lichtkegels. Die Silhouette des durchtrainierten Körpers meines Vaters.

Er brüllte etwas. Wir liefen, immer weiter, kamen durch eine Tür aus dem Untergrund, rannten Betontreppen aufwärts, rissen noch eine Tür auf und standen plötzlich in einem Schacht mit einem Parkautomaten und einem Lift. Jonas schlug mit der Faust auf den quadratischen Schalter. Der Lift bewegte sich nicht. Wir jagten die Treppen hoch, weiter durch eine Halle, Rolltreppe abwärts, wir gegen die Fahrtrichtung aufwärts, ich auf Knien, die Rolltreppe wollte mich nach unten ziehen, Jonas packte mich am Arm, half mir hoch, einen gekachelten Gang entlang. Die Puste ging mir aus ... Auch Jonas wurde langsamer ... Kühle Luft drang in unsere Lungen ... Die letzte Treppe. Raus in die Nacht. Jonas blickte nach unten.

„Scheiße! Lauf!“ Aber mein Vater hatte nicht vor, uns laufen zu lassen. Viele Jahre harten Trainings hatten ihn schnell gemacht. Aber auch er hatte seine Schwachstelle, eine, die nur ich kannte: In der Nacht war er halb blind – keiner seiner Kollegen wusste das und er hätte es nie zugegeben, denn fürs Altwerden war er zu eitel, außerdem hätten sie ihn dann in den Innendienst versetzt und das hätte ihn umgebracht.

Mit den schweren Rucksäcken voller Dosen, Brecheisen, Schraubenziehern und Zangen hatten wir keine Chance, gegen seinen ekelhaften Ehrgeiz zu gewinnen, also schleuderten wir sie in einem Hundekack-Park an der schwärzesten Stelle unter ein Gebüsch. Wagen jagten mehrspurig an uns vorbei auf die Außenringautobahn zu und blendeten uns. Sattelschlepper saugten explosionsartig Sauerstoff aus unseren Lungen. Reifen zischten. Ein letztes Mal mussten sie vor einer Ampel halten, bevor es in Richtung Autobahn ging. Bremsen quietschten. Waghalsig nutzten wir eine Lücke, bahnten uns im Zickzack einen Weg über vier Spuren, übersprangen den Mittelstreifen. WUSCH WUSCH WUSCH donnerten die Wagen vorbei. „JETZT!“, brüllte Jonas und rannte über die nächsten vier Spuren. Das Glück war auf unserer Seite. Über eine Fußgängerbrücke. Vorbei an Wolkenkratzern mit Banken und Versicherungen. Wir huschten in eine Seitengasse, rissen uns im Dunkeln die Sturmhauben von den Köpfen, tauchten im Theaterviertel unter und zogen so lange durch Seitengassen und Hinterhöfe, bis unser Puls wieder halbwegs normal war.

2

Gemälde: total balance
Acryl auf Leinwand. 52 × 41 cm

Die Figuren sind genial angeordnet und beleuchtet.
Wollte man eine solche Szene filmen,
wären dafür umfangreiches Hightech-Material,
Wandschirme und diverse Blenden notwendig.
(Fidel Spörri, Kunstkenner)

Inmitten eines Kinderspielplatzes blieb Jonas stehen. Er stützte seine Hände auf die Knie und fing an zu lachen, und wenn Jonas anfing zu lachen, musste jeder lachen. Sein Lachen war ansteckender als Ebola. Nur das genaue Gegenteil von tödlich. Wir hielten uns die Bäuche und krümmten uns. Unsere Nasen pufften Wölkchen aus. Erst jetzt bemerkten wir, wie saukalt es immer noch war. Wir sehnten uns nach Sommer. Selbst ein halbwegs anständiger Frühling wäre uns inzwischen recht gewesen.

Nach einem extrem warmen März war der Winter mit voller Wucht und Eiseskälte zurückgekehrt. Etliche unserer Pieces waren nie getrocknet. Dazu brauchte es nämlich eine Mindesttemperatur von vier Grad.

Ich musste an das Kind denken, das einen weißen Fußball an eine Wand geworfen hatte und in Tränen ausgebrochen war, weil der noch feuchte Lack daran kleben geblieben war und auf seine Hosen tropfte. Selber schuld – man schoss keine Bälle auf Kunstwerke.

Viel schlimmer als das fand ich aber die Tatsache, dass mein Weltbild ins Wanken geriet. Ich war davon ausgegangen, dass ich mich auf den Wechsel der Jahreszeiten verlassen konnte: Frühling, Sommer, Herbst und Winter. Aber nicht einmal mehr das war sicher. Das Wetter brach über uns herein. Nach einem Frühling. Was passierte mit uns? All das machte mir große Angst und ich begann zu ahnen, dass das nur die Vorboten von etwas viel Schlimmerem waren, was da auf uns zukommen würde. So viele Blüten waren erfroren. Mit Schaudern betrachtete ich einen Strauch, an dem braune Forsythien verfaulten. Forsythien.

Ich schlotterte. Ach, wäre es doch endlich Sommer. Nur Jonas lachte immer noch. Eines der vielen Fenster öffnete sich. Eine alte Frau streckte ihren Kopf heraus und keifte unschöne Wörter in den Hof. Wir bissen uns auf die Lippen. Ich rieb mir Lachtränen aus den Augenwinkeln und rettete mich auf eine Kippschaukel. Unvorbereitet knallte ich zu Boden. Oh heiliges Steißbein. Ich hatte vergessen, wie instabil so eine Schaukel war. Jonas nahm auf der anderen Seite Platz. Sein Gewicht ließ mich steigen. Wir hoben die Füße vom Erdboden und schwebten im totalen Gleichgewicht.

Omega

In dem Jahr, als ich achtzehn wurde, war der Sommer heißer als sonst. Ursache dafür war ein Hochdruckgebiet, das westlich und östlich von zwei Höhentiefs flankiert wurde. Wenn das Gebilde als Grafik in den Wettervorhersagen dargestellt wurde, sah es aus wie der griechische Großbuchstabe Omega. Ich machte das Omega zu meinem Zeichen. In Erinnerung an die Zeit, in der ich Leander Blum kennenlernte, eine Begegnung, die mein Leben für immer auf den Kopf stellen sollte.

Jenes Omegahoch löste eine Kettenreaktion aus. Es war die Ursache dafür, dass meine Familie und ich jedes Wochenende mit Kühltaschen, Liegestühlen und Badesachen aus der Stadt ins Grüne pilgerten, um in den Schatten der Donau-Auen unser Lager aufzuschlagen. Zu meiner Familie gehörten Monika (meine Mutter), ihr Lebensgefährte Oliver, Charly (mein Vater), seine Lebensgefährtin Ruth, mein Bruder Onno und ich. Unsere Eltern hielten sich für sehr fortschrittlich, denn obwohl ihre Ehe schon lange nur noch auf dem Papier existierte, wollten sie uns den Schmerz einer Trennung ersparen und uns beiden uneingeschränkt zur Verfügung stehen. Sie waren der Meinung, wir hätten Vater und Mutter verdient. Deswegen blieben sie in der gemeinsamen Wohnung und holten ihre Partner, die wie die Jahreszeiten wechselten, einfach dazu. Ich fand das anstrengend, aber Charly war zu feige und Monika liebte Konflikte.

In jenem Sommer also kämpften Charly und Oliver am offenen Feuer um die Gunst unserer Liebe. Oliver brillierte als gertenschlanker Feinschmecker. Er hatte die Gourmet-Küche intus und servierte uns fingergroße Grillspezialitäten aus Straußenfleisch, Känguru und Krokodil in Form von Filets oder Spießen, garniert mit zartem Gemüse in Regenbogenfarben; alles bio und öko. Charly hielt tapfer dagegen: fette Steaks vom Discounter, eiskalter Kartoffelsalat aus dem Eimer, ein Kasten Bier und Vanilleeis aus der Familien-Großpackung.

Ich war wie immer für den Kuchen zuständig und hatte, passend zum Eis, Schoko-Erdnuss-Brownies gebacken, dafür war ich um fünf Uhr früh aufgestanden. Das fand ich herrlich. Um diese Zeit gehörte die Küche mir und es war ohnehin zu heiß, um zu schlafen. Ich rührte, knetete und probierte für mein Leben gern neue Kuchenrezepte aus. Diese Brownies hatte ich in eine Thermobox gegeben; sie waren – wie ich geplant hatte – noch warm, als viel später das Vanilleeis dazukam.

„Esst!", trug uns Charly auf und schöpfte großzügig. „Es ist das beste Vanilleeis, das es zurzeit gibt." In Badehosen und mit behaartem Oberkörper stand er im Schatten einer Weide und freute sich, weil er wusste, wie gern Onno und ich Eis mochten – gemeinsam mit den Brownies wirklich ein Geschmackserlebnis.

Oliver saß in seinem neuen Designer-Campingsessel, nippte an einem Gläschen Grappa, aß den Brownie mit Begeisterung und hatte große Mühe, nicht mit dem Eis in Berührung zu kommen. „Du bist eine Meisterbäckerin, Lila, du solltest eine von diesen Guerilla Bakeries aufmachen, die jetzt so modern sind." Nur das Eis von Charly ließ er unangerührt zerlaufen.

„Jetzt probier's halt", forderte ihn Monika leise auf. Skeptisch schnupperte er daran, nahm einen winzigen Tropfen Eis auf seinen Teelöffel, schob ihn sich in den Mund, kaute affektiert wie bei der Weinverkostung daran herum und analysierte das Eis: „Palmfett statt Milch, vielleicht auch Kokosfett, eventuell Analogkäse, Farbstoffe, aufgepumpt mit Sauerstoff. Monsanto dankt."

„Oliver", zischte Monika. Aber es war schon zu spät. Ich konnte sehen, wie Charly die Freude aus dem Gesicht kippte, die er uns hatte machen wollen.

„Also ich find's ziemlich geil", sagte Onno, nahm Charly die ganze Büchse aus der Hand und schaufelte das Vanilleeis großzügig in sich hinein.

Oliver zeigte mit dem Eislöffel darauf. „Nächste Woche zeig' ich euch, was wirklich geiles Eis ist!"

„Darauf freuen wir uns, lieber Oliver", sagte Charly sauer und löffelte alles, was noch in der Schüssel war, alleine aus.

Am darauffolgenden Grill-Wochenende trat Oliver also mit selbst gemachtem Eis den Gegenbeweis an. Ich probierte seit einiger Zeit vegane Rezepte aus und steuerte warmen Kirsch-Mohn-Kuchen bei – ohne Ei.

Oliver hatte recht. Sein Eis war wunderbar cremig, nur leider ein bisschen verseucht mit ungefähr einer Milliarde unsichtbarer Campylobacter, die uns frühzeitig mit grummelnden Gedärmen nach Hause schickten und uns innerhalb weniger Stunden für längere Zeit außer Gefecht setzten. Onno fand das gar nicht mehr geil, und auch sonst niemand.

Über unsere Wohnung wurde Quarantäne verhängt. Wir mussten uns Nachttöpfe und Brech-Eimer von den Nachbarn kommen lassen, weil eine Toilette für uns alle nicht reichte. Vom Fenster aus sah ich zu, wie sich der Sommer zurückzog, wie die Schwalben in den Süden flogen, wie die ersten Studenten und die letzten Urlauber zurück in die Stadt kamen. Die Lufttemperatur sank und unsere Körpertemperatur stieg: Besorgniserregend fieberten wir vor uns hin, jeder für sich und kaum ansprechbar; wenn wir nicht so ansteckend gewesen wären, hätte man uns alle zusammen ins Krankenhaus eingewiesen.

An Dienstagen und Freitagen legte uns Yasmin (die Putzfrau, die Monika bezahlte) eine Familienpackung Salzstangen, Klopapier, Cola, Tee und Medikamente vor die Wohnungstür. An Montagen und Donnerstagen legte uns Sandra (die Putzfrau, die Charly bezahlte) eine Familienpackung Salzstangen, Klopapier, Cola, Tee und Medikamente vor die Wohnungstür. Wir konnten weder die Salzstangen noch die Cola bei uns behalten, selbst unsere Eltern waren zu schwach, sich zu streiten. Es dauerte lang, bis wir uns wieder fähig fühlten, am Alltag teilzunehmen. Viel zu lang. Denn zum ersten Mal in meinem Leben verpasste ich den Schulanfang. Was zur Folge hatte, dass ich den Platz nehmen musste, der übrig blieb. Den Platz neben Leander Blum.

3

Gemälde: döner
Mischtechnik auf Karton. 50 × 50 cm

Auf geradezu magische Weise werden die banalen Dinge greifbar. Man möchte zubeißen.
(Hiltrud Teufel-Bruckbauer, Kunstsammlerin)

Wir schaukelten eine lange Weile, sprachen nichts und genossen, jeder für sich, die bittersüßen Nachwirkungen unseres Abenteuers. Die Nacht lag noch vor uns. Keiner erwartete uns – Jonas' Mutter dachte, wir schliefen bei mir zu Hause, meine Eltern dachten, wir schliefen bei Jonas. Sie vertrauten uns. Wir vertrauten ihnen. Der Mond ging über den Dächern auf und schnitt die Silhouetten der Dächer, Kamine und Satellitenschüsseln aus, fehlten nur noch die buckelige Katze und die Hexe auf einem Besen.

„Ich hab tierischen Hunger", sagte Jonas, stand ohne Vorwarnung auf und ließ mich zu Boden plumpsen. Ich hätte es wissen müssen – diese Gemeinheit hatte er schon als Kind liebend gern praktiziert. Ich rieb mir den Hintern. „Zu Arsim?"

„Unbedingt", sagte Jonas, legte mir einen Arm um den Hals und wir zogen los.

Auf dem Weg zu unserem Lieblingsdöner verflüchtigte sich das Adrenalin und hinterließ einen schalen Nachgeschmack. Wir vermissten unsere Rucksäcke, trauten uns aber nicht, sie zu suchen – vielleicht hatte sie mein Vater inzwischen gefunden und lauerte hinterm Gebüsch auf uns.

„Wir waren so nah dran, so verdammt nah", sagte Jonas niedergeschlagen, nahm seinen Arm von meiner Schulter und vergrub seine Hände fröstelnd in den Taschen.

„Verdammt nah dran", sagte ich, während sich die Melodie eines blöden Songs in meinen Kopf schlich.

„Zug ist scheiße", stellte Jonas fest. „Wir brauchen eine bessere Location."

„Eine legale Wand?"

„Also echt!", empörte sich Jonas. „Nur Toys suchen sich legale Wände, billige Mädchenmaler wie die MÖRVs. Nein, nein, ich denke da an was Großes ... an was ganz, ganz Großes ... an was Verstecktes ... an eine Wand ..." Er geriet ins Schwärmen, seine Stimme wurde bedeutungsschwer und er zeichnete ausladende Gesten in die Luft; immer wenn er das machte, kam er mir vor wie so ein Shakespeare-Schauspieler im Burgtheater, King Lear oder so was.

„Ich denke an eine große Wand ... an eine große, mächtige Wand ... an eine Wand, an der wir Stunden, vielleicht sogar Tage verweilen können ... an der wir alles aus uns rausholen können und keine Angst haben müssen, jeden Augenblick deinen Vater oder sonst einen Jäger im Genick zu haben. Eine Wand, bei der wir keine Angst haben müssen, dass sie durch unsere Farben gesprengt wird, weil wir die Poren luftdicht verschließen."

Ich verdrehte die Augen. Manchmal ging mir sein Drang, alles korrekt machen zu wollen und für alles Verantwortung zu übernehmen, echt auf die Nerven.

„Und wo genau soll die Wand sein?"

Er hielt mit dem Gefuchtel inne. „Ich habe absolut keine Ahnung!" Seine Arme sackten nach unten. „Hast du Geld dabei?"

Natürlich hatte ich kein Geld dabei, ging alles für Kannen drauf und Jonas wusste das. Unseren Eltern waren wir ein halbes Jahr Taschengeld schuldig; sie fragten sich ohnehin schon längst, was wir mit dem Geld machten.

„Essen kaufen", sagte Jonas regelmäßig. „Wir haben immer wahnsinnig viel Hunger." Seine Mutter glaubte ihm kein Wort; sie wusste, dass er gratis von meiner Mum verköstigt wurde, mit mehr, als er essen konnte.

„Ich dachte, du hättest noch was", sagte ich pro forma. Jonas schüttelte den Kopf.

„Was ist mit deiner Großmutter?"

„Alle Sonderzahlungen sind bis auf Weiteres eingestellt", sagte er.

Ich seufzte. „Und wie wär's, wenn du einfach mal dein Zimmer aufräumen würdest?"

„Sonst noch alles in Ordnung bei dir?"

„Du wickelst doch sonst auch alle um den Finger. Räum dein Zimmer auf und sie füttert dich mit Extramünzen wie einen Goldesel."

„Ich lass mich doch nicht bestechen", sagte er beleidigt. In dem Punkt war er stur.

Es glich einem Wunder, dass bei Arsim nichts los war. Normalerweise standen sie Schlange bis zur Straße. Wir warfen einen Blick durch die offene Tür. Oh heiliger Döner. Ein verteufelt guter Geruch ließ meinen Magen zappeln wie einen Fisch an der Angel. Arsim schabte am Fleischspieß, entdeckte uns und winkte uns herein.

„Ey, du beide! Zweimal die volle Programm zu die speziale Preis? Eine ohne diese Zwiebeln?"

„Arsim", sagte Jonas. „Mit uns kannst du normal reden."

„Sorry", sagte Arsim.

Arsim war Kosovo-Albaner und studierte Quantenphysik oder irgend so etwas Wahnsinniges. Sein Studium finanzierte er sich mit verschiedenen Jobs. Den in der Döner-Bude hatte er nur bekommen, weil er dem Besitzer einen unausgereiften Türken-Slang um die Ohren geschmiert hatte. Einmal hatten wir ihn am Telefon belauscht, wie er jemandem in astreinem Deutsch bei einem Computerproblem geholfen hatte.

„Also, was ist nun? Einmal mit, einmal ohne Zwiebel?“ Wir machten lange Gesichter.

„Wieder mal pleite, was!“

Mein Magen ballte die Fäuste. „Du kriegst die Kohle zurück, ehrlich“, log ich in der Not. Verdammt, ich brauchte echt was zu beißen.

„Kohle? Wo willst du die denn plötzlich hernehmen? Ihr seid doch chronisch pleite, und bis ihr ein geregeltes Einkommen habt, vergehen locker noch einmal zehn Jahre.“

„Wieso zehn?“, fragte ich. „In einem Jahr sind wir fertig mit der Schule.“

„Ich wette, ihr kommt auf die wenig lukrative Idee, nach dem Abi noch zu studieren.“

„Wenn's so weit ist, such ich mir einen Job in 'ner Dönerbude, oder ich geh ins Fernsehen ... Frag doch den Inder“, äffte ich den Fernsehspot eines Handybetreibers nach. Arsim brach in wieherndes Gelächter aus. Der Fleischgeruch machte mich fertig.

„Was ist mit dir?“, fragte er an Jonas gewandt. Der zuckte nur mit den Achseln, fuhr sich durch die Haare und machte etwas mit seinem Gesicht, das er schon als Kleinkind mit Perfektion beherrscht hatte: Es war, als kramte er die pure Unschuld aus irgendwelchen Vorratskammern. Dann bekam er dieses verlegene Lächeln und sanfte Rehaugen, mit denen er alle hypnotisierte. Plötzlich tat er einem irgendwie leid und man glaubte, ihn ganz fest in die Arme nehmen zu müssen. Jonas, der Engel.

Ich beneidete ihn um diese Gabe. Er konnte jeden Scheiß machen und egal, wie hirnrissig er sich dabei aufführte, keiner war ihm länger als drei Sekunden böse. Bei ihm galt die Unschuldsvermutung. Ich, im Gegensatz dazu, war grundsätzlich immer an allem schuld – prophylaktisch sozusagen, man traute mir nicht über den Weg, wie allen dunkelhäutigen Schurken dieser Welt. Mein einziges Glück war, dass ich Jonas zum Freund hatte. Wenn einer die anderen von meiner Unschuld überzeugen konnte, dann er. Ich seufzte. Aus heiterem Himmel fing meine Hand zu zittern an. Vielleicht fehlte mir der Schlaf. Ich steckte meine Hand in die Hosentasche und versuchte das Zittern zu ignorieren, während sich Arsim von seinem Charme verführen ließ.

„Jonas, weißt du was, ich schenk dir einen Döner."

„Und mir?", fragte ich beleidigt.

„Du zahlst ... Migrantenpech." Er grinste so breit wie ein Wassermelonenschnitz. Arsch. Genervt lehnte ich mich an einen Stehtisch und hatte alle Mühe, das Zittern meiner Hand und die damit einhergehende Angst zu ignorieren. Vielleicht war es auch nur die Sorge um das fehlende Geld.

So konnte das nicht weitergehen. Aber als ich die Möglichkeiten durchdachte, verging mir der Hunger – wir hatten keine Zeit, um eine Arbeit anzunehmen, Prospekte oder Zeitungen austragen oder so etwas; wir mussten malen, ohne das Malen bekamen wir Entzugserscheinungen, gingen drauf wie Asthmatiker, die keinen Spray bekamen. Jonas ließ die Ketchup-Flasche laut auf und zu schnappen.

„Hör auf", sagte ich und schlug meine kribbelnde Hand gegen die Tischkante, um sie aufzuwecken.

„Nervös?", fragte Jonas.

„Hungrig ... ey, I schwör Alta!"

Jonas stellte die Ketchupflasche auf den Tisch. „Steht dir nicht."

„Was?"

„Dönersprache."

„Ich mach dich gleich Messer, du."

Jonas musste lachen. „Das ist echt so was von scheißalt."

„Funktioniert aber immer noch."

Arsim stellte uns ein Tablett mit zwei Jahrhundert-Dönern hin. Aus dem Fladenbrot quollen saftiges Fleisch, Salat, Gurken, Weiß- und Rotkohl und Joghurtsoße, gewürzt mit Knoblauch, Kreuzkümmel und Koriander. Ich war echt gerührt und deutete einen Kuss an, worauf sich Arsim sofort in Abwehrstellung brachte. „Geht aufs Haus, aber lass deine Pfoten von mir." Kopfschüttelnd ging er zurück, um Fleisch vom Spieß zu schaben.

„Boäh!", rief Jonas aus – er hatte den Döner mit den Zwiebeln erwischt. Wir tauschten. Mit den Dingern hätte man zwei Familien eine Woche lang ernähren können. Wortlos zerlegten wir die Berge aus Essen.

Draußen am Platz tat sich was. Aus der U-Bahn-Station kamen ein paar Leute, die sich beratschlagten, jeder zeigte in eine andere Richtung. Drei davon kannten wir aus der Schule. Der Größte von ihnen hieß Onno und hatte eine Haarmähne der Löwenklasse – seine Silhouette war unverkennbar. Sein Freund Yannick züchtete verzweifelt ein Ziegenbärtchen und trug ausschließlich Tarnfarbenjacken. Der Dritte war Dragan, trug früher seine Dreads wie eine versiffte Duschhaube, neuerdings baumelte nur ein einziger Zopf von seinem sonst kahl rasierten Schädel – Dragan war ein Blindgänger, dumm wie seine Duschhaube, hatte letztes Jahr die Schule geschmissen, von dem kannst du dir jetzt „I love Jesus" auf den Hintern tätowieren lassen, oder sonst was Schönes, aber Vorsicht, der hat keinen Plan, wie man das schreibt.

Die anderen beiden kannte ich nicht. Der eine war ein gutes Stück älter als die anderen, hatte Schmalzlocken und trug einen schwarzen Mantel mit aufgestelltem Kragen – erinnerte mich schwer an Sherlock Holmes; ich hatte meiner Mum alle Folgen der Serie illegal downloaden und speichern müssen, weil sie keine Lust hatte, ihre Daten bei einem der Anbieter zu hinterlassen. Dieser echte Sherlock-Verschnitt sah beneidenswert gut aus. Und dann war da noch ein kleines Mädchen mit Mütze. Klein war nur ihr Körper, sonst war sie etwa in unserem Alter.

„Nein, bitte!", ächzte Jonas; er hatte genau wie ich keine Lust auf die Begegnung – es war immer heikel, mitten in der Nacht Schulkollegen zu treffen, wenn man eigentlich im Heiabettchen schnarchen sollte. Aber natürlich kamen sie genau auf uns zu. Raus konnten wir nicht mehr, höchstens durch den Hintereingang abhauen.

4

Gemälde: girl with golden hair I
Öl auf Leinwand. 100 × 70 cm
Unverkäuflich

In jedem Gemälde des jungen Malers, erscheint es auch noch so prächtig, lauert das Unheil.
(Sabine Habermas, Galeristin)

„Danke, Arsim!“, rief ich und leckte mir im Hinauslaufen die Knoblauchsoße zwischen Ring- und kleinem Finger ab.

„Danke, Arsim!“, rief Jonas und rülpste.

Wir stürzten durch den Seiteneingang zu den Toiletten. Von dort führte ein schmutziger Gang in einen Innenhof. Ich warf mich mit der Schulter gegen die Toilettentür wie ein FBI-Agent beim Überraschungsangriff auf eine Poker-Runde in ein verqualmtes Hinterzimmer. „Dreh uns inzwischen eine! Ich komm gleich“, rief ich Jonas hinterher.

Meine Hände zitterten wie bei einem alten Mann. Ich ballte die Fäuste, öffnete sie wieder, schnell hintereinander, um Blut durch meine Adern zu pumpen. Meine linke Hand war fast taub. Ich spürte das kalte Wasser kaum, das ich darüberlaufen ließ.

Jemand näherte sich und ich hechtete in eine der beiden Klokabinen. Einen Klodeckel gab es nicht, also setzte ich mich auf den Spülkasten, stellte die Füße auf die Klobrille und bewegte meine Finger, um das lästige Gefühl loszuwerden. Ich hörte, wie das Wasser aufgedreht wurde. Eine Frau fing an zu summen. Ich kannte die Melodie, spitzte meine Ohren und erkannte nach einer Weile einzelne Wörter: „Imagine all the people …"

Was tat sie auf dem Männerklo? Ich stand auf und spähte durch den Spalt in der Türangel. Die Frau war das kleine Mädchen von vorhin. Sie wusch sich die Hände und hatte eine Haltung wie eine Balletttänzerin. Am liebsten hätte ich sie sofort porträtiert. Noch nie hatte ich jemanden mit so viel Hingabe sich die Hände waschen sehen. Dabei summte sie vor sich hin, als stünde sie auf einer verdammten Blumenwiese. Das alles war wie eine heilige Handlung und auf einmal bekam ich wahnsinnig große Lust, mir auch die Hände zu waschen.

Dann zog sie sich die Mütze vom Kopf. Herunter fiel eine Haarpracht in Weizengold. Meine Mum hatte auch schöne, lange Haare, in der schwarzen Variante, aber das hier übertraf alles, was ich je in natura gesehen hatte, und ich fragte mich, wie sie so viel Haar unter eine Mütze hatte stopfen können. Es war kein Haar, aus dem man Besen hätte machen können, sondern Haar, das man zu Seidentüchern verweben hätte können.

Rapunzel fiel mir ein, die ihr Haar aus dem Turm fallen ließ, damit der Prinz daran hochklettern konnte. Die Kleine vor dem Spiegel sah ganz danach aus. Ich versuchte, die Farbzusammensetzung ihres Haares zu analysieren: helles Permanentgelb, Aureolin, Zinkweiß, Caput Mortuum, Zinnober, feuriges Chromoxidgrün. Golden floss es über ihren kleinen Hintern und schlug sanfte, glänzende Wellen. Sie fuhr mit einer Hand an den Nacken, lockerte das Haar auf, kraulte sich mit beiden Händen den Kopf, ließ ihren Kopf nach vorn fallen – ihr Haar fiel auf den Boden – und warf es kraftvoll zurück auf den Rücken. Mit einer flinken Bewegung drehte sie sich das Haar am Hinterkopf wieder zusammen, packte es unter die Mütze und ging.

Warum sie das alles gemacht hatte, ging mir nicht in den Kopf. Als ich draußen im Gang am Männerklo vorbeikam, merkte ich, dass ich auf der Mädchentoilette gewesen war – Klodeckel gab es dort aber auch nicht.

„Alles okay?", fragte Jonas und reichte mir eine der beiden Selbstgedrehten; er wartete immer auf mich, bevor er sich eine anzündete – geraucht wurde erst, wenn alle hatten.

„Das ... ich ... ja, klar." Ich behielt das Geheimnis des goldenen Haarwunders für mich. Jonas gab mir Feuer. Wir setzten uns an den Rand einer Blumenkiste und rauchten. Als wir fertig waren, versuchte ich erst gar nicht, die Zigarettenkippe in die Erde der Blumenkiste zu bohren – Jonas hätte mir wieder einen Vortrag zur Rettung der Welt gehalten –, sondern drückte die Kippe am Kistenrand aus und gab sie Jonas, der mir schon die Hand aufhielt.

„Der Leib Christi."

„Amen", sagte Jonas und latschte quer durch den ganzen Hinterhof, um die beiden Kippen in einen der vielen Müllsäcke zu werfen. Wir trollten uns hinaus und ließen uns durch die Stadt treiben. Wie immer spülte es uns zum Kanal; dort gab es entlang der Donau kilometerweise Walls. Wir schauten, was unsere Kollegen trieben; ein paar elende Rookies waren gerade am Werk und verschandelten ein Werk von PEKS, den wir sehr schätzten. Jonas war entsetzt. Ausgiebig lästerte er über den Verfall der Kultur und hätte ihnen am liebsten ein paar Tipps gegeben, aber ich konnte ihn zurückhalten.

Wir blödelten herum, unterhielten uns mit einem Obdachlosen, dessen Schlafzimmer wir versehentlich unter einer Brücke betreten hatten. Brückenpfeiler eigneten sich besonders, um ein paar schöne Bilder zu malen; wenn es sich dabei allerdings um die Schlafzimmer anderer Leute handelte, eher weniger. Außerdem stank es dort meist nach hundert Jahren Pisse. Wir waren die ganze Nacht auf der Suche nach einer Wand für unser Masterpiece. Aber die besten Wände waren schon voll und wir hatten keine Lust, andere zu crossen; das gehörte sich einfach nicht. Es fing an zu dämmern. Wir nannten das die heikle Stunde; wenn wir die überstanden, konnte der neue Tag beginnen. Natürlich überstanden wir nicht.

5

Gemälde: crack of dawn
Pastellkreide auf Schulblock
21 × 29,7 cm

Die Figuren sitzen vor uns, gegen den Kiosk gelehnt, ganz nah, nichts trennt uns von ihnen. Wir können sie atmen hören. (Sabine Habermas, Galeristin)

„Nur ein Minütchen", murmelte Jonas, sank gegen die Rückwand von einem Kiosk im Stadtpark, schob sich ein paar Zeitungen unter den Hintern und legte auch welche für mich aus.

„Meinetwegen ... aber nur ein Minütchen." Warnend hob ich den Zeigefinger, setzte mich neben ihn, schlug mir die Kapuze über und verschränkte meine Arme vor der Brust. Schon kippte sein Kopf auf meine Schulter; im Einschlafen war er König – das hatte man mir schon als Kleinkind dauernd unter die Nase gerieben. „Nimm dir ein Beispiel an Jonas, der schläft schon." Ja, ja, ich nahm mir ein Beispiel an Jonas. Vor allem aber nahm ich ihm die Brille ab, die stach mich in die Schulter.

Der einsetzende Frühverkehr, ein Austräger, der das Gestell mit den Gratiszeitungen füllte, und das laute Gepfeife der Vögel weckten mich. Außerdem regnete es von einem Magnolienbaum verfaulte braune Blüten. Wo war der dazugehörende Duft? Nichts stimmte mehr. Noch nie hatten die Bäume im Frühling so traurig ausgesehen. All die kleinen Blättchen und Blüten waren erfroren und abgestorben. Wie stark waren Bäume? Hatten sie ein

Back-up? Einen Plan B? Konnten sie trotzdem noch Blätter wachsen lassen oder würden die Bäume kahl bleiben? Keine Blätterdächer im kommenden Sommer? Kein Schatten? Kein Grün? – Eine grauenhafte Vorstellung.

Jonas atmete tief und fest. Ich bewegte meine steifen Schultern und er wachte auf.

„Scheiße", knurrte er, rieb sich das Gesicht und blinzelte kurzsichtig in den Morgen. Ich drückte ihm die Brille in die Hand und stand auf. War wohl ein kleines bisschen zu schnell, denn mit einem Schlag wurde mir so schwindlig, dass ich gegen die Kioskwand kippte und in ein schwarzes Loch sauste.

Als ich die Augen wieder öffnete, saß Jonas über mir und tätschelte meine Wange. „Nicht schlapp machen, in der ersten Stunde steht Mathe auf dem Programm." Ich hatte Lust zu kotzen. Meine Stirn war schweißnass, meine Hände eiskalt, und mein Blut rauschte in meinem Kopf.

„Vielleicht hätten wir doch ein paar Stunden im Bett schlafen sollen", sagte Jonas, sich streckend und gähnend.

„Schlafen können wir, wenn wir tot sind."

„Deine Logik möchte ich haben." Kopfschüttelnd stand er auf.

„Ich bin gleich wieder da." Er grub die Hände in die Hosentaschen und verschwand aus meinem Blickfeld. Langsam wurde das Rauschen in meinen Ohren weniger. Keine zehn Minuten später kam er zurück mit zwei Bechern voll dampfendem Latte und Brezeln.

„Sorry, die Brezeln sind von gestern."

Er lachte, als er meine verblüffte Miene sah. Wahrscheinlich hatte er der Bäckersfrau wieder eine Story erzählt, von der sie Mitleid bekam; Frauen sind scheißempfänglich für seine Storys – eine kleine unheilbare Krankheit, eine Mama im Koma, eine abgebrannte Wohnung, untermalt mit einem gutmütigen Blick und einem Lächeln, das Eisberge zum Schmelzen brachte, und schon kriegte er, was er wollte. Nach dem Frühstück machten wir uns auf den Weg zur Schule. Das würde wieder ein Tag zum Streichen aus dem Kalender werden. Mathe. Mir wurde schon wieder schlecht.

Alpha – die erste Erkenntnis: Leander Blum riecht nach Terpentin

Also begann ich mein letztes Schuljahr abgemagert, noch ein wenig wackelig auf den Beinen und mit zweiwöchiger Verspätung. Weil etliche meiner Mitschüler die Versetzung nicht geschafft hatten, war der mickrige Rest unserer Klasse mit einer anderen zusammengelegt worden. Man hatte uns in den heißesten Raum unter das Dach umgesiedelt, mit eigenem Balkon und einer fantastischen Aussicht über die Dächer der Stadt. Nur Quadratmeter gab es zu wenig.

Als ich eintrat, beobachteten mich meine Mitschüler neugierig und zeigten erwartungsvoll auf den einzigen freien Platz.

Dort saß er. Leander Blum.

Offenbar hatte es bisher niemand gewagt, sich neben ihn zu setzen. Hilfe suchend sah ich mich nach Sarah um – langes Haar, lange Beine, volle Brüste; eines von den fünf Mädchen, die vom letzten Jahr übrig geblieben waren.

Sarah saß neben Müni. Auch er hatte viele Fans, arbeitete als Nachtportier in einem Hotel, was ihn ein oder zwei Schuljahre gekostet hatte, wohnte allein in einer Garage und hatte sich, sollten die Gerüchte stimmen, vor ein paar Wochen von seiner Freundin getrennt. Sarah hob entschuldigend die Arme und deutete hinter seinem Rücken auf Müni. Die anderen vier Mädchen saßen paarweise.

Mir fiel auf, wie still es seit meinem Eintreten geworden war. Alle Blicke lasteten auf mir. Ich fühlte mich wie eine Laborratte, die eine Versuchsanordnung betreten hatte. Zaghaft näherte ich mich dem freien Sessel, letzter Tisch, Fensterreihe.

Leander Blum kam mir vor wie ein mittelalterlicher Mönch, herausgekippt aus der Zeit, eine finstere Gestalt, das Gesicht tief verborgen unter dem Schatten eines schwarzen Kapuzenshirts wie unter einer Kutte. Die Hände unter den Ärmeln verborgen, saß er vornübergebeugt über einem Heft und schien mein Eintreten als Einziger nicht bemerkt zu haben. Auch die Hitze, die sich ein letztes Mal aufbäumte und sich unter dem Dach staute, schien er zu ignorieren.

Er war mir unheimlich und ich hatte das große Bedürfnis, mich rückwärts aus dem Klassenzimmer zu schleichen und noch ein paar Erholungstage im Bett anzuhängen (die mir der Arzt und meine Eltern ohnehin dringend empfohlen hatten). Aber der Berg, unser Mathelehrer, stand hinter mir und verwehrte mir die Flucht.

„Was machst du denn hier?“, fragte er; offenbar hatte er in diesem Schuljahr nicht mehr mit mir gerechnet.

„Sie war krank“, sagte Sarah.

„Na dann“, sagte der Berg. „Husch, husch ins freie Körbchen. Es geht los.“

Ich brachte die letzten paar Meter hinter mich und nahm Platz.

„Hallo“, sagte ich freundlich. Für einen Moment hob der Mönch sein Gesicht und ich wich schlagartig zurück: Haut in der Farbe von gebleichten Kaffeebohnen spannte sich über kantige Knochen, schwarze volle Brauen, Schatten unter überraschend hellblauen Augen.

Es war nicht das ungewöhnliche Blau in seinem dunklen Gesicht, das mich irritierte, oder der Umstand, dass er krank aussah, es war die Art, wie er mich ansah. Er runzelte ein wenig die Stirn und innerhalb eines Bruchteils einer Sekunde trat das pure Entsetzen in sein Gesicht. Er erschrak richtiggehend, senkte sofort seinen Kopf, fing mit seinem Bein an zu wippen und schaute mich an jenem Vormittag kein einziges Mal mehr an.

Gut, er mochte keine Mädchen. Mir egal. Oder er mochte nur Mädchen mit langen Haaren und langen Beinen und Kurven und nicht solche mickrigen Erscheinungen mit raspelkurzem Haarschnitt, wie ich eine war. Auch gut. Oder er mochte nur mich nicht. Kein Problem. Wirklich nicht. Jungen vom Typ unnahbares, arrogantes Unterwäschemodel interessierten mich nicht mehr. Irgendwann musste man schließlich wissen, in welcher Liga man spielen wollte, und ich hatte mich nach einer schlechten Erfahrung für die Dorfliga entschieden.

Leander Blum spielte in der Bundesliga (mindestens). Er war mir zu elegant, zu perfekt und zu unnahbar. Ich steckte ihn in die Schublade und verpasste ihm das Etikett „schwierig". Wahrscheinlich gehörte er zu jenen, die eifersüchtig wurden, sobald man ein Wort mit einem anderen wechselte. Ich suchte mehr den Gemütlichen und Unkomplizierten, einen vom Typ Bussibär, mit dem man kuscheln und lachen konnte und der nicht jedes Wort auf die Waagschale legte.

Aber leider zwangen uns die äußeren Umstände dazu, nebeneinanderzusitzen, keine fünf Zentimeter trennten seinen Ellbogen von meinem, wir atmeten die gleiche Luft, wir hörten die gleiche monotone Stimme von Berg, wir mussten das Gleiche in unsere Hefte schreiben, wir waren uns zu nahe, und das nicht freiwillig, sondern weil man uns keinen Raum ließ. Obwohl die Bundesliga nichts tat, sich weder bewegte, noch mit mir redete und sehr müde und erschöpft wirkte, strahlte er eine Intensität aus, die mir das Atmen schwer machte. Verstärkt wurde die Wirkung noch dadurch, dass er viel größer war als ich. Er kam mir vor wie ein zu starker Magnet. Minus und Plus. Meine Muskeln spannten sich an. Er schien mich zu hassen und trotzdem fühlte ich mich von ihm angezogen.

Ich konzentrierte mich darauf, nur noch in mein Heft und zur Tafel zu schauen. Je mehr ich das wollte, umso öfter schweifte mein Blick ab: Er schrieb mit der rechten Hand. Seine Finger waren lang und schmal, dunkle Handrücken, helle Fingernägel-Halbmonde. Er roch nach Weichspüler, Tabak und ... Terpentin? Oder Diesel? Hatte er ein Auto getankt?

Unsere Ellbogen berührten sich kaum merklich. Schnell wechselte er den Stift in die linke Hand und schrieb weiter, perfekt, als sei nichts gewesen. Ich starrte auf die Buchstaben, die sich kunstvoll unter der Mine seines Stifts herausschlängelten, und musste mich dazu zwingen, wieder in mein eigenes Heft zu schauen.

Über mein Heft gebeugt, vernahm ich seinen tiefen Atem, der sich plötzlich beschleunigte, als wir eine Rechenaufgabe selbstständig lösen sollten, während der Berg vor der Tafel patrouillierte. Ich bildete mir ein zu hören, wie sich die Frequenz seines Herzschlages erhöhte, und mir wurde klar, dass er von der höheren Mathematik keine Ahnung hatte. Fast panisch kritzelte er wahllos Zahlen und Zeichen in sein Heft, nur um den Anschein zu erwecken, irgendetwas zu tun. Er strich Zahlen durch. Er schrieb die Aufgabe erneut ab. Er schrieb Zahlen so willkürlich wie Telefonnummern. Er schrieb neue Zeichen.

Ich freute mich, nach der langen Ferienzeit wieder mit meinem Montblanc-Füller schreiben zu können, den ich von meiner Großmutter geerbt hatte, die ihn bereits von ihrer Mutter geerbt hatte. Mühelos löste ich die Aufgabe und beschloss, meinem Nachbarn zu helfen: Ein Seufzer der Erleichterung ging durch seinen Körper, als ich ihm mein Heft entgegenschob, damit er abschreiben konnte. Vielleicht überzeugte ihn das doppelt unterstrichene Ergebnis.

„Danke“, sagte er fast ohne Stimme. Als ob sie ihm abhandengekommen wäre.

„Jederzeit“, sagte ich großzügig und bereute es sofort, hoffentlich kam er nicht auf die Idee, noch mehr mit mir reden zu wollen, aber die Angst war unbegründet: Er schwieg und schrieb und schwieg und ließ mich in Ruhe.

Als es klingelte, schlug er sein Heft zu. Ich konnte nicht verhindern, dass mir der Name des Etiketts ins Gesicht sprang: Leander Blum. Er ging hinaus auf den Balkon, mit dem größtmöglichen Abstand zu mir, wandte auch allen anderen den Rücken zu, drehte sich eine Zigarette und rauchte schweigend.

„Na? Das große Los gezogen?“, fragte Sarah, die sich einen Weg über Taschen und Stühle zu mir gebahnt hatte. „Ach, ich hätte mir in den Arsch beißen können ... hätte ich geahnt, dass so ein interessantes Exemplar hier auftaucht, hätte ich Müni jemand anderem angehängt, aber Blum kam schon am ersten Tag zu spät, seither immer.“ Aufgekratzt fragte sie: „Hast du schon was über ihn rausgefunden? ... Der muss von einer Wolke gefallen sein. Keiner kennt ihn. Also falls du mal neben Müni sitzen möchtest, wir können gern tauschen.“

„Nettes Angebot“, sagte ich. „Du, ich muss mal kurz raus.“

Ich ließ Sarah allein zurück. Verträumt blickte sie auf den Balkon, wo Leander Blum stand, eingehüllt in Rauch.

Auf der Toilette sperrte ich mich ein und googelte. Es gab ein paar Einträge zu Leander Blum, die alle keine braune Haut und nichts mit dem Phänomen zu tun hatten, neben dem ich sitzen musste. Von meinem Leander Blum gab es nichts ... kein Schulfoto, kein gewonnener Sport-Wettbewerb, kein Preis im Nachwuchsmusizieren, kein Eintrag in einer Schülerzeitung. Keines der sozialen Medien hatte seine klebrigen Spuren an ihm hinterlassen. Er war durchs Netz gefallen und nichts von ihm war daran hängen geblieben. Leander Blum existierte nicht. Er war ein Gespenst. Ein Gespenst mit einer überwältigenden Aura. Eine Aura, die ich bisher nur ein einziges Mal bei einem Jungen gespürt hatte, aber der war sehr weit weg.

Erst am Nachmittag, als die letzte Stunde vorbei war, konnte ich durchatmen und mich entspannen. Leander Blum hatte mich mit seiner Ablehnung mir gegenüber den ganzen Tag über in Stress versetzt. Erschöpft packte ich meine Schulsachen zusammen und war froh, ihn nicht mehr spüren zu müssen. Da bemerkte ich, dass nicht nur er, sondern auch mein Montblanc-Füller verschwunden war!

Leander Blum hatte meinen Montblanc-Füller geklaut! Was glaubte der eigentlich? Dachte er vielleicht, er könnte kurz hier auftauchen und alles mitnehmen, was ihm gefiel? Der Füller begleitete mich schon durch meine ganze Schulzeit wie ein treuer Gefährte. Er war wertvoll. Ich musste ihn wiederhaben, um ihn an meine Nachkommen weitergeben zu können (falls es denn irgendwann welche geben würde). Leander konnte am Tag darauf behaupten, meinen Füller nie gesehen zu haben. Wenn er wollte, konnte er alles abstreiten und niemand würde ihm etwas nachweisen können. Ich traute ihm nicht über den Weg. Und obwohl ich keine Lust hatte, schon wieder von seiner Gravitationskraft eingefangen zu werden, musste ich ihn erwischen, bevor er meinen Füller in einem Pfandleihgeschäft verkaufen und gegen Crystal Meth oder sonst etwas tauschen konnte.

6

Gemälde: aerosol kids
Öl auf Pappkarton. 90 × 75 cm

Dieses Bild ähnelt in Aussehen, Gehalt und Grobheit illegalen Graffiti (mit denen Blum im Übrigen seine künstlerische Karriere begann).
(Mizzi Langer, Künstlerin)

Natürlich waren die Rucksäcke unter dem Gebüsch nicht mehr da. Schon seit einer halben Stunde krochen Jonas und ich im Dreck, hatten nasse Knie und beschimpften uns gegenseitig. Ich schwitzte mehr als sonst und bekam nur schwer Luft. Ob ich Asthma hatte? Oder Heuschnupfen?

„Du immer mit deinen hirnrissigen Ideen! Kannen unters Gebüsch werfen! Was Dümmeres gibt es nicht!“, schimpfte Jonas.

„Und was wäre dem gnädigen Herrn recht gewesen?“, keifte ich zurück, griff in Hundescheiße und brüllte: „Such deine Scheißkannen selbst!“

Wutentbrannt rannte ich durch den Park. Scheiße auf den Schuhen fand ich schon schlimm genug, auf den Händen war sie das Allerletzte. Nur nicht dran riechen. Würgend hielt ich meine Hände weit von mir weg und kam mir behindert vor. Scheiße! Scheiße! Scheiße! Ich rannte über Pflastersteine, wich einer Straßenbahn aus und hielt meine Pfoten in ein achteckiges Brunnenbecken, in dessen Mitte sich eine Steinsäule mit einem Schutzengel erhob. Am Sockel der Säule waren vier drachenförmige Wasserspeier. Früher hatten wir da drin einmal gebadet. Voller Ekel versuchte ich meine Hände sauber zu kriegen. Jonas tippte mir auf die Schulter und hielt mir sein Taschentuch entgegen. Besser als nichts. Dann reichte er mir ein Erfrischungstuch in einem versiegelten Beutel.

„Danke, Mum", sagte ich und wusste nicht, wie ich es aufreißen sollte, ohne die Verpackung schmutzig zu machen.

Er riss es für mich auf. „Hab ich nach einem Hähnchengelage mitgehen lassen", erklärte er, „dachte mir, man könnt's vielleicht einmal brauchen, hab's schon ewig in der Hosentasche."

Während ich mir meine Pfoten polierte, fiel mein Blick in eine Rundbogen-Einfahrt. Dort lagen unsere Rucksäcke. Drei kleine Jungen bedienten sich an unseren Spraydosen und verschandelten den Durchgang mit Geschlechtsteilen, Schimpfwörtern und Ufos.

„Das gibt's nicht", sagte Jonas und lachte.

„Die haben keine Ahnung, wie teuer das wird", murmelte ich und stiefelte drauflos. Die Kinder erschraken, als sie mich auf sich zukommen sahen. Schnell packten sie die herumliegenden Dosen in unsere Rucksäcke, warfen mir ängstliche Blicke zu und waren bereit loszurennen, schienen nur noch nicht zu wissen wohin, denn ich versperrte ihnen den Weg. Trotzdem machte ich mich auf einen Spurt bereit – Kinder konnten verdammt schnell sein. Jonas hielt mich am Ärmel fest, bremste mich aus und ging an mir vorbei. Ich wollte den Kleinen die Rucksäcke wegnehmen, sie anschreien und ihnen mit der Polizei drohen.

„Mensch, das ist so cool, was ihr da gemacht habt", sagte Jonas und zeigte auf die Wand. Meine aggressive Energie verpuffte. Jonas, der Kindergartenonkel. Die Jungen waren irritiert, ihre Blicke huschten zwischen mir und Jonas hin und her. Die zwei Kleineren schienen auf die Anweisungen des Größten zu warten, der ein verkehrt aufgesetztes Basecap und eine viel zu große Lederjacke trug und einen auf böser Junge machen wollte.

„Habt ihr schon einmal ein echtes Ufo gesehen?", fragte Jonas. Die drei rückten näher aneinander, hielten die Rücksäcke fest und schienen sich immer noch nicht sicher, was das werden würde.

„Es gibt keine Ufos", sagte Basecap kühl.

„Da wär' ich mir nicht so sicher. In der Wüste von Mexiko soll vor siebzig Jahren ein Ufo abgestürzt sein und in der Wüste von Nevada gibt's einen ganzen Alien-Parkplatz. Ihr müsst euch nur mal in der U-Bahn oder am Praterstern umsehen. Ich bin mir sicher, da ist mindestens jeder Dritte ein Alien ... Ihr wisst doch, was ein Alien ist?"

Sie nickten.

„Wenn wir also davon ausgehen, dass jeder Dritte in unserer Stadt ein Alien ist, dann müsste einer von euch auch ein Alien sein. Lasst mich mal sehen." Jonas trat vor, beugte sich nach unten, begutachtete die Jungen der Reihe nach wie ein Arzt und schnüffelte. „Hmmm, ich bin mir nicht ganz sicher. Was meinst du, Leander? Welcher von den dreien ist ein Alien?"

„Er!", rief Basecap und zeigte prompt auf mich. Jonas fuhr herum und lachte schallend. „Sehr gut erkannt. Natürlich ist er ein Alien. Wisst ihr auch, von welchem Planeten er kommt?"

Die Kinder starrten mich an. Ich fürchtete jeden, der sich der Hauseinfahrt näherte, und hatte keine Nerven für Kinderspiele. Ich wollte die Rucksäcke und die Kannen und so schnell wie möglich unerkannt abhauen.

„Er kommt vom Planeten BLUX", sagte Jonas. „Ich übrigens auch."

„Gibt es gar nicht", sagte ein Junge mit einer großen Zahnlücke im Oberkiefer.

„Natürlich gibt es den. Auf unserem Planeten können alle ziemlich gut malen. Wir können's euch ja zeigen, wenn ihr wollt."

„Spinnst du?", knurrte ich, aber Jonas ließ sich nicht aus der Ruhe bringen.

„Ihr wollt nur unsere Spraydosen haben", sagte Basecap scharfsinnig und wich vor Jonas zurück.

„Die gehören sowieso uns", beschwerte ich mich, „und wenn man euch erwischt, zahlen eure Eltern Strafe." Jonas warf mir einen vorwurfsvollen Blick zu und wandte sich demonstrativ von den Kindern ab. „Schade. Wir hätten euch zu gern gezeigt, wie das Ufo aussieht, mit dem wir hergekommen sind, aber wenn ihr nicht wollt, bitte sehr, komm, Leander, wir gehen, vielleicht finden wir andere Kinder, die wissen wollen, wie unser Ufo aussieht."

Wir brauchten keine zwei Schritte zu gehen, als der Kleinste rief: „Wir wollen's auch wissen."

Der Spaß in Jonas' Gesicht verschwand. Verschwörerisch beugte er sich zu ihnen. „Es gibt da nur ein Problem." Die Kleinen hingen ihm an den Lippen. „Sprayen an Hauswänden ist verboten. Wenn wir erwischt werden, geht das für uns alle schlecht aus. Wir bräuchten ganz schnell ein klitzekleines Versteck."

„Hinten bei den Garagen", schlug Zahnlücke vor und die anderen nickten aufgeregt. Sie rannten in den Hof, wir ihnen hinterher. Zwischen zwei Wohnblöcken standen zehn dunkle Blechgaragen. Die Kleinen zwängten sich zwischen der äußersten Garage und der Hauswand entlang nach hinten. Uns blieb die Spucke weg.

7

Gemälde: space homies
Acryl auf Papier. 120 × 50 cm

Blum reißt die Distanz zwischen Betrachter und Motiv ein.
Er bemüht sich um größte Nähe und Unmittelbarkeit.
Das tut er mithilfe illusionistischer Details, hier die aus dem Fenster schauenden Kinder, die er in den Vordergrund legt.
(Winter Winetzki, Kunstkritikerin)

Eine unberührte schwarze, glatte Wand! Mit einem Meter Abstand ein Lattenzaun, hinter dem sich ein privater Hinterhof mit einem alten Lindenbaum ausbreitete. Der Boden war mit Bärlauch überwachsen – vielleicht hatte die Natur doch ein Back-up. Wir trampelten Gestrüpp nieder und versuchten, uns nicht von den Widerhaken der Brombeersträucher fangen zu lassen. Die Kinder ließen uns den Vortritt, setzten sich auf den Lattenzaun und beobachteten uns neugierig.

„Ich male das Ufo, du ein paar Kollegen“, sagte Jonas und aus seiner Stimme klang Vorfreude auf das unerwartete Vergnügen bei Tageslicht.

„Kollegen?“ Ich zupfte mir eine Klette von den Jeans.

„Homies von den anderen Planeten ... ALIENS.“

Die Kinder leerten unsere Rucksäcke im Gestrüpp aus. Diese Garagenwände waren ein Geschenk. Halb verhungert stürzten wir uns auf die Dosen, sprachen uns kurz ab, sprühten in der ganzen Breite ein offen stehendes Fenster und an den unteren Rand ein

Fensterbrett, an dem drei Jungen – einer mit einem Basecap und einer schwarzen Lederjacke – mit dem Rücken zum Betrachter lehnten und hinaus in einen Nachthimmel sahen.

Zur Orientierung brachten wir einen Mond, eine Spiralgalaxie und Planeten an, bevor wir ins Detail gingen. Dreidimensionale Illusionen hatten wir jahrelang geübt, richtig besessen waren wir von optischen Täuschungen. Wir konnten eine Teetasse so auf ein Papier zeichnen, dass jeder danach greifen und daraus trinken wollte.

Einmal waren wir nachts in die Schule eingebrochen und hatten den Drill Sergeant auf eine Wand im Flur zwischen zwei Klassenzimmer gemalt, mit offenem Hosenladen, aus dem noch ein Stück Klopapier hing; gut, das war kindisch, aber er ließ sich auch lauter Scheiß einfallen, um uns das Leben schwer zu machen – wir lachten uns fast kaputt, als ihn am nächsten Morgen ein paar Unausgeschlafene grüßten und sich verschämt das Lachen verkniffen wegen dem Hosenladen.

Als sich der Drill Sergeant selbst begegnete, verfinsterte sich sein Gesicht. Er glotzte die Wand an, malmte mit den Zähnen und verbreitete eine Stimmung wie eine Bombe, an der bereits die Lunte brannte. Wenn der Drill Sergeant explodierte, war richtig was los. Das hatten wir schon mehrmals erleben dürfen. Keiner wagte sich in seine Nähe. Nachdem er den ersten Schock überwunden hatte, marschierte er mit verbissener Miene zum Direktor. Danach war es zugegangen, wie wenn Ed Snowden an unserer Schule gesichtet worden wäre. Der Drill Sergeant hätte am liebsten die ganze Armee aufmarschieren lassen, um den Übeltäter zu finden, der ihm diese Schande angetan hatte. Aber verdammt schnell – für meinen Geschmack beleidigend zu schnell – kam der gesamte Lehrkörper einheitlich zu dem Schluss, dass keiner der achthundert Schüler auf unserem Gymnasium zu so einem Gemälde fähig war.

An uns dachte niemand – wir gaben seit Jahren erfolgreich vor, keinen Stift gerade halten zu können, besonders im Zeichenunterricht stellten wir uns superdämlich an. Das machte erstens Spaß und war zweitens die beste Vorsichtsmaßnahme, schließlich wusste ich von meinem Vater, wie bei Ermittlungen vorgegangen wurde: Wenn rund um die Schule Graffiti auftauchten, konnte man meistens mit den dazugehörigen Schülern rechnen, deren Hefte systematisch untersucht wurden und perfekte Beweise lieferten – kaum ein Sprayer kann widerstehen, im Unterricht zu kritzeln; irgendwann musste man ja mal üben. Tags waren wie Krümel, die jemand ausstreute – man konnte ihnen von Wand zu Wand folgen und herausfinden, wer sie hinterlassen hatte.

Aber trotz unserer Zeichen-Abstinenz während des Unterrichts konnte es schon mal vorkommen, dass wir in der Mittagspause eine Fliege oder eine haarige Spinne auf ein weißes Papier zeichneten, sie ausschnitten und auf einen weißen Tisch legten. Sie sah so täuschend echt aus, dass die Leute die Fliege wegscheuchen wollten oder zu kreischen begannen, wenn sie die Spinne sahen. Über Teetassen, Fliegen und Spinnen waren wir hinausgewachsen. Jetzt ging es darum, diese Kinder zu beeindrucken.

Jonas malte ein gigantisches Raumschiff, das in einen amerikanischen Blockbuster gepasst hätte. Ich verlegte mich auf diverse absinthgrüne und frostblaue Aliens mit Tentakeln, glasigen Riesenaugen, Glatzköpfen, Spitzohren und glühenden Fingern, die wie beim Familienausflug durchs Weltall schwebten. Die Kinder waren fix und fertig. Zahnlücke wackelte mit einem weiteren losen Zahn. Basecap kaute sich den Daumennagel blutig und der Kleine hüpfte nervös auf und ab. Jonas perfektionierte währenddessen die Schatten, die das Raumschiff auf die gemalten Kinder am Fensterbrett warf.

Ich musste lächeln, als ich sah, wie verzaubert die echten Kinder waren. Mit offenen Mündern verfolgten sie, wie wir vor ihren großen Augen eine Welt entstehen ließen. Es war ein magischer Moment. Ich kostete ihn aus und sah Jonas zu, der Basecap zu sich winkte, ihm eine Hand auf die Schulter legte und ihm zeigte, wie man Sterne sprayte. Warum konnte man Momente nicht einkochen, in Gläser abfüllen und für immer haltbar machen? Die Illusion war perfekt. Die Kinder sprayten Sterne ins Weltall. Sterne wie verspritzte Milch.

Wir nahmen unsere Rucksäcke und gingen. In den Dosen waren nur noch Reste. Ohne Dosen kein Masterpiece. Die ganze Aktion hatte keinen anderen Sinn gehabt, als selbst wieder zu Kindern zu werden. Das war es wert gewesen. Nur in Richtung Masterpiece waren wir keinen Schritt weitergekommen. Wir mussten uns etwas einfallen lassen.

β

Beta – die zweite Erkenntnis: Leander Blum hat raue Hände

Wie eine ferngesteuerte schwarze Gestalt glitt Leander Blum mit unheimlicher Geschwindigkeit durch die Innenstadt. Seine Schultern waren hochgezogen, seine Hände tief in die Hosentaschen vergraben. Menschen, die ihm entgegenkamen, wichen zur Seite, als wollten sie nicht in seinen Dunstkreis kommen. Keiner drehte sich nach ihm um, keiner kam ihm zu nahe, und ich fragte mich, ob er doch ein Gespenst war und ihn keiner außer mir sehen konnte. Die Menschen schienen das Gleiche zu fühlen wie ich, etwas umgab ihn, mit dem man (instinktiv?) nicht in Berührung kommen wollte.

Er schien all das nicht zu bemerken, hielt sich in seiner eigenen Dimension auf, ließ sich durch nichts ablenken, nicht einmal durch das Straßenkehrgerät, das Pferdemist mit zu viel Druck von der Straße fegte und seine Beine bis zu den Oberschenkeln mit Kehrwasser vollspritzte. Selbst die Ampeln schienen Ehrfurcht vor ihm zu haben und schalteten auf Grün, sobald er sich ihnen näherte. So durchpflügte er die innere Stadt, kreuz und quer und doch nach einer Art Plan, den ich nicht nachvollziehen konnte. Er war mir stets einen Häuserblock voraus. Wenn ich gewollt hätte, hätte ich ihn einholen können, aber ich wollte wissen, was er mit meinem Füller (und auch sonst) vorhatte. Ich würde warten, bis er damit in ein Pfandleihhaus oder in ein Schmuckgeschäft ging, und dann würde ich ihn überführen.

Vor der Apotheke zum Heiligen Geist wurde sein Schritt zum ersten Mal langsamer. Er betrachtete eine Tafel mit einer alten Schrift an der Hausmauer: „Gegründet im Jahr 1551. Pharmazeutische Ausstellung Prag 1896. K.K. Staatspreis. Goldene Medaillen." Das wäre der Moment gewesen, ihn auf den Montblanc anzusprechen, aber mir war, als säße er in einer Glaskugel, die mit einem Knall zerbersten würde, wenn ich ihn jetzt störte, als ob dieser Moment allein für ihn reserviert war und keiner sonst Zutritt zu seiner Glaskugel bekam.

Wie gebannt blieb ich in der Nähe neben einer Auslage für Orientteppiche stehen und hätte zu gern gewusst, was unter der Kapuze in seinem Kopf vorging. Überlegte er, in die Apotheke zu gehen? Wartete er auf Methadon? Ruckartig wandte er sich ab, überquerte die Straße und ging am Museumscafé vorbei. Ich schwitzte und fühlte mich dem Marsch nach der langen Krankheit noch nicht wirklich gewachsen, aber je länger er unterwegs war, umso neugieriger machte er mich.

Er ging den Ring entlang. Ich hielt mich auf der anderen Straßenseite im Schatten der Bäume. An der Himmelpfortgasse blieb er so plötzlich stehen, als sei ihm etwas eingefallen. Er ging den gleichen Häuserblock zurück und kam über den Zebrastreifen. Ich fürchtete, dass er mich sehen konnte, aber er war so mit sich selbst beschäftigt, dass ihm nicht einmal ein Splitternackter aufgefallen wäre.

Am Eingang zum Stadtpark spielte ein Saxofonist „Candle in the wind". Leander lief achtlos an ihm vorbei, die niederen Treppen hinunter zum Fluss, der nach dem trockenen Sommer nicht mehr als ein Rinnsal war. Abrupt hielt er inne, setzte sich und drehte sich seelenruhig eine Zigarette, als hätte er es nur deswegen so eilig gehabt, weil er genau auf dieser Stufe ein Date mit seiner noch nicht gedrehten Zigarette hatte, die ihm womöglich davonlaufen hätte können.

Eine Gruppe Japaner bewegte sich umständlich an ihm vorbei. Er schlug ein Bein über das andere und lehnte sich an die Mauer. Zwangsläufig fiel sein Blick auf die andere Flussseite, wo unter einer Brücke eines der legendären 3-D-Graffiti von BLUX prangte. Kein Wunder. Man musste einfach dorthin sehen. Jeder musste dorthin sehen. Nicht nur, weil es das einzige Graffito an der Flusspromenade war, das nicht gelöscht wurde, wofür man der Stadtverwaltung einen Orden verleihen müsste. Dem, was sich dort vor seinen Augen abspielte, konnte man sich nicht entziehen. Quer über eine Ecke in der Mauer hatten BLUX ihren Schriftzug gesprayt – er sah aus, als schwebte er in der Luft und würfe Schatten auf den Asphalt. Die verschlungenen Buchstaben glänzten in Chromstahl und die Optik täuschte einen so unverschämt, dass man beim alleinigen Betrachten einen Knoten im Gehirn bekam und hilflos zappelnd zurückblieb, weil man einfach nicht verstand, wie das Graffito gemacht worden war.

Mein Bruder Onno kannte alle Stellen, an denen sich BLUX verewigt hatten, und die noch übrig waren. Viele gab es nicht mehr. Etliche Meter weiter, in einem Treppenaufgang, der durch ein grünes Gitter abgesperrt war, hatten BLUX einen am Boden liegenden Obdachlosen gemalt, auch der war erhalten geblieben. Der Obdachlose hatte Ali geheißen, war hier im Stadtpark gestorben, und keiner hatte es gemerkt. Das Bild im Treppenaufgang sah aus, als würde Ali immer noch hier liegen, zwischen halb leeren Wodkaflaschen, zerrissenen Gratiszeitungen und fleckigen Decken. Es war wie ein Mahnmal und Ali sah so echt aus, dass manche erschraken und einen Bogen um ihn machten.

Onno und seine Freunde hatten versucht, BLUX zu kopieren, aber keiner in der ganzen Stadt konnte Anamorphic Letters und 3-D-Täuschungen mit so einer Präzision erzeugen wie BLUX. Wer BLUX war? Das wusste kaum jemand. Die einen glaubten, dass BLUX ein Einzelgänger war, die anderen tippten auf eine ganze Crew. Seit letztem Frühling waren keine neuen Werke von BLUX aufgetaucht und man ging davon aus, dass sie in eine andere Stadt weitergezogen waren; vielleicht, weil dieser Frühling so außergewöhnlich kalt gewesen war. Hätte man ihn oder sie erwischt, wäre das bestimmt durch die Presse gegangen, wie es bei PUBER der Fall gewesen war, nur mit dem Unterschied, dass PUBER längst nicht nur bei Polizisten, sondern auch bei vielen Sprayern verhasst war, vor allem seit er seine eigene Galerie hatte.

BLUX wäre nur von den Hardcoresprayern verpfiffen worden, von denjenigen, die mit Streetart oder Kunst nicht viel anfangen konnten, denen es nicht darum ging, etwas Hochwertiges zu schaffen, sondern ums Dagegensein, mit Material, das sie klauten; das waren diejenigen, die Farbbeutel auf fahrende Züge warfen oder Bitumen in Feuerlöscher füllten, um damit in kürzester Zeit den größtmöglichen Schaden anzurichten (Betonfarbe kriegt man fast nicht ab und geht auch kaum zu übermalen). Seit meinem achtzehnten Geburtstag wusste ich, wer BLUX war. Und doch wusste ich es auch nicht.

Ein dickbäuchiger Mann mit Haaren wie Sauerkraut schlurfte an mir vorbei, stellte neben einem Eisverkäufer ein Hackbrett auf, setzte sich auf ein Mäuerchen und begann „Lili Marleen" zu hacken. Der Saxofonist drehte seinen Lautsprecher auf und blies noch lauter und falscher. Beinah gleichzeitig setzte im Gastgarten ein Streichquartett mit Wiener Liedern an. Belustigt warfen sich Touristen Blicke und Worte zu. Nur Leander Blum schien keinen Ton zu hören. Auch der Gestank, der vom Wasser heraufschwallte, schien ihn nicht zu irritieren. Seelenruhig drückte er seine Zigarette an der Treppe aus, stand auf, warf sie, was mich sehr verwunderte, in einen Mülleimer, und hatte es plötzlich wieder eilig weiterzukommen (oder mir kam es nur so vor, weil er mit viel weniger Schritten als ich viel schneller vorwärtskam).

Am gemalten Obdachlosen Ali vorbei folgte ich ihm über den Zebrastreifen. Er ging am MAK vorbei, dem Museum für Angewandte Kunst, weiter den Ring entlang, auf die Urania zu. Wollte er ins Kino? Oder nahm er jeden Tag einen so weiten Schulweg auf sich? Zu Fuß? Kilometerlang im Kreis? Er lief hinunter zum Kanal. In Höhe des Badeschiffs schien er es nicht mehr ganz so eilig zu haben. Er schlenderte an den Graffitiwänden entlang, schaute sich an, was die MÖRVs wieder gemacht hatten. PEKS, SKIRL, RUIN und der R-Club waren auch schon wieder fleißig gewesen. R-Club war eine Abkürzung für Rentnerclub; junge Typen, die mit altmodischen Namen wie Pepi, Irmi, Hansi und Gerti auf sich aufmerksam machten. Vor einer Wand, die großflächig mit Rollern grundiert worden war, lachte Leander Blum laut auf.

„Reserviert für HSP" stand mit Gelb in der Mitte der einfarbigen Fläche. Offensichtlich hatten die anderen Sprayer so viel Respekt vor den Hauptstadtproleten, dass sie es nicht wagten, ihre eigenen Werke draufzusprayen. Mehr als eine Nacht würde die Fläche trotzdem nicht überleben, wenn überhaupt. Leander ging vorbei an den Twin City Linern (große Schiffe, mit denen man bis Bratislava fahren konnte) und stieg die Treppe hinauf zum Schwedenplatz, wo ich normalerweise nie vorbeigehen konnte, ohne mir italienisches Eis zu gönnen. Die Lust am Eis war mir zwar vergangen, aber ich hatte Durst und wollte mich nicht mehr von einem Phantom durch die Stadt hetzen lassen. Also nahm ich mir vor, Leander Blum endlich aufzuhalten und meinen Montblanc zurückzufordern.

Ausgerechnet jetzt schien er wirklich vor mir wegrennen zu wollen. In sehr großen Schritten zog er davon. Der Abstand zwischen uns wurde größer. Ich rang nach Atem und fühlte mich fiebrig, aber aufgeben wollte ich jetzt nicht mehr, wo ich schon eine Stunde hinter ihm her war. Also heftete ich mich an seine Fersen und folgte ihm über Pflastersteine, quer durch die Innenstadt, zwischen Massen von Touristen hindurch, vorbei an Museen, Stadtpalästen, Theatern und historischen Monumenten, entlang der Neunundvierziger-Linie in den siebten Bezirk, bis er am Siebensternplatz in die Mondscheingasse abbog.

Vor einer Glaserei kam mir ein Jogger in die Quere, der seinen hechelnden Hund an einer Leine hinter sich herzerrte. Der Leine konnte ich zwar ausweichen, stolperte stattdessen aber über einen Fahrradständer. Verdutzt blieb ich am Boden sitzen und wunderte mich, wie schnell alles passiert war. Nach ein oder zwei Atemzügen spürte ich den Schmerz. Bewegen konnte ich noch alles, aber meine Knie pochten und meine rechte Handfläche brannte. Benommen sortierte ich meine Glieder. In meinem Handballen steckte eine Scherbe. Ich zog sie heraus. Die Wunde begann zu bluten und ich versuchte ein Taschentuch aus meinem Rucksack zu kramen. Am liebsten hätte ich geweint. Nicht wegen des Sturzes, sondern aus Zorn, weil Leander Blum mit meinem Füller abgehauen war, weil er mich Kilometer im Kreis durch die Stadt gehetzt hatte und mir schlussendlich doch entwischt war. Ich würde ihn umbringen, wenn er mir meinen Füller nicht zurückgab. Wütend versuchte ich hochzukommen.

„Du meine Güte!“, rief ein Polizist. Der hatte mir noch gefehlt. Er stieg aus einem alten Skoda, den er vor einem Geschäft für Stempel geparkt hatte, eilte auf mich zu, half mir hoch und wickelte mir ein gebügeltes Stofftaschentuch um die Hand.

„Kannst du aufstehen?“ Hellblaue Augen musterten mich. Er half mir hoch. Saurer Gestank nach Alkohol wehte mir ins Gesicht. Nachmittags um fünf schon betrunken? Eine Uniform trug er trotzdem. Er zeigte auf einen Hauseingang. „Dort wohne ich. Wir müssen die Wunde reinigen und die Blutung stoppen.“ Seiner Sprache war nicht anzumerken, dass er getrunken hatte, und ich war zu benommen, um mich zu wehren, sonst wäre ich niemals mit einem besoffenen Mann in Polizeiuniform mitgegangen – was für eine perfekte Tarnung, dachte ich, als ich mit ihm zum verwahrlosten Hauseingang humpelte.

Den Klingelknöpfen nach zu urteilen waren viele Wohnungen in dem Haus. Am Ende des Flurs traten wir ins Freie, durchquerten einen Innenhof und betraten das Hinterhaus, von wo aus wir zwei Stockwerke nach oben stiegen. Ich hatte Mühe, keine Blutspur im Hauseingang zu hinterlassen, aber etliche der Fliesen waren ohnehin gebrochen. Mit zwei Schlüsseln öffnete er zwei Schlösser an der Tür. Ich stutzte. Als er meine Miene sah, musste er lächeln, und auf einmal fand ich ihn (abgesehen von seinem Alkoholproblem) sympathisch. „Denkst du, Einbrecher machen vor der Wohnung eines Straßenpolizisten halt? Hier in der Gegend wird viel eingebrochen. Bitte, komm herein."

Es roch nach Essen, das vor Stunden gekocht worden war, und dessen Gerüche sich mit den Gerüchen unzähliger anderer Speisen, die zuvor gekocht worden waren, vermischten. Außerdem roch ich Weichspüler und Terpentin. Über alldem lastete etwas Schweres, etwas Erdrückendes und Warnendes, das mir entgegenschrie: „KEHR UM!"

Aber es war zu spät. Mich fröstelte. Es war kalt wie in einer dick gemauerten Burg. Die Tür hinter mir fiel zu. Ein schmaler Flur. Glänzender Dielenboden. Kein Staub. Der Schirmständer, die Uhr an der Wand, der Spiegel, alles schien vor Jahrzehnten angenagelt und nie wieder bewegt worden zu sein. Nur ein achtlos fallen gelassenes, großes Paar dunkelgrauer, schmutziger Chucks mitten im Flur passte nicht hierher (der Besitzer hatte sie so liegen lassen, wie er aus ihnen herausgestiegen war). Der Polizist schob sie zur Seite, legte seine Uniformmütze auf die Hutablage und hängte die Uniformjacke an einen Haken, der genau dafür vorgesehen war, neben eine hellbeige Männerjacke und einen weinroten Seidenschal: drei Kleidungsstücke für drei Haken. Sonst nichts.

„Bitte, hier entlang!“

Er führte mich ins Badezimmer. Auch hier stand alles an seinem dafür vorgesehenen Platz, nichts Überflüssiges, und doch alles vorhanden, aber um mich in aller Ruhe umsehen zu können, hatte ich keine Ruhe, denn meine blutende Hand brauchte meine Aufmerksamkeit, und die Tatsache, dass ich mit einem wildfremden Alkoholiker in dessen Wohnung mitgegangen war, beruhigte mich auch nicht wirklich.

Nervös hielt ich meine Hand unter fließend kaltes Wasser und setzte mich mit einem Handtuch, das mir der Polizist reichte, bereitwillig auf den Badewannenrand. Er öffnete den Schrank unter dem Waschbecken und holte einen Plastikkorb heraus, in dem Aspirin, Pflaster, Medikamente, Hustensaft, ein Fieberthermometer, Fußbalsam und andere Sachen lagen. Er kramte, bis er das Richtige gefunden hatte, fischte eine Pinzette aus dem Spiegelschrank, stellte sich vor mich, nahm meine Hand und kehrte mir den Rücken zu, sodass ich weder seine Alkoholfahne riechen noch sehen konnte, was er mit mir machte.

„Wie heißt du denn?“

„Lila“, antwortete ich und stöhnte kurz auf, weil er noch ein Stück Scherbe erwischt hatte. Er sah kurz auf, durchdrang mich und als könnte er mit seinem Blick mein Gehirn manipulieren, musste ich gegen meinen Willen sagen: „Elisabeth ... eigentlich ... aber das weiß keiner.“ Die Tür flog auf. Herein kam Leander Blum! Ich kippte fast rückwärts in die Badewanne.

„Warum nimmst du nie dein privates Handy mit?“, fuhr er den Polizisten scharf an und hielt ihm ein Handy unter die Nase. Dann sah er mich. Und fiel auch fast in Ohnmacht.

Nur der Polizist operierte seelenruhig an meiner offenen Hand. „Ich kann jetzt nicht, siehst du doch“, sagte er zwar ruhig, aber hörbar genervt zu Leander, der ihm das Handy aufzwingen wollte.

„Mum ist dran, verdammt, Opa dreht schon wieder durch und keiner hilft ihr, sie probiert schon stundenlang, dich zu erreichen ... Ich schwör dir, wenn du jetzt wieder nicht drangehst, dann ...“

Die beiden funkelten sich an. Ich hätte nicht in ihrer Schusslinie stehen wollen. Der Vater seufzte, zog eine finstere Miene, nahm ihm widerwillig das Handy ab, zeigte damit auf mich wie mit einer Pistole und sagte zu ihm: „Du übernimmst hier ... Wunde reinigen, desinfizieren, verbinden ... Du hattest hoffentlich einen Erste-Hilfe Kurs.“ Er drückte ihm Schere und Verbandszeug in die Hand und verließ hinter seinem Rücken das Bad; kurz schien er zu überlegen, ob er ihm auf die Schulter klopfen sollte, ließ es dann aber bleiben. Der Polizist ging telefonieren. Und Leander Blum stand vor mir. Mit Verbandszeug in der Hand, aber ohne zu wissen, was er damit tun sollte. Von Erster Hilfe weit und breit keine Spur. Wenn hier einer Hilfe brauchte, dann er.

„Gib her“, sagte ich, stand auf und nahm ihm energisch das Verbandszeug weg. Ich stellte mich zum Waschbecken, hielt die Hand darüber und zuckte zusammen, als ich merkte, dass noch ein winziger Glassplitter in meiner Hand steckte.

„Pinzette!“, sagte ich scharf und hielt ihm die gesunde Hand hin, ohne ihn anzusehen. Er legte mir die Pinzette hinein.

„Tupfer!“, sagte ich.

„Bitte, Schwester!“ Er reichte mir den Tupfer und da musste ich lachen.

Ich wagte einen Blick in seine Richtung und merkte, dass auch er grinsen musste. Ich versuchte, den kleinen Splitter mit der Pinzette aus meiner Hand zu zupfen, aber ich schaffte es nicht. Leander Blum nahm mir die Pinzette ab. „Hier ist es zu dunkel. Komm rüber.“ Wir stellten uns neben die Badewanne, wo das Licht am besten war. Er nahm meine Hand in seine und war so auf seine chirurgische Tätigkeit fokussiert, dass ihm offenbar nicht auffiel, wie nah wir uns waren. Viel zu nah. Ein Griff in das Maul eines Krokodils hätte sich nicht anders angefühlt. Seine Hände waren rau wie Schmirgelpapier.

„Verdammt“, knurrte er.

Ich betrachtete die dunkle Haut in seinem Nacken. „Bist du adoptiert?“, dachte ich und wäre am liebsten in den Ausguss der Badewanne geflutscht, als ich bemerkte, dass ich es laut ausgesprochen hatte (es war aus mir herausgeschwappt wie aus einem überkochenden Wassertopf; ich hätte mich ohrfeigen können). Es dauerte eine Weile, bis er verstand, was ich gemeint hatte, und wirkte nicht gerade erfreut.

„Sicher“, sagte er genervt. „Die haben mich für ein paar Bananen aus dem Dschungel geholt und mich vor wilden Eingeborenen und Nashörnern gerettet.“ Dabei durchdrang mich sein Blick wie ein außerirdischer blauer Laser. Die Augenfarbe hatte er von seinem Vater geerbt. So viel war mir jetzt auch klar.

„Gott ...“ Ich wurde so rot wie mein Blut, das auf seine Jeans tropfte, auch das noch; immerhin schlagfertig war er, das musste ich ihm lassen, schlagfertiger jedenfalls als ich, denn mir fiel überhaupt nichts mehr ein. Das verunsicherte mich noch mehr, und weil ich die Hitze, die sein Körper ausstrahlte, die Schwere über dieser Wohnung und seine Bundesliga-Präsenz nicht mehr ertrug, entzog ich ihm meine Hand, klebte den Streifen fest, mit dem er den Verband festmachen wollte, riss die Badezimmertür auf und rannte davon, ohne mich zu bedanken. Zuletzt hörte ich seinen Vater in der Küche laut und emotional telefonieren.

8

Gemälde: profound abyss
Öl auf Leinwand. 320 × 196 cm

Bislang das größte Gemälde des jungen Künstlers. Schwarz übermalt. Köpfe. Verzweifelte Gesichter. Begraben unter einer Ölschicht. (Oskar De Jong, Kunstsammler)

Jonas wohnte in einer traumhaften Altbauwohnung im achten Bezirk. Die Wohnung war schon ewig im Familienbesitz. Eine Urgroßmutter hatte sich gern mit Künstlern umgeben. Jonas stellte sich gern vor, dass Klimt und Schiele hier ein- und ausgegangen wären. Heute gehörte die Wohnung seiner Großmutter. Sie trug gern Perlenketten bis zum Bauchnabel oder totes Tier um den Hals spazieren und hatte ein Dauerabo im Theater in der Josefstadt. Jeden Freitag ging sie zum Friseur, um sich ihren weiß-schwarzen Pagenschnitt updaten zu lassen – die Stirnfransen mussten exakt in einer Linie zwischen Augenbrauen und Augen verlaufen. Das sah zwar aus, als hätte sie ein Brett vor dem Kopf, aber sie stand darauf, sich mit der Ausstrahlung eines Gefrierschranks zu umgeben. Seit vierzig Jahren war sie auf Diät und konnte es nicht ertragen, wenn außer Magerjoghurt noch etwas anderes im Kühlschrank war. Jonas' Mutter Birgit brachte das zwar zur Weißglut, aber die Wohnung war zu schön und zu groß, um sie deswegen aufzugeben. Eines war jedoch glasklar: Wenn Jonas nicht meine Mum gehabt hätte, die nichts lieber tat, als uns nach orientalischen Künsten zu bekochen, wäre er schon längst verhungert.

Wie es Jonas geschafft hatte, sein Zimmer in militärisches Sperrgebiet zu verwandeln, als hätte er Bodenminen unter dem Parkett vergraben, war legendär – es war das einzige Mal gewesen, dass ich ihn wirklich wütend erlebt hatte. Er hatte mit sofortigem Auszug gedroht, würde es noch einmal jemand wagen, sein Zimmer ohne seine ausdrückliche Erlaubnis zu betreten. Ich war der Einzige, der reindurfte.

Und da saß ich nun in seinem Bett und schrieb für ihn seitenweise If-Sätze – eine Extraaufgabe, die ihm aufgebrummt wurde, weil er die Grundlagen immer noch nicht kapiert hatte; seine Handschrift war mir längst in Fleisch und Blut übergegangen. Jonas saß neben mir an seinem Schreibtisch und machte meine Mathe-Hausübung.

„Bau nicht so viele Fehler ein wie letztes Mal, sonst kann ich's gleich selber machen", rief er und hantierte mit Zirkel und Geodreieck in meinem Heft herum.

„Gleichfalls ... Was ist dir lieber, Conditional eins, zwei oder drei? Kannst aussuchen."

„Häää?" Jonas schielte absichtlich.

„Erstens: If I have enough money, I will buy aerosols. Oder zweitens: If I had enough money, I would buy aerosols. Oder drittens: If I had had enough money, I would have bought ..."

„You would have bought überhaupt nix, you would have sit in prison for the rest of your fucking life, wenn du solche Sätze in mein Heft schreibst", sagte Jonas und warf seinen neongrünen Stofffrosch nach mir, den ihm sein Papa zum fünften Geburtstag geschenkt hatte. Ich fing den Frosch auf, ließ mich nach hinten fallen und starrte die Decke an. Immer noch hatten wir keine Idee, wie wir unser Dosenproblem lösen konnten. Jonas schien das Gleiche zu denken.

„Vielleicht sollten wir deinem Vater wieder mal einen Besuch im Präsidium abstatten, einen Döner vorbeibringen oder so", schlug er vor und putzte mit dem Zirkel seine Fingernägel. „Ich wette, dass es dort ein Lager gibt, wo sie die Kannen aufbewahren, bevor sie vernichtet werden. If you know what I mean."

„I know genau, what you mean. Aber ich kann mir beim besten Willen nicht vorstellen, dass die uns in ihren Beweismittel-Kellern herumwühlen lassen."

„Was ist mit deiner indischen Oma? Sollte die nicht schon längst mal wieder ein Paket aus London schicken?"

„Die ist immer noch beleidigt, weil wir nicht zu ihrem Geburtstag eingeflogen sind."

„Hmmm", Jonas sah aus dem Fenster und dachte laut nach: „Vielleicht sollten wir uns doch eine anständige Arbeit suchen ... alten Leuten das Internet erklären oder so was in die Richtung."

„Nur über meine Leiche." Ich betrachtete die Wandfarbe, mit der die Stuckleiste auf der hohen Zimmerdecke gemalt war. Türkischblau? Nein, die Decke war dunkler, ging mehr ins Kobalt. Vermeer blau? „Wir könnten uns eine Farbe patentieren lassen", schlug ich vor.

„Und an welche hast du da so gedacht?"

„Froschgrün? Kackbraun? Rotzrot?"

Jonas lachte. Vielleicht dachte auch er an unseren letzten großen Farbrausch, den uns unsere Familien letzte Weihnachten beschert hatten. Die besten Weihnachten überhaupt. Ich würde sie nie vergessen. Unsere Väter hatten sich in der Werkstatt von Jonas' Vater getroffen und nagelten uns eine Leinwand von wirklich anständiger Größe zusammen. Allein, um den Arbeitsablauf zu besprechen, brauchten sie zwei Flaschen Grüner Veltliner. Laut ihren Erzählungen musste die Herstellung ziemlich lustig gewesen sein. Das Ergebnis war das beste Geschenk, das wir jemals von unseren Vätern bekommen hatten.

Ich liebte unbemalte Leinwände. Eine Leinwand kam mir vor wie eine Haut, unter der sich die Figuren bereits bewegten wie

Larven in Kokons. Sie wollten raus und wir mussten sie nur noch freilegen. Aber in meinem Zimmer war kein Platz für eine halbwegs anständige Leinwand. Eine zu kleine Fläche sperrte mich ein. Es reichte mir nie.

Vielleicht ging ich deswegen so gern sprayen, weil mir die Größe der Wände entgegenkam: Züge, Hochhäuser, Brückenpfeiler. Das ließ ich mir gefallen. Ein Blatt von Din-A4-Größe hingegen war ein Witz. Wenn die gute Fee gekommen wäre, hätte ich mir die Innenwände einer in nahtlosen weißen Beton gegossenen, fensterlosen Kathedrale gewünscht – spiegelglatte weiße, endlose Oberflächen. Dazu Eimer voll Ölfarben in allen Tönen und Pinsel groß wie Besenstiele. Mischen würden wir direkt am Boden. Wir würden die Ölfarbe einfach ausleeren und darin rühren. Schicht für Schicht würden wir dann jahrelang daran malen, so viele Schichten, bis wir mit unseren Zeigefingern Löcher in das zäh werdende Öl bohren konnten. So lange, bis wir wirklich zufrieden waren.

In Öl malte ich am liebsten. Spraydosen waren die billige Alternative, um flächenmäßig Großes fabrizieren zu können. Jonas und ich waren fast in Ohnmacht gefallen, als unsere Väter die Leinwand zu zweit durch die Tür getragen hatten und vom großen Christbaum nichts mehr zu sehen war: sagenhafte drei Meter einundzwanzig mal einen Meter sechsundneunzig – was ihnen wichtig war zu betonen.

Sie konnten uns nicht mehr genau erklären, wie sie auf diese Größe gekommen waren, die Breite hatte sich aufgrund diverser Türstöcke ergeben, durch die sie durchmussten, die Länge hatten sie in ihrem Nachmittagsdusel mit so etwas wie dem Goldenen Schnitt errechnet.

Uns erschien das Verhältnis zwar nicht ganz so golden, aber das war egal. Jonas und ich waren glücklich. Noch lieber wäre uns natürlich eine Da-Vincis-Abendmahl-Größe gewesen – vier Meter sechzig mal acht Meter achtzig. Aber wir wollten ja nicht größenwahnsinnig rüberkommen.

Nun brauchten wir unser schönes Geschenk also nur noch zu bemalen. Jonas' Großmutter hatte uns, weil Weihnachten war, Geld geschenkt, nicht wenig, auf jeden Fall so viel, dass wir wieder einmal richtig fett bei unserem Freund Alois in der Babenbergerstraße einkaufen konnten: Titanweiß, Neapelgelb, Ultramarin, Van-Dyck-Braun und Zinnober. Kein Bild ohne Rot. Und dann wollten wir alle Schwarztöne, die wir kriegen konnten: Elfenbeinschwarz, Lampenschwarz, Oxidschwarz.

Jonas packte seinen Charme aus und sprach mit seinen vornehmen Nachbarn. Gnadenhalber erteilten sie uns die Erlaubnis, den Dachboden, in dem sie sich von ihren Putzfrauen sonst die Wäsche aufhängen ließen, einen Tag lang benützen zu dürfen. Einen Tag? Was sollten wir bitte in nur einem Tag schaffen? Caravaggio malte in einem Tag gerade mal drei Köpfe auf Auftrag und das war schon überirdisch viel. Wir entschieden uns, ebenfalls Köpfe zu malen, so viele wie möglich, ein ganzes Meer aus Köpfen, in memoriam Caravaggio. Für ausgiebige Kopf-Studien hatten wir keine Zeit. Modellköpfe hatten wir auch keine. Nur unsere eigenen. Wir rüsteten uns mit Handspiegeln aus und transportierten die Leinwand auf den Dachboden. Jonas' Großmutter überwachte uns, während wir den Boden mit Plastikplanen und Karton auslegten.

„Mensch, Oma! Weißt du eigentlich, was für ein Glück du mit uns hast? Stell dir mal vor, dein Enkel wäre Jackson Pollock gewesen", gab Jonas zu bedenken.

„Ist das der Farbschleuderer? Den hätte ich rausgeworfen", sagte seine Großmutter, „hier muss noch Karton hin und streift mir ja die Schuhe ab, bevor ihr wieder hinuntergeht, besser noch, ihr zieht die Schuhe ganz aus." Sie inspirierte uns sehr. In ungeheurer Geschwindigkeit warfen wir extra heftig mit Farben um uns und malten unsere Köpfe im Akkord.

Das Bild wurde richtig scheiße. Wir wollten es übermalen, hatten aber keine Farben mehr. Also gingen wir erneut zu Alois und fragten nach dem schwärzesten Schwarz, das es auf dem Markt gab. Er erklärte uns, dass die dunkelste Farbe der Welt Vantablack hieß, aus Kohlenstoffnanoröhrchen bestand, die 99,9 Prozent des Lichts verschluckten, was unser Gehirn kaum packte. Ein Fleck mit Vantablack bestrichen sah scheinbar aus wie ein schwarzes Loch.

„Nichts wie her mit den schwarzen Löchern!"

„Unmöglich", sagte Alois.

„Kannst du's nicht bestellen?"

Alois lächelte. „Es gibt auf der ganzen Welt nur einen, der damit malen darf, ein britisch-indischer Bildhauer namens Anish Kapoor."

„Er ist auch ein britischer Inder." Jonas hieb mir strahlend auf die Schulter – manchmal war er furchtbar kindisch. „Mann. Sei doch mal still."

„Kapoor hat die Exklusivnutzungsrechte von Vantablack von einer Firma gekauft, die ihre Finger in der Rüstungsindustrie und der Weltraumforschung mit drinhat. Muss ein Vermögen gekostet haben."

„Was für ein Elend." Jonas seufzte.

„So kann man sagen. Kapoor musste sich eine Menge Spott von den Kollegen anhören. Einer hat als Antwort auf seinen Irrsinn das pinkeste Pink erfunden. Das dürfen alle kaufen. Alle außer Kapoor. Der fand das nicht so lustig, steckte seinen Mittelfinger in das Pink, machte ein Foto und stellte es ins Netz. Der Krieg um die Farben tobt also munter weiter."

9

Gemälde: boy in front of albertina
Pastellkreide auf Zeichenpapier. 29,7 × 42 cm

Gemälde: boy in front of fiaker
Kohlestift auf Zeichenpapier. 29,7 × 42 cm

Gemälde: boy in front of pestsäule
Graphitstift auf Zeichenpapier. 29,7 × 42 cm

Gemälde: boy in front of swarovski
Mischtechnik auf Zeichenpaper. 29,7 × 42 cm

Der Gemäldezyklus „Boy in front of“ täuscht naive Porträtmalerei vor. Die Mücke, der Wollfaden, der Knopf, der Apfelkern – sie sind übrigens nicht echt, sondern Gegenstand des Bildes. Blum führt unser Auge an der Nase herum. Trompe-l'Œil lässt grüßen. (Mizzi Langer, Künstlerin)

Wir brauchten Geld. Also warum nicht das tun, was wir am besten konnten? Jonas war begeistert von meiner Idee. Er warf den Zirkel auf den Tisch und nahm seine Jacke. „Los geht's.“

Wir nahmen seine Pastellkreiden und seine Staffelei und fuhren zu mir nach Hause, um meine Vorräte zu plündern – ich bewahrte meine Malsachen in einer großen Holztruhe in meinem Zimmer auf, packte Kohle- und Graphitstifte und einen Zeichenpapierblock ein. Aus dem Keller holten wir zwei verrostete Campingsessel. Als wir ins Freie traten, mussten wir erneut innehalten und uns erst einmal darüber freuen, dass es wieder warm war. Endlich! Die Vögel pfiffen und alles blühte. Grashalme und Gänseblümchen bohrten sich an Hausmauern durch den Asphalt, als ob sie ihn sprengen wollten, und selbst Bäume, die ich für verloren hielt, schossen wieder aus – die Natur hatte also doch einen Back-up-Plan. Die griesgrämigen Wintergesichter der Stadtmenschen waren wie weggewischt. Auch Pelzmäntel waren keine mehr zu sehen. Ein guter Tag für unser Vorhaben.

Zwischen der Albertina und dem Hotel Sacher stellten wir neben dem Mahnmal gegen Krieg und Faschismus unsere Campingsessel auf. Sehenswürdigkeiten kamen immer gut und davon gab es in unserer Stadt mehr als genug. Wir schrieben ein Schild:

Porträts, Landschaftsbilder, Stillleben.
Wir bringen zu Papier, was Sie wünschen.
Auftragsarbeiten zu günstigen Preisen.

Wir zerrissen ein Zeichenpapier in handtellergroße Stücke, skizzierten gegenseitig unsere Gesichter drauf und kalligrafierten auf die Rückseite unsere Namen, Adressen und Telefonnummern – Visitenkarten zum Mitnehmen. Ich stellte die Staffelei auf. Jonas nahm gähnend im Campingsessel Platz. Ich schaute ihn an und fand, dass er irgendwie nach Pastell aussah. Er drehte uns Zigaretten und ich wählte den Bildausschnitt. Es sollte an ein verrutschtes Foto erinnern. Ich zeichnete die rechte Seite seines Gesichts ab und ein ordentliches Stück Albertina im Hintergrund, in der Hoffnung, dass sich irgendwer dafür interessierte. Es waren eine Menge Touristen in der Gegend. Manche blieben stehen und schauten neugierig zu, manche nickten anerkennend, aber eine Visitenkarte nahm keiner mit. Als ich fertig war, kaufte Jonas in der Kärntnerstraße eine Plastikdose voll Fruchtgummi. Während er weg war, machte ich mir den Spaß und zeichnete eine Stechmücke in 3D auf den unteren Bildrand. Prompt fiel Jonas drauf rein und wollte sie wegwischen.

Wir aßen die Fruchtgummis, stellten die Plastikdose neben das Bild auf den Boden und warfen alle Münzen hinein, die wir dabeihatten. Dann wechselten wir die Plätze und die Himmelsrichtung. Jonas zeichnete mich vor dem Hotel Sacher in Kohle ab. Ich schlug meine Beine übereinander, rauchte und sah zu spät, dass ein Mops mit dreckigen Pfoten auf mein Gemälde trampelte und seine hässliche Schnauze sabbernd in die Fruchtgummi-Plastikschüssel steckte.

„Mozart, lass das!", rief das Frauchen – ein schriller Albtraum in einem bischofsvioletten Lodenzelt mit einer wirklich dramatischen Oberweite. Ihr Lippenstift war Signalrot, in ihrem Haar steckte eine Art Vogelnest aus Kraut und Rüben und sie war behängt mit großkugeligen Ketten in Regenbogenfarben. Insgesamt war sie eine interessante Farbmischung. Keuchend bückte sie sich, hob den Mops auf, drückte ihm ihren Lippenstift auf das Kopffell, warf einen interessierten Blick über Jonas' Schulter, verharrte einen Moment und watschelte weiter. Ich wischte die Pfotenspuren von meinem Bild.

Dann schlenderten Streifenpolizisten um das Eck der Oper. Genau in unsere Richtung. Vielleicht Kollegen meines Vaters. Schnell packten wir zusammen und schleppten unser Zeug in Richtung Graben. Wir zeichneten den ganzen Nachmittag. Mal zeichnete Jonas mich. Mal zeichnete ich ihn. Es nützte alles nichts. Ein paar Leute sprachen uns an und sagten, dass ihnen die Bilder gefielen. Etliche blieben stehen und schauten zu. Manche warfen ein paar Münzen in die Plastikschüssel. Das war's. Unsere Telefonnummern nahm niemand mit.

Umso erstaunter war ich, als einen Tag später mein Handy klingelte und sich eine Frau namens Oswalda Herzog meldete – im Durcheinander mit dem Mops war mir entgangen, dass sie eine Visitenkarte mitgenommen hatte. Sie wollte sich von uns porträtieren lassen und gut dafür zahlen. Wir waren ziemlich nervös.

γ

Gamma – die dritte Erkenntnis: Leander Blum ist in Englisch noch schlechter als ich

Leander Blum tauchte am nächsten Morgen nicht bei seinem Spind auf. Ich war eine halbe Stunde früher als sonst in der Schule, weil ich nicht schlafen hatte können. Die Szene in seinem Badezimmer kam mir inzwischen vor wie ein Traum. Vielleicht hatte ich noch Fieber gehabt und mir alles eingebildet, dagegen sprachen allerdings der Verband um meine Hand und das Brennen in meinem aufgeschlagenen Knie.

Ich hatte mich danebenbenommen. Und ich hatte keine Idee gehabt, wie ich mich elegant aus der peinlichen Begegnung hätte herausmanövrieren können. Deswegen fiel mir einerseits ein Stein vom Herzen, dass Leander Blum nicht da war, andererseits trauerte ich um meinen Montblanc. Ich würde zur Polizei gehen und Leander anzeigen müssen. Vielleicht sollte ich Mathe schwänzen und ihn suchen, überlegte ich, als mich die Schöne Carmen (unsere Geschichtslehrerin) am Spind entdeckte. Sie musste mir meine Fluchtgedanken anmerken, als sie sagte: „Du hast doch jetzt Mathe bei Professor Berg? Es hat bereits geläutet. Komm, ich muss in die gleiche Richtung."

Missmutig folgte ich ihr die vielen Treppen nach oben, in mein neues Klassenzimmer unterm Dach.

Sein Stuhl war leer.

Der Berg kam herein und schrieb eine Gleichung an die Tafel, ohne von irgendwem Notiz zu nehmen; er hätte wohl auch vor einem leeren Klassenzimmer unterrichtet. Darin täuschte ich mich allerdings.

Als nämlich um fünfundzwanzig Minuten nach acht Leander Blum seinen Auftritt hatte, hielt der Lehrer inne (die Abwechslung schien ihm gerade recht zu kommen). Leander sah noch fertiger aus als gestern. Er hatte wohl gehofft, sich hinter dem Rücken des Lehrers unbemerkt hereinschleichen zu können, aber das ging gründlich schief, denn einer wie Leander Blum blieb nicht unbemerkt.

„Ah, Blum, jetzt kommt Farbe ins Spiel", sagte der Berg breit lächelnd; die wenigen Fans, die der Lehrer durch die Zusammenlegung mit der anderen Klasse neu bekommen hatte, lachten. Leander schlich, ohne irgendwen anzusehen, mit gesenktem Kopf in die letzte Reihe, ließ sich neben mir auf den Sessel fallen, legte seine Tasche auf den Tisch, streckte die langen Beine aus und verschränkte seine Arme. Aber der Berg hatte nicht vor, ihn ohne Weiteres davonkommen zu lassen. „Wir hören?"

Leander Blum reagierte nicht. Er starrte ein Loch in den Tisch. Der Berg klopfte mit der Kreide aufs Pult und wartete. Mit der Fingerspitze berührte ich Leanders Ellenbogen. „Er meint dich."

„Was?" Verwirrt schreckte er hoch. Hatte er wirklich nichts mitbekommen oder gehörte das etwa zu seiner Masche, um noch cooler zu wirken?

„Wir wollen wissen, was bei dir so alles schiefgelaufen ist ... also nicht deine ganze Lebensgeschichte, nur die letzten zwanzig ...", der Berg tippte mit der Kreide auf seine Armbanduhr, „... dreißig Minuten."

„Wie?"

„Warum du zu spät bist, will ich wissen! Ich muss einen Vermerk ins Klassenbuch machen. Ausreden wegen Schneechaos kannst du dir schenken, diejenigen, die letzten Winter meterhoch eingeschneit waren, sind alle inzwischen, oh Wunder, hier aufgetaucht … Na?“

Leander schwieg.

„Keine Ausrede parat? Ist vielleicht ein Ufo vor deiner Haustür gelandet? Hat sich die Straßenbahn verfahren? Musstest du noch schnell eine Festplatte formatieren?“

Nur die Neuen lachten, wir anderen hörten seine Sprüche seit sieben Jahren und fanden sie längst nicht mehr komisch. Gleich würde er Zahnweh vorschlagen.

„Oder hast du Zahnweh?“, fragte der Berg. „Dagegen hilft Wurzelziehen. Ich kann dir eine schöne an die Tafel schreiben.“

„Verlockendes Angebot, aber nein danke.“ Leander schrie mit jeder Faser seines Körpers, dass er in Ruhe gelassen werden wollte. Aber gerade das schien dem Berg Spaß zu machen. „Also, was schlägst du vor?“ Jetzt tippte er auf die Gleichung an der Tafel.

„Dividieren vielleicht?“, riet Leander ins Blaue. „Dividieren kann nie schaden.“ Doch schlagfertig. Ein paar prusteten.

„Dividieren durch was?“

„Keine Ahnung … durch null?“

„Hervorragend! Dafür wärst du im Mittelalter bei lebendigem Leib verbrannt worden. Schlaf weiter!“

Müdes Gelächter aus der ersten Reihe. Ich war mir sicher, dass Leander wusste, wie Lehrer ausrasten konnten, wenn man durch null dividieren wollte. Jeder wusste das. Aber so hatte er dem Lehrer sein Erfolgserlebnis verschafft und der schrecklichen Vorführung ein Ende gemacht. Der Berg tippte einen Vermerk in den PC am Pult und wandte sich wieder der Tafel zu. Ich konzentrierte mich abwechselnd auf mein Heft und die Gleichung an der Tafel, als ein Zettel in meinem Blickfeld erschien. Auf dem Zettel lag mein Montblanc, darunter stand ein Kommentar: „Sorry, war keine Absicht, schöner Füller, sieht alt aus.“

„1928“, schrieb ich darunter.

Das war unsere einzige Kommunikation für die nächsten drei Stunden, abgesehen von den körperlichen Vibrationen, die zwischen uns ausgetauscht wurden und die wir wohl beide nicht willentlich kontrollieren konnten. Dann kam eine Doppelstunde Englisch bei Miss Rush. Eigentlich hieß sie Zumtobel, aber bei ihr musste immer alles rasch gehen. Um möglichst viele Themen gleichzeitig durchzubringen, verdonnerte sie jeweils zwei mit einem bestimmten Thema zu einer Partnerarbeit. Ich sollte mit Leander Blum über ein Thema diskutieren, das hieß: Everybody should take risks in their life.

„Traumhaft“, sagte Leander und stöhnte, es waren seine ersten Laute seit seiner Unterhaltung mit Berg. Ich nahm den Aufgabenzettel und las den Rest. Wir sollten gemeinsam einen Essay verfassen für oder gegen Risiken, die Teenager eingingen. Wir sollten ein Risiko analysieren, das wir selbst oder jemand, den wir kannten, eingegangen waren. Wir sollten Gründe liefern, warum manche Risiken getragen werden sollten und warum manche nicht. Der letzte Satz hieß: „Examine what effects risk-taking might have on personal development. Give your essay a title. Write around 400 words.“

„Zeit bis zum Ende der Doppelstunde. Rasch, rasch!“

Leander Blum nahm seine Schlafhaltung ein: geschlossene Augen, verschränkte Arme, ausgestreckte Beine. Mit ihm musste ich also nicht rechnen. War mir auch recht. Ich brauchte ihn nicht.

Zuerst dachte ich bei einem Risiko an die liebste Freizeitbeschäftigung von Onno, bei der ich mitmachte, wenn ich keine Lust hatte, Kuchen zu backen, aber davon sollte besser niemand was wissen.

Dann dachte ich an Autofahrten ohne Führerschein; das hatte Yannick (Onnos Freund) mal gemacht. Noch ohne genauen Plan kritzelte ich vor mich hin. Miss Rush trippelte in ihrer furchtbar motivierenden Art auf uns zu. „You should discuss! TO ... GE ... THER!“ Dabei betonte sie jede Silbe extra. Sie verschränkte die Arme und schien nicht eher gehen zu wollen, bevor Leander Anstalten machte, sich in die Diskussion einzubringen. Müde hob er ein Augenlid und knurrte: „Sie wollen ein Risiko? ... Wir wär's mit Freeriden bei Neuschnee und Lawinenwarnstufe zehn.“

„IN ENGLISH!“, ermahnte ihn Miss Rush.

„I'm for freeriding“, sagte er wie ein Sachse auf Urlaub. Ich musste lachen.

„This ist not English und Lawinenwarnstufe zehn gibt's nicht.“

Stöhnend zog sie ab.

„Wie wär's mit selbst gemachter Eiscreme?“, schlug ich vor. „Das kann eine ganze Familie ausrotten.“

Wie eine Kröte, die zu lange im Eis festgefroren war, fing er an, sich zu rekeln. Er tat zwar, als interessierte ihn nicht ein bisschen, was ich schrieb, aber ich konnte genau sehen, dass er Stielaugen bekam, als ich die Ereignisse der letzten Ferienwochen zu Papier brachte.

„No, no, no.“ Schon wieder kam Miss Rush herbeigeeilt. „Das, was ihr da macht, ist keine Partnerarbeit.“ Sie nahm mir mein Heft weg, schob es Leander unter die Finger und wartete, bis er anfing zu schreiben, was ich ihm diktierte. Englisch konnte er auch nicht (er machte noch mehr Fehler als ich). Diesmal sah seine Schrift aus, als torkelte ein kugelbäuchiger Clown volltrunken mit Bleistiften an den Füßen über die Zeilen. Ich diktierte ihm mein Erlebnis und immer wieder huschte ein Lächeln über seine Lippen, das so ungeübt aussah, als hätte er vergessen, wie man seine Lachmuskeln bediente. Seine Fragen konnte er dann auch nicht mehr zurückhalten. „Ihr wohnt alle in einer Wohnung? Wie groß ist die denn?“

Tja, das hätte er wohl gern gewusst, aber ich konnte auch stur sein.

„Deine Eltern arbeiten beide zu Hause? Was machen die denn?"

„In English!", rief Miss Rush laut von vorne.

„Yes", sagte ich extra laut. „Schreib weiter, continue riding", sagte ich zu Leander und tippte aufs Heft wie der Berg. Da musste er gleich noch einmal lachen. Das hätte er besser nicht getan, denn solange er niedergeschlagen und übernächtigt wie ein Gespenst neben mir saß, war es leichter, sich einzureden, dass er ein unangenehmer Zeitgenosse war.

„Und dieser Oliver hat euch mit Eis vergiftet?"

„Campylobacter", sagte ich. „Das sind Bakterien, so was ähnlich Fieses wie Salmonellen."

„Heilige Scheiße!" Das hatte schon einmal jemand gesagt, war eine Weile her, aber ich würde es nicht vergessen.

„Holy shit", wiederholte ich extralaut in die Richtung von Miss Rush, das war immerhin englisch. „Meinst du, wir sollten zum Schluss noch so was wie eine Moral von der Geschichte schreiben?", überlegte ich laut.

In dem Moment kam unser Klassenlehrer, Herr Mathis, zur Tür herein und drängte Miss Rush zur Tafel in den Hintergrund, damit er uns letzte Anweisungen für den bevorstehenden Wandertag geben konnte; Herr Mathis war ein fanatischer Bergsteiger und hielt diesen Ausflug für die beste Möglichkeit, unsere nicht existierende Klassengemeinschaft zu stärken, damit wir danach konfliktfrei auf die Matura zusteuern konnten. Der Ausflug würde sechsunddreißig Stunden dauern und er drohte damit, uns jede der sechsunddreißig Stunden zusätzlichen Unterrichts einzeln absitzen zu lassen, falls wir nicht mitkämen.

Ich freute mich auf den Ausflug. Alles war besser, als im engen Klassenzimmer neben einem Gespenst zu versauern. Dann schon lieber mit einem Gespenst durch die Alpen wandern. Dort gab es wenigstens genug Luft.

Als es zur Pause klingelte, stapelte Herr Mathis seine Unterlagen, ging aber statt nach draußen zu unserem Tisch, richtete sich an Leander und fragte leise: „Willst du's dir nicht noch mal überlegen?"

Leander warf kopfschüttelnd Stifte in sein Mäppchen. Der Lehrer bedachte ihn mit besorgter Miene. Wo war die Standpauke? Wo seine Überredungskunst? Stattdessen war seine Stimme so sachte, als könnte er etwas damit zerbrechen. „Glaubst du nicht, ein bisschen Ablenkung würde dir guttun?"

Leander wischte nervös Radiergummibrösel vom Tisch und murmelte etwas, das wie „tut mir leid" klang.

„Schade", sagte Herr Mathis. Es klang ehrlich betroffen. „Falls du's dir doch noch anders überlegst, würde es mich freuen."

Leander betrachtete mit leerem Blick die Brösel auf seinem Zeigefinger. Sein Adamsapfel bewegte sich und seine Miene verfinsterte sich. Schnell kehrte er mir den Rücken zu und eilte am Lehrer vorbei hinaus. Dem schien plötzlich unangenehm bewusst zu werden, dass ich Zeugin der Unterhaltung gewesen war, und als wollte er vor meinen neugierigen Fragen fliehen, folgte er Leander nach draußen. Sarah hatte die Szene beobachtet, platzierte ihren schmalen Hintern auf meinem Tisch, schlug ihre langen Beine übereinander und wippte mit ihrem frei hängenden Fuß. „Was ist eigentlich mit dem los?", fragte sie und zeigte mit dem Daumen hinter ihre Schulter.

Ich spürte, wie mir das Blut in die Wangen stieg, und steckte meine Nase in die Tasche, um nach etwas zu wühlen, das ich gar nicht suchte.

„Wie meinst du?"

„Na, mit dem. Der hat doch was, sieht aus wie gekotzt, redet mit niemandem und schaut weder links noch rechts."

Ich musste lächeln. Sarah war es nicht gewöhnt, unbeachtet zu bleiben. Tatsächlich war Leander Blum einer der wenigen, der sich noch nie nach ihr umgesehen hatte (zumindest soweit ich das beurteilen konnte).

„Ich glaube, um den werde ich mich am Wochenende ein wenig kümmern müssen“, kündigte sie an, warf ihr Haar in den Nacken und glitt vom Tisch.

„Er kommt nicht mit.“

„Nein?“ Sie machte ein Gesicht, als hätte ich ihr eine Ohrfeige verpasst. „Wieso denn nicht?“

„Irgendwas mit seiner Familie.“

Hatte ich soeben für ihn gelogen? Erschrocken stellte ich fest, dass Leander Blum nach und nach von mir Besitz ergriff. Wie Campylobacter schlich er sich in jede Zelle meines Körpers. Er nistete sich in mir ein. Er machte es sich in mir gemütlich, zog sich die Chucks aus, bestellte sich schon einmal eine extragroße Pizza und schien sich darauf einzurichten, längere Zeit bei mir bleiben zu wollen.

Als ich mit Onno in der Straßenbahn stand, merkte ich, wie enttäuscht ich war, dass Leander Blum nicht mit auf den Wandertag kam.

10

Gemälde: oswalda herzog
Öl auf Leinwand. 200 × 200 cm
Leihgabe in Privatbesitz

Großartig. Üppig. Theatralisch. Eine Glanzleistung.
(Harald Grünberg, Kunstkritiker)

„Dort muss es sein", sagte Jonas, zeigte auf ein barockes Bürgerhaus auf der gegenüberliegenden Straßenseite und jonglierte auf seinem Kopf einen Keilrahmen, den wir mit einer zwei mal zwei Meter großen Leinwand bespannt hatten – Oswalda Herzogs Wunschmaß für ihr Porträt. Unsere Rucksäcke waren voll mit Ölfarben, die wir aus Altbeständen noch zusammenkratzen konnten, mit Pinseln, Terpentin, Spachteln und Paletten. Ich transportierte meine Staffelei.

Regen lag in der Luft. Wir wichen einer Kutsche mit Touristen aus, stiegen über dampfenden Pferdemist und steuerten auf den feudalen Hauseingang zu. Links war die Apotheke zum Heiligen Geist, rechts eine Auslage, in der fußballfeldgroße Orientteppiche lagen. Während ich die Nummern an den Türklingeln studierte, interessierte sich Jonas für eine historisch aussehende Tafel an der Hausmauer – er liebte alte Schriften, verglich Ober- und Unterlängen und begutachtete die Abstände der Buchstaben mit seinem Lupenblick. „Gegründet im Jahre 1551. Pharmazeutische Ausstellung Prag 1896. K. K. Staatspreis. Goldene Medaillen", stand auf dem Schild.

Wir fanden die richtige Klingel. Der Türsummer ertönte. Eine Frau meldete sich: „Ganz nach oben, bitte.“ Die Tür war so schwer wie ein Kirchenportal. Im Stiegenhaus hallte jeder Schritt. Es gab einen hundertjährigen gläsernen Lift hinter einem schmiedeeisernen Gitter, aber dazu brauchte man einen Schlüssel und den hatten wir nicht, außerdem hätten wir die Leinwand eh nicht da reingekriegt.

Also stiegen wir Treppe für Treppe nach oben, bis in den obersten Stock. Dort rekelte sich im Türrahmen eine sehr dicke Frau. Die Frau im Lodenzelt. Jonas neben mir räusperte sich. Sie sah aus, als hätte sie verschiedene Posen vor dem Spiegel probiert, bis sie sich für diese entschieden hatte. Ihre aufgeblasenen Rundungen waren in einen seidenen Morgenmantel gehüllt, auf dem sich exotische langschwänzige Vögel tummelten. Das Dekolleté – Halleluja.

Ihr Haarturm sah aus, als hätte sie Stunden beim Friseur verbracht, und selbst ihr Make-up und der kirschrote Lippenstift saßen diesmal perfekt. Ihre nackten Füßchen steckten in goldenen Badeschlappen.

„Guten Tag“, hauchte sie lasziv und veränderte kurz ihre Pose, um uns die Hand zu geben. Jonas fing sich schneller.

„Das ... ist Leander. Ich bin Jonas.“

„Immer herein, meine jungen Maler!“ Sie ging vor und wir traten ein. Ich bekam Atemnot. Die Wohnung sah aus, als stünde eine Versteigerung antiquierter Ungeheuerlichkeiten unmittelbar bevor. Und weil alles rausmusste, hatte sie alle Stücke einzeln zusammengetragen und auf mehrere Haufen geworfen – ein Flohmarkt für barocken Müll. Ich konnte mir nicht vorstellen, wo man hier essen, schlafen, sitzen oder sonst was konnte.

„Ich habe schon alles vorbereitet“, sagte sie und ging mit wogendem Hintern voraus, wobei sie den Flur ziemlich gut ausfüllte. Das Gefühl, keine Luft mehr zu kriegen, wurde stärker. Ich musste die Staffelei abstellen, blieb stehen und wandte mein Gesicht einem Spiegel an der Wand zu, der dick von Schnörkeln gerahmt war. Was war nur mit mir los? In letzter Zeit spürte ich eine Enge in meiner Brust, die mir Angst machte. Für einen Augenblick glaubte ich, das Bewusstsein zu verlieren. Ich taumelte gegen eine Kommode und brachte Zinnteller und eine Blasengelfamilie zum Erzittern. Oswalda war bereits in ein Nebenzimmer verschwunden. Jonas drehte sich nach mir um. „Was machst du denn?"

„Nichts", murmelte ich und tat, als suchte ich etwas am Boden. Ich versuchte, nicht zu röcheln, während ich die Staffelei wieder aufhob. Vor meinen Augen brach der Pointillismus aus – ich sah nur noch Punkte und versuchte, nicht in meiner unerklärlichen Angst zu ertrinken.

Jonas runzelte die Stirn und musterte mich.

„Bisschen beengend, das Ambiente, findest du nicht?" Als ich an ihm vorbeiwollte, hielt er mich auf. „Alles klar?"

Ich hustete, um zu verbergen, wie schwer ich Luft bekam.

„Zu viel Staub", versuchte ich abzulenken. „Ich glaub, ich bin allergisch."

„Du warst noch nie allergisch gegen Staub."

„Irgendwann geht so was halt mal los." Ich räusperte mich und musste feststellen, dass die Wohnung zwar vollgestopft, aber keineswegs staubig war – die arme Putzfrau, die den ganzen Scheiß abwischen musste.

Der Anblick von Oswalda Herzogs ganzer Pracht lenkte mich ab und die Enge in meiner Brust verschwand. Diese Frau überwältigte mich. Sie musste sich lange überlegt haben, wie sie sich abbilden lassen wollte. Nun drapierte sie sich in einem hohen Lehnstuhl. Auf ihrem Schoß lag Mozart, ihr fetter, sabbernder Mops, und neben ihrem Ohr auf der hohen Lehne hockte ein Beo, der in ihrem blonden Haar pickte.

„Lass das, Domingo!", schimpfte sie.

„Heute nicht mehr, Schätzchen!", sagte eine gruselige Stimme, und es dauerte einen Moment, bis wir erkannten, dass sie dem Beo gehörte. „Heute nicht mehr, Schätzchen!" Und dann fing dieser Vogel doch prompt an, eine Arie zu trällern, die klang wie „La donna è mobile"! Oswalda öffnete den Ausschnitt ihres Morgenmantels weit und entblößte zusätzlich eine fleischige weiße Schulter. Ich glaube, ich wurde rot.

„Geht das so?", fragte sie und strahlte.

„Großartig!", rief Jonas freudig erregt – er schien überhaupt kein Problem mit ihrem halb nackten Körper zu haben – und stellte die Leinwand vor ihr auf. „Nur noch fünf Minuten, bis wir alles hergerichtet haben." Wir packten unsere Sachen aus wie Chirurgen, die vor einer mehrstündigen, lebensrettenden Operation standen. Also eigentlich war ich der Chirurg, der darauf achtete, dass alles am richtigen Platz und jederzeit griffbereit war. Jonas hätte einfach alles ausgeschüttet, blindwütig losgelegt und die Sauerei hinterher notfalls mit Terpentin beseitigt, oder gar nicht, er war da nicht so.

„Haben Sie vielleicht Zeitungspapier?", fragte ich Oswalda Herzog. Sie schickte mich in die Küche. Ich fokussierte meinen Blick auf einen Stapel Zeitungspapier und wartete darauf, dass meine Erektion endlich nachließ. Dann wappnete ich mich gegen den Anblick von zu viel nackter Haut und versuchte, professionell zu sein.

Ich legte Papier aus. Jonas spitzte Stifte. Wir machten es wie immer: Zuerst besprachen wir die Perspektivpunkte, dann zog Jonas die Outlines, diesmal mit Bleistift, ich war für die Grundierung zuständig, er für die Schatten. Wir drückten Ölfarben auf unsere Paletten und legten los.

Die nächsten fünf Stunden spachtelten und pinselten wir und vermengten unsere Fähigkeiten zu einem großen Ganzen. Wir waren eins, so aufeinander eingespielt, dass wir uns nie in die Quere kamen, obwohl wir an der gleichen Leinwand arbeiteten; ich kannte Jonas' moves und er kannte meine.

Obwohl Oswalda Herzog so lange sitzen musste, genoss sie die Situation – ich erkannte es an den aufgerichteten Härchen auf ihrer Haut. Selten hatte ich jemanden gesehen, der sich so wohl in seiner Haut fühlte. Um diese Fähigkeit beneidete ich sie. Und auf einmal fand ich sie nicht nur erregend, sondern wirklich schön. Auf einmal konnte ich verstehen, dass es Zeiten gab, in denen üppige Frauen begehrt waren. Ich beneidete die Barock-Maler, die ständig so viel Rundungen abmalen durften. Üppig war schön.

Jonas verlor sich darin, ihren seligen Gesichtsausdruck für die Ewigkeit einzuschmelzen. Während er mit einem feinen Haarpinsel ihre vollen Lippen pinselte, summte er mit dem Beo im Duett „La donna è mobile". Er ging total auf in dem, was er tat. Die Zeit hatte ihn eingefangen. Er tickte mit dem Atem der Welt.

Normalerweise stellte sich dieses Gefühl auch bei mir ein, es kam immer dann, wenn wir gemeinsam etwas erschufen, aber diesmal ließ der Flow auf sich warten. Oswalda und Jonas trieben gemeinsam in einer Glücksblase, und als hätte sich eine düstere Vorahnung zwischen uns geschoben, stand ich daneben und hatte das Gefühl, nicht eingelassen zu werden.

Zum ersten Mal in meinem Leben bekam ich eine ungefähre Ahnung davon, wie es war, wenn man sich einsam fühlte. Ich war aber nicht einsam. Ich fühlte mich nur so. Urplötzlich verkrampfte sich mein Magen und ich musste mich krümmen. Keiner sah es. Jonas und der Beo hatten gerade den Höhepunkt ihrer Arie erreicht. Leise wandte ich mich ab, ging aus dem Zimmer, schlüpfte aus der Wohnung, ließ mich gegen die Wand auf den Boden sinken, verbarg mein Gesicht unter der Kapuze und presste meine Hände gegen meine Brust. Mein Zustand beängstigte mich. Es gab keinen Grund dafür. Alles war in Ordnung. Und trotzdem fühlte ich mich wie ein verirrtes Gespenst, eingesperrt zwischen Irgendwo und Nirgendwo.

Nach einer Weile stand Jonas neben mir, die Finger voller Ölfarben. Schweigend setzte er sich neben mich und legte mir seinen warmen Arm um die Schulter.

„Kennst du dich mit Hormonen aus?“, fragte ich und wischte mir mit dem Ärmel über die Augen.

„Nicht wirklich“, sagte er. „Aber dass dich diese Frau überwältigt hat, wundert mich nicht. Man könnt’ glatt ’n Ständer kriegen. Oder andere Zustände.“

Jonas schaffte es immer, mich zum Lachen zu bringen.

8

Delta – die vierte Erkenntnis: Leander Blum ist doch ein Gespenst

„Fall nicht vom Gipfel, Schwester!“, sagte Onno und drückte mir den Schlafsack in die Hand, als wir nach einer unangenehmen morgendlichen Straßenbahnfahrt endlich im Schulhof standen. Mehr konnte ich beim besten Willen nicht tragen. Mein Rucksack war mindestens so schwer wie ich. In der Straßenbahn hatte ich mehrmals das Gleichgewicht verloren und durch mein Schwanken die dicht gedrängten Menschen mit ihren Zeitungen, Smartphones und Coffees-to-go in Panik versetzt. Schuld daran waren unsere Doppel-Eltern und die verrückten Wünsche von meiner Mutter Monika.

Schon als Kind hatte sie davon geträumt, eines Tages den Kilimandscharo zu besteigen. Anstatt das zu tun, hatte sie Charly geheiratet, meinen Vater, der maximal bis zum nächsten Kiosk ging, keineswegs freiwillig, sondern nur, wenn ihm die Zigaretten ausgegangen waren.

Erst in Oliver fand sie endlich den Partner, der ihr ihren Herzenswunsch erfüllen wollte. Sie fingen an zu trainieren. Halbmarathon, Marathon, Triathlon, Berglauf. Auf ihre Reise nach Afrika waren sie so gut vorbereitet, dass sie sechs Tage lang durch den Dschungel, über Steinwüsten und Eis ihren einheimischen Lastenträgern davonrennen konnten und schneller als die meisten am Uhuru Peak ankamen.

Nach ihrer Rückkehr hatte Charly die Fotos mit wenig Worten und saurer Miene kommentiert. Es ließ ihm keine Ruhe, schon wieder als Langweiler und Stubenhocker übrig zu bleiben, und er plante einen Gegenangriff.

Er lieh sich vom Drummer seiner Band das Wohnmobil aus und fuhr mit Minusch nach Island. Minusch war zu der Zeit seine einundzwanzigjährige Freundin (eigentlich war sie ein Groupie des Frontmans seiner Band, aber weil der schon besetzt war, hängte sie sich mit umso größerer Leidenschaft an den Bassisten, meinen Vater Charly). In Island durchquerten sie Schotterpisten und Flüsse. Zwischen Siglufjörður und Húsavík verreckte das Wohnmobil. Nach einem heftigen Streit beendete Minusch die Beziehung, ging zu Fuß weiter und wurde nach zwei Schritten von einem bildenden Künstler in einem Jeep mitgenommen, den sie eine Woche später heiratete (nicht den Jeep, sondern den Künstler). Charly hatte nicht so viel Glück.

An seiner Rückreise hätte selbst Odysseus Gefallen gefunden, und es würde zu lange dauern, jedes Detail zu schildern, jedenfalls verpasste er drei wichtige Konzerte mit seiner Band, einige Stunden mit seinen Bass-Schülern (die die Klingel an unserer Wohnungstür so lange malträtierten, bis wir sie nach Hause schickten), einen Zahnarzttermin, einen Termin bei seiner Osteopathin, zwei Auftritte im Volkstheater und ein wirklich wichtiges Meeting mit einer Werbeagentur, für die er Radio-Werbung für heimisches Rindfleisch produzierte. Als er zurückkam, warf ihn seine Band nach fast dreißigjähriger Zusammenarbeit raus. Die Werbeagentur verabschiedete sich von ihm und er verlor drei seiner Lieblingsschüler, weil sie es satthatten, ihn zu den abgemachten Terminen nicht anzutreffen. Nur zum Zahnarzt und zur Osteopathin durfte er weiterhin.

Er tat uns leid. Oliver versuchte ihn aufzuheitern, indem er ihn zu Dichterlesungen einlud (was Charly in noch größere Depressionen versetzte), und sogar Monika war ein paar Tage etwas freundlicher zu ihm; beinah hätte sie ihm eine Gratisberatung in ihrer Praxis angeboten (sie war Psychotherapeutin und belegte mit ihren Klientinnen das letzte Zimmer in unserer Wohnung). Erst als er Ruth kennengelernt hatte, konnte Charly seine Krise überwinden. Sie gab ihr ganzes Vermögen aus (hatte eine Idee für eine App teuer verkauft), um sich von ihm produzieren zu lassen. Ruth war nett, aber singen konnte sie nicht, und Charly, weich wie Butter, brachte es nicht übers Herz, ihr das schonend beizubringen. Sein Studio war gleichzeitig sein Schlafzimmer, in dem er seine Instrumente und seine Kleider aufbewahrte, darunter auch das Outfit seiner missglückten Islandreise. Und das war mein Pech.

Als er von meinem Wandertag hörte, nützte er die Gelegenheit, mir alles zu vererben. „Die Jacke hat mir in Island das Leben gerettet, funktioniert noch bei minus vierzig Grad." (Er war stadtbekannt für gnadenlose Über- und Untertreibungen.)

„Danke, Charly." Um ihn froh zu machen, stopfte ich alle Utensilien in den Rucksack, zusätzlich zu dem, was mir Monika aufgedrängt hatte, nach dem Motto: „Die Sachen sind immerhin schon am Kilimandscharo gewesen."

Und da stand ich nun, vollkommen overequipt. Onno war längst weg, und ich fragte mich zum tausendsten Mal, wie es unsere Eltern geschafft hatten, meinen Bruder und mich in verschiedene Gymnasien zu stecken, nur weil sie ihre eigenen Interessen durchsetzen wollten: Charly war in Onnos Schule gegangen, Monika in meine. All meine Freunde gingen auf Onnos Schule. Dort gab es einen musisch-kreativen Schwerpunkt für Musik, Tontechnik, Gesang, Grafik, Bildhauerei, Malerei, Architektur, Modedesign, Film und Fotografie. In meiner Schule gab es das nicht. Da ging es nur darum, möglichst viel Wissen in sich hineinzustopfen und es im richtigen Moment wieder auszuspucken, darin war ich leider gut, sonst hätte ich längst gewechselt. Aber nicht mehr lange, dann konnte ich diesem hässlichen Gebäude für immer den Rücken kehren und das tun, was ich wirklich wollte: Kuchen backen.

Meine Mitschüler warteten mit superleichten Rucksäcken auf den Bus, ausgerüstet mit dem Nötigsten (wie es eigentlich der Auftrag gewesen wäre) für eine Nacht in einer komfortablen Almhütte, und nicht mit Steigeisen und Kletterseilen für Schneestürme auf einem der Seven Summits. Die Wetterprognose war gut: ruhiges, warmes Herbstwetter bis übers Wochenende.

Also schleppte ich meinen Rucksack zu meinem Spind und stopfte dort alles hinein, was ich bestimmt nicht brauchen würde: Regenmantel, Knirps, schnell trocknende Funktionsunterwäsche zum Wechseln, Angorasocken, Schal, lange Berghosen, Rollpullover, Fleecejacke, winddichte Handschuhe, Wintermütze, Lippenschutzcreme, Thermotrinkflasche mit Trinkschlauchsystem, eine Großpackung vegane Müsliriegel (von Oliver), eine Rucksackapotheke mit Tape, Blasenpflaster, Ohropax (von Monika), bequeme Hüttenkleidung und leichte Schuhe für die Hütte, Klettergurte, Karabiner, Gamaschen, Teleskopstöcke und einen Stoffhasen (den hatte mir Charly aufs Auge gedrückt, er verreiste nie ohne Stofftier und war der Meinung, dass man immer einen passenden Gefährten bei sich haben sollte; Charly war neunundvierzig).

Danach war der Rucksack viel leichter und ich begab mich beschwingt wieder hinaus auf den Schulhof, in dem der Bus bereits angekommen war und sich alle um den Einstieg drängten. Ich hatte keine Lust, mich in die Schlange zu stellen, kehrte wieder um, sperrte den Spind noch einmal auf und schmuggelte, in einem Anfall von kindlicher Sentimentalität, den Stoffhasen wieder zurück in meinen Rucksack. Dann war ich bereit einzusteigen.

Meine Mitschüler hatten nicht nur die besten, sondern fast alle Plätze bereits eingenommen. Mir war nicht klar gewesen, dass die Klasse der Schönen Carmen auch noch mitkam. Der Busfahrer nahm mir den Rucksack ab und wunderte sich, wie leicht er war. Herr Mathis stand mit einem Klemmbrett und einer Liste neben dem Bus und hakte mich ab, als ich einstieg.

Sarah saß wie ein Zirkuspferd in der ersten Bank. Mit lackierten Fingernägeln tippte sie auf ihr Handy, dass es klapperte. Ich wollte mich neben sie setzen.

„Sorry", murmelte sie, auf ihr Display starrend, „ist reserviert." Ich musste lachen. Außer mir war nämlich niemand mehr da. Niemand außer der Schönen Carmen, Herrn Mathis und dem Berg (im traditionellen karierten Flanellhemd). Wenn, dann konnte sie also nur Herrn Mathis im Visier haben. Ich fand das peinlich, aber Sarah spielte gern mit älteren Männern. (Man munkelte, dass Herr Mathis und die Schöne Carmen etwas miteinander hatten, was Sarah vermutlich auf die Idee gebracht hatte, die Sache ein wenig aufzumischen.)

„Oh mein Gott", stieß ich hervor. „Du willst doch nicht etwa ... der Mathis?" Sie tat, als hörte sie mich nicht, und tippte weiter. Unterdessen hatte ich den letzten freien Doppelsitz ein paar Reihen dahinter entdeckt und ließ mich erleichtert fallen. Während des Einsteigens kämpfte der Berg mit einem Papierzelt, das sich als falsch zusammengefaltete Landkarte entpuppte, die er wieder auffalten musste, was es aber auch nicht besser machte. Mitsamt dem Quadratmeter Papier auf seinen Knien wollte er neben Sarah Platz nehmen.

„Tut mir leid, Herr Professor, aber hier ist schon besetzt!", sagte sie. Der Berg machte ein Gesicht, als hätte sie ihm ein Brett vor die Stirn geknallt, auf dem frisch gestrichen stand: „Baby, geh scheißen!" Es war einer der seltenen Momente, in denen er zwar um Worte rang, aber keine fand. Beleidigt ließ er von Sarah ab, schaute sich um und sah die abgestellten Rucksäcke hinter dem Fahrersitz – die gehörten entweder Herrn Mathis oder

der Schönen Carmen –, dann ließ er seinen Blick durch den Bus schweifen und sah, das außer neben Sarah nur noch neben mir frei war.

„Großer Gott, lass den Kelch an mir vorübergehen!“, dichtete mein Gehirn selbstständig. Verbissen starrte ich auf den verwelkten Ahorn im Topf auf dem Schulhof. Der Topf war voller Kippen und ein bedrucktes Papier in einer Ringbuchfolie steckte darin, auf dem stand: „Ich bin ein Pflanzenkübel, kein Aschenbecher.“

Die drohende Gefahr, die von Berg ausging, stellte mein ganzes bisheriges Leben infrage: Warum musste ich immer als Letzte kommen? Warum wuchs ich nicht in einer normalen Familie auf? Warum war ich geschlagen mit einem chaotischen Bruder, einem noch chaotischeren Vater, der am liebsten jede halb tote Fliege einer Herzmassage unterzogen hätte und mir einredete, dass mich ein Unglück ereilen würde, wenn ich seinen Stoffhasen allein über Nacht im Spind zurückließ? Warum hatte ich eine vom Ehrgeiz zerfressene Supermutter und doppelte Anhänge in Form von Noch-Beziehungen, Ex-Beziehungen und künftigen Beziehungen? Warum hatte man mich in eine Schule gesteckt, in der Sarah meine einzige Freundin war?

„Verzeihung, darf ich mal vorbei?“ Leander Blum!

Er zwängte sich am Berg vorbei, sah den freien Platz neben mir und machte ein Gesicht, als würde ihn der Mathelehrer dazu zwingen, den Tafelschwamm zu fressen und gleichzeitig Integralfunktionen zu berechnen.

„Noch frei?“, fragte er griesgrämig, obwohl jeder sehen konnte, dass noch frei war. Ich rutschte ans Fenster. Er setzte sich neben mich. Schmal sah er aus in seiner dunkelgrauen Outdoor-Hose. Über einem engen schwarzen T-Shirt, das seine Schultern betonte, trug er eine ärmellose Funktionsjacke mit hoch verschlossenem Zipp-Verschluss. Er stand noch einmal auf und legte seine Jacke in die Gepäckablage über meinem Kopf. Dabei musste er seine Arme heben – ein Hauch herbes Deo wehte mir in die Nase.

„Danke", murmelte ich, als er wieder neben mir saß.

„Hm?" Er warf mir einen fragenden Seitenblick zu und ich wich zurück. In seinen hellen Augen flackerte ... ich wusste nicht genau, was. War es nur Ablehnung mir gegenüber? Nein. Nicht nur. Es war auch Angst. Aber warum und wovor hatte er Angst? Er sah blass aus, was bei seiner Hautfarbe einen gewissen Widerspruch darstellte.

„Du hast mich vor dem Berg gerettet", erklärte ich und konnte förmlich dabei zusehen, wie sich seine Angst in ihren Bau zurückzog, wo sie lauerte und nur darauf wartete, bei der nächsten passenden Gelegenheit zubeißen zu können. Aber was für eine Gelegenheit war das? Und wie viel Anteil hatte ich an seiner Angst? Oder ich redete mir nur etwas ein und all das hatte gar nichts mit mir zu tun.

Er steckte sich Kopfhörer in die Ohren und schloss die Augen. Eine Minute später riss ihn Herr Mathis aus dem Tiefschlaf. „Handy bitte abgeben!"

„Wie?"

„Das ist ein analoger Ausflug. Keine elektronischen Geräte, bis wir zurück sind!" Der Lehrer hielt ihm eine Tasche hin und Leander ließ sein Handy samt Kopfhörer hineinfallen; es schien ihm nicht mal viel auszumachen. Wie alle anderen hatte ich mein Handy erst gar nicht mitgenommen.

„Schön, dass du doch dabei bist", sagte Herr Mathis freundlich. Leander nickte kurz, schloss die Augen wieder und beschäftigte sich damit, im Schlaf unsichtbare Mauern um sich herum zu errichten.

Die nächsten vier Stunden blieb er sitzen, ohne sich zu rühren. Manchmal flackerten seine Augenlider und ich war mir nicht sicher, ob er tatsächlich schlief.

Um mich herum wurden Snacks aufgerissen, Pausenbrotdosen geöffnet und Papiertüten aus Bäckereien zerknüllt. Es roch nach Nussgipfeln, Salami, Essiggurken, Schokolade, Smoothies und Cola. Alle aßen. Nur ich klebte fest und war dazu verflucht, aus dem Fenster oder auf Leander Blums Oberschenkel zu starren (was zugegebenermaßen nicht der hässlichste Anblick war). Nicht einmal zur Pinkelpause rührte er einen Muskel und ich gewann meine vierte Erkenntnis über Leander Blum: Er war doch ein Geist. Oder der arroganteste Mensch, dem ich je begegnet war.

Er ignorierte alles, was um ihn geschah. Ein paar Tage hatte ich nichts gegen sein Schweigen gehabt, aber langsam reichte es mir. Am liebsten hätte ich ihn geschüttelt wie einen Baum, in der Hoffnung, dass Geständnisse von ihm herabgefallen wären wie reife Äpfel. Stattdessen achtete ich darauf, ihn auf gar keinen Fall zu berühren. Das war schwierig. Trotzdem brachte ich das Kunststück fertig, ohne den Hauch eines Körperkontakts über ihn zu klettern. Zehn Jahre im Turnverein waren also doch keine vergeudete Zeit gewesen.

In der Raststätten-Toilette tobte Sarah vor dem Spiegel. Ihr Entschluss, Herrn Mathis neben sich zu kriegen, war schnell verpufft, der Lehrer hatte kurzerhand die Rucksäcke hinter dem Busfahrer weggeräumt und sich neben den Berg gesetzt. Die Schöne Carmen fand diebischen Gefallen darin, neben Sarah Platz zu nehmen und sie mit allen Einzelheiten vom Urknall bis zur Entstehung der Gesteinsschichten auf der Reise zu langweilen.

„Die labert einen voll, das glaubst du ja gar nicht“, schimpfte Sarah und band sich einen neuen Pferdeschwanz. „Ich hätte den Kopfhörer nie abgeben dürfen. Nie! Das ist die reinste Folter.“

Ich wusch mir die Hände und beobachtete im Spiegel, wie sie sich Lippenstift nachzog. „Können wir nicht tauschen?“, fragte sie flehend.

„Die Schöne Carmen gegen Leander Blum?“

Ich zerknüllte das Papierhandtuch zu einer harten Kugel. „Sicher, wenn du mieser als Luft behandelt werden willst?“ Frustriert schleuderte ich die Kugel in den Treteimer. „Luft kann man wenigstens einatmen.“

„Ach, Scheiße!“, fluchte Sarah, trat gegen die Tür und verließ die Toilette. Ich fragte mein Spiegelbild, wie ich den Rest der Reise unbeschadet überstehen konnte.

Als ich zurück in den Bus kam, tat Leander Blum, als schliefe er noch immer. Mit zirkusreifen Verrenkungen und enormem Kraftaufwand zog ich mich unter johlendem Beifall mit beiden Armen an der Gepäckablage hoch, stützte mich auf der Kopflehne ab und kletterte ohne Berührung über ihn. Kaum saß ich, schreckte er mit einem Laut hoch, der mir wie ein geschärftes Messer zwischen die Rippen fuhr, selbst die anderen verstummten. Die beiden vor uns drehten sich erschrocken um.

„Ey, was war das denn?“

„Alles klar bei euch?“

An dem Schrecken und der Irritation in Leanders Gesicht bemerkte ich, dass er tatsächlich geschlafen hatte, wahrscheinlich schon die letzten vier Stunden, und dass er aus einem Albtraum direkt hier herein in den Bus gestürzt und hart aufgeschlagen war. Sein Brustkorb hob und senkte sich schnell. Er glänzte schweißnass und sah aus, als wäre er einem Dämon begegnet.

„Entschuldige“, murmelte er, wischte sich über die Stirn und setzte sich aufrecht hin, offenbar in dem Bemühen, nicht wieder einzuschlafen. Seine aufgerissenen Augen waren auf die Landschaft gerichtet, die an uns vorbeizog und immer ländlicher wurde. Ich konnte mir nicht vorstellen, dass er etwas davon wirklich wahrnahm. Die Stadt lag weit hinter uns. Der Himmel strahlte tiefblau und Leander Blums Augenlider wurden schon wieder schwer; erneut sank er zurück in seinen Sitz.

Unter einer hohen Autobahnbrücke glänzte ein Alpensee wie auf einem Urlaubsprospekt – Villen mit Zugang zum See, Anlegestellen, Segelschiffe, Fischerboote. Die Wälder rund um das steile Ufer leuchteten in Herbstfarben und ich konnte es kaum erwarten, endlich aus dem Bus zu kommen. Wir verließen die Autobahn, fuhren durch romantische Dörfer und zweigten in ein Tal ab. Viele Kurven. Es ging bergauf. Leander Blums Kopf schaukelte wie tot auf seinem Hals, und als der Bus auf einem Schotterparkplatz in einem Wald abrupt hielt, kippte sein Kopf zur Seite und blieb auf meinem Kopf liegen, was sich gruselig anfühlte. Sein Kopf war hart. Mein Kopf war hart. Knochen auf Knochen. Er schien nichts zu bemerken. Ich wagte es nicht, mich zu bewegen.

Alle anderen standen auf, rafften ihre Sachen zusammen und zogen mit kollektivem Grinsen an uns vorbei; manche konnten es nicht lassen, unsere lachhafte Haltung zu kommentieren, was wieder andere köstlich amüsierte. Ein wenig konnte ich sie ja verstehen, ich hätte selbst über mich gelacht, wenn ich nicht mittendrin gesteckt wäre: Wie eine steinerne Säule war ich eingekeilt zwischen kaltem Glas und Leander Blums hartem Schädel.

11

Gemälde: drill sergeant Comicfigur. Kugelschreiber auf ausgerissener Seite. 12 × 7 cm

Abstraktivismus. Dadaismus. Expressionismus. Futurismus. Kompressionismus. Konstruktivismus. Kubismus. Neoplastizismus. Purismus. Simultanismus. Suprematismus. Verismus. Leander Blums Malerei zeigt sich völlig frei gegenüber allen Kunstismen.
(Eckehard Spieß, Kunsthistoriker)

Oswalda Herzog rief nach uns. Unten in der Eingangshalle öffnete jemand die Haustür. Wir hörten Schritte. Jonas gab mir ein Taschentuch.

„Danke, Mum“, sagte ich und schnäuzte mich.

„Du bist doch nicht wirklich krank?“, fragte Jonas.

„Quatsch“, sagte ich, obwohl ich mir nicht so ganz sicher war. Diese gruseligen Angstzustände häuften sich in letzter Zeit.

„Es hat mich nur überwältig. Ich meine, hast du dir das Gemälde einmal richtig angesehen? Es ist fucking brillant geworden. Jonas!“ Ich beutelte ihn an den Schultern. „Ist dir zwischendurch mal aufgefallen, wie weit wir’s gebracht haben?“ Jedes meiner Worte kam mir vor wie eine verzweifelt kratzende Kralle, die nach einem Halt suchte.

„Kein Wunder, wir haben in unserem Leben nie was anderes gemacht, als zu malen.“

„Aber denkst du, wir schaffen es, ganz von unserer Kunst zu leben?"

Er lächelte. „Davor hast du Angst?"

„Du nicht?"

„Keine Sekunde ... Aber mein Vater ist auch anders als deiner. Michael versteht mich total. Aber es wird nicht ganz einfach werden, Wolfgang davon zu überzeugen, dass du keine Lust auf einen sicheren Job hast. Wie Lehrer."

„Oder Polizist ... Ich will nicht den gleichen Fehler machen wie er. Er hatte auch ganz andere Träume. Und jetzt? Schau dir an, wo er gelandet ist."

„In dir steckt aber nicht nur dein Vater, sondern auch deine Mutter. Schau in den Spiegel. Im September werden wir volljährig. Dann können wir machen, was wir wollen. Ey, Mann. Vertrau dir doch ein bisschen mehr. Also ich tu's. Das kommt alles gut. Alter, du kannst was! In Wahrheit bist du viel besser als ich. Nur weißt du das nicht. Ja, ich hab das mit der Perspektive ganz gut drauf, das ganze technische Zeug. Aber das, was Kunst wirklich ausmacht, bringst du in unsere Bilder."

„Und was macht Kunst aus?"

„Wut. Angst. Kraft. Irritation. Liebe. Schmerz ... Gefühle halt. Im Gegensatz zu mir kannst du deine Gefühle ausdrücken. Ich mach das alles mit dem Verstand."

So etwas hatte er noch nie gesagt. Wir standen auf. Ich wankte ein wenig, immer noch völlig benommen von seinen Worten. Besorgt schaute er mich an.

„Vielleicht solltest du dich mal von einem Arzt durchchecken lassen."

„Mach ich, Jonas." Ich stützte meine Unterarme auf das Geländer und sah etwas, das mir gar nicht gefiel. „Scheiße!"

„Was macht der Arsch denn hier?", flüsterte Jonas. Ausgerechnet der Drill Sergeant kam die Treppe herauf – breitbeinig und aufgepumpt, einen Strauß scharlachrote Rosen in der Hand. War das ein Zufall, dass er hier auftauchte?

„Meine süßen Maler! Wo bleibt ihr denn?", flötete Oswalda und kam aus der Wohnung, auf der Schulter den Beo, in ihren Armen den keuchenden Mops.

„Kennen Sie den?", fragte Jonas leise und zeigte über das Treppengeländer nach unten. Sie beugte sich über die Brüstung und fuhr erschrocken zurück.

„Um Himmels willen!" Sie ließ Mozart fallen wie eine heiße Kartoffel – jaulend watschelte er zurück in die Wohnung. Wir folgten dem Hund. Sie sperrte die Tür ab und wurde nervös.

„Was ist heute für ein Tag? Wie spät ist es?"

„Dienstag, der Zwölfte, gleich neun", sagte Jonas.

„Den Eugen hab ich total vergessen." Wie ein vom Fuchs aufgescheuchtes Huhn wuselte sie zurück ins Wohnzimmer. Jonas und ich waren nicht weniger panisch – der Drill Sergeant durfte auf keinen Fall herausfinden, dass wir malen konnten – er würde erkennen, wie wir ihn all die Jahre verarscht hatten, und uns den Rest unserer Schulzeit verkehrt herum unter der Turnsaaldecke baumeln lassen. Ich eilte hinein, schraubte, so schnell es ging, die Deckel auf die Tuben und warf sie in meinen Rucksack.

„Frau Herzog", rief Jonas und knüllte das Zeitungspapier zusammen. „Sie dürfen dem unter keinen Umständen unsere Namen sagen. Wir arbeiten unter Pseudonym. Hören Sie? Wir malen das Bild nur fertig, wenn Sie schweigen."

„Natürlich schweige ich", sagte sie empört. Es klingelte. „Schnell! Das Gemälde! Er darf es nicht sehen. Es soll eine Überraschung für ihn werden." Jonas und ich packten an und trugen die feuchte Leinwand vorsichtig auf den vollverglasten Balkon.

„Schnell, ich muss mich umziehen; der Eugen hat da so seine eigenen Vorstellungen. Ruft mich in drei Wochen an, dann machen wir einen neuen Termin aus."

„Warum erst in drei Wochen?“, flüsterte ich.

„Ich bin auf Kur.“

„Und die Kohle?“ Aber das überhörte sie einfach. Sie bugsierte uns in die Küche. „Wartet hier“, flüsterte sie und eilte ins Schlafzimmer. Jonas und ich versteckten uns hinter der Küchentür und malten uns aus, was für sexuelle Vorlieben Professor Eugen Drill Sergeant so hatte – wollte er sie als School-Girl im Faltenrock oder lieber als Domina in Ketten? Heilige Scheiße! Es klingelte wieder. Wir hörten, wie Oswalda ihm öffnete, zogen uns die Kapuzen tief in die Gesichter und machten uns bereit zum Sprint. Er verschwand mit ihr im Schlafzimmer. Wir packten unsere Rucksäcke und huschten hinter seinem Rücken hinaus. Jonas’ Staffelei mussten wir zurücklassen.

„Oswalda!“, brüllte er. „Ruf die Polizei! Du hast Einbrecher! Ich folge ihnen!“ Großartige Idee, wirklich! Wir Schwachköpfe. Jetzt hatten wir den Drill Sergeant auch noch im Genick. Auf den hätten wir verzichten können. Wir stürzten die Treppen hinunter. Er war uns auf den Fersen. Die schwere Tür rissen wir gemeinsam auf, und ohne links oder rechts zu schauen, rannten wir beim Museumscafé in großen Schritten über eine vierspurige Straße. Ich warf einen Blick über die Schulter. Er kam aus dem Haus. Ein fieses Grinsen in seinem Gesicht. Der Jagdinstinkt schien ihm ungeahnte Kräfte zu verleihen. Einer wie er gab nicht auf.

Unter Bäumen standen mehrere Menschen. Wir mischten uns unter sie. Sie fädelten sich in einer Reihe auf und reichten einem Mann mit Bauarbeiter-Helm ein Ticket, der sie in ein Loch über eine Steintreppe in die Kanalisation schickte. „Dritte Mann Tour“, leuchtete rot neben einer Kasse auf einem digitalen Banner. Unsere Rettung! Wir mussten da runter, leider hatten wir keine Zeit mehr, uns Tickets zu kaufen. Und Geld wohl auch zu wenig. Der Drill Sergeant stand mit geballten Fäusten und zusammengekniffenen Augen vor dem Museumscafé, spähte in unsere Richtung und hatte das Pech, nicht über die vierspurige Straße zu können, aber sobald die Ampel auf Rot umschaltete und die Autos stehen blieben, waren wir verloren.

„Jetzt wäre der richtige Zeitpunkt, um was aus deinem Netter-Junge-von-nebenan-Hut zu zaubern“, sagte ich zappelnd zu Jonas.

„Und was, bitte?“

„Erzähl ihm was vom letzten Willen deines toten Opas oder ... keine Ahnung ...“

Jonas warf einen Blick zum Drill Sergeant vor der roten Ampel, der schon mit den Hufen scharrte, dann zu dem Mann, der die Tickets abriss und bereit war, die Führung zu beginnen; alle anderen waren schon im Loch unter der Erde verschwunden. Jonas – ich fand das echt den besten Witz – erzählte ihm einfach die Wahrheit, dass wir eine Frau porträtieren sollten und plötzlich unser Turnlehrer aufgetaucht sei, um es mit ihr zu treiben. Er zeigte dem verblüfften Mann die Ölfarbflecke auf seinen Fingern. Die Ampel für die Autos schaltete auf Rot. „Sehen Sie den? Der fiese Kerl mit den aufgepumpten Oberarmen? Das ist der größte Sadist von einem Lehrer, den Sie sich vorstellen können. Der kommt aus diesem Haus, wo er eine wehrlose Frau flachlegen wollte.“ Nun gut, das mit dem wehrlos war ein wenig übertrieben.

Der Drill Sergeant stiefelte über die Straße. „Bitte ...“, flehte Jonas.

„Runter mit euch!“, sagte der Mann mit finsterem Blick auf den Drill Sergeant und ließ uns ohne Ticket durch die Absperrung.

Wir polterten die eiserne Wendeltreppe nach unten und konnten nur noch hören, wie der Mann sagte: „Tut mir leid. Die Führung ist ausgebucht ... Zwei Jungen? ... Ich glaub, die sind da rüber zur Secession.“

12

Gemälde: six feet under
Öl auf Leinwand. 100 × 70 cm

Die Motive sind beunruhigend. Der geschickte Umgang mit Licht, aber auch die räumliche Verzerrung steigern die Dramatik.
(Winter Winezki, Kunstkritikerin)

Scheißhaus-Gestank schwappte uns entgegen. Er kam so unvermittelt, dass wir uns fast übergeben mussten. Wir würgten, hielten die Luft an, blieben einen Moment stehen und stellten erleichtert fest, dass die Schotten über uns dicht gemacht wurden. Den Drill Sergeant waren wir los.

Wir folgten der Gruppe, die im Gänsemarsch von einer Frau durch Gänge geführt wurde – alle trugen Bauarbeiter-Helme, nur wir nicht. Wir wollten deswegen nicht zurückgeschickt werden. Fäkalien anschauen wollten wir auch nicht. Nur so schnell wie möglich einen Weg raus finden. Also verschanzten wir uns in einer Betonnische und warteten.

Es war saukalt und von der Decke klatschten dicke Tropfen. Wir schlangen die Arme um unsere noch verschwitzten Körper und warteten, bis Schritte und Stimmen verklungen waren. Wir waren allein! Meine Hände fingen wieder an zu zittern. Es war kein normales Zittern. Ich konnte es nicht kontrollieren und verbarg sie hinter meinem Rücken. Jonas hatte es trotzdem gesehen.

„Was das wohl ist?“, fragte er besorgt.

„Parkinson. Alzheimer. Krebs. Aids. MS. Was weiß ich denn. Wird schon nichts sein. Es ist arschkalt. Lass uns gehen.“ Ich wollte los, aber er hielt mich zurück. „Du sagst mir doch, was los ist?“

„Ja, Mum!“

Als ich sein beschämtes Gesicht sah, musste ich lachen und endlich gab er Ruhe.

„Schleusentor“, stand auf einer Tafel. Der Gestank war nicht mehr ganz so schlimm. Luft strömte von irgendwoher. Es rauschte. War es Wasser? Turbinen, Motoren, Lüftungen? Eindeutig Fließwasser. Über Stufen gelangten wir in einen größeren Raum. Ich stieß mir den Kopf an einer Grubenlaterne an. Jonas aktivierte die Taschenlampenfunktion seines Handys.

„Bloody hell!“, entfuhr es mir. „Was ist das?“

Jonas lief dem Geländer nach und hielt mir einen seiner Vorträge. Von Zeit zu Zeit musste er sein Zuviel an Wissen dringend loswerden. „Das sind Abwässer, Bäche und Flüsse, die unter der Stadt durchgeleitet werden!“ Ein schmaler Durchgang. Das Rauschen des Wassers wurde stärker. Unheimlich. Jonas betätigte einen Schalter an der Wand – ein Notlicht ging an und der ganze Raum tat sich vor uns auf.

„Schau dir das an!“, rief Jonas. Eine unterirdische Höhle. Entgeistert standen wir am Geländer: Unter uns sprudelte es aus mehreren Öffnungen und Löchern. Die Bäche unterschieden sich in ihren Farben. Einer war delfingrau, ein anderer eichhörnchenbraun. In einem Becken unter uns trafen die Wasserströme aufeinander und zeichneten Spiralen, bis sich die Farben mischten. In einem groben Rechen hingen Tampons, Binden, Seidenstrümpfe und Plastikfetzen. Der Geruch passte nicht zu dem, was ich sah.

„Der rotbraune Fluss kommt aus Ottakring“, sagte Jonas.

„Eh klar.“ Ich hatte keine Ahnung, woher er das wieder wissen wollte.

„Erkennst du den Geruch nicht?“

„Ich riech’ nur ... Bier?“, stellte ich erstaunt fest.

Als hätte er in Abwasser-Fäkalien-Wirtschaft promoviert, zeigte er auf die braune Suppe. „Das sind Brauerei-Abwässer.“

„Na sauber.“ Ich sah einen Scheißkegel munter durchs Wasser tanzen, als mir ein Geräusch in die Ohren stach, das nicht hierhergehörte: Schritte. Wir sollten dem, der sie verursachte, besser nicht begegnen. Schnell raus. Wir stolperten über eine Treppe, rannten durch einen Tunnel glitschiger Stiegen nach unten und hielten vor einer Kette, an der ein Blechschild hing: „Betreten für Unbefugte verboten“. Natürlich stieg Jonas über die Kette. Er tat so was dauernd – unbeschwert und leichtsinnig. Ich folgte ihm. Hier gab es keine Handläufe mehr, nur ein paar spinnenverklebte Elektrofunzeln, die von der feuchten Decke baumelten. Wir kamen an eine gepanzerte Tür, die in ein russisches Kriegs-U-Boot gepasst hätte: dick wie ein Tresor und verschmierte, kugelrunde Augen aus Glas. Die Angeln quietschten laut, als wir die Tür aufschoben und eine unterirdische Riesenhöhle betraten, nein, keine Höhle, es war ein Tunnel. Die Luft war kalt und frisch. In einem breiten Bett gluckste klares Wasser.

„Oh mein Gott“, murmelte Jonas. „Das muss der alte Stadtfluss sein, der lief vor hundert Jahren noch oberirdisch, bis sie ihn unter die Erde verlegt haben. Weißt du, was das heißt? ... Leander!“ Unsere Handys vermochten die Größe der Höhle nicht zu durchleuchten.

Aber neben der Tür, durch die wir hier hereingeplatzt waren, prangte ein Graffito: MÖRV. Das Piece war nichts wert, der Ort schon, denn abgesehen von ein paar halbherzigen Schmierereien war die ganze Riesenhöhle in dem mächtigen Tunnel beinah noch jungfräulich. Jonas packte mich am Arm und endlich dämmerte mir, was wir gerade gefunden hatten: die Wand für unser Masterpiece!

Wie der erleuchtete Jesus Christus breitete Jonas seine Arme aus und verkündete das Evangelium. „Es wird fantastisch! Leander, mein Freund, wir werden in die Geschichte eingehen."

Ich japste nach Luft.

Endlich konnten wir unser Masterpiece vollenden. Jonas bemerkte meine Atemnot nicht, zu beseelt war er von dem heiligen Ort, nach dem wir so lange gesucht hatten, er strahlte wie ein Weihnachtsbaum und schoss ein paar Fotos.

„Was treibt ihr hier unten!", brüllte plötzlich ein Kanalarbeiter, dessen Schritte wir wohl kurz zuvor gehört hatten – er war direkt in den Handy-Blitz gelaufen. Wir nützten den Moment, in dem er geblendet war, und rannten stromabwärts. Zu beiden Seiten gab es eine Art Ufer, auf jeden Fall genügend Platz für Hochwasser und für uns. Schnurgeradeaus. Mit langen Schritten rannten wir, so schnell wir konnten. Der Kanalarbeiter nahm die Verfolgung auf, hielt ein kurzes Stück mit uns mit, fiel dann aber hustend zurück und gab auf. Neben uns donnerte eine U-Bahn durch einen anderen Schacht. Wie eine schwarze Linse lag der Tunnel-Ausgang in der Feme. Wir hielten darauf zu, wollten nur noch raus, beobachteten, wie die Linse fingernagelgroß, tellergroß, hausgroß und schließlich tunnelgroß wurde. Schon von Weitem konnten wir den Schimmer der Stadtbeleuchtung hinter einem Perlenvorhang sehen – es schüttete in Strömen.

Wir verließen den Tunnel und waren innerhalb von Sekunden durchnässt. Zu beiden Seiten ragten hohe Mauern auf. Wieder eine U-Bahn, jetzt sahen wir sie – links, ein wenig erhöht, ratterte sie an uns vorbei. Wir mussten raus aus dem Flussbett. Aber wie? Gerade als ich begann, mir Sorgen darüber zu machen, sah ich eine Eisenleiter, die zu einer Brücke hochführte. Betreten strengstens verboten. Schon wieder. Wir wurden langsamer. Jonas sah nicht mehr viel durch die verregneten Brillengläser. Die Puste ging uns aus. Nach Luft ringend kletterten wir die grüne Treppe hinauf, überkletterten Zusatzabsperrungen, und ich sah ein flamingorosa Gebäude mit der Aufschrift „Lesben- und Schwulenhaus". Eine Regenbogenfahne hing über der lila Haustür schlaff im Regen. In der Kettenbrückengasse warfen wir uns in die U-Bahn und fuhren zurück. Nur zwei Stationen später waren wir wieder beim Museumscafé, wo wir in die Tiefe geklettert waren. Unser unterirdischer Ausflug war kilometermäßig zwar nicht lang gewesen, aber wir hatten gefunden, wonach wir so lange gesucht hatten: die ultimative Wand!

ε

Epsilon – die fünfte Erkenntnis: Leander Blum wandert wie eine Maschine

Als alle draußen waren, kam der Busfahrer auf uns zu, beugte sich über Leanders Gesicht, runzelte die Stirn und kam zu der Diagnose: „Zu viel getrunken letzte Nacht." Er packte ihn an den Oberarmen: „HALLLOOO! MEISTER! DER BERG RUFT!"

Leander schlug unvermittelt die Augen auf und der Busfahrer wich zurück. „Du meine Güte! Was ist denn mit dem los?"

Entweder die blaue Augenfarbe in seinem dunklen Gesicht hatte ihn aus dem Konzept gebracht oder auch er hatte die flackernde Angst darin erkannt, die sich blitzschnell aus ihrem Bau herausgeschlichen und zugeschlagen hatte.

„Hab ich verschlafen?", fragte Leander und dehnte sich.

„Lass mich raus!", drängte ich. Er reagierte nicht.

„Jetzt!", sagte ich wesentlich lauter. „Rauslassen! Mich! Sofort!"

Er wusste immer noch nicht, wie ihm geschah, stand dann aber doch verwirrt auf. Erleichtert, seiner Nähe endlich entkommen zu können, zwängte ich mich an ihm vorbei (diesmal war's mir egal, dass ich ihn streifte) und stolperte fluchtartig aus dem Bus. Ein paar meiner Mitschüler applaudierten noch einmal über mein zirkusreifes Theater mit Leander Blum. Sie machten mich wütend. Alle machten mich wütend. Sarah wollte mir ihr Mitleid aufdrücken.

„Lass mich!", fauchte ich. Leander Blum hatte mein Herz zum Rasen gebracht. Herr Mathis ging in die Talstation, legte Scheine auf den Tresen und bekam ein Ticket. Über uns schwebte die herabkommende Gondel in die Station. Wanderer mit Hund und Kinderwagen stiegen aus. Ein Mitarbeiter öffnete den Durchgang für den Kinderwagen und für uns (damit nicht jeder durchs Drehkreuz musste) und zählte uns ab.

Wir mussten alle in eine Gondel. Angenehm war das nicht. Schon wieder hatte ich Leander Blums Deo in der Nase und seinen Körper in meiner Nähe. Schweigend starrte er in die Tiefe. Je höher wir stiegen, umso mehr Gipfel tauchten auf. Ein Meer aus Gipfeln, viele davon schon (oder noch immer) mit Schnee bedeckt. Das Panorama war atemberaubend und selbst Leander Blums Geist kehrte für die Dauer der Bergfahrt in seinen Körper zurück. Konzentriert scannten seine Pupillen die gezackten und teilweise absurden Formen der Berge nach. Je höher wir stiegen, umso stiller wurde es in der Gondel. Wie winzig wir alle doch im Verhältnis zum Universum waren. Ich bekam Respekt vor der Natur.

Der Respekt verwandelte sich nach der ersten Etappe Fußmarsch in Wut, weil uns Herr Mathis Halbwahrheiten aufgetischt hatte. Man würde zuerst eine „gemütliche" Stunde bis zu einem Bergsee wandern, wo man die erste Pause einlegen würde, danach ginge es „nur" drei Stunden weiter bis zur First-Hütte, in der wir übernachten sollten. Die erste „gemütliche" Stunde war ein elender Marsch über einen steilen Schotterweg mit Kuhrinnen und wir brauchten zwei statt der versprochenen einen gemütlichen Stunde. Im Zickzack keuchten wir Höhenmeter aufwärts bis knapp unter die Baumgrenze. Ich ging mit Sarah hinter der Schönen Carmen. Der Berg machte das Schlusslicht und tupfte sich nach jeder geschafften Serpentine mit einem Stofftaschentuch den Schweiß von seinem knallroten Kopf. An der Spitze, etliche Schritte vor dem Mathis, bewegte sich Leander Blum allein bergauf. Seine Schultern waren eingefallen und sein Kopf baumelte unter der Kapuze nach vorn. Schlief er etwa schon wieder? Die Höhenmeter schienen ihm nicht das Geringste auszumachen. Wie ferngesteuert lief er in der stets gleichen Geschwindigkeit.

Als ich am Rastplatz ankam, saß Leander Blum auf einem abgesägten Baumstamm und drehte sich in aller Ruhe eine Zigarette. Er spiegelte sich, umgeben von Gipfeln und Bäumen, glasklar im smaragdgrünen See. Seinen Proviant hatte er entweder schon längst vertilgt oder er hatte gar nichts mitgehabt. Er steckte sich die Zigarette hinters Ohr, stand auf und folgte dem Lauf eines Gebirgsbaches talabwärts. Verstohlen schlich ich ihm nach und beobachtete, wie er leichtfüßig durch die Uferböschung hinunter ins Bachbett kletterte. Er setzte sich auf einen von der Sonne beleuchteten Felsen, steckte sich die Zigarette in den Mund, riss ein Zündholz an und rauchte. Eine Hand lag auf seiner Brust, als müsste er etwas darin festhalten.

Als er fertig geraucht hatte, kniete er sich hin und füllte seine Wasserflasche, dann nahm er einen Ast und zeichnete ein Gesicht in den kiesgrauen Sand. Seine Miene wurde hart. Voller Abscheu schleuderte er den Ast ins Wasser.

Herr Mathis rief dreimal nach ihm, dann reagierte er, eilte die Böschung hoch und war der Erste, der zum Abmarsch bereitstand. Ich mischte mich wieder unters Mittelfeld.

Gut gelaunt, weil der Weg nur noch sachte anstieg, wanderten meine Klassenkollegen in loser Formation den Bach entlang. Wir hörten Murmeltiere pfeifen, sahen Steinböcke und Gämsen in fernen Felswänden. Herr Mathis schlenderte mit Sarah im vorderen Mittelfeld und ließ sich von ihr unterhalten (immer wieder musste er laut lachen). Sie waren in Ferienlaune. Keiner schien es eilig zu haben. Nur Leander Blum zog in seinem persönlichen Tempo voran und war nur noch als Pünktchen in der Feme zu erkennen; nichts schien ihn aufhalten zu können.

Ein Traktor, der Holzstämme hinter sich herzog, kam uns entgegen. Mein Bauch knurrte und mir fiel ein, dass mir die anderen drei Mahlzeiten voraus waren: das Frühstück, die Zwischenmahlzeit im Bus und die Mittagsrast am See. Wind kam auf und schüttelte Buchenblätter aus den Bäumen. Ich trug nur kurze Hosen. Mich fröstelte. Ich eilte an den anderen vorbei, scherte aus, suchte mir einen sonnigen Fleck, packte meinen Proviant aus und aß ein faustdickes Brot. Ich genoss es, dass mir weder Onno noch sonst jemand Vorwürfe betreffend meiner Ess-Geschwindigkeit (beziehungsweise Langsamkeit) machte, schüttete Pfefferminztee mit Ingwer (handgezupft und biologisch von Oliver) aus der Thermoskanne in die dazugehörige Tasse. Es dauerte, bis er auf ein erträgliches Maß herabgekühlt war und ich ihn trinken konnte. Trinken war wichtig! Also trank ich mehr als die halbe Kanne leer.

Über mir im Nadelwerk pfiff ein Vogel. Sonst hörte ich nichts mehr. Besser, ich beeilte mich. Schnell packte ich die Thermoskanne und die Brotdose in den Rucksack, schulterte ihn und lief zurück auf den Wanderweg. Von meinen Mitschülern war nichts mehr zu sehen. Und plötzlich gabelte sich der Weg vor einem Stadel.

Statt eines rettenden Wegweisers entdeckte ich an der Rückwand des Heustadels nur einen Bergschuh. Ich spähte um die Ecke: Der Bergschuh steckte an einem Fuß von Leander Blum! Ausgestreckt lag er auf einer Holzbank, die Arme vor der Brust verschränkt, und schlief. Schon wieder. Kurz war ich in Versuchung, ihn zu wecken, aber dann besann ich mich. Von mir aus konnte er hier schlafen, bis ihn der Herbstnebel verschluckte, bis ihn die Novemberstürme fortwehten, bis ihn der Schnee zudeckte und ihn die Schmelze im Frühling hinunter ins Tal schwemmte. Energisch schlug ich den Weg nach rechts ein. Sehr schnell diesmal. Irgendwo mussten sie doch auf uns warten! Herr Mathis ging nie an einer Abzweigung vorbei, ohne sich zu vergewissern, dass alle da waren. Selbst jetzt noch, da etliche von uns bereits volljährig waren. Ich schrieb seine Nachlässigkeit Sarahs Ausschnitt und ihrer schmalen Taille zu; sie hatte ihm offenbar gründlich den Kopf verdreht. Aus dem Weg wurde ein steiniger Pfad, der in einer Felswand endete. Mit pochendem Herzen machte ich kehrt und rannte zurück.

Die Holzbank hinter dem Heustadel war leer. Ach, hätte ich Leander Blum doch nur geweckt. Jetzt stand ich allein in der Wildnis, ohne Handy und Funktionsunterwäsche. So schnell wie möglich musste ich den anderen Weg einschlagen und hoffen, dass meine Klassenkameraden dort warteten. Auf dem Boden lag ein zusammengefalteter Zettel, auf dem etwas stand. Ich hob ihn auf und faltete ihn auseinander (die Faltstellen waren schon brüchig, es schien, als sei dieser Zettel schon sehr oft geöffnet und wieder gefaltet worden). Er war kaum größer als meine Handfläche. Auf der einen Seite stand eine Adresse. Jonas irgendwas. Kunstvoll kalligrafierte Buchstaben und Zahlen, schwer zu lesen. Auf der anderen Seite war Leander Blums Gesicht. Gezeichnet. Mit wenigen Strichen nur. Aber unverkennbar. Ich konnte meinen Blick nicht davon abwenden.

„Da seid ihr ja endlich!", hörte ich seine Stimme. Er klang erleichtert. Der Zettel faltete sich wie von selbst in meiner Hand und verschwand in meiner Hosentasche. Leander Blum wirkte jetzt hellwach, seine Augen waren weit aufgerissen. Zum ersten Mal hatte ich das Gefühl, dass er mich wahrnahm. „Ich hab schon gedacht, ich hätte euch verpasst. Bin nur kurz eingepennt."

„Kurz eingepennt?", rief ich empört. „Du hast bestimmt mehr als eine halbe Stunde geschlafen ... nachdem du schon die ganze Fahrt geschlafen hast. Und von *ihr* und *euch* kann überhaupt keine Rede sein. Ich bin allein, hab mich genauso verlaufen ..." Ich war versucht zu sagen „wegen dir", aber das schluckte ich.

„Scheiße! Kommst du von dort?" Er zeigte nach rechts.

„Felswand, sah gefährlich aus."

Er zeigte nach links. „Das ist auch nur ein matschiger Pfad. Ich glaube nicht, dass das richtig ist."

„Scheiße!" Ich schaffte es nicht, ihn anzusehen, und schob mit meinem Wanderschuh einen Stein in einen Kuhfladen, der eine Außenhaut hatte wie kalt werdender Schokoladenpudding.

„Scheiße", sagte auch er noch einmal, wenngleich ziemlich lasch. Es war nicht so ein „Scheiße", das gezischt und zahnig daherkam, sondern ein niedergetretenes „Scheiße".

„Ja, Scheiße", irgendwie konnte ich mich an dem Wort gerade ein wenig festhalten; so wirklich weiter half es uns aber nicht.

„Wo hast du die anderen zum letzten Mal gesehen?", fragte er.

Ich zeigte grob in die Richtung, aus der wir gekommen waren. „Ist schon eine Weile her ... wir müssen vorher schon eine Abzweigung oder einen Weg verpasst haben."

„Du hast nicht zufällig ein Handy mitgehen lassen?", fragte er. Ich schüttelte den Kopf.

„Na dann", seufzend schulterte er den Rucksack, „auf ins Nirgendwo ... Scheiße ... hatte sowieso keinen Bock auf den beschissenen Ausflug ... Wandertag!", grummelte er in sich hinein, steckte die Hände in die Hosentaschen, zog die Schultern hoch und marschierte los.

„Eigentlich wolltest du doch gar nicht mitgehen, oder?", erinnerte ich ihn an das Gespräch mit Herrn Mathis und hechelte ihm hinterher.

„Wollte ich auch nicht ... mein Vater hat mal wieder geglaubt, sich durchsetzen zu müssen, frische Luft, auf andere Gedanken kommen und so Schwachsinn, und da bin ich jetzt, auf dem richtigen Weg, bei frischer Luft und wahnsinnig glücklichen Gedanken! Ich hasse Schulausflüge!" Es fehlte nur noch, dass er sagte: „Mit dir ganz besonders." Ich sah die Wörter schon auf seiner Zunge liegen, aber er schluckte sie.

Ich kam ihm kaum nach. Schon wieder schien mir, als flöge sein Geist in Lichtgeschwindigkeit davon, über alle sieben Berge zu den sieben Zwergen. Ob es dort auch ein Schneewittchen gab? Ob er das auch so missachtete wie alle anderen in seiner Umgebung?

13

Gemälde: under the bridge
Acryl auf Leinwand. 100 × 70 cm

Caravaggio goes Streetart. So frei kann Malerei sein.
(Dr. Frederik Scharitzer, Galerist)

Am Rande der Stadt unter einer Autobahnbrücke, die über die Donau führte, fand ein aufwendiges Fotoshooting statt. Jonas und ich hatten keine Lust gehabt, nach Hause zu gehen und einen Abstecher auf die Insel gemacht, die im äußeren Kanal lag, weit draußen, wo normalerweise nicht mehr viel los war um diese Zeit. Bisschen entspannen. Bisschen an der Hall hängen. Bisschen nachdenken, wie wir unseren finanziellen Engpass in den Griff kriegen konnten, bis Oswalda Herzog von ihrer Kur zurückkam.

Die von unten mit Scheinwerfern beleuchtete Autobahnbrücke sahen wir schon von Weitem. Da ging was ab. Offenbar war TCP am Werk gewesen. TCP stand für The City Priest, einer der besten Streetart-Künstler in der Stadt. Er war uns ein paar Jahre voraus, hatte sich mit seinem „blind as a mole movement" einen Namen gemacht, indem er die ganze Stadt mit Maulwürfen zupflasterte. Überall war dieser unverwechselbare Maulwurf zu sehen – auf Dächern, Kaminen, Hochhäusern, Balkonen, Garagentoren, Briefkästen und Hintertüren. Jedes Kind kannte den Maulwurf. Die Kunstszene hob den City Priester mitsamt seinen Maulwürfen in ihre Kreise, und jeder hoffte darauf, eine Menge Kohle mit ihm machen zu können.

Jonas und ich hatten seine Werke schon bewundert, als wir noch Anfänger waren. Inzwischen war TCP einer der ganz wenigen in der Stadt, die vom Sprayen leben konnten, und was man so hörte, lebte er richtig gut davon. Große Firmen wandten sich an ihn, weil sie sich Fassaden und Empfangshallen von ihm gestalten lassen wollten. Die Stadt engagierte ihn für die Gestaltung von Unterführungen und für Sozialprojekte. Er sprayte auf Auftrag, mit Kindern, Geflüchteten und Senioren. Die Antidiskriminierungsstelle bezahlte ihn dafür, dass er Nazi-Schmierereien übersprayte und Hakenkreuze in Schrift verwandelte wie „Respect – start living without racism". Und vor Kurzem eröffnete eine *Urban-Priest-Gallery* ausschließlich mit seinen Werken. Das Beste aber war, was man so hörte, das *Priesterseminar*, das er zusammen mit anderen Künstlern in einer halb verfallenen Fabrik in der Einflugschneise des Flughafens ins Leben gerufen hatte. Idealisten und kreative Leute hingen dort herum. Ständig berichteten die Medien über Betonküchen, Guerilla Bakerys, Couch Konzerte, Urban Gardening, Knitting und Maßschneidereien, die im Priesterseminar ihren Anfang genommen hatten. Jonas und ich hatten schon lange dort hingewollt, es aber nie geschafft, weil unsere Zeit fürs Malen draufging.

Auf dem Beton unter der Brücke hatte TCP ein monströses Werk in Kobraschwarz, Flammenrot, Chromstahl und Pissgelb erschaffen. Das Gebilde sah aus, als wäre ein gerupfter Truthahn aus einem eitrigen Uterus entschlüpft, der als große Schleimexplosion flammenartig in alle Himmelsrichtungen entfleuchte. In der Ecke prangte sein Tag.

Jonas gab einen Laut der Anerkennung von sich. Das Piece war leider sehr beeindruckend und ich merkte, dass mich der Neid packte – TCP lebte von seiner Kunst und wir konnten uns nicht einmal ein paar Dosen zu vier Euro das Stück leisten. Ich durfte mir den Luxus gar nicht vorstellen, wie es wäre, in Ruhe und Frieden, mit aller Zeit, die es dafür brauchte, zusammen mit Jonas ein Werk dieser Größe auf die Wand zu zaubern. Wusste der City Priester überhaupt, was für ein Glückspilz er war?

Vor dem mächtigen Graffito stolzierten Models, als wären sie aus Heidi Klums Schrotthaufen von einer Show direkt hierher gebeamt worden. Sie trugen oben nichts und unten fast nichts. Bei dem Fotoshooting ging es offensichtlich um die Auswüchse auf ihren Köpfen und Füßen. Eine trug einen Sechsmaster auf ihrem Kopf spazieren, eine andere machte auf *Irokese meets Sado Maso*, eine trug eine Monsterhand, die ihren Kopf zu zerquetschen drohte, was echt spooky aussah. Ein Pfauenrad. Ein kackbrauner Trichter. Ein ultragroßer Strohstern. Kombiniert waren die Hüte mit crazy Schuhen. Die Models stöckelten auf Bananen, auf schraubenförmigen Stahlnieten und Teekannen. Ein Schuhpaar sah aus wie das gruselige Werk eines Orthopäden mit cremefarbenen Bandagen und die Megatreter aus Totenköpfen eigneten sich höchstens für ein Bewerbungsgespräch in der Geisterbahn. Am abgedrehtesten aber waren die Ziegenhufschuhe.

„Heilige Scheiße", sagte ich.

Jonas grinste und gab eine Runde Tabak aus. Wir wuzelten uns Zigaretten, verhielten uns ruhig und waren total geflasht von dem Schauspiel, das wir gratis geliefert bekamen. Posen hier. Posen da.

In ihrer Mitte hampelte die Karikatur eines Hip-Hoppers, aufgepimpt mit so viel Bling-Bling, als hätte er im Kostümverleih „Gangsta-Rapper" angeklickt und alles bestellt, was er kriegen konnte: Baggy Pants, Arbeitsboots ohne Schnürsenkel, ein Basketballtrikot in 3XL mit der Aufschrift JAMES 23, schwarzes Bandana, Goldketten mit olympiamedaillengroßen Anhängern, Schweißbänder. Ich konnte mich vor Lachen kaum noch einkriegen, als er zu allem Übel noch silberne Grillz auf seinen Zähnen aufblitzen ließ.

„Wer von Natur aus uncool ist, wirkt mit coolen Klamotten doppelt uncool", philosophierte Jonas. Als wir mitkriegten, dass Gangsta-Rapper die Show rulte, sagten wir nichts mehr. Er erklärte den Models, was sie zu tun hatten, und schlug dem Fotografen permanent so fest auf die Schulter, dass der in die Knie ging.

„Wo ist TCP? ... Holt mir TCP vor die Linse!", brüllte Gangsta-Rapper. Ein Model beugte sich hinter den Brückenpfeiler. „Tristan?"

In dem Moment kam Sherlock Schmalzlocke kauend hinter dem Brückenpfeiler hervor, der Typ, der neulich nachts bei Arsim aufgekreuzt war. Der Zigarettenrauch blieb mir beißend im Hals stecken. Ich musste husten.

„Alter", stöhnte Jonas.

Sherlock Schmalzlocke hatte seinen schwarzen Mantel zu Hause gelassen. Er trug vermalte Jeans, einen Kapuzenpulli und steckte sich den Rest einer Wurst in den Mund.

„Das ist der City Priest?" Meine Kehle brannte immer noch vom Rauch. Der war kaum älter als zweiundzwanzig.

„Offensichtlich", sagte Jonas.

„Tristan, nicht so schüchtern, komm in die Mitte", befahl Gangsta-Rapper. „Hast du nicht noch irgendwo eine Spraydose? ... Schnell, eine Dose für TCP! Avanti, avanti, Kinder."

Eine der Helferinnen brachte ein paar Dosen. Tristan nahm, sich den Mund abwischend, in der Mitte Aufstellung. Die Models drapierten sich um ihn herum, legten ihm ihre schlangengleichen Arme um den Hals und himmelten ihn an. Das war er also: der Sprayer, den wir am meisten bewunderten.

Inzwischen waren noch mehr Zuschauer aufgetaucht – ein Spaziergänger mit Dackel, ein telefonierender Jogger und Fans der Fotocrew mit Red-Bull-Dosen, die gekommen waren, um TCP live zu erleben. Wir erfuhren, dass die Fotos für ein Urban Design Magazin gemacht wurden, das TCP engagiert hatte. Natürlich gegen gute Bezahlung. Seufzend drehte ich mich weg.

Weit entfernt kamen vier Leute aus der U-Bahn: eine Haarmähne der Extraklasse, ein Ziegenbart, ein einziger Dread von einem kahl rasierten Schädel und eine kleine Gestalt mit einer Mütze, unter der zwei lange, geflochtene Zöpfe heraushingen. Onno, Yannick, Dragan und Rapunzel.

„Heut bleibt uns nichts erspart", knurrte Jonas und wir verdrückten uns hinter einen Brückenpfeiler, um mit dem Schatten zu verschmelzen; wir hatten immer noch keine Lust, von Onno und Yannick erkannt zu werden. Die beiden waren in unserer Parallelklasse, und je weniger Leute von unseren nächtlichen Aktivitäten wussten, umso besser. Neugierig waren wir trotzdem, oder speziell ich war neugierig.

Als Tristan die vier erkannte, fing er an zu lachen und hob seine Hand. Sie winkten ihm zu. Rapunzel winkte am meisten.

„Meinst du, wir können fünf Minuten Pause machen, Aldo?", fragte Tristan.

Gangsta-Rapper Aldo ordnete also Pause an. Die Models entspannten sich, bekamen Getränke und Jacken. Tristan sprang von der Bühne, stürmte auf Rapunzel zu, schlang seine Arme um ihren schmalen Po, drückte sie an sich und küsste sie. Ihre langen Zöpfe baumelten unter ihrer Mütze von ihren Ohren bis in die Hüftbeugen und ich bekam ein unbändiges Verlangen danach, diese Zöpfe anzufassen. Tristan nahm sie wie die Zügel eines Pferdes. Gleich würde er sie besteigen. Arschgeige. Massive Eifersucht überfiel mich wie ein Tier, das mit den Hufen scharrte und sich darauf vorbereitete, Tristan ein Knie oder sonst was Hartes in die Eier zu rammen. Jonas schien meine Unruhe zu bemerken und schmunzelte.

Rapunzel entzog ihre Zöpfe Tristans schmierigen Griffeln.

„Brauchst du noch lang?"

„Stündchen vielleicht", sagte er und strich ihr mit dem Zeigefinger über die Wange wie ein notgeiler Stiefonkel. Gleich würde er sie zum Ufer hinunterzerren und sie sich auf den Schoß setzen. „Wartest du auf mich? Mein Auto steht dahinten."

Sie überlegte und sah Onno fragend an, dem ihre Pläne herzlich egal zu sein schienen.

Tu's nicht. Mädel!!!, versuchte ich sie per Telepathie zu warnen.

„Okay, wir warten", sagte sie und lächelte so lieb, dass bei mir die Sicherungen durchschmorten – *Blitz, Krach, Knister, Zack* –, Kurzschluss im System. Mein Mund ließ sich nicht mehr schließen. Meine Augenbraue zuckte. Meine Zunge hechelte. Was für Grübchen, Näschen, Öhrchen, Äugelchen. Oh heilige Scheiße! Dann wurde es auf meinem Oberschenkel brutal heiß. Jonas tippte mir auf die Schulter.

„Du verbrennst."

Panisch spickte ich die Zigarette, mit der ich mich selbst versengt hatte, wegen der Sicherung, die mir durchgebrannt war, wegen Rapunzel, die irgendwas mit mir anstellte, das ich in so einer Heftigkeit noch nie zuvor gefühlt hatte, in die Donau. Ich spuckte auf das Brandloch in meiner Jeans und Jonas grinste wie ein Honigmelonenschnitz. „Alles tutti bei dir?"

Ich schüttelte den Kopf und Jonas kicherte wie eine Erbse, wobei mir klar wurde, dass Erbsen überhaupt nicht kicherten, sondern nur rund, erbsengrün und überflüssig waren. Scheiße! Ich durfte nicht mehr hinsehen.

„Was tut sie jetzt?", hauchte ich blödsinnig.

„Sie geht federnden Schrittes zur Treppe", kommentierte Jonas die himmlische Fortbewegung von Rapunzel. „Dabei schwingen ihre Zöpfe und ihr kleiner Hintern wippt und sie steckt beide Hände in die Hosentaschen und sie sieht insgesamt ziemlich fabelhaft aus."

„Trottel!", sagte ich.

Jonas schlang seinen Arm um meinen Hals und sabberte feucht in mein Ohr: „Kann es sein, dass du gerade dabei bist, dich zu verlieben, Romeo?"

„Quatsch bin ich ... lass mich!“ Wütend entzog ich mich seiner Umarmung und hechelte von Schatten zu Schatten hinter ihr her wie ein läufiger Köter.

Jonas folgte mir. „Weißt du, dass Hormone richtig böse Sachen anrichten können? Hast du außerdem mitgekriegt, dass sie einen Freund hat? Ja? Nicht irgendwen. Sondern TCP. Das ist nicht gut für dich. Echt nicht ... Was hast du denn vor, verdammt ... Wart auf mich.“

Rapunzel ging mit den anderen am Pfeiler der Autobahnbrücke über eine Treppe aufwärts und dahinter wieder bergab. Ich konnte sie nicht mehr sehen. Schwaches Licht drang von hinten herauf. Ich wählte den Weg über die dunkle Böschung, kletterte über Wurzeln und Gesträuch und hoffte, nicht wieder in einen Hundehaufen zu greifen.

Hundehaufen war keiner da, nur ein Mörder, der mir mit einem Fleischermesser in die Rippen stach und meinen Brustkorb zerteilte. Oh Schmerz. Ich klappte zusammen wie ein kaputter Liegestuhl. Luft! Keuchend kippte ich ins Gebüsch und wälzte mich. Angst und Schwärze hüllten mich ein. Jackson-Pollock-Punkte flirrten vor meinen Augen. Stöhnend presste ich beide Hände aufs Herz und es dauerte einen Moment, bis mir klar wurde, dass der flammende Schmerz nicht von einem Messer und dass der Mörder nicht von außen kam, sondern in mir selber steckte, was mich noch mehr beängstigte. Mit aller Gewalt versuchte ich die Angst von mir zu stoßen. Woher, zum Teufel, kam sie nur?

Als ich wieder halbwegs bei Sinnen war, kniete Jonas neben mir und fächelte mir Luft zu. „Hey ... sag doch was ... ich bin's ... soll ich die Rettung anrufen?“

„Quatsch“, knurrte ich, „bin nur gestolpert, der Ast hat mich fast aufgespießt.“ Als Beweismittel zog ich einen spitzen Ast unter meinem Körper hervor. „Ich glaub, das Ding hat sich durch meine Lunge gebohrt." Ich hustete und griff nach seiner Hand. Er zog mich hoch. Gekrümmt atmete ich ein paarmal tief ein und aus und stellte erleichtert fest, dass der Schmerz so schnell wieder verflog, wie er gekommen war. Ich grinste Jonas an wie ein grenzdebiler Esel.

„Mann ...", sagte er erschöpft. „Du bist echt anstrengend. Den ganzen Tag muss man auf dich aufpassen! Bist du okay?"

Ich nickte.

Wir stiegen den Rest der Treppe hoch, bis sie sich teilte – ein Teil führte nach oben zur Autobahn, ein anderer führte nach unten zu einem kleinen Parkplatz hinter dem Pfeiler. Fünf Autos standen da, vier davon waren voll mit Klamotten, Hüten, Schuhen, Foto-Equipment und Scheinwerfern, das fünfte war ein grauer Transporter. In einer Unterführung dahinter war ein Sprayer damit beschäftigt, mit Roller und Betonfarbe die Antistyles anderer zu übermalen. Er begrüßte Onno, Yannick, Dragan und Rapunzel.

„Im Transporter ist noch mehr", sagte er.

Rapunzel öffnete den Kofferraum. Darin lagen Spraydosen. So viele, dass man damit die ganze verdammte Autobahn hätte anmalen können. Außerdem waren da sackweise Sprühkapseln in allen Größen, Teleskopleitern, Rollen, Farbeimer und Pinsel.

„Schau dir das an", hauchte Jonas. „Hey, nicht die Schnuckelige, die Kannen! Haben die irgendwo ein Lager?"

Dragan nahm eine Kanne aus dem Kofferraum, schüttelte sie und sprayte MÖRV auf einen Autoreifen des Transporters, worauf Rapunzel ein wenig unhöflich auf ihn losging. „Wer hat dir denn ins Gehirn geschissen?" Aus ihrem lieblichen Mund kam das ziemlich unfein. Sie drückte ihm eine schwarze Kanne vor die Brust und befahl ihm, das Tag auf dem Autoreifen sofort zu übersprayen. Dann nahm sie selbst eine Dose in die Hand, stellte sich zwischen Onno und Yannick in die Unterführung und fing auch an zu sprayen. Gleich würde ich schmelzen und davonrinnen.

„Sag mal ...“, in Jonas' Denkfabrik war Hochbetrieb, „... kann es sein, dass TCP die MÖRVs sponsert? Ich mein, schau dir das an. Die Teleskopleitern sind keine Billigware, die kosten mindestens zwei Hunderter, und da drinnen liegt eine ganze Familienpackung davon. Wer kann sich das denn leisten? ... Meinst du, TCP ist auch ein MÖRV?“

Ich musste zugeben, dass mich sowohl die MÖRVs als auch die Teleskopleitern im Augenblick nicht so stark interessierten – meine Pupillen hingen an Rapunzel wie der verdammte Prinz an ihren Zöpfen. Der war in die Dornen gefallen, hatte sich die Augen ausgestochen und musste hundert Jahre blind durch die Finsternis stolpern, bis sich die Dornen geteilt und er die schlafende Schönheit wach geküsst hatte, heilige Scheiße, am liebsten wäre ich nach unten gerannt und hätte sie eingefangen wie ein Cowboy ein wildes Fohlen.

Leider gehörte das wilde Fohlen ausgerechnet TCP. Aber wenn du dich einmal verliebt hast, dann ist das wie ein Sturm, der durch deine Blutbahnen braust. Kein Zweifel. Sie war meine Traumfrau. Ein schutzbedürftiges, wunderschönes Wesen, hineingeworfen in eine schrottige Welt, ausgeliefert den bösen Mächten, die an jeder Ecke auf sie lauerten. Aber ich würde für sie da sein und sie beschützen vor allen falschen Priestern der Welt. Ich würde für sie sorgen. Ich würde sie in meine starken Arme nehmen und auf sie aufpassen. Ich würde sie in mein Bettchen legen und sie zudecken und küssen und ... Oh heilige, heilige, heilige Scheiße! Meine Mum würde mir hundert Jahre Frauenrechte um die Ohren hauen, wenn sie meine Gedanken hören könnte. Aber ich wurde das Bild nicht los, wie ich Rapunzel hochhob, meine Nase in ihren nackten, warmen Bauchnabel steckte und mich mit ihr durchs Universum drehte.

„Ey ... ist bei dir noch wer zu Hause?“

„Hääá?“ Ich glotzte Jonas an.

Er musste lachen und tätschelte mich wie einen kranken Hund.

„Soll ich vielleicht runtergehen und sie fragen, ob sie dich ehelichen will, noch ehe der Morgen graut?“

Ich nickte belämmert.

Prompt machte sich Jonas auf den Weg, schlenderte locker die Treppe nach unten, nahm seine Brille ab, steckte sie in die Brusttasche, zog den Zipp-Verschluss seiner Jacke bis übers Kinn hoch und seine Mütze so tief in die Stirn, dass außer seiner Nasenspitze nicht mehr viel zu erkennen war. Yannick und Onno waren in der Unterführung verschwunden. Nur Dragan, dumm wie Duschhaube, hing gelangweilt vor dem Transportwagen herum. Einen Moment dachte ich, er würde Jonas zum Teufel jagen, aber Jonas war keiner, von dem du dich bedroht fühlst, Jonas war vertrauenerweckend und er war klug.

Beiläufig setzte er sich auf eine Stufe und fing an, sich eine Zigarette zu drehen, so als wäre er zufällig vorbeigekommen und als ginge ihn das alles überhaupt nichts an. Dragan näherte sich ihm mit linkischer Körperhaltung, die lockerer wurde, je länger er mit Jonas sprach. Über meinem Kopf donnerten Sattelschlepper über die Brücke und ich konnte nicht hören, was sie miteinander redeten. Jonas gab eine Runde Tabak aus und Dragan bediente sich großzügig. Die längste Weile unterhielten sie sich. Ich hätte schwören können, sie redeten übers Sprayen – immer wieder deutete Jonas in die Unterführung, in der dieser MÖRV, Onno, Yannick und Rapunzel arbeiteten.

Mein Blut brodelte wie Hexengebräu. Ich zerkaute die Haut an meinem Daumennagel und meine Muskeln waren so hart wie der Beton, auf dem ich saß. Plötzlich Schritte von hinten. Ohne mich zu beachten, ging TCP an mir vorbei die Treppe hinunter. Als Rapunzel ihn erblickte, ließ sie das Sprayen sein und kam aus der Unterführung, um sich ihm hinzugeben. Wie konnte sie nur!

Wieder musste ich mit ansehen, wie er sie in die Arme nahm. Er setzte sich in den offenen Kofferraum des Transporters und sie nahm auf seinen Oberschenkeln Platz, geschmeidig, flüssig, cremig, wie so eine Schlangenfrau. Ein Bein rechts, eines links, schmiegte sie sich an ihn. TCP steckte ihr seine Zunge in den Hals wie ein Saugrüssel. Ich erwog ein Attentat – Transporter in die Luft sprengen oder so. Er strich ihr die Mütze vom Kopf, machte an ihren Haaren herum und löste das Geflecht in ihren Zöpfen. Sie half ihm auch noch dabei. Oh heilige, verdammt heilige Scheiße. Rapunzel ließ ihr Haar herunter und er durfte darin wühlen. Er durfte seine Nase in ihr Goldhaar stecken, das ihr jetzt über ihren Hintern auf seine Oberschenkel fiel. Ich suchte nach einem Stein. Ich suchte nach einem Ausweg! Hilfe, lasst mich hier raus. Da kamen die Models von hinten, aufgescheucht und überdreht.

Ich sprang auf, drängte mich gegen die Wand und ließ sie vorbei. Als Jonas die Herde auf sich zukommen sah, stand er auf, sagte noch schnell ein paar abschließende Worte zu Dragan und bahnte sich mit gesenktem Blick einen Weg zu mir hoch. Rapunzel stand jetzt wieder aufrecht, drehte sich das Haar blitzschnell zu einem einzigen, dicken Pferdeschwanz und stopfte ihn sich unter die Mütze.

„I'm deeply sorry", sagte Jonas und setzte sich seine Brille wieder auf, „aber sie will dich nicht heiraten."

„Du hast ja gar nicht mit ihr geredet", wollte ich beleidigt von mir geben, aber aus meiner Kehle kamen nur Krächzer, die klangen wie: „Sie hat das Arschloch geküsst."

„Das heißt noch lange nicht, dass sie mit dem ihr ganzes Leben verbringen will. Komm, lass uns abhauen, muss dir was erzählen, da gibt's ein paar interessante Details, die du wissen solltest."

Er schleifte mich mit. Ich hatte Mühe, meine steifen Beine in Bewegung zu bringen. In meiner Seele brannte es. Ich war ein loderndes Flammenmeer: Rapunzel liebte den Priester. Der Priester liebte Rapunzel. Für mich war kein Platz. Würde nie einer sein. Ich musste sie vergessen! So schnell wie möglich, denn wir hatten noch etwas anderes zu vollenden. Das, worum es mir wirklich ging, war unser Masterpiece. Keine Frau der Welt konnte das verhindern.

Um drei Uhr morgens fiel ich ins Bett. Mein Vater hatte Nachtdienst und meine Mum musste bei meinem Großvater übernachten, weil er schon wieder eine Frau vom mobilen Hilfsdienst mit dem Staubsauger in die Flucht geschlagen hatte. Zwei ganze Stunden hätte ich schlafen können, aber ich nützte die kostbare Zeit, um mir Rapunzel in allen bittersüßen Details aus dem Kopf zu schlagen.

ζ

Zeta – die sechste Erkenntnis: Leander Blum kann lachen und weinen

Wir entdeckten eine rot-weiße Markierung an einem Baum. Dort noch eine! Erleichtert marschierten wir von Markierung zu Markierung. Von Baum zu Baum. Von Stein zu Stein. Leander Blum schien vergessen zu haben, dass ich hinter ihm herhetzte, und ich fragte mich, wenn ich in ein Loch gefallen wäre, wie lange es gedauert hätte, bis es ihm aufgefallen wäre.

„Lebst du eigentlich noch?" Keine Reaktion.

„Also doch Gespenst."

„Wie?" Er blickte über seine Schulter.

Ich winkte ab. Der konnte mich mal. Leander drehte sich um und musterte mich.

„Tut mir leid", sagte er, „bin im Moment nicht so gesprächig."

„Im Moment?", platzte es aus mir heraus. Ich war kurz davor aufzuzählen, wie viele Stunden er in meiner ersten Schulwoche scheintot neben mir verbracht hatte. Aber ich ließ es bleiben. Er hatte seinen eigenen Plan, von dem ich definitiv kein Bestandteil war. Also machte ich mir auch einen Plan.

Ich wollte nicht in seine viel zu großen Fußstapfen treten, ballte meine Fäuste und überholte ihn fest entschlossen, was nicht so einfach war bei seinen langen Beinen.

Keuchend erreichte ich einen gepflegten Wanderweg, was mir Hoffnungen machte, die anderen zu treffen. Der Weg führte durch eine Weide an einem Zaun entlang und mündete in eine Brücke aus wackeligen Brettern über einen Bach. Von dort ging es hinein in einen dunklen Hohlweg, über dem sich die Gerippe abgestorbener Äste wie ein Kuppeldach wölbten. Regen hatte den Hohlweg ausgewaschen und tiefe Furchen in die Erde gezogen. Sie verloren sich im Farn. Ich drehte mich zu Leander Blum um, der nur wenige Meter hinter mir stehen blieb und rief: „Siehst du irgendwo Rot-Weiß?"

Er trat neben mich und zeigte in den geknickten Farn. „Da sind Reifenspuren."

Wir stapften den Reifenspuren nach, bis wir uns die Spuren nur noch einbildeten. Kein Weg. Keine Markierung mehr. Nur Wald aus lauter Bäumen.

„Sollen wir umdrehen?", fragte er.

„Ich weiß nicht. Die Hütte ist am First. First ist immer oben. Also kann es nicht schaden, einfach weiter nach oben zu gehen, so lange, bis wir ankommen. Der Gipfel ist bekanntlich immer der höchste Punkt", laberte ich, ohne zu wissen, was genau ich von mir gab, nur aus Freude, weil er mir endlich zuhörte.

„Wenn du meinst", sagte er.

Obwohl das Tageslicht schwächer wurde und nichts mehr vom „warmen Septembertag" zu spüren war, feierte mein Herz Geburtstag auf der Hüpfburg. Endlich hatte er auf mich reagiert. Nicht nur das. Er sah mich an und ich hatte sogar das Gefühl, als vertraute er mir.

„Willst du vorausgehen?", fragte er.

Ich ließ meinen Blick über seinen Körper entlangschweifen: eindeutig bessere Voraussetzungen.

„Bitte, der Herr! Nach Ihnen!" Ich ließ ihm den Vortritt und verbeugte mich wie ein Kellner in einem Tanzcafé zu Zeiten der letzten Monarchie. Einen Moment dachte ich, er würde seine Arme um mich legen und mit mir einen Walzer durch den Wald tanzen.

Ich hörte schon, wie das Streichquartett die Instrumente stimmte. Leander Blum lachte. Das klang wie ein Streichquartett, nur schöner, weil sich sein Lachen mit dem Glucksen eines nahen Gebirgsbaches und dem Rauschen in den Baumwipfeln vermischte. Er konnte also lachen. Und wie! Ich wagte zu ahnen, dass er ohne die Sorgen, die ihm gerade das Leben schwer machten, sogar ein leidenschaftlicher Lacher war.

„Danke, Madame!“, sagte er halb französisch, machte einen Hofknicks und lächelte noch einmal. Ich glaube, das war der Moment, in dem ich mich endgültig und heillos in ihn verliebte. Ich hatte Champagnerbläschen im Kopf, sie lähmten mein Urteilsvermögen, sonst hätte ich bemerkt, dass wir geradewegs ins Verderben liefen. Was für Blasen er im Kopf hatte, wusste ich nicht, auf jeden Fall war es auch um seine Orientierung nicht gut bestellt. Ziellos stapften wir durch den Wald.

Ich drehte Gedanken im Kreis und wickelte jeden einzelnen ein und wieder aus und wieder ein. Was für ein Geheimnis schleppte er mit sich? War es die Beziehungskrise seiner Eltern? Warum hatte er die Schule gewechselt? Warum schlief er den ganzen Tag? Hatte er Schlafstörungen? Psychische Probleme? Nahm er Drogen? Je mehr Fragen ich mir stellte, umso neugieriger machte er mich, und solange ich die Chance hatte, Antworten zu kriegen, machte es mir nicht viel aus, über hüfthohe Schösslinge zu stapfen und mir von scharfen Dornen der Brombeerranken die Unterschenkel zerkratzen zu lassen.

Das Vorwärtskommen wurde mit jedem Schritt schwieriger, aber Leander Blum pflügte durchs steile Dickicht und ich folgte ihm dicht auf den Fersen. Zu allem Übel wurde der Hang noch steiler. Mit Onno oder mit meinen Eltern wäre ich hier niemals gegangen, aber Leander Blum versorgte meinen Organismus mit platzenden Glücksperlen. Das fühlte sich schön an, auch wenn ich nach Luft japste und mir der Schweiß in Strömen aus allen

Poren lief. Er zeigte keine Zeichen körperlicher Erschöpfung. Ich musste meine Füße mühsam heben, um über das wuchernde Kraut, morsche Äste und Wurzeln steigen zu können. Es wurde so steil, dass ich mich bald mit beiden Händen an Bäumen festkrallte, um nicht abzurutschen. Ich hoffte, dass die kleinen Gewächse, an denen ich mich festhielt, bereits tief genug Wurzeln geschlagen hatten, um von meinem Gewicht nicht herausgerissen zu werden. Meine Füße suchten verzweifelt Widerhaken im Dickicht, in der Hoffnung, dass sie mich hielten.

Leander zeigte nach oben. „Dort könnte ein Weg sein." Der steile Waldboden wurde karger und rutschiger – Erde, Bucheckern, Fichtenzapfen, abgestorbene Pflanzenteile, zerbröseltes Laub, Milben, Würmer und Ameisen. Meine Füße fanden keinen Halt mehr.

Aus!

Vorbei!

Ich traute mich nicht weiter. In höchster Not umarmte ich einen dünnen Baumstamm, presste meine Wange an die Rinde und sah Leander Blum hinterher. Ich wollte ihm nach. Aber ich konnte nicht. Ich sah nach unten und ich konnte nicht weiter. Ich sah nach oben und ich konnte nicht weiter. Meine Muskeln begannen zu zittern. Mein Bauch produzierte Hitze wie ein Schmelzofen und brachte alle restlichen Glücksblasen zum Platzen. Mein Champagnergefühl flog durch die Bäume davon. Ich war gefangen in einer ausweglosen Situation, unfähig, mich auch nur einen Zentimeter von meinem Baumstamm zu trennen. Zitternd blickte ich in die Tiefe – am Ende des Abhanges befand sich eine Kante. Was darunter war? Wahrscheinlich Hunderte Meter senkrechte Felswand. Tränen der Verzweiflung quollen mir aus den Augen.

„Hilfe", hauchte ich und leckte mit der Zunge eine Träne aus dem Mundwinkel.

Äste krachten über mir. Dann stürzte Leander Blum an mir vorbei. Er überschlug sich. Beine, Arme, Hände, sein Kopf. Alles in mir kreischte. Ich wollte ihn aufhalten, wusste aber nicht wie. Er brachte die Drehung unter Kontrolle, sauste mit den Beinen voran den Steilhang hinab, riss Äste mit, wirbelte Blätter und Steinchen auf.

Während er in den Tod stürzte, war ich steif wie ein Stock. Als ob jemand auf Zeitlupe gedreht hatte, sah ich, wie er in eine Rinne geriet, die direkt auf den Felsenrand zulief. Ein abgebrochener Baumstamm lag quer über der Rinne, kurze abgebrochene Äste standen davon ab, sie würden ihn skalpieren, ihm die Augen auskratzen, dann die Halsschlagader und zuletzt den Bauch aufschlitzen. Schreiend rutschte er darauf zu, hielt sich schützend die Hände vors Gesicht, rutschte unter dem Baumstamm hindurch und blieb bewegungslos in einem Strauch knapp vor der steil abfallenden Felswand liegen – ein paar Meter weiter und er wäre in die Tiefe gestürzt.

Die Angst um mich selbst rückte in den Hintergrund. Mein Körper schüttete eine Extraportion Adrenalin aus, das mich befähigte, meinen Baum loszulassen. Während meine Muskeln unkontrolliert zitterten, rutschte ich Meter für Meter die Rinne bergab. Das Pflaster, das nach meinem Sturz vor seiner Wohnung immer noch auf meinem Handballen klebte, war längst abgegangen. Mein lädiertes Knie jaulte auf. Ich krallte mich am Waldboden fest und riss mir die Fingerkuppen auf.

„Leander!", rief ich. Er regte sich nicht.

„LEANDER!"

Nichts.

Meine Gefühle standen in Flammen. Nie zuvor hatte ich so viel Angst ausgestanden. Was, wenn er tot war? Wenn er sich das Rückgrat gebrochen hatte? Wenn ... ? Ich hatte kein Handy. Keinen Kontakt zu irgendwem. Nur nicht nach unten sehen. Hauptsache, meine Doppeleltern hatten mir noch eingebläut, dass ich aufpassen sollte, weil die Gefahr in den Bergen oft unterschätzt wurde (laut Charly starben in diesem Teil des Landes mehr Menschen in den Bergen als auf der Straße).

„LEANDER!"

Mit dem Bauch lag er auf dem Waldboden, Hüfte und Beine verdreht.

„Leander", flüsterte ich und meine aufgeschürften Hände bebten, als ich sein blauschwarzes Haar berührte. „Bist du okay?"

Seine Hände bewegten sich zuerst. Seine Fingernägel bohrten sich in die Erde. Er stöhnte.

„Bist du okay?", fragte ich noch einmal.

Er hob seinen Kopf einen Zentimeter. Aus seiner Nase strömte Atemluft und ließ Tannennadeln erzittern. Immerhin! Er atmete. Ich nahm ihn an den Schultern und half ihm, sich auf den Rücken zu drehen. Er gab Laute von sich, als wäre jeder einzelne seiner Knochen gebrochen. Seine Stirn war zerkratzt und die Hose über seinem Oberschenkel zerrissen. Vorsichtig zupfte ich die Stofffetzen weg. Ein Ast hatte seinen Oberschenkel der Länge nach bis zum Knie aufgerissen. Nicht sehr tief, aber die Wunde war verdreckt.

Stöhnend griff er sich mit beiden Händen auf sein Herz.

„Heilige Scheiße", krächzte er.

Ich wollte seine Jacke öffnen, um nachzusehen, ob er sich auf der Brust auch etwas aufgerissen hatte, aber er wehrte meine Geste ab.

„Nichts passiert, nur ein paar geprellte Rippen", ächzte er und versuchte zu lächeln. Er wollte sich aufrichten, sank aber wieder zurück auf den Boden und schloss die Augen.

„Scheiße", presste er hervor und hatte sichtlich Mühe zu atmen. Was, wenn sich ein Ast oder eine gebrochene Rippe in seine Lunge gebohrt hatte? Irgendetwas musste ich doch tun. In meiner Hilflosigkeit öffnete ich meinen Rucksack. Vielleicht fand ich doch etwas Brauchbares. Nur die leere Teekanne, die Brotdose, mein Pyjama und Charlys Stoffhase. Den setzte ich Leander Blum auf den Bauch.

Er legte den Kopf schief, betrachtete den Hasen, runzelte zuerst die Stirn und musste dann lächeln. Er strich dem Hasen über die Ohren und presste ihn sich auf die Brust. „Ist zwar kein Frosch, aber immerhin", murmelte er. Seine Pupillen wanderten ins Blätterdach hoch in die Feme und plötzlich begann sein Kinn zu zittern. Als er merkte, wie geschockt ich ihn beobachtete, legte er sich seinen Unterarm auf die Augen, drehte sich schluchzend auf den Bauch, umarmte den Hasen, steckte sein Gesicht in die Armbeuge und weinte fast geräuschlos, während seine Schultern heftig bebten. Ich streckte meine aufgeschürfte Hand nach ihm aus, verharrte und zog sie wieder zurück.

14

Gemälde: coachman
Kohlestift auf Zeichenpapier. 29,7 × 42 cm

Das Überraschende an Leander Blums Bildern ist
die Art, wie er uns Geschichten erzählt.
(Sabine Habermas, Galeristin)

Die Reparaturwerkstatt von Jonas' Vater lag zwischen einem türkischen Handyladen und einer kleinen Wäscherei. Etliche Fensterscheiben in der abgelegenen Gasse waren eingeschlagen. Die Straßenecken waren vollgepisst und die Fassaden seit einem halben Jahrhundert nicht mehr renoviert worden.

Jonas hatte sich gefreut, als sein Vater angerufen hatte, weil er uns wieder einmal etwas Sensationelles zeigen musste. Ich machte mich auf einen anstrengenden Nachmittag gefasst. Mir fehlte Schlaf. Das Abbild von Rapunzel hatte sich wie ein Tattoo in mein Gehirn gebrannt.

„Hey, vielleicht hat er ausnahmsweise mal ein paar Euro übrig", versuchte Jonas mich zu motivieren.

Ein Windspiel klingelte, während wir eintraten. Im Licht der untergehenden Sonne, die durch ein schmutziges Fenster fiel, tanzten Staubpartikel. Grammofone, Plattenspieler, Radios, Gliederpuppen, Standuhren, Tischuhren, Wanduhren, Kuckucksuhren, Spieldosen, eine sprechende Puppe, Dampfmaschinen, Kassettenrekorder und Toaster: Jonas' Vater reparierte alles, je älter, umso besser. Er war ein Genie. Wie Jonas. Nur hatte er es nie geschafft,

Profit daraus zu schlagen. Er hätte sämtliche Geräte wieder zum Leben erwecken können, solange es jemanden gab, der bereit war, Geld dafür auszugeben. Der Laden war ungefähr so aufgeräumt wie Jonas' Zimmer. Also gar nicht. Mitten im Chaos saß Michael, eine dicke Brille auf der Nase und eine Lupe in der Hand, mit der er die Innereien einer Spieldose betrachtete.

„Jonas! Leander!", rief er und sprang auf.

Liebevoll nahm er Jonas in die Arme und drückte ihm auf beide Wangen einen väterlichen Kuss.

„Papa!"

Die beiden hielten sich eine Weile fest. Dann umarmte Michael mich. Er kannte mich seit der Stunde meiner Geburt. Jonas und ich waren in der gleichen Nacht zur Welt gekommen. Unsere Väter hatten sich im Kreißsaal kennengelernt, während wir uns ins Leben gekämpft hatten. Sie hatten sich gegenseitig aufgepäppelt, um eine Nacht durchzustehen, die mit zwei neugeborenen Söhnen, dem Beginn einer tiefen Freundschaft und, laut unseren Müttern, mit sehr viel Alkohol geendet hatte.

„Es ist so schön, dass ihr gekommen seid. Wie geht's euch? Was macht die Schule? Wie geht's Birgit?"

„Alles gut, Papa", sagte Jonas.

„Kommt mit. Ich muss euch was zeigen."

Wir folgten ihm durch einen schmalen Pfad in den hinteren Raum. Halleluja! Seit unserem letzten Besuch war es hier noch voller geworden. Die Regale an den Wänden bogen sich unter der Last von Transistoren, Röhrenfernsehern, Radios, Kabeln, Lötkolben und Messgeräten. In der Mitte auf einer Werkbank stand ein filigranes romantisches Wunderwerk, das aussah, als sei es dem Viktorianischen Zeitalter entsprungen. Michael war schon vor längerer Zeit dem Steampunk verfallen. Steampunks mochten keine seelenlosen Oberflächen wie Touchscreens. Sie feierten die Schönheit der Kolben, Bolzen und Zahnräder. Sie lasen Jules Verne,

H. G. Wells und waren heiß auf Sammelkarten der Schokoladenfabrik Stollwerck aus dem 19. Jahrhundert. Michael hatte ein Vermögen für seine Leidenschaft ausgegeben. Wir hatten eigentlich gedacht, er hätte diese Phase überwunden.

„Kleiner Rückfall", sagte er verlegen, „ich konnte mich nicht beherrschen."

„Du hast das gebaut?", fragte ich. Er nickte.

Auf einer geschlossenen oxidschwarzen Kutsche mit ebenso schwarzen Flügeln saß ein Kutscher, der wie ein Totengräber aussah. Raben steckten auf Stangen. Ich war beeindruckt.

„Wow!", sagte Jonas.

„Wartet's ab, das Beste kommt erst." Michael war nervös, als er seine Maschine in Betrieb nahm.

„Das ist unglaublich!", rief ich, als Orgelmusik ertönte und der Kutscher begann, mit seinen dünnen Armen und Händen an Stangen zu hebeln, als säße er in einem der ersten Automobile. Die Räder begannen sich zu drehen. Die Raben auf den Stangen hoben und senkten sich und flatterten dabei. Die Kutschentür ging auf und zu und darin saß der Tod persönlich. Michael strahlte wie ein kleiner Junge und blickte erwartungsvoll in unsere Richtung.

„Das ist das Beste, was du je gemacht hast", sagte Jonas strahlend und voller Stolz.

„Erinnert mich irgendwie an diesen Film ... Hugo Cabret? ... war ein Scheißfilm, aber diese mechanische Figur fand ich gut."

„Leider bewegen sich die Flügel immer noch nicht. Schau mal, Jonas." Und dann begann der anstrengende Teil: die Technik. Michael erklärte uns die Innereien des Geräts in allen Einzelheiten. Er sprach von Zahnrädern, Exzenterscheiben, Kurbeln, Pleuel und Nocken. Er gab sich Mühe, in der Hoffnung, dass auch ein Unterbelichteter wie ich mitkommen konnte. Aber keine Chance. Die Mechanik und ich, wir passten nicht zusammen. Ich mimte Verständnis und dachte an Rapunzel. Jonas hingegen blickte durch. Er stellte kluge Fragen und die beiden versanken in ihrer Welt, tief über den mechanischen Kutscher gebeugt.

„Ich hol uns dann mal was zu trinken“, murmelte ich und ging in die Küchennische nebenan, die zu der winzigen Wohnung gehörte, in der Michael alleine lebte. Er sammelte, um zu reparieren. Er reparierte, um zu spielen.

Birgit hatte auf Dauer nicht ausgehalten, dass er mehr Leidenschaft zu technischem Spielzeug hatte als zu ihr. Ständig war sie über Miniatur-Dampfzüge, Gleise und Weichen gestolpert, die er quer durch die Wohnung verlegt hatte. Die Innereien einer Kaffeemaschine fand er aufregender als ihre Spitzenunterwäsche. Ich schenkte Wasser in drei Gläser und fragte mich, ob wir mit der Streetart begonnen hätten, wenn sich Jonas' Eltern nicht getrennt hätten.

An dem Tag, als Michael zwar in beiderseitigem Einverständnis, aber trotzdem Rotz und Wasser heulend ausgezogen war, wollte Birgit, dass ich mit Jonas auf den Spielplatz ging. Ich bezweifelte, ob ihn schaukeln trösten würde. Natürlich hatte er keinen Bock darauf. Es war Hochsommer und die Stadt wie ausgestorben. Wir streiften über den von der Hitze aufgeweichten Asphalt und kamen an einer Hausmauer vorbei, an der jemand seine Unterschrift hinterlassen hatte. Jonas fand, dass wir auch unterschreiben sollten.

„Mein Papa jagt die, die das machen.“

Jonas hörte meinen Einwand nicht, sondern zog einen Filzstift aus seinem Hemd.

„Das ist verboten“, beteuerte ich noch einmal. Er vergewisserte sich, dass uns keiner sah, und kritzelte: „No kitz enimor. J“ Ich riss ihm den Stift aus der Hand. „Die hetzen uns die Polizei auf den Hals.“ Jonas war das egal. Während er sich von mir entfernte, betrachtete ich die Schrift an der Wand. Irgendwie cool.

„Du hast das falsch geschrieben!“, rief ich ihm hinterher. Er kam zurück. „Das ist englisch, Mann“, beteuerte er.

Ich schrieb die gleichen Wörter noch einmal. „No kids anymore. J & L.“

„Angeber“, sagte er. Und lachte. Das erste Mal an dem Tag. Dann nahm er mir den Stift wieder ab und kritzelte ein witziges Männchen daneben. Wir nannten es BLU. Ich kritzelte ein zweites Männchen daneben und nannte es RED. Eine ältere Frau schlurfte mit schweren Einkaufstaschen um die Ecke, entdeckte uns und fing an zu keifen. Wir rannten davon und machten uns fast in die Hosen vor lauter Lachen. Tränen liefen uns über die Gesichter. Aus dem Lachen wurde Weinen. In einem Park blieben wir stehen. Jonas war tränenüberströmt. Es beutelte ihn, als schüttelte ein Unsichtbarer an seinen Schultern. Ich hielt ihn fest und hörte zu, wie er sich die Seele in Wellen aus der Brust schluchzte. Danach hatte ich ihn nur noch ein einziges Mal weinen gesehen – da hatte er sich die Finger in der Autotür eingeklemmt.

Ich glaube, der Tag, an dem Michael auszog, war der Tag, an dem wir aufhörten, Kinder zu sein. Kurz darauf präsentierte uns mein Vater eine Kartonschachtel voller Spraydosen wie auf dem Silbertablett und dachte nicht daran, dass er sie besser entsorgen hätte sollen. In unseren Anfängen waren wir als R&B29 unterwegs für RED & BLU, der 2. 9. war unser Geburtstag. Später suchten wir nach einem besseren Pseudonym und endeten bei BLUX, das aus unerfindlichen Gründen in der Szene als *Bad Lazy Ultra Xtremes* die Runde machte, was wir brutal komisch fanden.

Ich musste lächeln und fand ein Tablett auf dem Tisch, neben einem Stapel Mahnungen. Das mit der Kohle konnten wir also vergessen. Jonas’ Vater war chronisch pleite. Sollte er auch nur einen Cent zu viel haben, würde er ihn ohnehin Jonas schenken; er hätte ihm alles geschenkt, wenn er gekonnt hätte. Aber das war schon länger nicht mehr vorgekommen. Und weil er erneut dem Steampunk verfallen war, hatten wir sowieso keine Chance. Ich ging zurück, trank mein Mineralwasser und hätte die beiden bis an mein Lebensende beobachten können. Ein Herz und eine Seele.

11

Eta – die siebte Erkenntnis: Leander Blum mag Elefanten

„War nur der Schock“, versuchte Leander seinen Weinkrampf zu erklären, als wir beide wieder aufrecht standen. Er hatte sich mehrere Pflaster, die er (im Gegensatz zu mir) in seinem Rucksack mitgebracht hatte, auf seinen Oberschenkel geklebt. Er hatte schweigend den Hasen gesäubert, indem er Tannennadeln und einen winzigen Käfer aus seinem Fell zupfte, ehe er ihn mir zurückgab. Er hatte sich ausgiebig mit dem Ärmel übers Gesicht gewischt und sich mehrmals für seinen Gefühlsausbruch entschuldigt, wegen des Schocks. Ich glaubte ihm kein Wort. Natürlich hatte er einen Schock, den hatten wir beide, aber da war noch etwas anderes.

„Und sonst?“

Seine Antwort ließ auf sich warten. Aber auch ihm schien langsam klar zu werden, dass er mich nicht mehr so im Regen stehen lassen konnte wie zuvor. Der Sturz hatte etwas verändert zwischen uns.

„Ich schlaf ein bisschen schlecht die letzte Zeit.“

Das war mir auch schon aufgefallen. Mühsam stolperten seine Worte aus ihm heraus, als müsste er sich jedes einzeln aus der Kehle winden. „Mir ... mir wächst ... alles ... in letzter Zeit ... über den Kopf ... meine Eltern wollen sich scheiden lassen ... ist nichts Besonderes, weiß ich schon ... macht trotzdem keinen Spaß, ihnen jede Nacht zuhören zu müssen, wie sie sich anschreien.“

Die Dämmerung war in den Wald gekrochen. Düster. Kalt. Bedrohlich. Wir mussten zusehen, dass wir die gefährliche Stelle so schnell wie möglich hinter uns brachten. Ich kratzte meine letzten Kräfte zusammen und versuchte, unsere Situation nicht in ein Drama ausarten zu lassen.

„Sei doch froh", belehrte ich ihn großspurig und übernahm die Führung, weil er noch planloser zwischen den Stämmen herumstand als ich. „Meine Eltern wollen sich nämlich *nicht* scheiden lassen, die warten, bis dass der Tod sie scheidet, und das ist erst recht eine Katastrophe."

„Aha." Er stöhnte, als er die ersten Schritte hinter sich bringen musste. Seinen linken Brustkorb hielt er mit beiden Händen fest. Mit schräg aufgestellten Füßen stiegen wir langsam von Wurzel zu Wurzel, von Baum zu Baum, Schritt für Schritt. Er ging gebeugt.

Um ihn abzulenken, erzählte ich ihm ein paar nette Episoden von Monika und Charly. Die Strategie funktionierte. Mit jeder Geschichte, die er zu hören bekam, ging er aufrechter.

„Hast du Geschwister?", fragte ich.

„Nein."

„Schade. Mein Bruder und ich helfen uns gegenseitig, wenn es ganz arg wird." Ich riss ein Blatt von einer Blutbuche und biss in den Stängel. Er war bitter. „Ein paar Wochen nachdem ich eingeschult worden war, entschlossen sie sich urplötzlich, einen Segelturn zu machen. Der dauerte mehrere Monate und war, abgesehen vom Segeln, katastrophal. Danach musste ich die erste Klasse wiederholen und sie entschlossen sich dazu, ihre Ehe in eine Wohngemeinschaft umzuwandeln, für immer bei uns zu bleiben und uns zu lieben bis ans Ende ihrer Tage." Ich setzte einen Märchentanten-Ton auf und Leander musste lachen, worauf seine Rippen sofort Protest einlegten und er sich vor Schmerz krümmen musste.

„Das Gute daran ist, dass sie so mit sich selbst beschäftigt sind, dass sie keine Ahnung haben, was wir so treiben."

„Und was treibt ihr so?"

„Ooooch", murmelte ich ausweichend. „Ich backe ganz gern. Kuchen und so. Wer zieht denn bei euch aus? Dein Vater oder deine Mutter?"

„Das ändert sich zweimal täglich. Inzwischen sind sie auf dem Stand, dass sie beide aus der Wohnung rauswollen und sich jeder was Neues sucht. Geht sowieso nicht, geldmäßig."

„Und du?"

„Ich hau ab, such mir einen Job."

„Was denn so?"

„Kebab-Stand, Prospekte austragen, Sticker kleben, irgend so was."

„Kein Studium?"

Er gab keine Antwort.

„Unterstützen dich deine Eltern nicht?"

Wieder keine Antwort.

Ich drehte mich zu ihm um. Er zuckte mit den Achseln. „Polizisten verdienen nicht viel. Wenn er dann noch zwei Wohnungen unterhalten muss ..."

„Und deine Mutter?"

„Die hat ihre Arbeit aufgegeben, kümmert sich um die Eltern von meinem Vater, sind beide pflegebedürftig. Meine Oma ist im Heim. Kostet ein Vermögen. Mein Opa ist dement, wohnt noch in seiner Wohnung, verjagt jeden, der sich ihm nähern will. Wenn ein Pfleger vorbeikommt oder Essen auf Rädern, ruft er die Polizei an, weil er denkt, es sei ein Einbrecher. Er geht in der Unterhose auf der Straße spazieren und pisst in den Hausflur. Der einzige Mensch, den er in seine Nähe lässt, ist meine Mum. Er ist verknallt in sie, war er immer schon. Sie schuftet den ganzen Tag für die Familie, fährt ins Heim zu meiner Oma, wechselt Windeln, füttert die beiden und mein Vater beschwert sich, wenn der Kühlschrank nicht voll ist und das Essen nicht pünktlich auf dem Tisch steht. Ich an ihrer Stelle wäre schon längst abgehauen."

„So ein Arsch ist der?"

„Ja", sagte Leander wie aus der Pistole geschossen und verstummte abrupt.

„War doch ganz nett, wie er mir geholfen hat."

„Er war auch mal nett ... früher ... es sind zu viele Dinge passiert..."

Hinter mir wurde es still. Leander war stehen geblieben und wusste nicht, was er sagen sollte.

„Kriegen die eigentlich mit, wie's dir geht? Ich meine, wissen sie, dass du den ganzen Tag pennst, wie fertig dich das alles macht?"

„Bin ohnehin bald weg", murmelte er.

Unsere Blicke trafen sich für einen winzigen Moment und ich sah wieder die Angst darin flackern.

„Was heißt, du bist bald weg?", fragte ich. „Du machst die Schule doch noch fertig?"

Er wich meinem fragenden Blick aus, sah an mir vorbei und seine finstere Miene erhellte sich. „Schau mal, ich glaub, da ist ein Weg!" Beinah wäre ich ihm um den Hals gefallen. Auf allen vieren schoben wir uns über eine Kante. Endlich ein Weg! Den wollten wir nie wieder verlassen.

„Bergauf oder bergab?", fragte er.

„Bergab. Wenn's dir recht ist, vergessen wir die First-Hütte. Lass uns einfach sehen, dass wir so schnell wie möglich in die Reichweite eines Telefons kommen."

Das Tageslicht wanderte der anderen Erdhalbkugel entgegen und es wurde finster wie in einem Wandschrank, dessen Tür langsam zufiel. Wie spät es war? Wir hatten keine Ahnung, trugen beide keine Uhr. Ich war immer noch auf dem Ablenkungstrip.

Solange ich vom Alltag erzählte, hatte ich das Gefühl, die Bodenhaftung nicht zu verlieren.

„Am Anfang gab es bei uns zu Hause die Regelung, dass neue Partner nicht in unserer Wohnung übernachten durften. Inzwischen darf das jeder, solange irgendwer eine Betthälfte frei macht, falls du also Bedarf hast, kannst du jederzeit in meinem Bett einziehen, die Miete ist extrem günstig." Es musste die dünne Höhenluft sein, die mich intellektuell auf das Niveau eines Australopithecus afarensis schrumpfen ließ. Bald würde ich mit Leander Blum auf den nächsten Baum klettern und ihm die Läuse aus dem Pelz fressen.

Leander Blum war bei mir. Nicht nur körperlich. Zum ersten Mal hörte er mir zu. Er gab Kommentare (eher waren es Laute) ab, nicht viele, aber immerhin. Er lachte und er litt mit mir. Ab und zu musste er stehen bleiben und nach Luft ringen wegen seiner geprellten Rippen.

Im Gegenzug quetschte ich ihn nach seinen Eltern aus und hoffte, endlich Antwort auf seine Hautfarbe und sonst noch alles zu kriegen. Ein bisschen was gab er preis.

„Mein Vater wollte eigentlich Grafiker werden, aber sie haben ihn nirgends genommen. Auf der Kunsthochschule fiel er durch die Aufnahmeprüfungen. Er trieb sich trotzdem gern mit den Studenten herum. Eine von ihnen war meine Mum. Er lernte sie bei einer Ausstellung kennen. Sie hat hier in der Stadt mit einem Auslandsstipendium ein Jahr Kunstgeschichte studiert. Noch bevor das Jahr zu Ende ging, war sie schwanger mit mir. Sie hat ihr Studium abgebrochen, heiratete meinen Vater und zog her. Er bekam Panik, gab die Idee, ein Künstlerleben zu führen, auf und entschied sich für einen sicheren Job. Die beiden waren knapp zwanzig, als ich auf die Welt kam. Wir wohnten in einer Zweizimmerwohnung ohne Fenster, mit Klo auf dem Gang, daran kann ich mich aber nicht erinnern."

Inzwischen war es so dunkel, dass ich keine Hindernisse mehr sehen konnte. Leander Blum stolperte. Ich fing ihn auf und er schrie, als hätte ihm jemand mit dem Hammer auf die Brust geschlagen. Die Rippen. Wir lagen uns in den Armen. Verkeilt irgendwie. Er wagte es offenbar nicht, sich zu rühren, aus Angst vor den Schmerzen. Unsere Nasenspitzen berührten sich. Fast. Ich konnte seinen Atem auf meiner Wange spüren. Seine Kleider rochen nach Autowerkstatt.

Als wir uns der Nähe des anderen bewusst wurden, stellten wir uns langsam wieder auf unsere eigenen Beine. Schade. Sein Körper wäre so warm gewesen. Ich schlotterte schon längst in meinen kurzen Hosen.

„Hast du keine anderen Klamotten mit?“, fragte er. Er trug jetzt alle Outdoor-Schichten übereinander, die er bei sich hatte.

„Natürlich. Wenn du mich kurz entschuldigen würdest ...“

„Klar.“ Er setzte sich auf eine Wurzel unter eine Tanne und drehte sich eine Zigarette, während ich mir hinter der Tanne alles anzog, was ich finden konnte.

„Was ist das?“, fragte er, als ich vor ihm wieder auf den Weg trat.

„Mein Schlafanzug“, erklärte ich, stolzierte vor ihm hin und her wie auf dem Laufsteg und spulte eine Werbesendung ab, „flauschig, warm, einteilig, mit Kapuze.“ Die kurze Hose und den Rest meiner mickrigen Wanderkleidung trug ich darüber.

„Und das da?“ Er zeigte auf die Elefanten auf meinem Schlafanzug, aus deren Rüsseln pinke Herzen kamen.

Ich warf mich ins Hohlkreuz und vollführte eine Drehung. „Hast du was gegen Elefanten und Herzchen?“

„Nein, nein, wirklich nicht.“

Hoch erhobenen Hauptes stopfte ich mir den Hasen als Wärmepolster unter die Wanderjacke. Jetzt war mir ein wenig wärmer.

„Très chick“, sagte er wieder auf halb Französisch, steckte sich die gedrehte Zigarette hinters Ohr und folgte mir grinsend. „Gehst du immer im Pyjama in die Berge?“

„Nicht zwingend.“

„Und das ist alles, was du mithast?“

„Jepp.“ Ich reckte meinen Rücken in eine noch aufrechtere Haltung. „Der Rest befindet sich in meinem Spind in der Schule.“

„Dort gehört das hin, nehme ich an?“

„Richtig!“, bestätigte ich und marschierte in so großen Schritten, dass er diesmal kaum nachkam.

„Heilige Scheiße“, er krümmte sich, „mach mal langsam.“

Die Luft wurde kälter. Wahrscheinlich hatte es nicht viel Grad über null, vielleicht sogar darunter. Meine Nasenspitze war ein Eiszapfen. Durch die Bewegung konnten wir uns halbwegs warm halten, aber die Energie ging uns aus. Leander hinkte mit jedem Schritt stärker.

„Lass uns mal unsere Vorräte checken“, schlug er vor.

Wir setzten uns mitten auf den Weg. Er steckte sich die Zigarette in den Mund und wollte sie anzünden. Aber er fand sein Feuerzeug nicht! Und je länger er suchte, umso mehr dämmerte uns, warum wir nicht längst auf die Idee gekommen waren, ein Feuer zu machen und somit nicht nur Wärme, sondern vielleicht auch Suchtrupps in unsere Nähe zu locken.

„Scheiße!“ Er kippte den gesamten Inhalt seines Rucksackes aus: ein Paar Socken, Unterwäsche (die ich in der Dunkelheit leider nicht genauer erkennen konnte), T-Shirt, eine Gefriertüte gefüllt mit Zahnbürste, Zahnpaste und Seife, Taschenmesser, Wasserflasche und ein Müsliriegel.

„Kein Elefantenpyjama?“, fragte ich. Er winkte mit dem T-Shirt. „Schwach.“ Ich wühlte in meinem Rucksack, in dem ich außer der Teekanne und der Brotdose nur noch eine Tube Sonnencreme mit Schutzfaktor 50 fand. „Wie wär's damit?“

Er musste lachen.

Zum Glück war es so dunkel, dass er nicht sah, wie rot ich anlief.

„Wir könnten die Sonnencreme auch auf den Müsliriegel schmieren, hat vielleicht ein paar Zusatzkalorien, ist bestimmt schön fett", schlug ich vor.

Er gab ein Kotzgeräusch von sich und kramte weiter nach seinem Feuerzeug. Sämtliche Hosentaschen stülpte er nach außen und davon hatte er weiß Gott eine Menge. Er brachte zerknüllte Taschentücher, Reste von Einwickelpapier und ein paar Cent-Münzen zum Vorschein. Aber kein Feuerzeug. Kalter Wind pfiff durch den Weg und ich schlug mir die Pyjama-Kapuze über den Kopf. Wir wussten beide, dass wir weitergehen mussten, wenn wir uns nichts wegholen wollten.

„Keine Angst vor der Dunkelheit?", fragte er mich. Ich schüttelte den Kopf.

Nur manchmal mussten wir stehen bleiben, weil wir Geräusche von Tieren hörten, die wir nicht zuordnen konnten. Irgendwo hinter den Wolken musste der Mond stehen, denn Umrisse von Bäumen, Bergen und hohen Steinen konnten wir immer noch erkennen. Eng nebeneinander, sodass wir die Wärme des anderen spüren konnten, liefen wir Meter um Meter. Wir teilten den letzten Müsliriegel. Wir füllten unsere Trinkflaschen. Wir verbrauchten die letzten seiner Blasenpflaster an unseren Füßen. Wir wuchsen zusammen. Wir stöhnten gemeinsam. Wir verfluchten Herrn Mathis und den Berg im Besonderen und die Berge im Allgemeinen. Wir wurden gemeinsam müde. Und als Nebel aufzog und uns wie eine nasskalte, unheimliche Hülle umgab, sank unsere Laune in den Keller. Der Nebel war so beklemmend, dass wir uns Luft machten, indem wir uns gegenseitig beschimpften (also vorwiegend beschimpfte ich Leander Blum). „Wenn du dich im Bus normal benommen hättest und nicht davongerannt wärst, wär' das alles nicht passiert! Aber du musstest dich ja unbedingt mit der Aura eines Gespenstes umgeben."

„Was?"

Er schien nicht die geringste Ahnung zu haben, wovon ich sprach, und weil ich ihm das nicht erklären wollte, schlug ich mich ins Gebüsch.

„Ich muss mal!", rief ich.

Der Nebel war unerträglich. Ich hockte mich hin und wollte pinkeln, was in dem ganzteiligen Schlafanzug unmöglich war, also musste ich alle Schichten wieder von mir schälen. Eisiger Nebel strich wie eine Geisterhand um meine nackten Schultern. Ein Insekt krabbelte über meine Unterschenkel. Natürlich hatte ich mich in einen Ameisenhaufen gehockt. Am ganzen Körper zitternd, wollte ich nur noch mein Geschäft verrichten, während ich unaufhörlich Ameisen auf meinen Beinen erschlug. Plötzlich schnaufte etwas in meinen Nacken. Ich schrie. Blätter raschelten. Äste knackten. Unmittelbar hinter meinem Rücken sprang etwas Großes an mir vorbei, das einen mächtigen Luftzug verursachte. Ich kreischte wie in einem Horrorfilm und umklammerte meine Kleider.

Leander Blum sprang durch die Wildnis und stand auf einmal neben mir, während ich mit nacktem Hintern und überhaupt nackt in einem Ameisenhaufen hockte.

„War nur ein Reh", erklärte er mir. Sein dunkles Gesicht, umgeben von Nacht und Nebel, ließ mich endgültig glauben, ich sei in einem Horrorfilm gelandet.

„Verzeihung", murmelte er und räusperte sich sehr laut, als er mitkriegte, wie spärlich bekleidet ich war, während ich verzweifelt versuchte, mich in der richtigen Reihenfolge wieder anzuziehen. Einen Hustenanfall vortäuschend, stolperte er aus dem Gebüsch.

„Kommst du klar mit deinen Elefanten?", rief er und ich hörte, wie er sich beherrschen musste, nicht laut loszuprusten.

Wütend griff ich nach dem Rucksack und trat zurück auf den Weg. Leander gluckste wie ein Springbrunnen. Er schlug sich auf den Mund. Wir liefen weiter und er musste unaufhörlich kichern. Mal weinte er herzbrechend, dann lachte er. Leander Blum war der emotionalste Junge, den ich kannte.

„Entschuldige bitte", er biss sich auf die Lippen, „aber du bist echt witzig."

„Versuch du mal, im Ganzkörperanzug in einen Ameisenhaufen mit Reh im Genick zu pinkeln ... als Frau", sagte ich beleidigt, schulterte meinen leeren Rucksack und er brach endgültig in schallendes Gelächter aus.

„Freut mich, wenn du dich freust", stieß ich knirschend hervor. Ich hatte die Nase so was von voll. Warum musste ich mich dauernd lächerlich machen? Warum war ich für alle nur ein Spielzeug, eine Lachpuppe, ein Maskottchen, das man zur Unterhaltung mitnahm? Warum konnte ich nicht wie Sarah sein? Edel und schön. Niemand lachte über sie (obwohl sie sich oft genug lächerlich benahm). Sarah war eine Diva. Ich würde nie eine Diva sein. Dazu fehlten mir die nötige Körpergröße, die Schminke, die Schuhe, die Taschen und die Klamotten. Das Schlimme daran war: Ich hatte mich selbst zu Leander Blums Witzfigur degradiert.

„Voll verschissener Scheißausflug!", rief ich. Meine Füße taten weh. Ich hatte Hunger und Durst. Ich wollte nach Hause. Zornig bog ich nach einem Kruzifix mit einem angenagelten Jesus ab. Der Weg führte mich durch den Wald auf eine Lichtung.

Ich rammte meine Zehen in eine Wurzel. Endlich konnte ich laut und frei von der Leber weg herzhaft fluchen. Der Nebel war ein Killer. Unheimlich waberte er um die schwarzen Stämme. Irgendwo ein Hauch Mondlicht, der alles noch grauenvoller machte.

„Lila! Bleib stehen! Bitte, ich hab das doch nicht böse gemeint!", rief Leander.

Und auf einmal standen wir vor einer Hütte mit verschlossenen Fensterläden. Das Häuschen war kaum von den Bäumen zu unterscheiden. Und es sah aus, als wäre hier schon seit einer halben Ewigkeit niemand mehr gewesen.

15

Gemälde: camouflage
Bleistift, Wachskreide, Aquarell und Tinte auf Karton. 97,2 × 107,5 cm

Seine Werke mögen wild, naiv, düster, kitschig oder im Drogenrausch erzeugt sein – langweilig oder bedeutungslos sind sie nie.
(Oskar De Jong, Kunstsammler)

„Ich lass euch durch den Hintereingang raus", sagte Ingrid, die Tante von Jonas. In einem engen Gang liefen wir an Regalen entlang, in denen sich ein Styroporkopf neben den anderen reihte, mit Perücken aus Echthaar in allen Farben und Längen. An der Wand gegenüber hingen große gerahmte Hochglanzfotos von Musical-Stars in Kostümen.

„Nimm das mit, Leander, vielleicht brauchst du's noch einmal." Ingrid drückte mir einen Tiegel Theaterschminke in die Hand und eine kleine Schachtel mit schwarzen Kontaktlinsen. „Falls du deine verlierst."

Ich ließ sie in die Tasche gleiten.

„Du glaubst gar nicht, wie du uns geholfen hast", sagte Jonas und überlegte sich wohl gerade, ob er sie küssen durfte, ohne dass der aufgeklebte Kinnbart aus seinem Gesicht fiel.

Sie hielt ihm die Wange entgegen. „Keine Angst. Der sollte einige Stunden halten. Küssen erlaubt." Sie schmunzelte. „Viel Spaß auf der Party."

„Und was für ein Spaß das wird. Du bist ein Schatz!“

Sie klopfte Jonas auf die Brust: „Jetzt geht endlich, ich sollte hier schon längst zur Mittagspause zusperren. Die Sachen könnt ihr zurückbringen, wenn ihr sie nicht mehr braucht, hat keine Eile. Kommt mal wieder vorbei!“

Ich nickte, immer noch völlig benommen, mit welcher Leichtigkeit und Professionalität sie uns mit relativ wenig Aufwand in zwei andere Menschen verwandelt hatte. Sie drückte die Tür hinter uns ins Schloss und sperrte von innen zu. Ein Flugzeug zog zwei Kondensstreifen durchs Blau. Samstagmittag.

Schweigend drehten wir uns dem Schaufenster zu: *FRANZ BINDER. Ihr Spezialist für Haare, Perücken, Schminke, Bodypainting und Camouflage. Wir bieten eine riesige Auswahl an Make-up für Bühne, Film und Fernsehen. Generalvertretung international* ... Die Buchstaben verschwammen vor meinen Augen und ich sah nur noch zwei mir vollkommen unbekannte große, schmale Gestalten, die sich darin spiegelten.

Der eine hatte einen marsschwarzen Pony, einen getrimmten marsschwarzen Kinnbart und rehbraune Augen. Er trug ein altrosa T-Shirt mit V-Ausschnitt, darüber eine englischrote Lederjacke und zeigte viel helle Haut über Brust und Hals. Die Hände hatte er in die Taschen gesteckt.

Der andere hatte haselnussbraune Haare, die ihm von allen Seiten verwegen ins helle Gesicht fielen. Zwischen dem langen Haarschopf spähte unsicher ein graphitschwarzes, mysteriöses Auge hervor, das andere war vom Haarvorhang verdeckt. Er trug einen Rollkragenpullover bis zum Kinn, eine schmale Stoffhose, eine elegante Jacke mit aufgestelltem Kragen, polierte Lederschuhe und dünne Handschuhe. Fehlte nur noch der Spazierstock.

Ich fand die beiden affig. Sie hatten offensichtlich zu viel Geld, legten zu viel Wert auf ihr Äußeres und fanden sich selbst zu unwiderstehlich.

Wir waren das jedenfalls nicht. Wir trugen ausgebeulte, verschmutzte Jeans und jahraus, jahrein die gleichen ausgeleierten Shirts.

Die im Schaufenster waren, bis auf die Rucksäcke mit unseren alten Klamotten, zwei andere. Was uns ungeahnte Möglichkeiten gab – zum Beispiel mal schnell als Newcomer bei den MÖRVs einzusteigen, ein paar Dosen mitzunehmen und schnell wieder zu verschwinden.

Jonas hatte immer wieder mal vorgeschlagen, zum Spaß bei anderen Crews mitzumachen. Ich war total dagegen gewesen. Wäre mein Vater Hausmeister, Lehrer oder sonst etwas Normales gewesen, kein Problem, dann würden wir wahrscheinlich schon längst mit anderen um die Häuser ziehen, so wie alle Sprayer, von denen die Eltern vielleicht wussten, was sie trieben, vielleicht aber auch nicht.

Aber mein Vater war Polizist, ein guter noch dazu. Er erwischte jede Menge von unserer Sorte. Und wenn sie dann in seinem Verhörzimmer saßen, nagelte er sie mit seinem Blick fest. Ich wusste nur zu gut, wie er einen durchbohren konnte. Schnell wurden die Leute weich. Er beeindruckte sie mit seinem Wissen, was in der Szene abging, und versprach ihnen Strafmilderung, wenn sie ein paar Namen ausspuckten. Womöglich auch unsere. Ich konnte schon ihre Stimmen hören: „Ja, große Typen, immer gemeinsam unterwegs, rauchen selbst gedrehtes Zeug, ein Blonder, ein Schwarzer – krasse Augen, der Schwarze."

Und das durfte auf keinen Fall geschehen. Es würde ihm das Herz brechen, und mein Vater hatte ein großes, aber sehr zerbrechliches Herz, auch wenn er es mit einem Panzer zu schützen versuchte.

Als wir klein waren, hätte ich mir keinen besseren Vater wünschen können. Er war vernarrt in uns und hatte alles getan, um uns zum Lachen zu bringen. Mit kleinen Kindern konnte er umgehen. Aber mit jedem Zentimeter, den wir wuchsen, wurde der Faden zwischen uns dünner. Ich glaube, der Faden riss, als wir uns eines Tages in Augenhöhe gegenüberstanden. Wir wussten nicht mehr, wie wir uns begegnen und was wir miteinander reden sollten. Das mit der Kommunikation ließ er meine Mum machen. Die Liebe zwischen ihnen war einmal richtig groß gewesen. Er hatte sie angebetet und ihr täglich gesagt, wie schön sie war. Er hatte mit ihr herumgealbert, ihr auch ohne Geburtstag oder Weihnachten Geschenke gemacht und nach dem, was ich in unserer kleinen Wohnung so alles mitbekam, hatten sie verdammt viel guten Sex gehabt.

Das Unglück hatte mit der Demenz-Diagnose meines noch jungen Großvaters begonnen. Ein halbes Jahr später erlitt meine Oma einen Schlaganfall, auch sie mit gerade mal fünfzig. Ich glaube, sie hatte sich einfach aus dem Staub gemacht, weil es für sie unerträglich gewesen wäre mitzuerleben, wie ihr Mann vor ihren Augen zerfiel. Sie konnte nicht mehr sprechen, nicht mehr gehen, nicht mehr selber essen. Pflegefall. Ihr Gehirn zerstört.

Da fing mein Vater an, mehr als gewöhnlich zu trinken. Anfangs bemerkten wir es kaum. Aber der Alkohol veränderte ihn. Meine Mum dachte, sie könnte die Situation retten, indem sie ihre Arbeit im Übersetzungsbüro aufgab und sich um meine Großeltern kümmerte. Etwas, das sie nie hätte tun sollen. Irgendwann musste man nicht einmal bei den Anonymen Alkoholikern sein, um die Alarmglocken schrillen zu hören, wenn er alle drei Tage eine Bierkiste durchs Treppenhaus schleppte und täglich drei bis fünf Gläser „Polizeischnaps" hinterherschüttete; zuerst nannte er den Schnaps so, weil er ihn von seinem Chef für besondere Dienste bekommen hatte, bald nannte er jeden Schnaps Polizeischnaps, das beruhigte sein Gewissen. Meinetwegen konnte er ihn auch Bundespräsidentenschnaps oder Heilige-Maria-Mutter-Gottes-Schnaps nennen. Schnaps blieb Schnaps und war scheiße.

Aber sein hartes Fitness-Training, das er dreimal wöchentlich absolvierte, und die Liebe zu seinem Beruf sorgten dafür, dass er funktionierte. Trotzdem wusste ich genau: Für sein instabiles Herz wäre es der totale Untergang, wenn er herausfinden würde, dass Jonas und ich BLUX waren.

Tja, und nun war Rapunzel in mein Leben getreten und Dragan hatte Jonas das Blaue und den Regenbogen vom Himmel herunter versprochen: Spraydosen in allen Farben, so viel wir wollten. Dragan hatte ihm erzählt, dass der City Priester die MÖRVs vor etlichen Jahren mit ein paar Freunden gegründet hatte. Schnell war die Crew gewachsen. Manchmal planten sie gemeinsame Aktionen oder Ausflüge in andere Städte. Dann tauchte der Priester mit seinem Lieferwagen auf, voll mit allem, was man so brauchte, bezahlt von seinen Sponsoren, für die er warb. Scheinbar durfte man sich bedienen. Wir sollten einfach mal unverbindlich im Priesterseminar vorbeischauen, dann würde uns Dragan mit dem Priester bekannt machen.

„Was soll's", hatte Jonas gesagt. „Wir setzen uns Perücken auf und schneien vorbei. Keine große Sache, bisschen chillen, bisschen sehen, was dort so abgeht."

Und weil ich die Hoffnung hatte, nicht nur jede Menge Spraydosen, sondern auch Rapunzel wiederzusehen, hatte ich zugestimmt. Nur die Verkleidung musste wirklich gut sein.

Den ganzen Nachmittag hatten wir uns bei Jonas zu Hause durch die Kiste mit den Faschingsklamotten gewühlt. Wir hatten es mit Klebebärten und John-Lennon-Brillen, mit Glockenhosen, Hawaiihemden, mit tannengrünen Lodenmänteln und Sylvias Hüten probiert. Aber egal was wir anzogen, wir sahen aus, als hätten wir den Aschermittwoch verpennt. Jeder hätte uns erkannt. Dann waren wir auf die glorreiche Idee gekommen, uns als Frauen zu verkleiden. Wir machten uns fast in die Unterhosen vor Lachen, als wir in Seidenstrümpfen in Birgits Dirndlkleidern, in ihren Röcken und Blusen, Handtäschchen schwingend, mit einem Hauch Gloss auf den Lippen durch die Wohnung galoppierten. Jonas hatte in Birgits Unterwäscheschublade gewühlt und ein paar Dessous in Erdbeerrot gefunden. Das war uns dann doch zu heiß geworden. Es ging sowieso nicht. Zusammen waren wir einfach zu bunt.

„Was ist das eigentlich, was Imker anziehen, wenn sie zu den Bienen gehen?", fragte Jonas, warf sich aufs Bett, lehnte sich mit dem Rücken an die Wand, zupfte einen Faden von seinem Kopfkissen und zwirbelte ihn gedankenverloren zwischen seinen Fingern.

Lachend warf ich mich neben ihn. „Du spinnst." Die Vorstellung, dass wir beide im Ganzkörper-Imker-Outfit mit den MÖRVs durch Hinterhöfe und auf Dächern herumkletterten, um ein paar Roofies anzubringen, war zu komisch. Ratlos betrachteten wir unsere vier aufgestellten Knie.

„Mumie in Klopapier?" Ich schüttelte den Kopf.

„Spiderman? Superman? Batman? Iron-Man? X-Man?"

Ich war gespannt, wie viele Helden mit Ganzkörperverkleidung ihm noch einfielen.

„Darth Vader? Flash? Sauron?"

„Du hast da Tinte."

„Donald Duck? Alf? Hulk? Mork vom Ork? Was hab ich?"

„Tinte auf deinem Knie." Ich zeigte auf den Fleck. „Was bitte ist Mork vom Ork?"

„Du hast dafür ein Loch in deiner Socke ... bitte, werd jetzt bloß nicht hysterisch ... und schlag mich nicht ... ich bin nur der Bote." Er ging in Deckung, tätschelte mir dann kurz den Arm wie eine Krankenschwester, kletterte aus dem Bett, öffnete seinen Schrank und warf mir ein sauberes Paar Socken quer durch das Zimmer zu, bevor ich einen Tobsuchtsanfall bekam – ein Loch in der Socke war fast so schlimm wie Hundescheiße auf dem Schuh.

Und dann fiel ihm plötzlich etwas ein. „Ich Hornochse", startete er eine Selbstbeschimpfung und klatschte sich die Handfläche auf die Stirn. „Ich Hirsch. Ich Pfeife. Ich Esel. Ich Hornochse."

„Sagtest du schon." Ich zog mir seine Socken an.

„Wir gehen zu Tante Ingrid. Wie hatte ich das nur vergessen können! Die ist ein echter Profi! Die klebt dir einen tätowierten Glatzkopf an. Die verpasst dir Extensions oder verwandelt dich in deine eigene Mutter." Er riss seine Augen auf. „Hey! Die macht sogar einen Chinesen aus dir."

„Danke, ich hab keinen Bock auf Chinese. Wer ist Mork vom Ork?"

„Mork vom Ork? Der passt sowieso nicht in die Liste. Komm, wir gehen. Ingrid freut sich, wenn sie uns sieht."

Ich brauchte eine Weile, bis ich mich an das Spiegelbild gewöhnt hatte. Der mit dem marsschwarzen Pony und dem schmalen Bart war Jonas. Der andere war ich. Tante Ingrid hatte mir schwarze Kontaktlinsen verpasst und mich mit einer Schicht Theaterschminke bis zum Kinn hell angepinselt, den Rest erledigten der Rollkragen, der Haar-Vorhang und die Handschuhe – ich würde eine Hautallergie ins Rennen werfen, falls einer danach fragte. Bei Jonas hatte es nicht viel gebraucht. Die paar Sommersprossen auf der Nase hatte sie übertüncht und ohne sein weizenblondes Haar und seine Brille kannte ihn sowieso keiner. Er hatte sie schon zu Hause gegen Kontaktlinsen getauscht, die er kaum trug, weil er davon entzündete Augen bekam. Er war einfach zu schlampig, die Linsen ordentlich zu pflegen.

„Findest du, Schwarz steht mir?", fragte er, beugte sich näher ans Schaufenster und schüttelte sein Haar mal nach links, mal nach rechts.

„Grauenhaft."

Wir machten die Probe und steuerten auf ein Einkaufscenter zu, das sich über mehrere Wohnblocks zog. Wir gingen hinein, vorbei an den Security-Männern, und achteten darauf, ob sich irgendwer nach uns umdrehte. Niemand. Sie kümmerten sich nicht um uns. Wir waren zwei ganz normale weißhäutige Wichtigtuer.

Θ

Theta – die achte Erkenntnis: Leander Blum war von einem Meister gemalt worden

Wir gingen um die Hütte herum. Alles war dicht.

„Verflucht!" Ich trat gegen die Haustür.

Leander holte sein Taschenmesser aus dem Rucksack. Er zog die Pinzette heraus und brach eine Hälfte davon ab. Er fummelte an seinem Zippverschluss; der originale Verschluss musste mal abgebrochen sein, und um den Zipp bedienen zu können, hatte er eine Büroklammer draufgesteckt. Die bog er auseinander und formte sie, wie er sie brauchte. Er trat zur Tür, steckte die abgebrochene Pinzette ins Schloss und fuhr mit der Büroklammer hinein. Er kniff die Augen zu. Er lauschte. Er fummelte im Schloss. Er entspannte sich, ließ seine Fingergelenke knacken, verschnaufte ein wenig und machte weiter. Ich fand das unheimlich spannend.

„Erfahrungen als Einbrecher?"

„Nur der Sohn eines Polizisten", murmelte er hoch konzentriert.

„Und der hat dir das beigebracht?"

„Früher, als Kinder, wollten wir unbedingt wissen, wie das geht, und haben nicht lockergelassen, bis er's uns erklärt hat."

„Wer ist wir?"

„Mein bester Freund und ich. Das Schloss hier ist ziemlich eingerostet. Hat schon lange keinen Schlüssel mehr von innen gesehen, aber diese altmodischen Schlösser kriegt man normal immer auf."

Er biss die Zähne zusammen und plötzlich hörte ich das leise Knacken der Stifte im Schloss. Er drehte die Büroklammer und die Tür ging auf. Ich war beeindruckt.

Diesmal verbeugte er sich wie ein Oberkellner an einer Tanzcafétür zu Zeiten der letzten Monarchie und lächelte charmant: „Darf ich bitten, Madame?"

„Ausnahmsweise", sagte ich und trat ein. Es roch nach Staub und Holz. Unsere Bergschuhe polterten über den Holzboden. Lichtschalter fanden wir keinen. Wir öffneten die erste Tür rechts und kamen in einen kleinen Raum. Hier war es endgültig so dunkel wie in einem Safe. Schwärzer ging nicht. Ich konnte meine Hand nicht sehen, geschweige denn sonst etwas. Ich hielt mich an Leander Blum fest. Leander Blum hielt sich an mir fest. Schritt für Schritt wagten wir uns hinein und ich rechnete damit, in eine Grube voller Skelette zu fallen. Stattdessen ertasteten wir einen Stuhl, einen Tisch, noch einen Stuhl, eine Wand, ein Fenster. Das öffneten wir. Leander stieß die Fensterläden auf. Nebliges Nachtdunkel. Wenigstens etwas.

Im Zimmer waren ein Holzherd, eine kleine Anrichte, schief hängende Schränke, ein leerer geflochtener Korb am Boden, ein angeknabberter Flickenteppich. Wir öffneten die Schränke: eine Teetasse ohne Henkel, ein gespaltener Kochlöffel, eine Mausefalle, sonst nichts. Wir durchquerten das Zimmer und kamen ins nächste: ein Bettgestell auf zwei Kisten, darauf eine Matratze, ein Kleiderschrank. Die Schranktür quietschte. Ich roch Reste von Lavendel. Leander fand ein Nachtkästchen, öffnete die Schublade, riss einen Augenblick später ein Zündholz an. Die Helligkeit bohrte sich in mein Gehirn. Wir mussten laut aufstöhnen, unsere Augen mit den Händen schützen und eine Weile zwinkern, bis wir uns an die Helligkeit gewöhnt hatten. Er führte das

Zündholz an einen alten Kerzenrest, der in einer Tonschale auf dem Nachtkästchen stand. Wir standen uns gegenüber. Die Kerze in unserer Mitte. Unsere Gesichter flackerten. Nachdem wir so viel zusammen durchgestanden hatten, erlaubte ich mir, ihn ausgiebig zu betrachten.

Er sah aus, als hätte ihn ein Meister gemalt und zu viel Farbe verwendet. Als hätte dieser Meister jedes seiner blauschwarzen, geraden Haare einzeln gepinselt. Als hätte er die Proportionen vorher berechnet, die Höhe seiner Wangenknochen, die Größe seiner Nase, den Abstand seiner Augen. Der Goldene Schnitt. Leander Blum war ein Goldener Schnitt. Und alles an ihm war zu intensiv: zu dunkle Haut, zu weiße Zähne, zu blaue Augen. Er sah künstlich aus. Zu perfekt. Zu schön.

Sein Äußeres passte so gar nicht zu dem, was er ausstrahlte: Verwundbarkeit, Angst und Einsamkeit.

„Geht's dir gut?", fragte ich.

Sein Adamsapfel bewegte sich. Er riss seinen Blick von mir weg und polterte an mir vorbei. Meine Frage hatte ihn getroffen: Es ging ihm nicht gut, und das lag nicht an seinen geprellten Rippen oder an der Ehekrise seiner Eltern. Ich war überzeugt davon, dass es noch ein Geheimnis gab, das er so mühsam unter Verschluss halten musste.

Er hob die Kerze in eine Ecke, wo auf einem kleinen Holzbrett ein Heiligenbild stand, darüber ein Kreuz und gelbe Trockenblumen, die sich bei der kleinsten Berührung in Staub aufgelöst hätten.

In einem Nebenzimmer fanden wir ein Plumpsklo, in dem es nach altem Urin stank. Über eine Holzleiter kletterten wir in ein Matratzenlager unter das Dach, auf dem ich nicht hätte schlafen wollen, durch die Dachziegel war viel Staub gerieselt. Das runde Fensterloch war voller Vogelkacke und auf den Dachbalken klebten ekelhafte kleine Haufen, vermischt mit Holzmehl.

„Das war ein Siebenschläfer", erklärte Leander. Ich hatte genug gesehen. Im Erdgeschoss gefiel es mir besser. Über allem lag eine Staubschicht wie Mehl in einer Bäckerei.

„Was meinst du, wie lange hier schon niemand mehr war?", fragte ich.

„Keine Ahnung." Eine Leitersprosse knackte unter seinem Gewicht. Wir erreichten sicheren Boden und gingen in die Küche. Uns fror. Wir wollten Feuer im Ofen machen, fanden aber weder Holzscheite noch Papier. Wir waren beide sehr erschöpft, hatten keine Lust, im Wald nach Holz zu suchen, und die Flamme brannte nur noch an einem winzigen Docht.

Leander nahm mich an der Hand. Schweigend. Ich ließ mich von ihm mitziehen. Er zog seine Jacke aus und legte sie sachte, um nicht zu viel Staub aufzuwirbeln, auf die Matratze. Vorsichtig legte er sich hin und stöhnte, weil ihm sein Brustkorb wehtat. Sein Haar fiel aus der Stirn. Sie glänzte.

„Du brauchst einen Arzt", stellte ich fest.

„Ich brauche dich", flüsterte er und streckte seine Arme nach mir aus. Und mir verschlug es endgültig die Sprache.

Eine Million Glücksblasen stiegen erneut in mir auf, bereit, in die Welt hinauszufliegen und Spruchbänder über den Wolken zu formen, die verkündeten: „ICH LIEBE LEANDER BLUM!"

Ich kroch aufs Bett und schmiegte mich an seinen abgewinkelten Körper. Sein Bauch an meinem Rücken. Er legte einen Arm um mich und drückte mich an sich. Sofort wurde mir warm, nein, heiß, sehr heiß, vor allem, als ich die harte, heiße Stelle zwischen seinen Beinen spürte. Sein Atem beschleunigte sich. Meiner auch. Von Müdigkeit keine Spur mehr. Ich klammerte mich an seinem Unterarm fest. Er drückte mir einen Kuss auf den Hals. Dann stöhnte er auf. Vor Schmerz. Vor Erregung.

„Tut mir leid", murmelte er, fiel auf den Rücken und legte eine Hand auf seine Brust. Ich stellte meinen Ellbogen auf, legte meinen

Kopf in eine Hand und wusste nicht, wo ich ihn berühren durfte, um ihm nicht wehzutun. Er legte seine Hand auf meine Wange.

Langsam führte ich meine Lippen an seine Lippen.

In dem Moment wurde die Tür aufgerissen! Grelles Taschenlampenlicht. „HIER! Hier sind sie!!! Wir haben sie gefunden!"

„Der Berg?", murmelte Leander geschockt.

„Was für ein beschissenes Timing", hauchte ich in sein Ohr.

„Fuck!" Resigniert legte er seinen Handrücken auf die Stirn. Ich wollte keine falschen Gedanken aufkommen lassen und war der Meinung, dass Angriff die beste Verteidigung war, also sprang ich aus dem Bett, ballte die Fäuste und baute mich vor dem Berg auf, indem ich mich auf die Zehenspitzen stellte.

„Sie ... Sie ... Sie haben uns einfach vergessen!", rief ich, während mein Herz immer noch galoppierte wie ein junger Hengst (beinah hätte ich Leander Blum geküsst, beinah wäre es zu mehr gekommen). „Wir sind ganz normal den Weg gelaufen und plötzlich war keiner mehr da. Sie haben nicht gezählt. Und überhaupt, was ist das für eine bescheuerte Idee, ohne Handy ..."

„Lila", flüsterte mir Leander von hinten ins Ohr und legte mir seine heiße Hand auf die Schulter. Und da sah ich, dass sich unser Mathelehrer eine Träne aus dem Auge wischte. (War es ein schlechtes Omen, dass in meiner Nähe plötzlich alle Männer in Tränen ausbrachen?) Der Lehrer beugte sich zu mir und drückte mich unbeholfen. „Gott, bin ich froh, dass ihr am Leben seid."

„Na ja ...", murmelte ich und klopfte verlegen seinen Rücken, „... ist ja nichts passiert." Und dann war's mir wirklich zu viel. Innerhalb von zehn Sekunden war ich von Leander Blum in den Nacken geküsst und von meinem Mathelehrer umarmt worden. Ich riss mich weg und versuchte mich in stoßweisen Atemübungen, wie sie Monika beim Yoga praktizierte. Drei Männer von der Bergrettung kamen herein. Sie legten uns Decken über den Rücken. Sie gaben uns heißen Tee zu trinken und Kraftriegel zu essen. Sie versorgten Leanders Oberschenkel. Sie waren nett zu uns. Und der Berg saß am Holztisch, trank Enzian aus einer Flasche, die ihm ein Bergretter reichte, und kam mir vor wie ein Fünfjähriger am Weihnachtsabend.

„Gott sei Dank", murmelte er immer wieder. „Gott sei Dank ist euch nicht mehr passiert."

Dann verließen wir die Hütte. Mit Taschenlampen gingen wir ein Stück durch den Wald.

„Wie haben Sie uns hier überhaupt gefunden?", fragte ich.

„Der Kerzenschein im Fenster. Ohne den hätten wir keine Chance gehabt. Die Hütte ist vollkommen versteckt."

„Ach herrje, ich hab meine Uhr vergessen", sagte Leander so leise, dass es nur ich und der Berg hörten. „Könnten Sie mir schnell die Taschenlampe borgen?"

„Ich geh mit dir", sagte der Berg. „Oder jemand von uns kann die Uhr holen."

„Die finden Sie nicht, bin gleich wieder da."

Erstaunt beobachtete ich, wie er die paar Schritte zum Haus förmlich zurückrannte, kurz verschwand und wieder herauskam, bevor er sich an der Tür zu schaffen machte. Er hatte keine Uhr getragen.

Eine Minute später war er wieder da.

„Du hast zugesperrt", sagte ich, als er neben mir auftauchte. „Warum?"

Er flüsterte mir mit heißem Atem ins Ohr: „Es ist unsere Hütte. Deine und meine. Niemand sonst soll da rein."

Zum zweiten Mal in jener Nacht brachte er mich zum Schweigen. Auf dem Weg wartete ein Geländewagen. Wir stiegen ein. Der Geländewagen wendete und die Scheinwerfer beleuchteten das Kruzifix. Darunter hing ein Schild mit einem Gebet, das ich nur schwer lesen konnte, weil das S wie ein F aussah: „O Jesus, lass dein Leiden und deine Pein nicht an mir verloren sein." Leander und ich saßen auf dem Rücksitz. Wir hielten uns an den Händen. Die Männer von der Bergrettung telefonierten mit der Zentrale. Die Suche war erfolgreich beendet. Erfolgreich für die Retter, nicht für mich und Leander Blum. Der Berg telefonierte mit dem Mathis. Zu unserem Erstaunen war es erst kurz nach neun. Ich hätte schwören können, es war weit nach Mitternacht. Die Lehrer hatten versucht, unsere Eltern zu informieren, aber zum Glück keinen von ihnen erreicht.

„Den beiden geht es gut!“, brüllte Berg ins Telefon. „Ich glaube nicht, dass sie heute noch nach Hause gebracht werden müssen.“

Leander und ich schüttelten einhellig die Köpfe. Wir wollten nicht nach Hause. Wir wollten zurück in unsere Hütte.

16

Gemälde: landscape
Aquarell auf Zeichenpapier. 29,7 × 42 cm

Blum ruft einen ganzen Kosmos wach.
(Winter Winetzki, Kunstkritikerin)

In Simmering stiegen wir aus der U-Bahn und setzten uns in einen Regionalzug Richtung Südosten. Wir fuhren am Zentralfriedhof und der Ölraffinerie vorbei. Als wir beim Priesterseminar ankamen, hatte ich Blasen an den Fersen – die kaum getragenen Lederschuhe waren hart und schon ein paar Meter von der Bahnstation zum alten Fabrikgelände an den Donauauen hatten gereicht. Es roch nach staubiger Straße und Flusswasser. Insekten summten. Ich kam mir vor wie in einem Western – zwei Cowboys, die in ein verlassenes Nest einritten und wo hinter jedem Vorhang Eingeborene ihre Schrotflinten auf uns richteten. Ich fühlte mich wie ein Eindringling. Jonas inspirierte die High-Noon-Stimmung. Er schmiedete Pläne für die Zukunft – träumte von einem Atelier in einer Fabrikhalle und wollte am liebsten an so einem Ort wohnen, mitten in der prallen Natur, jeden Abend ins Lagerfeuer schauen, am Wochenende Künstler einladen. Und ab und zu rein in die Stadt. Er war beseelt von Ideen und positiver Energie.

„Scheiße, es ist wirklich grün hier", stellte ich fest.

Amüsiert hob er eine Augenbraue, wie Spock, was ziemlich gut zu seinem geleckten schwarzen Pony passte. „Seit wann interessierst du dich für Grünzeug außerhalb eines Döners?"

Warmer Frühlingswind fuhr mir ins dick geschminkte Gesicht. Jonas konnte sich kaum einkriegen. „Die Ährenfelder schauen aus wie ein hellgrünes, wogendes Meer. Und die leuchtenden Mohnblumen. Van Gogh hätte sie gemalt."

„Willst du auf Landschaften umsteigen?" Ich legte meine Handfläche über die Augen, um Schatten zu machen, ließ meinen Blick über den Horizont gleiten und war überwältigt. „Vielleicht sollten wir wirklich mal eine Leinwand hier rausschleppen, uns die Natur reinziehen und es uns gut gehen lassen."

„Leider sind unsere Ölfarben für Oswalda draufgegangen", gab Jonas zu bedenken. Wir überquerten die Straße, auf der kein einziges Auto fuhr, und kamen zum Portal der ehemaligen Papierfabrik.

Steinerne Löwen mit abgeschlagenen Schnauzen saßen wie traurige Wächter links und rechts auf einer Steinbrücke, die über einen algengrünen Werkskanal führte. Quer über den Kanal, an dem Weiden wucherten, führte von einem Gemäuer zum anderen ein Stahlträger, an den jemand eine Schaukel direkt über das Wasser gehängt hatte. Über dem Gelände flirrte eine Aura, der ich mich kaum entziehen konnte. Zu gern hätte ich eine Zeitreise ins 19. Jahrhundert gemacht, als hier Hunderte Werkarbeiter ein und aus gingen, die Schlote qualmten und die Maschinen stampften.

Jetzt eroberte sich die Natur das Areal zurück – Efeu, Brennnesseln, Gräser und Baumwurzeln sprengten die Ziegelmauern. Der Urwald krallte seine Finger in große Rundbogenfenster. Durchhängende Stromkabel und Isolatoren an rissigen Putzmauern. Was würden die Erbauer sagen, wenn sie das sehen könnten? Alles ging kaputt. Viel zu schnell ging alles kaputt. Das Ende nahte. Ich konnte es fühlen. Mein Herz fing an zu rasen, beschleunigte und pochte wie wild. Ich bekam keine Luft mehr. Gleich würde ich umkippen.

„Scheiß Blasen“, knurrte ich und ließ mich auf den Sockel eines Denkmals sinken, während Jonas das Gelände inspizierte. Ich hatte das Gefühl, meinen Armen, meinen Beinen und meinem Magen wurde das Blut entzogen. Heilige Scheiße. Was passierte mit meinem Körper? Sollte mich jetzt ein Tiger anspringen, ich würde ihn glatt fertigmachen. Ich begann zu zittern und zu schwitzen. Verzweifelt stieß ich einen Schrei aus. Das war zwar vertrottelt, aber irgendwas schien sich zu lösen.

Jonas drehte sich nach mir um und sah mich entsetzt an. „Was war das denn?“

Ich konnte mich räuspern, konzentrierte mich auf meinen Atem und stellte fest, dass sich mein Herzschlag verlangsamte, während ich umständlich meine Schuhe neu band.

„Manchmal frag’ ich mich echt, ob bei dir noch alles in Ordnung ist“, sagte Jonas.

„Muss bei dir nie was raus? Ein Urschrei oder so? Ist doch der optimale Ort für so etwas.“

„Urschrei?“ Verständnislos schüttelte er den Kopf.

„Hast du nie Angst?“ Ich sah zu ihm hoch.

„Wovor denn? ... Wenn, dann höchstens, dass mit dir irgendwas nicht mehr stimmt. Du schaust aus, als seist du einen Marathon gerannt. Warst du eigentlich beim Arzt?“

„Nein.“

17

Gemälde: the priests factory
Mischtechnik auf Papier. 50 × 70 cm

Blum ist wild.
Er mixt sich einen hochkarätigen Cocktail.
Und baut sich seine Welt.
(Dr. Frederik Scharitzer, Galerist)

Das Pförtnerhaus war ein kurkumagelbes Gebäude. Viel schien noch nicht los zu sein. Vereinzelt kamen Leute heraus. Andere gingen schwatzend an uns vorbei hinein. Wir beschlossen, uns wie Stammgäste zu verhalten und traten locker ein.

Im Zentrum der weiß gekalkten Halle stand eine Marterpfahl-Eisenkonstruktion aus Fahrradteilen, versehen mit Hinweisschildern, die in unterschiedliche Richtungen wiesen. Auf abgebrochenen Speichen steckten unzählige Servietten, Papierschnipsel, Postkarten und Zettel. Jeder konnte seinen Kommentar dazuhängen.

Unschlüssig standen wir herum und hofften darauf, Dragan oder den Priester zu sehen. Oder Rapunzel. Aber keine Spur von beiden. Aus verschiedenen Richtungen drang verhaltener Arbeitslärm. Irgendwo wummerte eine Bassbox. Wir begannen die Zettel zu lesen.

DIE FABRIKANTEN:
Maßgeschneiderte Jeans: Halle 1

BOOKS TO SHARE: Halle 1 – Fuck Amazon (write your own book). – Shock your parents, read a book – Brauchst du ein Lektorat? Reiß dir einen Zettel ab: Ines Haberzettel-Holzinger – No joke? – Ist das hier „Zettel's Baum"? – Zettel's Traum, Vollkoffer.

HOSTIENZENTRALE mit betreutem Trinken: Halle 1 – Best cake ever! – garantiert WLAN-FREIE ZONE – Fuck Digital

Rezepte-und-Ideen-Austausch
für Guerilla Bakery,
Vegan Society,
Betonküche, Feldküche,
kitchen-surfing
Mittwoch ab 19.00 Uhr.
Halle 3

Räuchern mit Christa jede Vollmondnacht ab 22.00 Uhr.

GREEN HEAVENS: Gemeinschaftsgarten.
Tausche Sieglinde gegen Agata –
Am 8. August findet wieder
das Arche-Noah-Treffen statt

Yoga for free am Dienstagvormittag –
Free Ed Snowden – Free Nelson Mandela –
Der ist schon frei – Und tot – Ach so.

Woher kommst du? –
Aus meiner Mutter – Hahaha

Kautschzone
„Lass dich hängen":
Halle 2 –
Hat jemand Kissenbezüge,
möglichst waschbar,
die er nicht mehr braucht? –
Ich frag meine Oma –
Danke – Bitte

Hip Hop mit unseren Homies aus Syrien,
Irak und Afghanistan – und Gramatneusiedl –
Osann Monzel – Zwickau – Schoppernau –
Bischofshofen – Warschau – Purbach –
Ankara – Krems – Steinbergkirche – Sopron –
Fritzens – Montabaur – Fischamend

ALFREDS
HIMMELSPFORTE
und SAKRISTEI.
Zeug für eh fast alles
und mehr: Halle 4

Kaffeerösterei:
Halle 2 –
Bio Fair Trade
Kaffeemischungen –
Fuck Starbucks –
FUUUCK!
Wir haben's kapiert.

Bretterwerkstatt: Halle 2 – Bau dir dein eigenes Board.

Es waren viele Zettel.

„Komm, wir schauen uns mal um“, sagte Jonas. „Vielleicht finden wir irgendwo das Lager für die Kannen.“ Wir schlenderten durch eine der Hallen. Jeder Quadratmeter war ausgenützt. Schreibtische, Werkbänke, ganze Werkstätten für Maßgeschneidertes und Handgemachtes. In einer Ecke schraubte einer an einem Trabbi. Manche Nischen waren hinter Verschlägen und absperrbar, andere waren offen und jedem zugänglich.

Wir verließen die Halle, nebenan produzierte eine Turbine immer noch eigenen Strom, und betraten einen Innenhof – von mehreren Seiten eingegrenzt durch ziegelrote Fabrikmauern voller Graffiti.

Der Innenhof war ein Gemeinschaftsgarten, eine blühende Oase aus Essbarem, das in Hochbeeten aus Paletten, in Eimern, Kübeln und Tonnen wucherte. Einer nagelte gerade ein Baumhaus in eine Platane. Etliche Leute waren gerade am Werk, gruben in der Erde, topften um und gossen. Selbst gebretterte Hütten, verschlissene Sofas unter Blätterwerk. Kinder spielten im Sand. Eine Schiffschaukel auf einem zusammengeschweißten Gestell. An einer Fabrikwand ein weißes Klavier.

Das Tor zur Halle 4 stand offen, davor war ein Wäscheseil gespannt, auf dem tibetische Gebetsfahnen flatterten, darüber an der Wand leuchtete ein selbst gepinselter Schriftzug in blutroten Lettern: ALFREDS HIMMELSPFORTE. Links des Toreingangs zielte ein täuschend echter überlebensgroßer Polizist mit eine Radarpistole auf uns, den man sich bequem an den Straßenrand vor sein Haus stellen konnte. Ein hundert Jahre alter Rollstuhl mit geflochtener Sitzfläche, auf der eine echte Katze schlief. Eine Vorkriegs-Straßenlaterne. Ein Vogelkäfig. Eine Küchenmaschine aus den Fünfzigern. Die Himmelspforte war also ein Trödel. Wir gingen hinein.

Mit dem, was es hier alles gab, hätte man sich seinen kompletten Haushalt um wenig Geld einrichten können. Wir gingen die Reihen ab. Noch nie hatte ich einen so sorgfältig sortierten, sauberen Flohmarkt gesehen. Tafeln mit Piktogrammen führten einen wie im Supermarkt in die richtige Reihe. Blitzschnell konnte man alles finden. Eine Reihe *Küche*, davon war eine Sektion *Geschirr*, die wiederum sortiert war nach Kaffeegeschirr, Gläser, Teller, Besteck, Töpfe, Deckel, Nudelsiebe, Schöpflöffel, Butterdosen. Eine Reihe *Badezimmer*, eine Reihe *Wohnzimmer*. Sofas, Betten, Gartengeräte und Spielzeug. Im Herzen der Halle stand ein lakritzschwarzes Zelt mit zwei hohen Masten. Die Stoffbahnen waren zur Seite gebunden wie das Eingangstor zu einem Zirkuszelt und ließen uns in eine Art Vorraum blicken.

An einem klobigen Bürotisch saß ein kleiner Mann, blätterte mit der einen Hand in einem Ordner und schrieb mit der anderen in ein Notizbuch. Sein silbergraues Haar war zu einem Seitenscheitel gekämmt. Er hatte glatte Haut, trug ein alabasterfarbenes Hemd und eine Krawatte. Über der Sessellehne hing sein Sakko. Rund um ihn herum reihten sich in Regalen unzählige Ordner aneinander. Wir näherten uns. Er tippte Zahlen in einen Taschenrechner und, ohne aufzusehen, fragte er: „Kann ich euch helfen?" Für seinen zarten Körper hatte er eine erstaunlich tiefe Stimme. „Ich bin hier der Verwalter. Alfred mein Name."

„Nein danke, wir sehen uns nur ein wenig um", sagte ich. Konzentriert übertrug er die Zahl vom Taschenrechner auf ein Blatt Papier und sah nun doch auf. „Sucht ihr etwas Bestimmtes?"

„Das da ist schön", sagte Jonas und zeigte auf einen gläsernen Rahmen, hinter dem auf einem Reispapier in spiralförmiger kunstvoller Schrift etwas geschrieben stand, das ich nicht lesen konnte.

„Was heißt es denn?", fragte Jonas und gab sich die Antwort selbst: „Yesterday is history, tomorrow mystery."

Alfred musterte Jonas über eine Lesebrille hinweg. „Das kann nicht jeder lesen."

Neben dem Schild war ein Spalt im Vorhang. Jonas zeigte fragend darauf.

„Da drinnen ist das Allerheiligste, die Sakristei", sagte Alfred.

Der neugierige Glanz in Jonas' Augen brachte den kleinen Mann zum Lächeln und seine Zunge lockerte sich.

„Manchmal tauchen Leute bei mir auf und behaupten, zwischen ihrem Plunder etwas unheimlich Wertvolles zu besitzen, etwas, das sie beim Ausräumen eines alten Hauses, in Dachböden, klapprigen Schränken und verschütteten Weinkellern gefunden hatten. Dann halten sie mir Kriegshemden, in Bronze gegossene Nazischeußlichkeiten, hölzerne Nashörner und Buddha-Figuren unter die Nase." Er nahm seine Brille ab und spielte mit den Bügeln. „Ich arbeite schon mein ganzes Leben auf Trödelmärkten und kenne viele Leute. Manche stehen eng mit Auktionshäusern in Kontakt. Sie besuchen mich regelmäßig auf der Suche nach genau solchen Funden. Tatsächlich kam es auch schon vor, dass etwas wirklich Wertvolles dabei war. Die Gegenstände in der Sakristei sind hauptsächlich Leihgaben. Wenn sich einer dafür interessiert, stelle ich den Kontakt zum Besitzer her. Und manchmal finde ich selbst im Krimskrams Schätze, die es mir wert sind, sie in der Sakristei ins rechte Licht zu setzen."

Jetzt hatte er uns wirklich neugierig gemacht.

1

Iota – die neunte Erkenntnis: Leander Blum überrascht mich immer wieder

Ruckartig erwachte ich aus dem Schlaf. Neben mir schliefen Mädchen aus der Parallelklasse, die ich kaum kannte. Es dauerte einige Atemzüge, bis mir klar wurde, dass ich in der Firsthütte war. Eindeutig die falsche Hütte. Ich wälzte mich hin und her, fand aber keinen Schlaf mehr. Das Bett neben mir, in dem Sarah hätte schlafen sollen, war leer. Es roch schlecht. Zu viel Parfum. Zu viele Mädchen. Ich stieg aus dem Bett, öffnete das Fenster, lehnte mich hinaus und atmete frische Luft.

Vor der Hütte brannte die Glut des Lagerfeuers, das sie entfacht hatten, während die Bergrettung nach uns gesucht hatte. Am Feuer saßen, ich konnte es im ersten Moment gar nicht glauben, Leander Blum und Sarah! Zwei Zigaretten glühten auf. Sie rauchten. Gemeinsam. Seit wann rauchte Sarah? Und sie redeten miteinander. Es sah aus, als redeten sie Wichtiges miteinander. Ich schloss meine Augen und biss mir auf die Lippen. Sarah war Bundesliga. Es tat weh. Ich hatte Leanders Ablehnung mir gegenüber vom ersten Tag an gespürt. Ganz war diese Ablehnung nie gewichen, selbst nicht, als wir zu zweit durch den Wald gestolpert waren. Und das, was sich in der Hütte abgespielt hatte, musste eine Folge seines Sturzes gewesen sein. Vielleicht wollte er die Situation ausnutzen und hatte es auf eine schnelle Nummer abgesehen. Ein bisschen Sex, wenn sonst schon alles schiefging. Mit mir konnte man das ja machen. Mit mir konnte man alles machen. Ich war sauer. Und traurig. Mit schwerem Herzen verkroch ich mich in meinem Elefantenpyjama unter die harte Decke. Einschlafen konnte ich nicht mehr.

Beim Frühstück wich er mir aus. Er setzte sich zwischen Müni und Sarah und kehrte mir den Rücken zu. Ich aß nichts. Mir war elend zumute. Als wir die Hütte wieder verließen, bewegte er sich in meine Richtung, aber ich rannte vor ihm davon und ließ mir von Herrn Mathis die Namen der Berggipfel erklären. Irgendwie brachte ich die Wanderung hinter mich. Jeder schmerzende Muskel erinnerte mich an Leander Blum. Vor dem Bus legte ich einen Endspurt hin und sorgte dafür, dass ich als Erste einstieg. Ich belegte den Fensterplatz in der beliebten allerletzten Reihe, neben mich fläzten sich ein paar Leute und ließen mich in Ruhe. Leander setzte sich allein an ein Fenster ein paar Reihen vor mich. Schneller als er sich umsehen konnte, nahm die Schöne Carmen neben ihm Platz.

Der Berg kam auf mich zu und bestand darauf, sich neben mich zu setzen. Dann hätte aber einer von den Typen gehen müssen. Ihren Unmut wollte ich nicht abkriegen, also überließ ich ihnen schweren Herzens die letzte Reihe und setzte mich neben den Berg nach vorne. Na bravo! Wieder einmal war ich das Mädchen, das neben dem Mathelehrer sitzen musste, weil sich sonst niemand meiner erbarmte. Er machte einen auf besorgter Patenonkel und quetschte mich aus. *Nein, es ging mir nicht gut. Nein, ich hatte schlecht geschlafen. Nein, überhaupt nichts war in Ordnung.* Aber das würde ich ihm nicht auf die Nase binden. Ich lächelte und war brav. Mir war alles egal. Zumindest versuchte ich mir das einzureden. In Wahrheit litt ich wie ein Hundewelpe, der von seiner Familie alleine zurückgelassen wurde. Ich war traurig. Ich liebte Leander Blum. Aber der hatte andere Pläne. Pläne, in denen ich nicht enthalten war.

Die Fahrt schien niemals enden zu wollen. Ich täuschte Schlaf vor, aber die Lider krampfhaft geschlossen zu halten, während die Augen darunter nervös flackerten, war noch anstrengender, als wach zu sein. Ich wollte nicht reden. Mit dem Berg schon gar nicht. Mein Gehirn filetierte jede einzelne Minute mit Leander Blum wie mit einem Messer aus Damaszener Stahl, verschweißte sie einzeln in Erinnerungshäppchen, beschriftete sie fein säuberlich und legte sie im Kühlraum der Erinnerungen ab, sodass ich mich nur zu bedienen brauchte: *1. Leander Blum betritt den Bus. 2. Leander Blum ist schön. 3. Leander Blum fragt: „Noch frei?“ 4. Leander Blum hat eine Stimme wie Himbeer-Tiramisu. 5. Leander Blum setzt sich. 6. Leander Blum hat Schultern unter engem schwarzen T-Shirt. 7. Leander Blum steht noch einmal auf. 8. Leander Blum hebt seine Arme. 9. Leander Blum riecht gut. 10. Leander Blum legt seine Jacke auf die Gepäckablage. 11. Ich sage „Danke“. 12. Leander Blum sagt „Hm“. 13. Leander Blum hat Oberschenkel.*

Ich hätte gern an etwas anderes gedacht. Aber ich konnte nicht. Ein paarmal bildete ich mir ein, dass er sich nach mir umdrehte. Aber die Schöne Carmen sorgte schnell dafür, dass sie seine volle Aufmerksamkeit bekam. Und Sarah kicherte mit Herrn Mathis, der langsam, aber sicher zu einem peinlichen Teenager zurückmutierte. Ich begann Sarah zu hassen. Was hatte sie gestern Nacht mit Leander geredet? Was hatte sie aus ihm herauskitzeln wollen, dass es ihr wert war, sich dafür eine Zigarette andrehen zu lassen? (Hatte ich schon erwähnt, dass Sarah fanatische Nichtraucherin war?)

„Lila!“

Leander hielt mich am Ärmel fest, als ich mich mit wehen Füßen aus dem Bus quälte. Wütend drehte ich mich zu ihm um, starrte ihn an und er ließ so schnell von mir ab, als wäre ich ein glühender Brennstab. War mir nur recht. Er hatte Sarah, bei der er sich ausweinen konnte. *57. Leander Blum liegt im Wald. 58. Leander*

Blum weint. (Gottverfluchte Erinnerungen!) Ich riss die Tür zum Schulgebäude auf, hetzte zu meinem Spind und stopfte alle Überlebensutensilien zurück in meinen Rucksack. Eigentlich hätte ich Lust gehabt, zu Fuß nach Hause zu gehen, aber meine Beine rebellierten, ich hatte den Muskelkater meines Lebens und Füße voll blühender Blasen. Wie auf rohen Eiern stakste ich zur Straßenbahn und betrachtete alle paar Meter sein Gesicht auf dem Zettel, den ich eingesteckt hatte.

Zu Hause schlug mir eine Wolke aus Olivenöl, Knoblauch, Limette, Rosmarin und Steak entgegen. Monika lachte laut hinter ihrer Zimmertür. Aus Charlys Zimmer wummerten Bässe. Zigarettenrauch kroch unter den Türritzen hervor. Onno kurvte laut durch seine 70er-Jahre Disco-Playlist, wobei er alle zwei Sekunden den Track änderte und schließlich bei *Love is like Oxygen* hängen blieb, das er in Dauerschleife hörte. Ich stellte meinen Überlebensrucksack wie ein Mahnmal mitten in die Garderobe (hoffentlich fielen alle drüber), schlich in mein Zimmer, schlüpfte angezogen ins Bett, zog mir die Decke über den Kopf und schlief den Rest des Tages, so lange, bis mir Charly über den Kopf strich.

„Alles gut, Goldlocke? Hast du mir einen Strauß Edelweiß und einen Jodler mitgebracht?"

Ich rieb mir den Schlaf aus den Augen. Draußen war es dunkel. Wo genau war ich stehen geblieben in meinem Leben?

„War's denn schön in den Bergen?", fragte Charly und ich war wieder im Bilde.

„Traumhaft."

„Lass dir nicht alles aus der Nase ziehen. Erzähl."

„Zuerst hab ich mich verlaufen, dann bin ich beinah über einen senkrechten Felsen Hunderte Meter in die Tiefe gestürzt, dann ist dicker Nebel gekommen, dann habe ich in einer verlassenen Hütte beinah Sex mit einem Schwarzen gehabt, aber dann ist mein Mathelehrer gekommen und hat mir alles vermasselt und dann ist die Bergrettung gekommen und hat mich mit Schnaps wieder aufgepäppelt."

„Spaßvögelchen." Er strich mir über den Unterarm. „Hast du Hunger?"

„Nein, kurz vor dem Beinah-Sex mit dem Eingeborenen hab ich nämlich noch schnell einen Elch geschossen, gehäutet und gegrillt", knurrte ich.

„Braves Kind ... Wenn du den Elch fertig verdaut hast, sag's mir, es wäre noch ein scharf abgebratener Hirsch im Kochtopf."

„Danke, mein Bedarf an Großwild ist gedeckt." Ich zog mir die Decke wieder über den Kopf, wartete, bis er gegangen war, zog den gefalteten Zettel aus der Tasche und starrte Leander Blums gezeichnetes Gesicht an, bis mir die Augen tränten. Dann fasste ich einen Entschluss, stieg aus dem Bett und öffnete das Fenster, um den Zettel mitsamt meinem Traum von Leander Blum zu zerreißen und in die Nacht zu werfen. Da fiel mein Blick auf die Straße und ich fiel beinah aus dem Fenster. Auf der gegenüberliegenden Straßenseite lehnte an einer Hausmauer eine schlanke, groß gewachsene Gestalt in einem Staubmantel. Zigarettenglut flammte auf. Die Gestalt trug enge Hosen und dunkle Chucks. Ein Bein hatte er angewinkelt und hinter sich auf die Wand gestellt. Mein Herz schien auf doppelte Größe anzuschwellen und pumpte dickflüssiges Blut durch meine Adern. Ich gewann noch eine Erkenntnis über Leander Blum: Leander Blum trug nicht immer Jeans und Kapuzenshirts.

18

Gemälde: sanctum. Kalligraphie Tusche und Wasserfarben auf Naturpapier aus Seidelbast. 170 × 100 cm

Ist es Laune oder Malersehnsucht, wenn im Nebel chinesische Schriftzeichen wie Engel über Orchideenpavillon und Bambus schweben? (Fidel Spörri, Kunstkenner)

„Nicht jeder bekommt Zutritt", sagte er geheimnisvoll und rutschte vom Sessel wie ein Kleinkind. Ich erschrak. Herr Alfred reichte nur knapp über die Tischplatte. Gegen ihn fühlte ich mich wie ein Riese. Er nahm das Sakko vom Sessel, zog es sich an, knöpfte es zu und richtete sich auf. Größer wurde er dadurch nicht. Seine Proportionen stimmten genau. Er sah gut aus, schien nur eine Miniaturausgabe von sich selbst zu sein, als hätte er einen Trank genommen, der ihn auf die Größe eines Kindes schrumpfen hatte lassen. Einen Moment stellte ich ihn mir vor, wie er weiterschrumpfte und in der Größe eines Bleistifts auf seinem Schreibtisch zwischen Ordnern auf und ab lief.

„Bitte nichts berühren", sagte er, zog eine Stoffbahn zur Seite und wir traten ein. Es war dunkel und es roch nach Räucherstäbchen und Patschuli. Er bückte sich, steckte ein Kabel ein und wir wurden in buntes Licht aus vielen Lampen getaucht. Mir blieb die Spucke weg: Perserteppiche, Seidenkissen, Wasserpfeifen, chinesische Lampions und Kristallleuchter. Kalligraphien, Truhen aus Tropenholz und Stammeskunst von allen Kontinenten. Er erklärte uns, was wir sahen: ein Tambourin aus Fischhaut, eine Stierkopfmaske, eine afrikanische Steinschleuder, ein getrockneter Kürbis als Trinkgefäß, ein Massai-Schild aus Büffelleder, ein Kriegshemd, Tomahawks, Mokassins, die Figur des Vishnu, japanische Porzellanteller, ein asiatischer Wandschirm, Schwerter, Gürtelschmuck, Schrumpfköpfe, Steinschlossgewehre und auf einer Kommode eine offene Schatulle mit Schreibpinsel, Stangentusche, Reibstein und einer Schale, in der man Tusche aufweichen konnte.

„Die vier Schätze des Gelehrtenzimmers“, bemerkte Jonas.

Alfred schaute erstaunt zu ihm hoch. „Wén fáng sì bǎo“, sagte er ehrfurchtsvoll. „Seit mehr als zweitausend Jahren die wichtigsten Gegenstände, die ein Gelehrter zum Schreiben benötigt. Kennst du dich aus mit Kalligraphie?“

„Eher mit Schrift im Allgemeinen“, sagte Jonas ausweichend. Alfred nickte und musterte Jonas noch einmal. Mich schien er ausgeblendet zu haben.

„Ich will dir etwas zeigen, etwas, das mir persönlich gehört, etwas, das ich niemals aus der Hand geben werde. Und wenn ich alles verkaufen müsste, das hier würde ich mitnehmen in mein Grab. Wenn du so freundlich wärst …“

Sachte schob er Jonas zur Seite, steckte einen winzigen Silberschlüssel in die Schublade einer Kommode, die sich in Höhe seiner Nasenspitze befand, zog die Schublade auf und beförderte ein violettschwarzes Samt-Etui heraus. Er öffnete das Etui an zwei Schnüren. Zum Vorschein kam eine türkis glänzende Schatulle mit eingekerbten chinesischen Zeichen. Sie sah eiskalt, schwer und uralt aus.

„Ist das Jade?“, fragte Jonas atemlos. Alfred nickte ehrfurchtsvoll.

„In China seit Jahrtausenden als Stein der Götter verehrt.“ Seine kleinen Hände bebten, als er die Schatulle öffnete: Fünf wundervolle Pinsel lagen darin gut eingebettet, die Stiele waren aus Bambus, unterschiedlich braun, in der Mitte dünn und nach vorne hin dicker. Die Pinselhaare schienen wie aus den Stielen zu wachsen und hatten die Form dicker Wassertropfen, rundum bauschig, an der Spitze hauchdünn.

„Sie entsprechen den fünf Elementen der chinesischen Philosophie: Holz, Feuer, Erde, Metall, Wasser." Den unterschiedlichen Farben nach zu urteilen könnten das die Haare von Wiesel, Fuchs, Ziege, Pferd und Hase sein oder von ganz anderen Tieren.

„Heilige Scheiße", murmelte ich. So etwas Schönes hatte ich noch nie gesehen. Ich bekam unbändige Lust, die Pinsel in Farbe zu tauchen und draufloszumalen.

„Wo haben Sie die her?", fragte Jonas.

„Lange Geschichte." Langsam hob er seinen Blick und sah zu Jonas auf, der vor Neugier fast zu platzen schien. „Wenn ihr sie hören wollt?"

„Wenn's keine Umstände macht", drängte Jonas.

Herr Alfred atmete ein und wieder aus. Leise begann er zu sprechen. „Die Geschichte trug sich in der westlichen Jin-Dynastie zu, kurz bevor sie zu Ende ging."

„Wie ... ich meine, wann ...", unterbrach ihn Jonas.

„Die westliche Jin-Dynastie dauerte von 265 bis 316 nach Christus. Damals gab es viele rechtschaffene Kalligrafen, die ihr Handwerk ganz passabel beherrschten, so lange, bis Wang Xizhi das Licht der Welt erblickte. Wang Xizhi war ein Wunderknabe. Bereits als Dreijähriger brachte er mit dem Pinsel formvollendete Kunstwerke zustande, für die manch anderer sein Leben lang diszipliniert und hart an sich arbeiten musste. Von weit her reisten Gelehrte an, um ihm bei der Arbeit über die Schultern zu blicken. Frauen lagen ihm zu Füßen. Sie interessierten ihn alle nicht. Er hatte nur Augen für Mímí, seine Lotusblüte. Und als sie ihn endlich erhörte, heiratete er sie. Im Sternzeichen des Drachen gebar Mímí gesunde Fünflinge. Mädchen. Alle fünf.

Jahr um Jahr zog ins Land. Eine Tochter wurde schöner als die andere und jede von ihnen hatte eine andere Haarfarbe, was an sich schon ein Wunder war. Ihr zauberhafter Liebreiz sprach sich bis zum Kaiser herum. Er lud Wang Xizhi und seine Familie im Spätfrühling des Jahres 353 zu Ehren des Frühlings-Reinigungsfestes zu einem Dichterwettkampf ein. An jenem historischen Tag trafen sich alle bedeutenden Kalligrafen des Reiches am Orchideenpavillon, den man lántíng nennt, um zu dichten und zu trinken. Schön war es, im Schatten hoher Berggipfel, üppiger Kirschbäume und Bambushaine. Klares Wasser umspülte den Pavillon von allen Seiten. Obwohl sie kein Orchester hatten, verfügten sie über einen Becher Wein hier und eine Rezitation von Gedichten dort. Dies war ausreichend für einen angenehmen Austausch. Ein Gelehrter schrieb damals: ‚Über uns die Weite des Himmels. Unter uns die Fülle der Dinge.' Zum Gedenken an die Zusammenkunft sollte jeder Gelehrte ein Gedicht schreiben. Hintereinander ließen sie sich am Ufer des Baches nieder. Wang Xizhis Töchter, anmutig wie sie waren, füllten Schälchen mit Wein und ließen sie ins Wasser gleiten. Derjenige, vor dem ein Weinschälchen stehen blieb, musste den Wein trinken und ein Gedicht verfassen. Es wurde ein grandioses Besäufnis. Sechzehn Kalligrafen waren so betrunken, dass ihre Papiere nahezu unbeschrieben blieben. Aber Wang Xizhi schrieb das Vorwort beziehungsweise das Geleitwort zur Gedichtsammlung vom Orchideenpavillon lántíng jí xù." Herr Alfred legte eine kunstvolle Pause ein, öffnete sein Sakko und holte tief Luft. „Bis heute ist es eines der bedeutendsten kalligrafischen Meisterwerke. Es ging unter *Lanting Xu* in die Geschichte ein. Der Kaiser überschüttete Wang Xizhi mit Ruhm, Ansehen und Reichtum. Aber das Glück fand ein grausames Ende.

Ein von Hass und Neid zerfressener Gelehrter schnitt den fünf Töchtern ihre zarten schneeweißen Kehlen durch und warf sich dann selbst einem Krokodil ins Maul. Über Mímís und Wang

Xizhis Schreie, als sie die ausgebluteten Leichen ihrer Töchter entdeckten, wurden unzählige Volksmärchen verfasst. Mímí wurde verrückt und Wang Xizhi ergraute über Nacht. Jeder, der Augen hatte, kam, um die aufgebahrten Töchter ein letztes Mal zu sehen. Selbst der Kaiser gab sich die Ehre. Wang Xizhi konnte seine Töchter nicht ohne ein Andenken an sie beerdigen. Er schnitt ihnen die Haare ab und fertigte daraus unter der Kraft des Frühlingsmondes fünf Pinsel."

Ein kalter Schauer rieselte mir über den Rücken, als ich die Pinsel ansah, die vor uns in der Jadeschatulle lagen, und Herr Alfred kam mir plötzlich selbst vor, als wäre er einer Legende entsprungen.

„Wang Xizhi malte seine Töchter mit den Pinseln ihrer Haare in leuchtenden Farben – wie Feuer so rot, wie Erde so gelb, wie Wasser so blau, wie frisches Holz so grün, wie Metall so silbern. Die Farben flossen auf ihn über und er wurde hineingezogen in seine eigene Bilderwelt. Dort traf er seine Töchter wieder. Er konnte die Welten wechseln, wie er wollte. Er malte ihnen ihr Reich. Er malte alles, was sie sich wünschten. Er malte ihnen Gärten und Paläste, Prinzen und Jünglinge, Orchideen, Kraniche, Fächer, Tiger und Pflaumen. Der Wechsel zwischen den Welten fiel ihm aber immer schwerer. Er war mit starken, körperlichen Schmerzen verbunden, mit Atemnot und unerträglichen Angstattacken, die immer schlimmer wurden. Wang Xizhi spürte, dass er sich von seinem Körper verabschieden musste, wenn er bei seinen Töchtern bleiben wollte. Er malte wie besessen. Schließlich verschmolz er ganz mit seiner Bilderwelt, löste sich in Farben auf und kehrte nie wieder. Zurück blieb eine Jade-Schatulle mit fünf Pinseln. Und das *Lanting Xu*." Alfred machte wieder eine Pause. Diesmal holten wir tief Luft.

„Ich kenne inzwischen etliche unterschiedliche Versionen der Legende. In einer wird behauptet, dass sich Wang Xizhi immer noch in der Bilderwelt aufhält und manchmal durch Gemälde einen Blick in unsere Welt wagt, um nach wahren Künstlern zu suchen. Es gibt Geheimbünde, wie den Schwarzperlenorden, die sich damit beschäftigen, Kontakt mit ihm aufzunehmen. Einigen soll es gelungen sein. Ich halte das für einen dieser modernen Mythen."

„Und wie kommt die Schatulle hierher?" Diese Frage war wieder typisch Jonas; er konnte sich so in Fantasien ergeben, dass er alles für möglich hielt.

„Nun ja. Der Kaiser ließ sich mit dem *Lanting Xu* und der Schatulle begraben. So groß war seine Verehrung für Wang Xhizis Kunst."

„Und dann?"

„Was genau passiert ist? Nun, das wüsste ich auch gern. Zweitausend Jahre nachdem die Jadeschatulle im Grab des Kaisers verschwunden war, tauchte sie in San Francisco bei einem Antiquitätenverkäufer wieder auf. Wie's der Zufall wollte, fiel sie Ruben Donnersbach, einem renommierten Sinologen, in die Hände. Die Schatulle faszinierte ihn vom ersten Moment an und er fing an, sie zu erforschen. Seine Spur führte ihn zu Wang Xizhi. Donnersbach wollte nach China reisen, aber im Flughafen wurde sein Koffer vertauscht. Seiner landete versehentlich bei einer Familie in Frankfurt. Als Donnersbach das herausfand, war es bereits zu spät. Die kleine Tochter hatte die Schatulle in seinem Koffer gefunden und zu malen begonnen. Spurlos verschwand sie vom Erdboden. Scheinbar sucht man noch heute nach ihr. Nur die Pinsel blieben übrig." Alfred winkte ab. „Natürlich ist das alles Blödsinn, wahrscheinlich wurde das Mädchen entführt oder sonst etwas. Die Geschichte gehört in dieselbe Kategorie wie die Verschwörungstheorien über Kornkreise, Vampirglauben und Poltergeister. Tatsache ist, dass mir ein Ehepaar seinen Krempel vorbeibrachte, der aus einer Wohnung stammte, die sie gekauft hatten. Der Vorbesitzer hatte sich nicht die Mühe gemacht, die Wohnung auszuräumen. Nach dem Unterzeichnen der Verträge sei der Vorbesitzer auf mysteriöse Weise verschwunden. Unter seinen Sachen war ein Nachtkästchen von einem Billigmöbelmarkt. Beim Aussortieren, Katalogisieren und Reinigen fand ich darin diese Schatulle und ein Schreiben, in dem im Wesentlichen die Legende geschildert wird, die ich euch jetzt erzählt habe. Ich habe vergeblich versucht, den Vorbesitzer ausfindig zu machen. Auch er schien wie vom Erdboden verschwunden zu sein." Herr Alfred blickte starr vor sich hin, selbst von der Geschichte gefangen, die er gerade erzählt hatte. Plötzlich schreckte er hoch, wurde sich unserer Gegenwart bewusst, lächelte kurz, klappte die Schatulle schnell zu, schob sie in das samtene Etui, legte sie in die Schublade, schob zu und sperrte wieder ab.

„Lust auf noch mehr Geschichten?", fragte er verschmitzt. „Ich hätte noch eine sehr aufregende von diesem Kriegshemd eines Häuptlings der Nez Percé. Wäre es echt, könnte ich es für annähernd 900 000 Euro versteigern. Das ist erst kürzlich in Nevada passiert. Die Hemden sind ein Vermögen wert."

„Mir reicht's fürs Erste, danke", murmelte ich.

„Aber es wäre schön, wenn wir wieder vorbeikommen dürften", sagte Jonas.

„Jederzeit." Herr Alfred reichte uns seine Hand, sie war nur kindergroß, fühlte sich aber an wie die eines Mannes.

Jonas drehte sich noch einmal um. „Und Sie sind sich sicher, dass Sie die Schatulle nicht verkaufen wollen?"

Herr Alfred lächelte nur und war sich offenkundig ganz sicher.

Kappa – die zehnte Erkenntnis: Leander Blum fährt gerne Achterbahn

Bewegung kam in seine Glieder. Er stellte den Fuß auf den Boden, richtete sich auf und gab mir durch seine Körperhaltung zu erkennen, dass er mich gesehen hatte.

Hellwach knallte ich das Fenster zu, stürmte aus meinem Zimmer, riss die erstbeste Jacke vom übervollen Garderobenhaken, stolperte über meinen Rucksack und rannte fluchend aus der Wohnung die Treppen hinunter. Während ich die schwere Tür aufriss und auf ihn zurannte, brüllte ich quer über die Straße: „Bist du ein Stalker? Wie lang stehst du schon da? Wieso weißt du, wo ich wohne?"

Er nahm einen knisternden Zug von seiner Zigarette. „Schon was vor heute Abend?"

Mir blieb die Spucke weg.

Er trat die Zigarette aus, nahm sie auf, schob sie in eine Streichholzschachtel, die schon voll mit Stummeln war, und ließ sie beiläufig in die Manteltasche seines bis obenhin zugeknöpften Staubmantels fallen.

„Komm mit", sagte er und wandte sich von mir ab.

„Wohin?"

Er gab keine Antwort, sondern hinkte davon. Nach ein paar Schritten drehte er sich um und sah mich auffordernd und ein wenig verunsichert an.

War es Neugier, Masochismus oder reine Blödheit? Aber ich folgte ihm. In der Straßenbahn-Haltestation stellte er sich unter und drehte sich eine neue Zigarette. Seine Hände zitterten. Tabakbrösel landeten auf seinem Staubmantel. Er putzte sie weg.

„Was willst du von mir?", fragte ich. Er erstarrte.

„Geht's ein bisschen konkreter oder machst du wieder einen auf Gespenst?"

„Ich wollte noch einmal mit dir zusammen sein."

Ich japste nach Luft wie ein Karpfen. Wollte er mir eine letzte Gelegenheit geben, ihn zu sehen, bevor er mit Sarah durchbrannte, um mit ihr sieben Kinder zu zeugen?

„Schon mal was von Türklingel gehört? Oder kommunizierst du lieber über Rauchzeichen?", fragte ich.

Er leckte das Zigarettenpapier ab und zeigte auf die Fenster unseres Wohnblocks. Einige waren beleuchtet, andere schwarz, so wie meines. Seine Fingerspitze hüpfte von einem Fenster zum anderen.

„Kennst du das Spiel *Soll ich ... soll ich nicht ... soll ich ... soll ich nicht ...?*"

Wie jetzt? Er hatte das Spiel spielen müssen, um herauszufinden, ob er mich sehen wollte oder nicht? Sollte ich jetzt beleidigt sein? Ich setzte mich auf die Wartebank und verschränkte meine Arme.

„Wahrscheinlich mach ich grad einen großen Fehler", brummte er und lehnte sich mit der Schulter gegen einen mit einer Plastikplatte überzogenen Stadtplan. „Wahrscheinlich sollte ich heimfahren und dich in Ruhe lassen."

„Schon okay", sagte ich großzügig, obwohl ich überhaupt nicht wusste, ob es okay war, dass er sich noch schnell aus therapeutischen Gründen mit mir treffen wollte, um ... was für ein Problem zu lösen? Ich stützte meine Ellbogen auf die Knie, legte mein Kinn in die Handflächen wie in eine Obstschale und schwenkte meinen Kopf hin und her. Ich sollte etwas tun, möglichst etwas Aufregendes. Ich sollte etwas sagen, möglichst etwas Geistreiches. Du lieber Himmel! Leander Blum hatte es schon wieder geschafft, mein Herz aufzupumpen. Ich glotzte auf eine Hundewurst, die unter einem Mülleimer vertrocknete, und schwenkte meinen Obstschalenkopf, als mir plötzlich war, als verpasste mir jemand einen Schlag auf den Hinterkopf. Pfeif auf Vernunft und hab Spaß. Leander Blum stand neben mir. In voller Größe. Er war gekommen (warum auch immer) und wollte (was auch immer) ...

Mir fiel auf, dass mir schon die längste Zeit ein schwachsinniges Grinsen ins Gesicht getackert war. Die Straßenbahn ratterte heran. Leander steckte seine gedrehte Zigarette hinters Ohr, drückte den Knopf auf der Straßenbahn, die Türen öffneten sich und er stieg ein. Ich folgte ihm, spendierte ihm großzügig ein Lächeln, und die himmlischen Heerscharen dankten es, indem sie mir mit Pauken und Trompeten ein mächtiges *Halleluja* ins Ohr schmetterten. Gott, irgendetwas bekam mir nicht gut. Leander nahm Platz und ich setzte mich neben ihn. Schon wieder. Ich schaute mich in der Straßenbahn um. Gab es irgendwo eine Anleitung für eine brillante Unterhaltung mit Leander Blum? Sein Bein wippte (offenbar war auch er noch auf der Suche nach Text) und ich musste wieder mal mit einer extrem geistreichen Bemerkung in die erste Reihe vorpreschen und schnippend aufzeigen, um einen preisverdächtigen Satz anzubringen: „Hätte nicht gedacht, dass wir so schnell wieder zusammen irgendwohin fahren. Ich hoffe, du schläfst nicht gleich wieder ein."

Immerhin, ein Lächeln entlockte ich ihm. „Nachts bin ich meistens wach. Nur tagsüber klappt's nicht so, wie ich möchte."

„Kleine Nachteule, was?"

„Wenn du so willst."

Und jetzt? Während wir nebeneinander durch den Wald gelaufen waren, hatten wir keine Probleme mit der Unterhaltung gehabt. Aber jetzt fühlte es sich anders an. Irgendetwas hatte sich in der Zwischenzeit verändert. Irgendetwas sollte einer von uns trotzdem von sich geben. Er sah nicht so aus, als kriegte er in der nächsten halben Stunde einen Satz heraus. Sollte ich mich auf Themengebiete wie Hobbys, Apps oder Musik fokussieren? Sollte ich leichte Themen anschneiden (kleine Anekdoten aus dem Alltag), um eine lockere Atmosphäre zu schaffen? Oder lieber Tortenrezepte austauschen? Knurrend übernahm mein Bauch das Drehbuch, so laut, dass Leander aufhorchte und vergaß, mit seinem Bein nervös auf und ab zu wippen.

„Hast du Hunger?"

„Wie ein Ochse ... ein Elch ... also Hirsch ... Großwild am besten", stammelte ich. „Wo fahren wir überhaupt hin?"

„Hab mir gedacht, wir könnten in den Prater, bisschen *Extasy* fahren oder so was, was du halt magst." Wie ein Familienvater, der bereit war, eine Runde Extra-Taschengeld auszugeben, zog er ein Büschel Ticket-Gutscheine für den Prater aus der inneren Brusttasche seines Staubmantels.

„Hast du die geklaut?", fragte ich.

„Geburtstagsgeschenk."

Ich hätte schwören können, dass er rot wurde, auch wenn man es nicht sah.

„Kennst du die neue Achterbahn? Die wollt' ich noch ausprobieren."

Ich stieß verschiedene Laute der Begeisterung aus, obwohl mir schon beim Gedanken an Achterbahn die Magensäure in die Kehle aufstieg.

„Natürlich nur, wenn du Lust hast."

„Logisch hab ich Lust!" Welches Hormon legte mir eigentlich die verlogenen Sätze in den Mund? Mir gefiel nur die Vorstellung, mit der Kraft einer Apollo-Kapsel nach einem Mondflug während des Wiedereintritts in die Erdatmosphäre an Leander

Blums Körper gepresst zu werden – aber musste das unbedingt die Achterbahn sein? Und dann spuckte ich etwas aus, für das ich mich am liebsten selbst gefoltert und jeden Fingernagel einzeln ausgerissen hätte. „Schon mal mit der *Turbo Booster Hardcore Zentrifuge* gefahren?"

Leander schüttelte den Kopf. „*Extasy* hab ich mal ausprobiert."

Ich auch. Und danach hatte ich Onno in einem Lokal auf den Schoß gekotzt. Nie im Leben würde ich noch einmal in das Höllending steigen. Und auf gar keinen Fall in die überdimensionale Menschenschleuder, bei der man in eine frei bewegliche Sitzgondel geschnallt wird wie auf einen elektrischen Stuhl, um dann in den Himmel geschleudert zu werden. Oben blieb man dann eine Weile kopfüber hängen, bis man von null auf hundert in die Tiefe fällt und sich die Dickdarmschlingen einen Ausweg aus der Nase und den Ohren suchen.

Die Höllenschleuder war selbst Onno zu viel gewesen. Bleich war er in meine Arme gefallen und hatte mir das Versprechen abgenommen, ihn vorher umzubringen, falls er noch einmal auf die wahnwitzige Idee käme, dafür zu bezahlen. Auf jeden Fall hatten Leander Blum und ich nun ausreichend Gesprächsstoff. Wir redeten über *Calafatis Imperium, Jack the Ripper* und den *Watschenmann* und ich präsentierte mich so heldenhaft wie eine durchgeknallte Flipperkugel; laut meiner (fantastischen) Schilderungen konnte mir nichts zu schnell und zu hoch sein.

Mir war selbst nicht klar, warum ich das Gefühl hatte, mich größer und toller machen zu müssen, als ich war. Mit einem Ringelspiel fuhr ich schon mal und in eine Geisterbahn hatte ich auch schon den einen oder anderen Fuß gesetzt, ohne in hysterische Schreikrämpfe auszubrechen. Aber vor Achterbahnen und Höllenschleudern rannte ich normalerweise davon. Und jetzt fuhr ich direkt darauf zu. Mit Leander Blum.

19

Gemälde: girl with golden hair II
Öl auf Leinwand. 120 × 160 cm

Sein Spiel mit Licht, Schatten und Halbschatten ist meisterhaft.
(Sabine Habermas, Galeristin)

Nach der eigenartigen Begegnung mit Herrn Alfred gingen Jonas und ich ein wenig benommen durch HEAVENS GARDEN zurück ins Hauptgebäude, wo wir uns in der HOSTIENZENTRALE an einen der vielen Tische setzten, neben eine Leseecke mit Bücherregal, Lampenschirm und Liegestuhl. Das musste früher die Kantine gewesen sein, heute der Treffpunkt für die Priester; auf jeden Fall perfekt, um Billard, Tischtennis, Darts und Schach zu spielen oder um auf der kleinen Bühne sein DJ-Mischpult aufzubauen oder selbst Musik zu machen. Jemand hatte Fabrikanzüge in Zement gegossen und wie kopflose Figuren im Raum aufgestellt.

Hinter der Theke hing eine Tafel, auf der stand, dass das Tagesgericht heute zwei gekochte Eier in Senfsoße mit Kartoffeln und Krautsalat war und dass es am Sonntag selbst gebackenen Kuchen gab. Noch war nicht viel los. Jonas warf seinen Tabak auf den Tisch. Ich steuerte Filter und Papers bei.

„Stell dir mal vor, man könnte sich aus dieser Welt weg und in eine andere Welt malen", überlegte Jonas noch ganz beseelt von Alfreds Geschichte, zog ein Paper aus der Packung und strich es glatt. „Wäre das nicht der absolute Wahnsinn?"

„Absolut."

Jonas legte einen Filter hinein, verteilte Tabak auf dem Papier und drehte es zwischen seinen Fingern. „Kannst du dich eigentlich noch an Giraffo und Megafant erinnern?" Er leckte das Papier ab.

Ich hatte im selben Moment an genau das Gleiche gedacht. An Zeiten, als wir am Boden lagen und zeichneten. Zur Freude unserer Eltern, die ständig erwähnt hatten, wie wahnsinnig unkompliziert, pflegeleicht und brav wir waren, und dass sie uns stundenlang allein lassen konnten, solange wir nur genügend Papier und Stifte hatten. Selbstversunken zeichneten wir alles, was uns einfiel, am liebsten aber Krieg, auf einem Papier, das größer als der Teppich war. Jonas gehörte die blaue Armee, mir die rote. Unsere Generäle setzten wir auf verrückte Kreaturen namens Megafant und Giraffo. Wir schossen uns auf dem Papier ab, vergrößerten unsere Truppen, ließen Panzer auffahren und erfanden Waffen. Ich setzte sein Fort mit Wurfgeschossen in Brand und lernte anständige Flammen zu zeichnen, während er hinter einem Hügel einen Spezialtrupp entwarf. Wir tapezierten die Wände mit unseren Schlachten.

„Was darf ich euch bringen?"

Heilige Scheiße! Rapunzel stand dicht vor mir! Man hätte mich genauso gut in Brand stecken und mir im gleichen Moment einen Eimer Eiswasser über den Kopf leeren können. Hinter ihr latschte Dragan, die Duschhaube, vorbei. Jonas hielt ihn auf.

„Ey, Dragan! Bist du nicht ein dicker Kumpel von TCP?"

Dragans Brust schwoll vor Stolz. „Eh klar."

„Meinst du, du könntest ihn uns vorstellen?"

„Oh ... na klar ... eh klar."

„Tristan ist noch nicht da", bemerkte Rapunzel.

„Wen darf ich denn anmelden?", fragte Dragan wie ein unterbelichteter Aushilfsrezeptionist. Ich verstand seine Frage erst gar nicht. Jonas' Augen flackerten in Richtung Bücherregal, einen Moment später verkündete er strahlend: „Das ist Jack!" Damit meinte er offenbar mich. „Kommt aus London."

Rapunzel sah mich an und lächelte plötzlich. Ich richtete mich so abrupt auf, als hätte mir jemand einen Ast in den Hintern gerammt.

„Ich bin Felix", sagte Jonas beiläufig und zupfte sich einen Tabakkrümel von der Lippe. Jack und Felix? War der noch ganz bei Trost? Da entdeckte ich die Bücher im Regal: *Wolfsblut* von Jack London und *Die Bekenntnisse des Hochstaplers Felix Krull*. Zwischen anderen zerfledderten Büchern. Ich las die anderen Buchtitel. Genau genommen hatte ich noch Glück gehabt. Jonas hätte auch sagen können: „Hey, das ist Greg, er schreibt gerade an seinem Tagebuch." Oder:

„Darf ich vorstellen: Das ist Franz, Franz Kafka!" Oder: „Hi, freut mich, er ist der Hundertjährige, der gerade aus dem Fenster gestiegen ist." Oder: „Hallo! Hier ist Karlsson, wohnt oben am Dach." Heilige Scheiße! Es war Rapunzel, die einen Kurzschluss in meinem Gehirn verursachte und mich das ganze Bücherregal durchdenken ließ. „Hallo! Ich bin Tribute und flieg morgen nach Panem." STOP IT!

„Du kommst aus London?", fragte mich Rapunzel.

Ich glotzte sie an. Nach London musste ich öfter, als mir lieb war. Meine Mum hatte drei ältere Schwestern und zwei ältere Brüder, die alle in den berstenden Vororten von London lebten, was bedeutete, dass ich vierzehn Cousins und Cousinen hatte, und bis die alle verheiratet waren, du heilige Scheiße.

Die Hochzeitsfeste unserer Familie, ich kann dir sagen, die sind bunt, grell, laut und wahnsinnig anstrengend. Unter meiner Perücke bildete sich schon bei dem Gedanken daran ein Hitzestau. Was genau war die Frage gewesen? Mir war heiß. Ich stellte mir vor, wie mein Gesicht aussah, wenn das Make-up tränenlinienförmig über meine Wangen auf den Rollkragenpullover tropfte.

Was machte diese Frau nur mit mir? Ich schüttelte mir die falschen Echthaare wie einen Vorhang vors Gesicht, äugte sie durch die Strähnen hindurch an und nickte ein bisschen. Ein bisschen Nicken konnte nie schaden, dachte ich mir.

Sie warf mir ein schüchternes Lächeln zu, trat neben mich an den Tisch, ganz nah, und wischte mit einem Lappen über die Oberfläche. Ihre dicken Haarzöpfe, die sie knapp hinter den Ohren geflochten hatte, fielen dumpf gegen die Tischkante. Rapunzel roch nach Kaffee und Vanille und Orchidee und Rose und Zitrone und Himmel und Wolke und Sommerregen und Zimt und nach allen guten Düften dieser Welt.

Einer ihrer Zöpfe berührte unter dem Tisch meine Hand. Locker baumelte er dort, knapp über meinem Oberschenkel. Und ich gottverdammter, vollvertrottelter Vollidiot trug gottverdammte, vollvertrottelte Handschuhe und konnte nichts fühlen außer Handschuh und Hose.

Sie murmelte etwas. In letzter Sekunde schoss mir, dass es vielleicht Englisch hätte sein sollen, aber ich hatte sie nicht verstanden, weil ich so damit beschäftigt war, mich in Gedanken selbst auszupeitschen.

„Er hat eine Allergie", antwortete Jonas. „Wenn er was Falsches anfasst, kriegt er einen brutal ekligen Ausschlag mit Eiterpusteln, die dann aufplatzen und so. Das schwillt dann alles auf doppelte Größe an und das nässt dann und so."

„Oh, that's bad", sagte Rapunzel mitfühlend.

Ich nickte betroffen in ihre Richtung, und während sie damit beschäftigt war, Bierdeckel zu stapeln, warf ich Jonas hinter ihrem Rücken einen vernichtenden Blick zu. Es amüsierte ihn wahnsinnig, er schaffte es kaum, sich die Zigarette zwischen die Lippen zu stecken, weil er so breit grinsen musste.

„When did you ... when have you come here?", fragte Rapunzel und schien in ihrem Kopf die Grammatik durchzuackern. „Äh ... when did you arrive?"

„Yesterday." Zu mehr als einem Wort wäre ich in keiner Sprache der Welt fähig gewesen.

„Und woher kennt ihr euch?", fragte sie.

„Internet", sagte Jonas. Wie originell! Also wirklich. Zuerst Jack London und dann das.

„Darf ich euch was bringen? ... What would you like to drink?" Sie war unfassbar süß, wie sie unsicher mit den richtigen Worten rang.

„Your hair is awesome", platzte es aus mir heraus.

Und da passierte etwas mit ihrer Miene. War es Enttäuschung? Ich hatte ihr doch gerade ein Kompliment gemacht.

„Sorry, I didn't mean to ...", stotterte ich und ahnte auf einmal, was es war, das sie störte: Es ging ihr auf die Nerven, dauernd auf ihr Haar angesprochen zu werden. Genauso wie es mich früher genervt hatte, wenn mir die Leute ein Kompliment wegen meiner Augenfarbe machten. Ich konnte mich an Szenen im Supermarkt erinnern, ich als Fünfjähriger an der Hand meiner Mutter, als wildfremde Menschen stehen blieben, in Verzückungsgeschrei ausbrachen und ein Foto von mir machen wollten.

„Sorry", murmelte ich und wollte sie berühren, aber als sie den vollvertrottelten Handschuh auf sich zukommen sah, wich sie verlegen aus.

Danke, Jonas, cool hingekriegt.

„Weißt du denn, wann TCP kommt?", fragte er und blies Rauch in Rapunzels Richtung. Vertreiben wollte er sie auch noch. Dafür hätte ich mich am liebsten mit ihm angelegt.

„Da ist er ja", sagte Dragan und zeigte zur Tür, durch die der Priester hereinflatterte – großkotzig, präpotent, arrogant.

„Speaking of the devil ...", murmelte ich.

„Tristan!“, rief Rapunzel euphorisch, eilte auf ihn zu und warf sich in seine Arme, um sich einen feuchten Kuss abzuholen. Ich zog meinen Vorhang ganz zu, und als uns niemand mehr beachtete, beugte ich mich über den Tisch und fauchte Jonas an wie eine Boa Constrictor. „Bist du eigentlich für oder gegen mich?“

„Was glaubst du denn? Merkst du nicht, dass ich die ganze Zeit versuche, dich zu retten? Du solltest dich mal sehen. Aus deinen Ohren fliegen tausend rote Herzen, die erschlagen einen fast.“ Er beugte sich so nah zu mir, dass sich unsere Nasenspitzen fast berührten.

„Ich will nicht, dass dir jemand wehtut ... Sie liebt Tristan! Das musst du akzeptieren, okay?“, flüsterte er wie eine besorgte Kinderkrankenschwester auf der Krebsstation. Dann lehnte er sich zurück, nahm einen Zug aus der Zigarette und seufzte. „Aber ich hab's ohnehin vergeigt ... London!“ Er schlug sich auf die Stirn. „Ich hätte dich aus Rumänien oder Tschetschenien kommen lassen sollen, das hätte sie vielleicht nicht so cool gefunden.“

„Arsch.“

„You are welcome! Eigentlich sind wir nämlich hier, um Gratiskannen zu kriegen. Schon vergessen?“

Ich seufzte. Manchmal war es echt nicht einfach mit Jonas. Nur langweilig war es nie. Ich wartete schon gespannt darauf, bis er seine nächste Idee auspackte. Und die übertraf dann fast alles.

Dragan schleppte den Priester an unseren Tisch, nachdem er Rapunzel endlich losgelassen hatte.

„Das sind Jack und Felix. Die beiden sind eng bei Kasse und bitten um eine milde Dosen-Gabe.“

Häää?

„Ich hätt's nicht besser ausdrücken können“, flötete Jonas, verschluckte sich prompt an seiner Falschheit und musste so heftig husten, dass ihm Tränen in die Augen stiegen. Der Priester zog eine kleine Schachtel mit Hustenbonbons aus seiner Jacke. Jonas hechelte – er liebte Johannisbeere und nahm sich gleich zwei.

„Kannst du behalten“, sagte der Priester breit grinsend. Hustend nahm Jonas die Schachtel an sich und ich wäre am liebsten im Boden versunken – wir hätten uns das alles besser überlegen sollen; es war so peinlich, dass wir ausgerechnet den Citypriester um Hilfe anbettelten.

„Trifft sich gut. Ich hab ein paar Leute hier. Ihr kriegt eine Wand und zeigt mir mal, was ihr so draufhabt, dann entscheide ich.“

Wie bitte? Wir sollten dem Arsch was vormalen? Wie peinlich wurde es denn noch?

„Übersetz ihm das“, sagte der Priester großkotzig zu Jonas. Und, heilige Scheiße, der tat es auch noch oder er versuchte es zumindest. Noch immer halb hustend, halb Bonbons lutschend sagte er zu mir: „Äh, the City Priest says that we can come and ...“ Ich trat ihm dezent, aber wirkungsvoll auf die Zehen und er verstummte.

Der Priester ging voraus. Jonas und ich folgten ihm. Dragan hechelte uns hinterher. Rapunzel stand hinter der Theke an einer fauchenden Kaffeemaschine, der Dampf hüllte sie ein und ihr goldenes Haar schillerte noch schöner. „Ich geh heut’ früher“, rief sie dem Priester zu. „Muss für morgen noch Kuchen backen. Kannst ja später noch bei mir daheim vorbeikommen.“

„Okay, ich ruf dich an.“

Dann schaute Rapunzel in meine Richtung. „It was nice to meet you, Jack!“ Sie winkte mir zu und ich blieb stehen und winkte zurück und konnte mich nicht rühren, bis mich Jonas weiterzog.

„Schlag sie dir aus dem Kopf! Hör auf Onkel Jonas.“

Wir erreichten die Eingangshalle mit dem Marterpfahl.

„Tristan meint’s nur gut mit euch“, erklärte Dragan schleimgesteuert.

Hatte ich’s nicht gesagt? Dumm wie Duschhaube.

„Und nach was für Kriterien entscheidet er da so?", fragte ich, worauf mir Jonas einen Stoß versetzte, weil ich offiziell Jack war und englisch hätte sprechen sollen, aber Dragan fiel nichts auf – dumm wie Duschhaube.

„Keine Angst, er hat mich auch aufgenommen und sooo gut bin ich auch wieder nicht." Hatte ich mir fast gedacht. Wir ließen ihn überholen.

„Das tun wir auf keinen Fall", fauchte ich Jonas ins Ohr, während wir durch die Fabrik hetzten. „Hörst du? Never ever malen wir dem was vor! ... Jonas?"

„Natürlich tun wir das nicht. Meinst du, dass ich von dem Schweinepriester auch nur eine Dose geschenkt haben will? Wir haben auch unseren Stolz. Es war eine Schnapsidee hierher zu kommen, aber wenn wir schon mal da sind, lass uns ein bisschen Spaß haben und vielleicht verquatscht sich die Duschhaube ja, was das Lager angeht."

20

Gemälde: king of the line
Öl auf Leinwand. 120 × 70 cm

Wer vor Leander Blums Gemälden innehält, wird schlagartig wach von dem, was sich vor unseren Augen abspielt.
(Sabine Habermas, Galeristin)

Wir stiegen eine breite Eisentreppe hinauf in den ersten Stock und von dort durch mehrere Hallen, bis wir an ein Ende kamen.

Dort warteten, ich fasste es nicht, Frauen der höheren Altersklassen. Schon von Weitem war ihnen anzumerken, dass sie den Priester anhimmelten. Prompt fuhr er sich durch die Schmalzlocken und schlenderte supergeschmeidig durch die Halle, die Hände in die Jeanstaschen gesteckt, und war sich offensichtlich mit jeder Faser seines Körpers bewusst, dass ihn alle ansahen.

Zwei Männer im Hintergrund wirkten wie Mauerblümchen, die zwischen der Wand und den Frauen eingeklemmt waren. Von Dragan erfuhren wir, dass das alles Kunstlehrer und -lehrerinnen waren, die mit ihren Schülern Graffiti-Projekte machen wollten und ein wenig Know-how vom Priester persönlich wollten, wofür er eine Menge Kohle bekam, unterstützt wahrscheinlich vom Landesschulrat und der EU. Legal war zwar langweilig, trotzdem zwickte mich der Neid in die Eingeweide. Wir hatten den Moment verpasst, offen zu unserer Leidenschaft zu stehen. Wegen meines Vaters hatten wir uns als Sprayer nie offen zu erkennen gegeben und deswegen standen wir jetzt hier, in einer lächerlichen Verkleidung und mit verdammt schlechten Aussichten. Wir hätten Besseres verdient. Ohne Vorwarnung versetzte mir mein Herz von innen einen so heftigen Tritt, dass ich zur Seite taumelte. Atemlos hielt ich mich an der Leiter fest und zwang mich, die Panik zu unterdrücken, während mein Herz so schmerzhaft von innen gegen meine Rippen hämmerte, dass mir fast schlecht wurde. Was war nur los mit mir?

„Das ist echt ungerecht", stellte Jonas leise fest. Wie verdammt recht er hatte. Ich versuchte, nicht umzukippen. Mein Herz fühlte sich an wie ein Krake, der sich pulsierend aufblies und seine giftigen Tentakel in all meine Körperteile schieben wollte, um mich auszufüllen, bis er mich von innen sprengen konnte. Mit all meiner Willenskraft zwang ich das Scheusal zurück in seine Höhle und verharrte eine Weile, bis ich wieder fähig war, meinen Blick nach außen zu richten.

Der Priester hatte hier ein Paradies, eine ganze Halle für sich, die Wände glatt mit Betonfarbe angemalt; wahrscheinlich waren schon viele Schichten Graffiti darunter. Auf mehreren Paletten reihten sich nigelnagelneue Spraydosen in den schönsten Farben aneinander: easter yellow, lost island, indian spiee, shark, baby, waltraut und brunhilde, pecan nut, knock out blue, houdini, atom's megablast, morpheus, nostradamus, pink cadillac, chocolate, purple rain, woodstock, bubble bath, wild lime und liver. Säcke voller Caps aller Größen. Atemschutzmasken und Kleiderschutz für jeden.

Der Priester begrüßte die Teilnehmer, band sich die Schmalzlocken mit einem Gummi im Nacken zusammen und hielt einen öden historischen Vortrag über Kratzbilder in Pompej, über „Kilroy was here" – dem Running Gag der Soldaten im Zweiten Weltkrieg, er sprach darüber, wo es erlaubt war zu sprayen und wo nicht und Palim Palim und BlaBlaBla. Mein Herz beruhigte sich langsam. Als es wieder halbwegs normal schlug, überlegte ich mir, nach unten zu gehen, einen Cappuccino bei Rapunzel zu bestellen und sie noch eine Weile lang anzusehen. Da verteilte der Priester Masken und Ganzkörperschutzanzüge und hatte offenbar vergessen, dass wir nicht zu den Seminarteilnehmern gehörten.

„Zieh that on, Jack, aber quickly“, scherzte Jonas und drückte mir eine Plastikpelerine in die Hand. Ich gönnte ihm den Spaß und setzte mir eine Maske auch noch auf, wegen der Dämpfe, obwohl hier drinnen in keinem Fenster eine Scheibe war und Efeu von allen Seiten hereinwucherte.

Der Priester erklärte uns, was für Caps es gab und dass man sie an den unterschiedlich farbigen Deckeln erkannte und mit welchen Caps man dick und mit welchen man dünn malen konnte. Er verlor ein paar Worte über die Qualität der Spraydosen, worauf man beim Kauf achten musste und welche er bevorzugte. Dann erteilte er den Auftrag, dass jeder seinen Namen sprayen sollte.

„Sorry, dass ich euch mit Anfängerkram plage“, sagte er zu uns. „Ihr legt einfach los und zeigt den Rookies, wie's geht.“

„Aber gern“, säuselte Jonas, griff nach einem wunderbaren Braunton namens „after“ und sprayte zuerst sich selbst und dann mir „versehentlich“ auf die Brust, weil er tat, als hätte er keinen Plan, wo die Farbe herauskam.

„Oh sorry“, stammelte Jonas und machte ein Gesicht, als täte es ihm wirklich leid. Irritiert wandte sich der Priester einer älteren Lehrerin mit breiten Hüften zu, die sich wesentlich geschickter anstellte als Jonas. Ich blickte auf den Fleck auf meiner Brust – sah aus, als hätte mir jemand aufs Herz gekackt. Und plötzlich konnte ich mich kaum einkriegen vor verschlucktem Lachen, und wenn ich nicht platzen wollte, musste ich möglichst schnell Druck ablassen. Also schnappte ich mir bloody mary, drückte auf die Dose und sprayte in kürzester Zeit so viel Farbe wie möglich an die Wand, was in einem gigantischen Blutfleck endete, aus dem Rinnsale nach unten liefen. Ein pulsierendes Herz. Ich stülpte meine ganze Wut dem Priester über: Wenn wir schon keine Dosen von ihm bekamen, sollten sie wenigstens so schnell wie möglich leer werden. Das war zwar total kindisch, aber wenn du einmal der Eifersucht und dem Neid erlegen bist, vertrocknet der Verstand.

Und während ich quadratmetergroße einfarbige Blutflecke und Kraken in revolt green fabrizierte, malte Jonas Antistyle, aber nicht Antistyle, der wie Antistyle aussehen sollte, von Profis gemacht, der absichtlich so aussehen sollte, als wären Kinder am Werk gewesen, sondern wirklicher, wahrhaftiger Antistyle, so, als hielte er tatsächlich zum ersten Mal eine Spraydose in der Hand. Ich war beeindruckt. Seine Lines waren so unregelmäßig und schauderhaft, dass ich überhaupt nicht wusste, wie er das anstellte.

Der Priester war hin- und hergerissen. Er ahnte wohl, dass wir ihn verarschten, aber die Tatsache, dass ihm total egal war, wie viele seiner Dosen um drei neunzig das Stück ich leerte, machte mich noch wütender. Ich hatte die Schnauze gestrichen voll.

„Ihr könnt gern nächste Woche wiederkommen, gleiche Zeit, gleicher Ort, dann zeige ich euch ein paar Tricks, wie's besser geht." Väterlich klopfte er Jonas auf die Schulter. „Und immer brav üben. Wenn ihr gut genug seid, kriegt ihr Material von mir, so viel ihr wollt."

„Machen wir", sagte Jonas strahlend. „What do you mean, Jack?"

„Sod off", knurrte ich.

Als wir bei der Treppe waren und einen letzten Blick zurückwarfen, sahen wir, dass der Priester dicht hinter einer hübschen Frau stand, ihr eine Hand um die Taille legte und mit der anderen ihre Hand mit der Spraydose führte. Reichte es ihm nicht, dass er Rapunzel hatte? Galle stieg in mir hoch. Nichts wie raus aus der Fabrik.

21

Gemälde: kingfisher
Aquarell auf Zeichenpapier. 30 × 30 cm

Wie ein Aufblitzen, eine kurze Vision,
das Flattern eines Flügels, eine Momentaufnahme
von unheimlicher Dringlichkeit.
(Eckehard Spieß, Kunsthistoriker)

Sobald wir außer Sichtweite waren, riss ich mir die Perücke vom Kopf und die Handschuhe von den Fingern und rannte einen Radweg hinunter ans Ufer eines stillgelegten Seitenarms der Donau. Im Wasser spiegelten sich Weiden, Schilf und vorüberziehende Wolken. Es roch nach Schlamm und Moor. Ich zog mir die Schuhe und den Rest aus, stürzte mich in eiskaltes Teichwasser und tauchte, bis mein Blut wieder auf Normaltemperatur herabgekühlt war.

Jonas stand in Unterhosen am Ufer, beide Arme um seinen weißen Körper geschlungen, und zitterte. Das Wasser reichte ihm knapp über die Knie. Ich musste lachen. Er war immer schon wasserscheu gewesen. An seiner Gänsehaut konnte ich ablesen, wie warm das Wasser war – an jenem Tag hatte es wohl kaum mehr als fünfzehn Grad.

„Du hast einen Vogel!“, rief er und fing wieder an zu husten. Schlotternd ging er ein paar Schritte zurück, setzte sich neben das Schilf, legte sich die Jacke um die nackten Schultern und lutschte Tristans Hustenbonbons.

„Bist du krank?“, fragte ich, ehe ich klitschnass ans Ufer kroch und er immer noch hustete.

„Ich krieg schon die Grippe, wenn ich dich nur ansehe ... Hau bloß ab!“ Mit beiden Händen wehrte er sich dagegen, dass ich ihn zur Abkühlung umarmte. Stattdessen schüttelte ich meine Haare über ihm aus, was ihn noch wütender machte.

Jonas legte sich einen Zeigefinger an die Lippen, versuchte mit aller Kraft, seinen Hustenreiz zu unterdrücken, und zeigte auf eine Weide, die ihre Äste ins Wasser hängen ließ. Auf einem Ast saß ein gedrungener Vogel mit einem kleinen Fisch im Schnabel.

„Ein Eisvogel“, flüsterte Jonas. „Schau dir die Farben an.“

Bis auf die weiße Kehle war die Brust des Vogels rostrot bis kastanienbraun. Die Oberseite strahlte kobaltblau, türkisfarben und smaragdgrün. Er flog ab und auf seinem Rücken leuchtete ein intensiv blauer Streifen auf.

„Weißt du, wie man die nennt?“

Ich schüttelte den Kopf.

„Fliegende Edelsteine.“

Eine Weile lang hörten wir schweigend den Geräuschen der Natur zu, dem Blubbern und Glucksen, dem Rauschen und Schnattern – und den abfliegenden Flugzeugen. Wir legten uns auf den Rücken und beobachteten, wie sich die Kondensstreifen auflösten.

„Leander.“

„Hm?“

„Versprich mir, dass du das Mädchen sein lässt.“

„Ich versprech's“, sagte ich und wusste, dass es eine Lüge war.

Lambda – die elfte Erkenntnis: Leander Blum liebt den Schmerz

Im Prater war die Hölle los. Die Sonne hatte den Asphalt tagsüber noch einmal aufgewärmt und die Menschen nützten die letzte Gelegenheit rauszukommen, bevor Nebel, Kälte und Punschstände das Leben in der Stadt bestimmten. Die Kastanien in der Allee ließen ihre verschrumpelten Blätter fallen. Je näher wir dem Trubel kamen, umso langsamer wurde Leander Blum. Wir schauten der alten Liliputbahn nach. Ich erinnerte mich an die Sonntage mit Onno und meinen Eltern, als wir noch eine *normale* Familie waren, nur wir vier. „Damit bin ich früher immer gefahren."

„Ich auch", sagte Leander. „Kam mir höllisch schnell vor."

„Und höllisch groß." Lachend sahen wir dem keuchenden und rumpelnden Miniaturzug hinterher. Kleine Kinder mit großen Augen saßen darin. Eines Tages würden sie denken wie wir. Die Ketten der Achterbahn ratterten, als die Wagen hochgezogen wurden. In der Wildwasserbahn rauschte das Wasser wie bei hohem Seegang. Aus der Halle mit dem Indoor Roller Coaster wummerte es und irgendwo hämmerte eine Techno-Version von „Killing me softly". Mir war, als drückte der Lärm den Aufruhr meiner Gefühle aus.

Schreie flogen durch die Luft. Sie kamen vom welthöchsten Kettenkarussell. Ich fürchtete, dass Leander auf die schlechte Idee kommen könnte, damit zu fahren, umrundete diese Attraktion schnell und großräumig und flüchtete mich in einen ruhigeren Teil.

„Schau mal, die Holzrutsche ist geöffnet!“ Ich rannte näher. Solange ich mich erinnern konnte, war dieser unter Denkmalschutz stehende Holzturm geschlossen. Die älteste Holzrutsche der Welt. Wunderschön angestrichen, erstaunlich hoch und ein wenig schief. Eine Infotafel wies darauf hin, dass die Rutschbahn im Volksmund die „Teufelsrutsch'n“ genannt wurde. Deswegen also der knallrote Teufel am Dach der Kasse. 1913 wurde der Turm eröffnet, während des Zweiten Weltkrieges brannte er ab und wurde nach Originalplänen wiederaufgebaut, bevor sie zur Jahrtausendwende aus Sicherheitsgründen erneut für sehr lange Zeit geschlossen war. Nun wurden hier die Weltmeisterschaften im Sackrutschen ausgetragen. „A echter Wiener rutscht da runter“, stand auf einer Stufe.

Leander löste bereits seine Tickets bei einem alten Hippie ein. Es rührte mich, dass Leander Blum mit so einem Kinderding fahren wollte. Wir nahmen jeder einen Jutesack von einem Stapel, fuhren am Laufband hoch und stiegen über hölzerne Stufen nach oben. Leander ließ mich vor. Ich setzte mich, steckte die Füße in den Sack, stieß mich ab und rutschte spiralförmig nach unten. Ich musste lachen und fühlte mich wie ein kleines Mädchen. Viel zu schnell war der Spaß zu Ende. Auf dem Rücken liegend landete ich im Zielhaus – an den weiß gemalten Holzwänden hingen Gemälde, die die sieben Todsünden darstellten.

Ich stand auf und wartete auf Leander. Er ließ sich Zeit. Der alte Hippie lehnte am Geländer und teilte einen Apfel mit seinem Hund – mal biss der Mann ab, mal der Hund. Wo blieb Leander? Ich wartete, wurde langsam unruhig – es war doch nichts passiert? „Shine on you crazy diamond“, sangen Pink Floyd.

Dann endlich rumpelte es. Leander Blum kam um die Kurve und wirkte zu groß auf der Holzrinne. Trotzdem ging ich davon aus, dass er genauso viel Spaß hatte wie ich, und erschrak, als seine Miene bitterernst war. Seine Mundwinkel verzogen sich erst zu einem pflichtschuldigen Lachen, als er mich sah.

„Noch einmal?", fragte er.

Ich nickte und wir rannten erneut hoch. Der Hippie schlug eine Glocke wie ein Seefahrer. Wir rutschten dreimal, fünfmal, zehnmal. Leander kam mir vor wie der Junge, der sein Lachen an den Teufel verkauft hatte. Er lachte nur, wenn er sich bewusst wurde, dass ich ihn beobachtete. Sobald er sich allein glaubte, versteinerte sein Gesicht.

„Was willst du jetzt? Du kannst dir alles aussuchen. Ich hab Gutscheine für die ganze Nacht."

„Wer hat dir die eigentlich geschenkt?"

„Meine Eltern."

Offenbar waren sie der Meinung, dass er mal Spaß haben sollte. Das versuchte er zwar tapfer, aber es misslang ihm gründlich. Ich hielt mich an die historischen Attraktionen und wählte das altmodische Kettenkarussell am Riesenradplatz. Leander spielte mir Begeisterung vor. Wir setzten uns auf einen Doppelsitz. Die Ketten rasselten. Das Karussell begann sich zu drehen. Meine Beine flogen in die Luft. Der Fahrtwind strich mir über die Wangen und Leander Blum saß neben mir. Ich hätte glücklich sein können, wenn er glücklich gewesen wäre, aber sein verkrampftes Lachen sah aus, als wollte er lieber weinen. Seine Laune verdarb auch meine. Ich hörte auf zu lachen, fand die Kreisbewegung nur noch öde und hoffte, schnell wieder festen Boden unter die Füße zu kriegen.

Als ich stand, drehte sich die Welt trotzdem weiter. „Uuund rauf geht's!", brüllte ein Betreiber mit viel Echo durch ein Mikro. „Jaaawooohl, da geht die Post ab. Und daaa kommt das Gaaanze noch einmal. Noch einmal Vollgaaas! Ist das nicht verdammt gut, Leute?"

Ein verliebtes Paar stieg in die Gondel des Riesenrads, wo ein Candle-Light-Dinner auf sie wartete. Die schöne Frau hielt einen Strauß langstieliger Rosen und ließ sich von ihrem schönen Mann im Anzug in die Gondel helfen. Das Glück strahlte aus ihren Augen. Und neben mir trottete Leander Blum leblos wie ein Zombie, der aus der Geisterbahn entflohen war und nicht wusste, wo seine Artgenossen ihr Nachtlager aufgeschlagen hatten, um auf ihn zu warten.

„Hattest du nicht Hunger?", erinnerte er sich, griff nach meiner Hand und zog mich zum erstbesten Langosch-Stand. Die vor Fett triefenden gebackenen Hefeteigfladen wurden großzügig mit Knoblauchwasser eingepinselt. Kindheitserinnerungen stiegen in mir hoch. Gute und nicht so gute. Das letzte Mal, als ich so ein Ding gegessen hatte, verdarb ich mir den Magen, musste Stunden sauer aufstoßen und stank drei Tage aus allen Poren nach Knoblauch.

Leander Blum kaufte einen Fladen und riss ihn in zwei Hälften. Wir nahmen jeder einen Bissen, lächelten uns verlegen an und taten, als ob es uns fantastisch schmeckte, obwohl wir beide wussten, dass es scheußlich war.

„Was willst du trinken?"

Ich entschied mich für Cola, in der Hoffnung, dass sie den Fladen in meinem Magen zersetzte. Leander Blum kaufte Bier für sich. Er riss die Dose auf und leerte sie in wenigen Schlucken. Dann wandte er sich von mir ab, stieß leise auf, zerquetschte die Dose, warf sie in einen Eimer und kaufte sich eine zweite Dose, verbissen, so als wollte er jetzt unbedingt sofort einen Rausch haben, der ihm helfen sollte, ein bisschen locker zu sein. Er war nicht locker. Er wirkte, als sei er in einen unsichtbaren Schraubstock gespannt. Das Bild seines angesoffenen Vaters drängte sich mir auf und ich sah Leander Blum als Vollalkoholiker am Bahnhof zwischen Pennern sitzen.

Wir wischten unsere fettverschmierten Finger an den Servietten ab. Als er merkte, wie lustlos ich an dem Fladen kaute, nahm er ihn mir ab und warf ihn in einen Eimer. Meister Langos – entscheide dich für Qualität, stand darauf. Ich musste schlucken. Leander meinte es gut. Er tat alles. Für mich. Für uns. Für einen schönen Abend. Aber unser Karren hatte einen Platten. Auf kaputten Achsen eierten wir durch die Nacht. Ich hätte dieses Elend beenden sollen. Spätestens an dieser Stelle. Aber Leander Blum hatte noch nicht vor aufzugeben. Obwohl er sein Lachen verkauft hatte, startete er einen neuen Versuch, etwas zu retten, das nicht mehr zu retten war. Bis zum Kinn steckte unser verfahrener Karren im Schlamm. Gemeinsam würden wir blubbernd untergehen. Dachte ich.

„Komm!" Er ging voraus, hinein in die ausgelassene Menge. Wir ließen uns treiben, aber wir gehörten nicht dazu. Leander knetete unentwegt das Büschel Gutscheine in seinen Händen, auf der verzweifelten Suche, sie irgendwo loszuwerden, aber ich hatte keine Lust mehr. Leander Blum sah traurig aus. Hoffentlich kam er nicht auf die Idee, mir mit einem Gewehr einen Stoffbären mit Lederhose zu schießen. Das wäre für mich der absolute Tiefpunkt gewesen. Ich sah uns schon vollbeladen mit Stofftieren, Zuckerwatte, glasierten Äpfeln und Lebkuchenherzen stockbesoffen nach Hause torkeln, den Bauch voller Fett und Knoblauch. Solche Szenen hielt ich nicht einmal in amerikanischen Spielfilmen aus.

„Wie wär's damit?", fragte er, als wir am Turbo Autodrom vorbeikamen. Der Marktschreier versprach „extra lauten, extra wilden und extra lustigen Fahrspaß, vorwärts und rückwärts. Probieren Sie aus, was im Straßenverkehr verboten ist!" Leander sah mich so verzweifelt an, dass ich ihm zuliebe nickte. Die Autos sahen zwar alle gleich aus, hatten aber unterschiedliche Plaketten: *Luxuskarre, Rennfahrer, Frau am Steuer* und *Gib Gummi.*

Leander wählte die *Familienkutsche*. Ich ließ ihn ans Steuer. Wir schnallten uns an. Grimmig umklammerte er das Lenkrad und gab Vollgas. Zuerst lachte ich laut, so wie man eben automatisch laut lachte im Prater, der schließlich dazu da war, die Menschen zum Lachen zu bringen.

Leander Blum lachte nicht. Er war damit beschäftigt, andere Wagen zu rammen und sie aggressiv gegen die Bande zu schieben. Ich konnte meinen Kopf kaum auf dem Hals halten und mein Körper wurde abrupt von rechts nach links und von vorn nach hinten hart in den Gurt gedrückt. Mit einer Aggressivität, die mir Angst machte, steuerte er frontal auf andere zu. Mit geweiteten Augen kamen uns Fahrer entgegen. Maximale Beschleunigung. Maximale Bremsmanöver. Maximale Richtungswechsel.

Ich hatte Typen, die so etwas machten, immer gehasst. Es war die gleiche Sorte jener Halbstarken, die im Schwimmbad rücksichtslos Fünfjährige aus der Röhre kickten, dafür sorgten, dass sie den Rest des Tages heulend bei der Mama saßen und den Rest ihres Lebens an einem Rutschbahntrauma zu leiden hatten. Ich klammerte mich fest, biss auf die Zähne und schrie nicht mehr. Stattdessen schrie Leander Blum. Seine Schreie unterschieden sich markant von den euphorischen Rummelplatzschreien. Seine Schreie waren echt. Er schrie etwas aus sich heraus.

Als ich hörte, wie er zwischen den Schreien stöhnend nach Luft rang, wurde mir klar, dass ihm seine geprellten Rippen nach dem Sturz im Wald furchtbar wehtun mussten, sobald er bei jeder Richtungsänderung gewaltsam in den Gurt gepresst wurde. Aber er war es, der den Wagen lenkte. Er fügte sich die Schmerzen selbst zu. Ganz offensichtlich hatte er Spaß daran. An Schmerzen Spaß zu haben war nicht normal. Etliche aus meiner Klasse ritzten sich gelegentlich, probierten schon mal das eine oder andere aus, aber diejenigen, die den Schmerz wirklich brauchten, um sich überhaupt spüren zu können, landeten zuerst bei meiner Mutter in der Therapie und dann in der Psychiatrie, oder umgekehrt.

Blinkende Lichter. Schrille Musik. Kreischende Menschen. Ein schreiender Leander Blum. Ich klammerte mich am Wagen fest und beobachtete ihn: Er war im Rausch. Nicht mehr bei Sinnen. Er musste sich Tränen aus den Augen zwinkern, weil die Schmerzen in seiner Brust, die er sich selbst durch seine brutalen Manöver zufügte, offensichtlich an der Grenze des Erträglichen lagen. Als dem Wagen der Saft ausging, kurvte er an den Rand. Er ließ den Kopf hängen und schlug einmal aggressiv aufs Lenkrad.

Ich kletterte heraus, sah ihm zu, wie er sich mühsam aufrichtete und wie er noch mühsamer ein Lächeln für mich hervorquälte. Eigentlich hatte ich vorgehabt, ihn darauf anzusprechen. Aber mir war jede Lust an Kommunikation vergangen. Ich ging. Zusehen zu müssen, wie er sich selbst zerstörte, tat mir weh.

Er rannte mir hinterher. „Lila!"

„Lass mich."

„Entschuldige. Es ist mit mir durchgegangen. Ich wollte doch nur, dass du Spaß hast."

Ich wich einem Varietékünstler aus, der knapp über dem Boden auf einem fliegenden (rollenden) Teppich balancierte, den er mit einer aufrechten Plastikschlange durch die Menge lenkte.

„Red mit mir", rief Leander. „Lass mich nicht stehen."

Fassungslos drehte ich mich um. „Ich soll mit dir reden? Und du redest nichts? Findest du das irgendwie gerecht? Was ist nur los mit dir? Warum bist du so aggressiv? Was ist dein Problem? Was habe ich dir getan?"

Die letzte Frage war rhetorisch gewesen. Ich wusste selbst, dass ich ihm nichts getan hatte. Aber als ich seine vorwurfsvolle Miene sah, kam es mir tatsächlich so vor, als hätte ich Mitschuld an seiner schlechten Laune.

„Ich glaube, es ist besser, wir trennen uns hier und jetzt. Du hast offenbar keine Lust, mit mir über deine Probleme zu reden. Gut. Du vertraust mir nicht. Dagegen kann ich nichts machen."

Während ich sprach, trat er näher. Bis er dicht vor mir stand und mir tief in die Augen sah. Er schien mir nicht zuzuhören, legte mir stattdessen seine Hände auf den Hals. Er beugte sich seitlich zu mir. Seine Lippen berührten die Härchen auf meiner Ohrmuschel. Sein heißer Atem in meinem Gehörgang brachte meine gesamte Hautoberfläche zum Vibrieren. Ein kalter Schauer überzog mich. Über seinem schwarzblauen Haar blinkten und funkelten die bunten Glühbirnen eines Riesenschiffs, das die Leute über Kopf baumeln ließ. Ihre Haare hingen in die Tiefe. Schreie flogen zu den Sternen.

„Ich liebe dich!", sagte er ruhig und mit fester Stimme in mein Ohr. Eindringlich und ehrlich. Kein Zweifel. Ich glaubte ihm jedes Wort. Dann küsste er mich. Es war nicht der Kuss eines Angebers. Es war kein Möchtegern-Kuss, kein Ich-zeig-dir-was-ich-draufhab-Baby-Kuss. Es war ein schrecklich ehrlicher Kuss, gewürzt mit so viel Liebe, Schmerz und Zuneigung, dass ich glaubte, mein Herz müsste explodieren und in alle Himmelsrichtungen davonfliegen.

Ich stellte mich auf die Zehenspitzen, wollte meine Arme um seinen Hals schlingen, ihn festhalten und nie wieder loslassen. Aber er wich vor mir zurück. Waren seine angeknacksten Rippen der Grund dafür oder wehrte er sich schon wieder gegen mich? Ich verstand nichts mehr. Wo war die Betriebsanleitung, in der beschrieben stand, wie Leander Blum funktionierte? Wie sollte ich diesen komplizierten Menschen je verstehen?

„Was jetzt?", fragte er hilflos.

„Geisterbahn!", sagte ich wild entschlossen.

Wenn ich mit Onno Geisterbahn fuhr, mussten wir immer hellauf lachen. Der polternde Wagen. Holztüren mit aufgemalten Totenköpfen, die sich öffneten und durch die man in die Finsternis fuhr. Skelette auf Schienen. Sensenmänner in Kutten, läutende Kirchenglocken, ein Blitzlichtgewitter, eine zuckende Pappmachefigur in einem Gitterkäfig auf einem elektrischen Stuhl, Gehängte mit heraushängenden Zungen, Beile in gespaltenen Schädeln, aus denen Theaterblut tropfte, Wollfäden wie Spinnweben im Gesicht. Zum Totlachen. Eigentlich. Heute fand ich die Geisterbahn zum ersten Mal wirklich gruselig. Das Lachen blieb mir im Hals stecken. Und das nicht wegen der Pappmachéfiguren.

„Es tut mir leid", sagte Leander. Seine ruhige Stimme drang tiefer in mein Ohr als die Todesschreie aller Gefolterten. Der Wagen ratterte in die Tiefe. Ein schwarzes Loch. Bevor ich fragen konnte, was ihm leidtat, huschte eine schwarze Gestalt an mir vorbei. Mich schauderte. Untote stöhnten. Eine Kette rasselte. Eine rostige Säge quietschte. Grüne Blitze zerhackten das Dunkel. Ein Luftzug neben mir. Es wurde kalt. Wo war die Wärme von Leander Blums hitzigem Körper? Wo war Leander Blum? Ich griff neben mich. Der Sitz war leer. Noch körperwarm. Leander Blum war weg.

Ich wollte schreien, aber ich konnte nicht, diesmal nicht. Ein Schatten huschte vor dem Notausgang vorbei. Ein Kegel aus Tageslicht drang herein. Kaum bemerkbar. Mein Wagen ratterte um eine Ecke an einem Hexenkessel vorbei, eine Kreatur kam von oben auf mich zu und schnellte wieder hoch, kurz bevor sie mich berühren konnte. Ich klammerte mich an den Wagen und fing an zu weinen. Leander Blum hatte den Notausgang gewählt.

Er war einfach abgehauen. Einfach weg. Aus eigenem Willen. Hatte zuvor noch gesagt, dass es ihm leidtat. Mir tat es auch leid. Nichts konnte Leander Blum jetzt mehr aufhalten. Was er vorhatte? Wahrscheinlich würde ich es nie erfahren. Innerhalb von vierundzwanzig Stunden hatte er mich zweimal verlassen. Vielleicht hätte ich es noch ein drittes Mal ausgehalten, wenn ich ihn dafür noch einmal hätte küssen dürfen. Aber er kam nicht mehr zurück.

Mit weichen Knien kletterte ich aus dem Wagen. „So schlimm?", fragte der Mann von der Geisterbahn, als er mein tränenüberströmtes Gesicht sah. Ich nickte und rannte schluchzend von ihm weg. Rauchwolken. Höllenblitze. Windgebläse. Gebrüll. Der Lärm betäubte meine Ohren so sehr, dass um mich herum Stille herrschte. Ich war abgeschnitten vom Rest der Welt. Abgeschnitten von Leander Blum. Ich verstand nichts.

22

Gemälde: chinese eyes
Öl auf Leinwand. 100 × 100 cm

Die Intensität der Szenen rührt daher, dass Blums Figuren nicht nur selbst Gegenstand der Betrachtung sind, sondern aus dem Bild heraus die Menschen vor dem Gemälde zu beobachten scheinen.
(Mizzi Langer, Künstlerin)

Ein Schrei durchfuhr mich, als hätte mir jemand ein Messer zwischen die Rippen gerammt. Ich schnellte hoch, rieb mir meine verklebten Augen und versuchte mich zu orientieren. Mein Herz pochte wild. Was war passiert?

„Tu's weg", flüsterte Jonas.

Wie ein Geist saß er aufrecht neben mir in seinem Bett, hielt sich zitternd an der Decke fest und starrte mit geweiteten Augen die Wand an. Sein Gesicht war kalkweiß. Schweißperlen standen ihm auf der Stirn. Die Laterne im Innenhof warf einen schwachen Lichtstreifen an eine Wand. Es war totenstill. Dann gluckste eine Wasserleitung so laut, dass ich noch einmal zusammenzuckte. Als Kind hatte ich mir eingebildet, dass zwischen den Wänden Wesen hausten, die dort für immer verbannt herumschlurfen mussten und uns durch die Steckdosen beobachteten. Jonas' Angst war ansteckend.

„Er sieht mich an", flüsterte er und hustete trocken.

„Was? Jonas, wer sieht dich an? Was soll ich wegtun?"

Mit zitterndem Finger zeigte er auf ein Gemälde, das genau im Lichtstreifen hing. Es war ein Selbstporträt. Jonas stand an der Staffelei, den Pinsel in der Hand, und sah aus dem Bild heraus den Betrachter an.

„Er sieht mich an“, krächzte er mit gruseliger Stimme.

„Wer denn? Wer sieht dich an?“ Ich hatte Mühe, den Schlaf abzuschütteln und aufzuwachen.

„Er ... der Chinese ... Wang Xizhi ... die Pupillen bewegten sich. Oh Gott! Leander!“ Er biss sich auf die Fingerknöchel.

Ich griff nach meinem Handy, aktivierte die Taschenlampenfunktion und leuchtete auf das Bild, eigentlich um Jonas zu beruhigen, aber er erschrak noch mehr. Die blanke Panik stand ihm im Gesicht. Noch nie zuvor hatte ich ihn so erlebt.

„Die Augen sind schwarz wie Käfer und blutunterlaufen und wie Schlitze“, krächzte er. „Sie bewegen sich. Siehst du's nicht? Sie schauen mich an. Sie wollen mir was sagen. Oh Gott!“

„So eine Scheiße!“, schimpfte ich und versuchte mit Aggression den Horror zu vertreiben. „Du hattest einen Albtraum. Da bewegt sich gar nichts. Chinesische Augen in einem Bild, was für ein Schwachsinn. Es ist noch genau so, wie du's gemalt hast.“

Ich schob den Stofffrosch zur Seite und krabbelte von der Matratze.

„Geh nicht weg!“, flehte Jonas.

„Ich such nur einen Lichtschalter.“ Ich kletterte über Berge von Zeug und trat auf einen Bleistiftspitzer. Das Plastikgehäuse krachte. Ein Schmerz bohrte sich von meinem Fuß ins Gehirn. „Bloody hell!“ Einbeinig hüpfte ich durch den Saustall und rieb mir den Fuß.

In dem Moment, als ich das Licht einschaltete, stürzte sich Jonas aus dem Bett, riss mit einer einzigen aggressiven Bewegung das Bild von der Wand und versuchte es in panischer Zerstörungswut zu zerfetzen. Das Bild war in Öl gemalt und die Leinwand fest.

Er griff nach einer Schere. Wie vom Teufel besessen kniete er am Boden und stach mit voller Wucht dem Jonas auf dem Bild die Augen aus. Mir stellten sich die Nackenhaare auf. Es war extrem gruselig. Er wollte das Bild in tausend Stücke hacken.

Ich stürzte mich auf ihn, riss ihm die Schere weg und warf ihn mit einer gezielten Bewegung rücklings auf die Matratze. Röchelnd versuchte er sich zu wehren, aber wir wussten beide, dass ich mehr Kraft hatte als er, da konnte er zappeln und treten, so viel er wollte; mein Vater hatte mir etliche nützliche Griffe beigebracht.

Mit aller Gewalt presste ich Jonas' Oberarme auf die Matratze und klemmte ihn mit meinen Beinen fest. Er schwitzte und schaute immer wieder ängstlich an mir vorbei in Richtung Wand.

„Es ist gut!", japste ich. „Jonas, hör auf! Es gibt keine Bilder, die sich bewegen. Du hast geträumt oder so was, vielleicht was Schlechtes gegessen, vielleicht hast du Fieber. Du glühst."

Und dann endlich, im grellen Zimmerlicht, beruhigte er sich langsam. Der Widerstand nahm ab, er gab auf und ich ließ von ihm ab. Hustend setzte er sich auf.

Ich war erledigt. Sein Schrei hatte mich mitten aus dem Tiefschlaf gerissen. Ich hatte wahnsinnigen Durst und wollte uns etwas zu trinken holen, aber er hielt mich fest. „Was mach ich, wenn der Chinese wiederkommt? Bitte, bleib da."

Unfreiwillig musste ich lachen. „Wie alt bist du? Ich hol uns ein Glas Wasser. Kannst ja mitkommen."

Er schüttelte den Kopf.

„Ich lass die Tür offen", sagte ich wie zu einem Dreijährigen.

Im Flur knipste ich das Licht an, füllte schnell zwei große Gläser mit Wasser und kam zurück. Er stürzte den halben Liter in einem Zug in sich hinein. Danach schien es ihm ein wenig besser zu gehen.

„Oh Gott!“ Er lehnte sich mit dem Hinterkopf gegen die Bettkante und legte sich einen Handrücken auf die Stirn. „Hast du so was schon mal erlebt? So was wie ... wie ... wie ... Todesangst?“

Das Wasser stieß mir auf. „Passiert mir in letzter Zeit dauernd.“

„Was ist das? Glaubst du, wir werden verrückt?“

„Wir sind schon längst verrückt“, gab ich zu bedenken.

Da musste er grinsen und das tat mir richtig gut.

„Du kannst dir nicht vorstellen, wie echt diese Pupillen waren. Sie haben sich wirklich bewegt. Mann, lach nicht, Mann. Das waren die Chinesenaugen von Wang Xizhi und seinen fünf ermordeten Töchtern. Der lebt da in der Bilderwelt, und wenn er will, schaut er raus aus den Bildern und kann Kontakt mit uns Lebenden aufnehmen. Hey, der wollte was von uns, der wollte uns was mitteilen.“

„Ja, ja, erzähl nur weiter Märchen“, sagte ich und spürte, wie erschöpft ich war. Wie spät war es eigentlich?

„Warum soll es nicht wirklich eine Welt hinter den Bildern geben? Stell dir das einmal vor. Wenn alles, was je gemalt wurde, lebt. Denk mal, was alles im Museum hängt. Auf den 500 Jahre alten Eichenholzbrettern. Der Turmbau zu Babel zum Beispiel. Die Kinderspiele von Breughel. Ich könnte mir sofort vorstellen, dort zu sein.“ Das glaubte ich ihm aufs Wort.

„Siehst du's nicht? Wie sie Bälle werfen, wie ein kleiner Junge mit einem Stöckchen den Reifen eines Holzfasses antreibt, und die Mädchen, die ihre Röcke kreisförmig um sich ausgebreitet haben. Der Junge auf dem Steckenpferd reitet. All die Spiele? Bockspringen, Blinde Kuh, Kreiselspiele, Eierlaufen, Stelzengehen, Tauziehen ...“

„Jonas!“, unterbrach ich ihn; er hatte da so was wie ein Bildgedächtnis, merkte sich jedes kleine Detail, was manchmal echt ermüdend sein konnte.

„Nein, jetzt einmal im Ernst. Denk dir das doch mal durch.“

Gegen meinen Willen steckte er mich nun doch an und eine Reihe barocker Gemälde poppte vor meinem Gehirn auf. Die Gemüse und Obstmänner von Arcimboldo, die Stillleben holländischer Meister. Wir hatten eine Jahreskarte im Kunsthistorischen Museum. Viele Stunden verbrachten wir dort und versuchten, die Technik der Alten zu durchschauen.

„Wenn ich an die barocken Stinkfische denke und mir vorstelle, die mit allen Sinnen erleben zu müssen, wird mir schlecht: offene Fischmäuler, abgeschlachtete Riesenkrabben, tote Seerobben auf einem Fischmarkt ... ist doch zum Kotzen."

„Meinst du, man würde in dieser Welt allen achtzig Selbstporträts von Rembrandt begegnen?", fragte Jonas und musste bei der Vorstellung lachen.

„Keine Ahnung. Ich muss schlafen", murmelte ich, nahm den Frosch, stopfte ihn unter meinen Kopf und zog mir die Decke über. Jonas legte sich neben mich und überlegte, was er sich in der Bilderwelt alles ansehen würde – er sprach von Seerosenteichen, von Hoppers Salzstreuern, dem Pierrot von Watteau, der roten Stadt von Werefkin, Campbell's Suppendosen und dem Mädchen im rosaroten Kleid auf Fragonards Schaukel. Ich ließ ihn reden.

Sein Brabbeln verstummte. Er schlief ein. Mir wurde es zu eng zu zweit auf der Matratze. Ich kletterte über ihn drüber in sein Bett. Obwohl mein Körper todmüde war, konnte ich lange nicht einschlafen. Alles war verwirrend. Ich wusste nicht mehr, wer ich war und wer er war, was real war und was nicht, wo die Nacht anfing und ob sie jemals aufhörte. Ich versuchte, den letzten Tag in seine Einzelteile zu zerlegen und wieder zusammenzusetzen.

Bis zum Sonnenuntergang hatten wir uns in den Auen aufgehalten und dem Eisvogel zugesehen. Dann waren wir eine Weile unterwegs gewesen, um wieder in die Innenstadt zu kommen.

Wir hatten tierischen Hunger gehabt. Birgit hatte ferngesehen, eingewickelt in ihre Kuscheldecke, und sich gefreut, uns wieder einmal zu Gesicht zu bekommen. Wir hatten den Kühlschrank ausgeräumt und uns mit Thunfisch, Senf und Essiggurken noch mehr Hunger angegessen, und weil nicht viel mehr im Haus war, hatte Birgit Pizza spendiert, die wir kommen ließen. Wir vertilgten zwei riesige Pizza-Räder. Vielleicht war das zu viel gewesen und hatte Jonas' Halluzination ausgelöst. Oder es war der Tee gewesen, den Birgit gebraut hatte, weil sein Husten schlimmer geworden war.

Sie hatte wissen wollen, wo wir den Tag verbracht hatten. Jonas hatte ihr vom Priesterseminar erzählt und sie hatte uns vom Stress in ihrer Schule mit den Lehrerkollegen und anstrengenden Eltern geschildert. Mehr war nicht passiert. Außer dass Jonas eine Vision gehabt hatte, die in einen Horrorschocker gehört hätte, und dass ich vor irgendetwas Angst hatte, das ich nicht benennen konnte.

Er atmete regelmäßig. Ich nicht. Ich musste an Rapunzel denken. Morgen gab es im Priesterseminar ihren selbst gemachten Kuchen. Ich musste dann doch eingedöst sein. Als ich erwachte, war es immer noch mitten in der Nacht und die Matratze neben mir am Boden leer. Jonas war weg. Unter dem Türschlitz sah ich Licht. Wahrscheinlich saß er in der Küche und zeichnete. Er liebte die Stille.

μ

My – die zwölfte Erkenntnis: Leander Blum ist schwul

Der Sonntag war schal und leer. Ich hatte Leander Blum an die Untoten verloren. Warum sonst hatte er ausgerechnet die Geisterbahn gewählt, um verschwinden zu können? In der Schattenwelt musste es etwas oder jemanden geben, zu dem er sich stärker hingezogen fühlte als zu mir.

Es wunderte mich kein bisschen, als sein Platz in der Schule am Montag leer blieb. Auch sonst wunderte sich niemand. Alle gingen davon aus, dass er sich von seinem fürchterlichen Sturz im Wald erholen musste. Ich lief auf Sparflamme. Ich sprach mit niemandem. Nach der Schule wusste ich nicht, wohin. Ich fühlte mich wie ein Floß auf dem Ozean. Kein Land in Sicht. Schaukeln in Unsicherheit. Planlos lief ich durch die Stadt. Taub an Gefühlen. Und strandete schließlich in der Mondscheingasse.

Am Gehsteig vor dem Haus standen drei Polizeiautos. Zwei zu viel. Die Haustür war offen. Ich ging durch den Flur, überquerte den Innenhof und betrat das Stiegenhaus. Stimmen. Im ersten Stock lauschte eine alte Frau in Mantelschürze mit einem Besen in der Hand. Sie fühlte sich offensichtlich ertappt und tat, als kehre sie.

„Was ist denn passiert?“, fragte ich.

„Es ist der indische Junge“, sagte sie und kehrte vor meinen Füßen.

„Was ist mit ihm?“

Sie unterbrach die Bewegung und sah mich mit sensationslüsternen Augen an. „Verschwunden ist er! ... Hab immer schon gewusst, dass der nicht ganz richtig ist im Kopf. Der Polizist, so ein hilfsbereiter Mann, aber was muss der eine Ausländerin heiraten, und so dunkel, das hat noch nie gutgetan, so was geht immer schief.“

Danke, diese Scheiße musste ich mir nicht anhören. Ich ließ sie stehen und stieg die Treppe hoch. Meine Finger zitterten, als ich bei Blum klingelte. Eine blonde Frau öffnete. Sie war aschfahl. Mehrere Stimmen drangen aus der Küche. Es roch nach Kaffee und Zigarettenrauch, überdeckt von einem Hauch Terpentin – dem Geruch nach Leander Blum.

„Leander war nicht in der Schule. Ist er hier?“

„Darf ich fragen, wer du bist?“

„Lila ... eine Freundin ... seine Freundin.“

Ein schwaches Lächeln huschte über ihr Gesicht. „Er hatte eine Freundin? Das hab ich nicht gewusst. Warte einen Moment.“ Sie lehnte die Tür bloß an und ging nach hinten in die Wohnung. Ich hätte eintreten können, aber ich traute mich nicht. Warum sprach sie von Leander Blum in der Vergangenheit? Ich schwitzte.

Leanders Vater kam aus der Küche. Sein Gesicht war kreideweiß, er war unrasiert und hatte Schattenringe um die Augen, aus denen die pure Angst sprach.

„Elisabeth“, hauchte er und stieß mir eine saure Wolke aus Alkohol ins Gesicht. Er war sturzbetrunken und ich brauchte eine Weile, bis mir klar wurde, dass er mich meinte. Niemand nannte mich so. Wahrscheinlich hatten sogar meine Eltern inzwischen vergessen, dass sie mich auf diesen Namen getauft hatten. Hinter ihm stand die blonde, aschfahle Frau.

„Wo ist Leander?“, fragte ich.

Seine Augen begannen zu flackern.

„Wolfgang“, sagte die Blonde und nahm ihn von hinten an beiden Armen. „Geh zurück in die Küche. Ich kläre das hier.“ Bereitwillig ließ er sich von ihr umdrehen und wankte zurück in die Küche. Die Stimmen dort wurden lauter. Mehrere Menschen redeten aufgeregt miteinander.

„Du bist also die Freundin von Leander“, wiederholte sie leise.

Ich nickte, obwohl ich mir nicht sicher war, ob ich seine Freundin war.

„Wann hast du Leander zuletzt gesehen?“

„Samstagnacht. Wir waren im Prater. Er ist verschwunden, als wir in der Geisterbahn waren. Ist er hier? Was ist mit ihm?“

„Er ist nicht hier.“ Ihre Stimme bebte. „Wir haben ihn am Samstagnachmittag, als er vom Schulausflug zurückkam, das letzte Mal gesehen.“

Ich kaute auf meinen Lippen und versuchte, tapfer zu bleiben.

„Er hat einen Abschiedsbrief hinterlassen ... einen sehr eindeutigen Brief ... er will nicht mehr leben.“ Ihre Stimme zitterte. „Es sieht nicht gut aus, er kann überall sein, die Polizei tut alles, um ihn zu finden, aber wir haben nicht mehr viel Hoffnung.“ Sie senkte ihren Blick und zupfte sich nervös am Ohr. „Er hat das alles nicht gepackt.“

„Was, was hat er nicht gepackt?“

Urplötzlich fing sie an zu weinen. „Geh! Bitte! Du musst gehen! Jetzt!“ Sie zog die Tür vor meiner Nase zu. Ich starrte den Spion an.

„Was! Was hat er nicht gepackt?“ Ich trommelte auf die Tür. Konnte mir nicht irgendeiner eine verfluchte Antwort geben? Aber die Tür blieb verschlossen. Benommen torkelte ich die Treppe hinunter. Die alte Frau kehrte immer noch vor ihrer Wohnungstür. „Was ist denn passiert, um Himmels willen?“

Ich rannte an ihr vorbei aus dem Haus. Ich rannte durch die Stadt. Ich rannte und rannte. Leander Blum hatte einen Abschiedsbrief hinterlassen. Er wollte sich umbringen. Sie hatten ihn noch nicht gefunden. Lag er schon irgendwo mit aufgeschnittenen Pulsadern in seinem eigenen Blut?

Zu Hause warf ich mich aufs Bett und krallte das Kopfkissen fest. Im Nebenzimmer spielte einer von Charlys Schülern das ewig gleiche Ba-Dumm-Dumm, Ba-Dumm-Dumm, Ba-Dumm-Dumm. Was war es, das Leander nicht gepackt hatte? Warum sagte mir niemand, was passiert war?

So konnte ich nicht weitermachen. Es wurde Zeit, herauszufinden, wer Leander Blum war und was für Dämonen ihn im Griff hatten.

Ich riss mich zusammen, fuhr meinen Computer hoch und gab erneut seinen Namen ein. Wieder nichts. Zuerst. Aber dann durchforstete ich Sarahs Facebookseite. Sie hatte Müni fotografiert. Hinter Müni saß Leander an seinem Tisch. In sich versunken schien er nicht zu merken, dass Müni nur die Tarnung war. Ich war mir absolut sicher, dass Sarah Leander hatte fotografieren wollen. Ich musste dieses Foto ausdrucken. Mehrfach. Ich wollte es aufhängen und jedem zeigen. Wenn's sein musste, jedem der zwei Millionen Einwohner in unserer Stadt. Irgendwer musste etwas über Leander Blum wissen. Ich klickte auf *Drucken*. Der Drucker funktionierte über WLAN und stand in Onnos Zimmer. Ich machte mich auf den Weg, um die fertigen Blätter abzuholen, und stieß mit Onno im Gang zusammen.

„Druckst du den ganzen Stapel aus? Du meine Fresse! Lila! Was ist denn mit dir los?“

Da brach der ganze Schmerz aus mir heraus. Heulend fiel ich Onno um den Hals. Er hielt mich fest. Mein großer Bruder. Niemand konnte mich besser trösten als Onno.

„Lila! Bist du endlich da?“, rief Oliver aus der Küche.

„Lila hat Stress!“, rief Onno ungehalten zurück und bugsierte mich in mein Zimmer. Oliver streckte seinen Kopf aus der Küche. „Alles in Ordnung?“

„Klar“, rief Onno. „Alles in Ordnung. Wir müssen dringend noch was ausarbeiten.“ Oliver verzog sich zurück in die Küche. Onno sperrte meine Zimmertür ab. Ich setzte mich im Schneidersitz aufs Bett und schnäuzte die Taschentücher voll, die mir Onno, eines nach dem anderen, reichte, während ich mich in ein Durcheinander redete. Onno nickte verständnisvoll und erinnerte mich mit seinen gut gemeinten Ratschlägen an unsere Mutter. Nebenbei gingen laufend Nachrichten auf seinem Handy ein. Er tat, als ignorierte er sie, schielte aber trotzdem ständig auf das Display. Scheiße. Gekränkt drehte ich mich von ihm weg.

„Ein Abschiedsbrief ist schon mal ein gutes Zeichen. Diejenigen, die sich wirklich umbringen wollen, springen von der Brücke. Aus und vorbei. Leute, die ihren Selbstmord mit einem Abschiedsbrief aufwendig inszenieren, wollen nur Aufmerksamkeit. Die richten sich das so ein, dass sie im letzten Moment gefunden werden.“ Seine Hobby-Psychologie nervte mich ohne Ende.

„Was, wenn du dich täuschst? Du hast doch keine Ahnung!“, fuhr ich ihn an.

„Ja und? Was willst du tun? Hast du eine Idee, wo er hinwollte? Was waren seine Locations? Was trieb er so in seiner Freizeit?“

Onno seufzte. Er legte mir einen Arm um die Schulter und drückte mich. „Am besten, du ziehst heute Abend mit mir los. Ein Kumpel von Dragan hat im Dritten ein Lokal neu eröffnet. Gratis Getränke und alles. Ist vielleicht eine gute Ablenkung.“ Er sah meinen verachtenden Blick. „Mann, Lila, vielleicht überreagierst du ja wirklich ein bisschen. Du bist verliebt, da fehlt einem die Logik. Am besten, du verbringst den Abend mit mir und morgen Vormittag ist dein Typ wahrscheinlich schon längst wieder da.“

„Eh klar. Wieder da. Oder tot. Danke für deine Hilfe.“

Er wollte noch etwas sagen, aber ich schickte ihn zum Teufel, sperrte meine Tür ab und verkroch mich unter der Bettdecke, während ich das Foto von Leander ansah und eine Kette unter meinem T-Shirt hervorzog. Ein Anhänger hing daran. Ein *Shiva-Eye*. Ein Junge hatte mir diesen Anhänger geschenkt. Er hatte Jack geheißen und kam aus England. Ich fand ihn interessant. Er liebte meine Kuchen. Leider war er so wenig zugänglich gewesen wie Leander Blum. Nur noch viel wortkarger. Auch er hatte sich hinter einem Panzer oder hinter seinen Haaren versteckt. An meinem achtzehnten Geburtstag hatte ich dann erfahren, weshalb Jack allen Grund dazu gehabt hatte, sich hinter einer Fassade zu verstecken ... Ich umschloss das Shiva-Eye mit meiner Hand. Jack hatte versprochen, dass es mir Glück bringen würde. Bitte, lass Leander Blum leben! Bitte! Bitte! Bitte! Ich presste meine Hand ganz fest an meine Brust. Der Stein wurde heiß und ich schlief ein. Ich schlief wie betäubt und erwachte erst, als Charly gegen meine Tür hämmerte.

„Bist du wach, Goldlocke? Ich glaub, du hast verschlafen."

Meine Augen waren verklebt, als ich auf die Uhr sah. Scheiße! Ich hatte tatsächlich verpennt. Und Leander? Womöglich lag er betrunken und mit aufgeschnittenen Pulsadern in einem Bahnhofsklo und verblutete. Und ich schlief – wie lange – zwölf Stunden? Panik. Schweißausbruch. Raus aus dem Bett. Auf dem Weg ins Bad begegnete ich Onno. Er schlüpfte in seine Schuhe und ein Ausdruck schlechten Gewissens erschien auf seinem Gesicht, als er mich sah.

„Ich hab gestern Nacht noch bei dir geklopft ..."

„Vergiss es."

Er nahm die Jacke von der Garderobe. „Im Drucker liegen noch ein paar ausgedruckte Blätter. Du hast nicht alle mitgenommen. Hab versehentlich einen Blick drauf geworfen. Sorry." Er wurde langsamer, als er sich die Jacke anzog. Zwischen seinen

Augenbrauen bekam er seine Nachdenkfalte. „Was du mir da gestern erzählt hast … ging's da um den Typen auf diesem Foto?"

Ich nickte.

„Scheiße", sagte Onno.

„Du kennst Leander Blum?"

„Ja. Tut mir leid." Er riss die Wohnungstür auf.

„Onno!"

„Ich muss los. Wir schreiben eine Arbeit …" Mit der Klinke in der Hand hielt er inne, drehte sich noch einmal zu mir und sagte leise: „Mach dir bitte nicht zu viel Hoffnungen. Blum trägt zu viel Scheiß mit sich herum."

Ich hielt ihn am Ärmel. „Was weißt du?"

Er wich mir aus, merkte aber, dass ich ihn nicht gehen ließ. „Er war in meiner Parallelklasse."

„Könntest du ein wenig deutlicher werden? Was weißt du über Leander?"

Onno fummelte an den Knöpfen seiner Jacke herum. „Nicht viel, nur dass ihn die Mädchen reihenweise vergöttert haben. Ich glaube, er hat's nicht einmal bemerkt. War ein stiller Typ. Hing immer mit seinem Freund ab. Die beiden ließen keinen an sich heran. Hatten ihre private Ecke im Schulhof. Jeder wusste, dass diese Ecke ihnen gehörte. Man ließ sie in Ruhe und sie ließen die anderen in Ruhe. Einmal hab ich mit seinem Freund ein paar Worte gewechselt, er saß auf dem Scheißhaus und hat unser Gespräch belauscht. Er kannte diesen Jack aus London. Kannst du dich erinnern? Der aus dem Priesterseminar?"

„Ja, ja, klar." Ich spürte, wie die Lebensgeister in mich zurückkehrten. Ein Funke Hoffnung. „Was noch?"

„Ich muss los. Ciao!" Onno schulterte seine Tasche und eilte die Treppe hinunter, so schnell, wie ich es noch nie gesehen hatte.

„Sag mir wenigstens, wie sein Freund heißt!", brüllte ich ihm hinterher.

„Jonas“, hallte es durchs Stiegenhaus.

„Und wie weiter?“

Aber es drang nur noch der Straßenlärm herein. Es wurde still und ich hörte mein Herz pochen.

„Musst du nicht auch zur Schule?“, fragte Charly, der mit einer Kaffeetasse hinter mir stand.

„Ich hab verpennt, geh eine Stunde später.“ Ich wich seinem fragenden Blick aus und gab zu erkennen, dass ich jetzt nicht mit ihm reden wollte. Charly hatte ein gutes Gespür und ließ mich in Ruhe.

Ich stellte mich unter die Dusche, ließ heißes Wasser auf mich prasseln und dachte nach. Ich kannte Onno. Vielleicht schrieb er wirklich eine Arbeit. Aber war das je ein Grund gewesen, pünktlich zu sein? Onno ging immer auf den letzten Drücker oder er ging gar nicht. Onno schwänzte mit Leidenschaft. Unseren Eltern war das egal. Am Anfang des Schuljahres gaben sie uns Blankoformulare mit ihren Unterschriften, die wir selbst nach Lust und Laune ausfüllen konnten. Solange unsere Noten passten, konnten wir tun, was wir wollten. Und unsere Noten passten.

Onno war cool. Der tanzte zehn Minuten später im Unterricht an und schrieb trotzdem ein Sehr Gut. Wenn er wollte. Und wenn er gewollt hätte, hätte er mir mehr über Leander Blum und seinen Freund erzählt. Warum hatten die beiden die Schule gewechselt? Ich stellte mir vor, wie sie in der Ecke des Schulhofs standen, immer zu zweit, wie sie sich unterhielten und nicht bemerkten, was rund um sie ablief. Die waren schwul. Ganz klar. Jonas hatte die Stadt verlassen und Leander folgte ihm nun. Den alten Mief hinter sich lassen. Ein neues Leben führen. Wahrscheinlich hatten ihre Eltern was gegen Schwule. Und jetzt war Leander auf dem Weg zu ihm. Berlin vielleicht. Oder London. Ich hatte keine Ahnung. Auf jeden Fall würde das erklären, warum er mich zuerst geküsst und mich dann verlassen hatte. Vielleicht liebte Leander

Männer und Frauen. Er liebte Jonas. Und er liebt mich. Und das war es, was ihn so zerriss.

Die finstere Wolke über meinem Kopf zog ab. Ich schöpfte Hoffnung. Es war mir egal, ob er Frauen oder Männer liebte. Ich musste ihn finden. Eilig wickelte ich mir ein Handtuch um, verließ das Badezimmer, öffnete meinen Schrank und schaute hinein, ohne die Kleider darin bewusst wahrzunehmen.

Leander Blum war also schwul. Was, wenn sein Vater wirklich ein richtiges Arschloch war, wie Leander gesagt hatte? Logisch, dass Leander in so einem Fall abhauen musste. Und falls er nicht schwul war, hatte ich noch eine Idee, absurd vielleicht, aber ausschließen konnte ich es nicht: Was, wenn Leander von seinem Vater misshandelt worden war? Würde das nicht erklären, weshalb er sich selbst Schmerzen zufügen musste, um sich zu spüren? Zu wem hätte er denn gehen sollen? Zur Polizei? Die hätten ihn ausgelacht. *Der werte Kollege? Der nette Herr Blum? Den eigenen Sohn misshandeln? Niemals! Der trinkt zwar schon mal einen über den Durst, aber das tun wir doch alle.* Nein, niemand hätte Leander geglaubt. War es da nicht logisch, einen sauberen Abgang zu machen? Mitsamt einem dramatischen Abschiedsbrief, der auf einen Selbstmord hinwies? Das nannte ich konsequent.

Leander Blum hatte einen Plan gehabt. Und dann war ich aufgetaucht und vielleicht hatte er sich wirklich in mich verliebt und wusste nicht, was er mit mir anfangen sollte? Ich passte nicht in seinen Plan. Hatte er nicht davon gesprochen, dass er nicht mehr lange hier wäre? Er hatte seinen Abgang geplant. Ganz klar. Und er glaubte, dass er von mir nicht verlangen konnte, wenige Monate vor der Matura, mit ihm durchzubrennen, schon gar nicht, wenn es einen Jonas gab, den er womöglich auch noch liebte. Ich wäre trotzdem mit ihm gegangen. Ich hätte ihn mit Jonas geteilt. Ich spürte, dass Jonas der Schlüssel war. Um Antworten über Leander zu kriegen, musste ich Jonas finden.

Ich riss frische Unterwäsche, Jeans und einen Pullover aus dem Schrank. Die alten Jeans warf ich in den Wäschekorb, leerte jedoch vorher die Taschen, weil es zu oft vorkam, dass Yasmin oder Sandra (unsere beiden Putzfrauen) wichtige Notizen oder Geld mitwuschen, die ich vergessen hatte rauszunehmen. Die handgezeichnete Skizze von Leander kam mir unter. Ich faltete sie auf. Bald würde sie auseinanderfallen, so oft hatte ich sie geöffnet. Und plötzlich wusste ich, wer Leander mit so viel Liebe abgezeichnet hatte. Ich drehte den Zettel um und bekam einen Namen und eine Adresse wie auf dem Tablett serviert: Jonas Palmer. Piaristengasse 34. Und eine Telefonnummer. Ich rief an. Eine Stimme sagte: „Diese Rufnummer ist nicht vergeben." Ich verließ die Wohnung und machte mich auf den Weg in die Piaristengasse.

23

Gemälde: Tschaikowski 1812
Mischtechnik auf Leinwand. 91 × 115 cm

Im Schatten erkennbar ist Blum selbst, der
mit Entsetzen auf die Szene blickt.
(Hiltrud Teufel-Bruckbauer, Kunstsammlerin)

Als ich erwachte, saß Jonas auf der Matratze und zeichnete in sein Blackbook. Er machte einen gut gelaunten, entspannten Eindruck, als hätte er zwölf Stunden erholsamen Schlaf hinter sich. „Du wirst es nicht glauben, aber ich hatte eine richtig gute Idee für unser Piece." Er hielt mir sein Blackbook unter die Nase. „Was hältst du von den Felsen im Hintergrund?"

„Großartig", brummte ich und warf einen Blick auf das Handydisplay. Es war bald Mittag. Wie lange würde es dauern, bis Rapunzels Kuchen ausverkauft war?

„Willst du's nicht anschauen?"

„Jonas." Stöhnend raufte ich mir die Haare.

„Ist doch gut, findest du nicht? Lass uns heute noch einmal in aller Ruhe neu sketchen. Großformatig. Wir haben die Wohnung mindestens bis sieben Uhr für uns allein. Meine Frauen sind schon seit Stunden unterwegs. Im Museumsquartier gibt's *Faust for free*, das dauert ewig."

„Wie viele neue Sketches willst du eigentlich noch machen? Das hört doch nie auf! Seit einem Jahr tüfteln wir daran herum. Wir haben uns längst entschieden. Wir wissen in- und auswendig, wie das Piece ausschauen soll und wie wir's an die Wand kriegen. Kannst du dich nicht einfach mal mit dem, was wir haben, zufriedengeben?"

Er ließ den Stift sinken. „Was ist denn mit dir los?"

Ich kämpfte mich aus dem Bett. „Vielleicht hab ich nur scheißschlecht geschlafen, weil du geschrien hast, als ob dich jemand abschlachten wollte?", brummte ich und roch unter meinen Achseln. Iltis. „Ich geh duschen."

„Wozu das denn?"

Seufzend stieg ich an ihm vorbei.

„In der Küche gibt's Frühstück!", rief er mir nach. „Wir haben's extra für dich stehen lassen."

Gefrühstückt hatte er also auch schon und wahrscheinlich seine Frauen gut dabei unterhalten. Es roch nach kaltem Kaffee, Toast und Nutella. „Kein Hunger!", brüllte ich. „Kannst schon mit dem Abwasch anfangen!" Das war reines Wunschdenken. Jonas und Abwasch? Der hatte noch nie in seinem Leben einen Teller in Spülwasser getunkt.

Ich stellte mich unter die Dusche. Das warme Wasser tat mir gut. Ich wusch mir die Dämonen von letzter Nacht ab und konkretisierte einen Plan, der schlimme Folgen haben sollte. Tschaikowski 1812 dröhnte aus dem Wohnzimmer. Unser Lieblingsstück. Wenn wir malten, hörten wir die Schallplatte in Endlosschleife – Jonas' Großmutter hatte einen Plattenspieler, bei dem sich der Tonarm von selbst hob und sich automatisch wieder an den Anfang der Rille setzte, so lange, bis das Kraftwerk keinen Strom mehr lieferte, was so gut wie überhaupt nie passierte. Jonas' Großmutter war eine große Sammlerin klassischer Musik. Wir mochten nur Tschaikowski 1812. Ich drehte den Wasserhahn lauter, diesmal wollte ich das Orchester nicht hören.

Als ich zurückeilte, sah ich im Vorbeigehen, dass Jonas den großen Wohnzimmertisch mit reichlich Papier auslegte. Während ich mich anzog, telefonierte ich mit meiner Mum; solange sie mindestens einmal am Tag von mir hörte, war sie zufrieden. Es ging ihr nicht gut, das sagte sie zwar nicht, aber ich hörte es trotzdem. Ich nahm mir vor, mich in nächster Zeit mehr um sie zu kümmern. Sie hatte es nicht verdient, dass sie alle im Stich ließen. Dann packte ich meinen Rucksack, hängte ihn um eine Schulter, machte vor dem Wohnzimmer halt, lehnte mich möglichst locker gegen den Türrahmen und holte tief Luft. Mir war, als säße ein Folterknecht mit einer Schraubzwinge neben meinem Magen und drehte so lange zu, bis ich fähig war, den Satz auszuspucken. „Ich muss nach Hause!“, rief ich gegen das Orchester an.

Jonas hob seinen Blick. Die Enttäuschung in seinem Gesicht ließ mich in die Knie gehen. Ich fuchtelte mit meinem Handy durch die Luft wie ein Pfarrer mit dem Weihrauchbesen und brüllte: „Meine Mum ist stinksauer. Offenbar hab ich ihr versprochen, dass ich heute mitgehe, meine Oma zu besuchen ... hab’s total vergessen, tut mir leid.“ Es fiel mir unfassbar schwer, ihn anzusehen. Mein Gesicht glühte wie ein Heizstrahler.

Mit der Fernbedienung hob er den Tonarm vom Plattenspieler. Die plötzliche Stille kratzte in meinen Ohren.

„Schade“, murmelte er und rollte das Papier wieder zusammen.

„Was tust du?“

„Einpacken ... ohne dich hat’s keinen Sinn. Es soll unser gemeinsames Piece werden.“

„Aber ...“

„Was?“ Er lächelte, als er meine hilflose Miene sah. „Du wirst es nicht glauben, aber ich überlebe einen Tag ohne dich. Kannst ja nichts machen, wenn du’s versprochen hast. Wir sehen uns morgen in der Schule.“

Ich nickte, machte kehrt und eilte aus der Wohnung. Mit brennenden Wangen rannte ich die Straße hinunter, stieg in die Straßenbahn und fuhr zum Bahnhof. Dort sperrte ich mich in einer

Toilette ein, zog Jacks affige Klamotten an, schaffte es nach mehreren Versuchen, mir die schwarzen Grusel-Linsen auf die Pupillen zu legen, schmierte mir mit zitternden Fingern Make-up ins Gesicht, setzte die Perücke auf und streifte die Handschuhe über. Ich fürchtete mich vor mir selbst.

24

Gemälde: cake princess
Filzstifte auf Papier. 29,7 × 42 cm

So naiv, dass es schmerzt.
(Eckehard Spieß, Kunsthistoriker)

An der Zughaltestelle bescherte mir das Schicksal ein schlecht abgesperrtes Fahrrad. Mit der Pinzette aus meinem Taschenmesser öffnete ich das billige Vorhängeschloss und fuhr zum Priesterseminar.

Rapunzel deutete ein Lächeln an, als ich die Kantine betrat. Sie trug eine Hüftschürze über einem kurzen Rock und ein ärmelloses Shirt – ihr locker zusammengebundenes Haar floss über ihren Schwanenhals auf die nackten Schultern.

„Hi Jack. Nice to meet you."

„Hi", krächzte ich und setzte mich auf einen Barhocker an die Theke. Die Kantine war voll. Viele junge Familien waren gekommen. Jeder schien jeden zu kennen und Kleinkinder rannten herum, als ob sie hier wohnten.

„What do you like to drink?"

Ich zeigte auf den Wasserhahn.

Rapunzel füllte ein Glas Wasser, gab eine Scheibe Zitrone und Eiswürfel dazu, stellte das Glas vor mich hin und ihr Blick blieb in meinem Gesicht hängen; sie versuchte wohl herauszufinden, was echt war und was nicht. Ich starrte in mein Glas, vergaß zu atmen und rechnete jeden Moment damit, vom Barhocker zu kippen. Ich war regelrecht erleichtert, als sie sich endlich wegdrehte und sich ihrer Arbeit zuwandte.

Sie war sehr beschäftigt. Und ich war damit beschäftigt, ihr dabei zuzusehen. Ich rutschte mit dem Barhocker an die Wand, grapschte mir die Sonntagszeitung, stellte jede Bewegung ein und schüttelte mir das Haar ins Gesicht. Nach und nach schien sie mich auszublenden und ich bekam die Freiheit, sie zu beobachten. Nichts wollte ich auslassen, keine ihrer anmutigen, geschmeidigen Bewegungen verpassen, jedes ihrer Wörter einsammeln ... *Hallo ... Hey, schön, dass ihr wieder mal vorbeikommt ... Ich hab euch den Tisch dahinten reserviert ... Mensch, du bist aber groß geworden ...* Glas aus dem Regal nehmen, Limonade aus dem Krug schenken, Eiswürfel schöpfen, hier ein Pfefferminzblättchen, dort ein Strohhalm, Himbeerroulade bestäuben ... *Freut mich, wenn's dir schmeckt ... nein, man darf nur den Teig nicht zu lange backen, sonst bricht er beim Rollen, hab auch ein paar Versuche gebraucht.* Melange, Cappuccino, Latte, Milchkaffee. Was war der Unterschied? Milch schäumen, Kakaoherz darauf. Ein Lutscher für die Kleine ... *Was darf es sein? Ein Bierchen, wie immer? Smoothies, Weizengras-Shots, Bio-Grüntee ... Wie geht's deiner Schwester? ...* Das Grün von den Erdbeeren zupfen. *Die Rezepte sind aus einem hundert Jahre alten Kochbuch. Alfred hat's mir geschenkt, hat es im Nachlass einer Zuckerbäckerei gefunden. Die Rezepte waren von Hand aufgeschrieben, ja, war ziemlich schwierig, sie zu lesen. Ich musste ihm versprechen, ihm von jedem Kuchen, den ich backe, ein Stück in die Himmelspforte zu bringen ...* Gläser in die Maschine räumen. Abtrocknen. Sie war die Tänzerin. Und ich ihr Publikum. Jonas rief an. Ich drückte ihn weg und schaltete das Handy aus.

25

Gemälde: shiva-eye
Graphit Aquarell auf Papier. 35 × 35 cm

Brillant beobachtet, detailliert in Szene gesetzt.
(Winter Winetzki, Kunstkritikerin)

„This is beautiful“, sagte Rapunzel und zeigte auf meine Hand. Zuerst verstand ich nicht. Dann wurde mir bewusst, dass ich unentwegt meinen Anhänger rieb – ein Shiva-Eye, das seit über zehn Jahren um meinen Hals hing und zu mir gehörte wie meine Haut. Meine Mum hatte es mir bei unserer ersten gemeinsamen Reise durch Indien geschenkt. Vorsichtig zog ich die Halskette über meinen Perückenkopf.

„It's called *Shiva-Eye.*“ Ich hielt ihr die Kette entgegen. Der Anhänger baumelte vor ihrer Nase. Langsam griff sie danach wie ein kleines Kind und berührte die glatte Oberfläche.

„Really beautiful“, sagte sie.

„It's yours“, sagte ich, versuchte meiner Stimme einen tieferen Klang zu verpassen und blinzelte mit einem Auge durch meinen Haarvorhang.

Ungläubig sah sie mich an.

„I want you to keep it.“

„I cannot keep it.“ Sie wollte mir den Anhänger zurückgeben.

„You can. Please keep it. You'd be doin' me a big favor. It brings good luck.“ Ich kam mir vor wie ein gönnerhafter Onkel und schämte mich. Auch wenn ich wirklich wollte, dass sie das

Shiva-Eye bekam. In ihrer Hand sah es viel größer aus als in meiner. Die Silberkette hing zwischen ihren Fingern nach unten.

Abwechselnd sah sie den Anhänger und mich an. Sie öffnete die Lippen und wollte protestieren, schien jedoch zu merken, dass es mir todernst war. Ich gab ihr zu verstehen, dass sie keine Chance hatte, sich zu wehren.

„You really mean that", stellte sie fest.

„Yes!" Ich ließ nicht mehr mit mir reden, sah in die Zeitung und mimte Gelassenheit, während ich total in Aufruhr war.

Prompt hängte sie sich die Kette um. „Na warte, Jack. So einfach kommst du mir nicht davon", sagte sie ein wenig kampfeslustig und genoss es, dass ich ein Gesicht machte, als hätte ich kein Wort verstanden. Dann mahlte sie Kaffee und löffelte ihn in ein Sieb. Das Sieb drehte sie in den Kolben der Kaffeemaschine. Sie schäumte Milch. Sie schaufelte ein Stück Apfelstrudel auf einen Teller. Sie stäubte Puderzucker darauf. Sie wischte sich mit dem Handrücken eine Strähne aus dem Gesicht. Sie schaufelte ein Stück Himbeerroulade auf einen zweiten Teller. Sie schaufelte ein Stück Gugelhupf auf einen dritten Teller. Sie zupfte sich am Ohr. Sie garnierte die Kuchen mit Erdbeeren, Kakao, Schlagsahne und Zucker. Sie stellte die Teller und einen perfekten Cappuccino vor mir auf die Theke. „You can eat and drink as much as you want."

Für den Bruchteil einer Sekunde verging mir der Appetit. Meine Gefühle für sie überwältigten mich. Ich hielt mich an der Gabel fest und wartete, bis sie ging, um einen Tisch abzuräumen, und ich endlich wieder normal atmen konnte. Eine Ewigkeit überlegte ich, mit welchem Kuchen ich anfangen sollte. Schließlich stach ich die Gabel in alle drei Stücke, türmte auf, bis es nicht mehr ging, und schob mir alles auf einmal in den Mund. In meinem Gehirn explodierte der Zucker. Konnte man Liebe schmecken?

Im Laufe des Nachmittags aß ich von jedem Kuchen drei Stück; dann gab es keinen mehr. Ich probierte ihre selbst gemachte Limonade und trank vier Kaffee. Mein Herz arbeitete auf Hochtouren. Ich taumelte in einer Zucker-Koffein-Überdosis vor mich hin und brachte kein Wort über meine Lippen, aber Rapunzel hätte ich wohl keine größere Freude machen können, als ihre Kuchen zu lieben. Sie konnte es kaum glauben, dass jemand so viel Spaß daran hatte. Mehrmals ertappte ich sie dabei, wie sie nach dem Shiva-Eye griff.

„What's the story of this thing?", fragte sie.

„Long story."

Sie wurde schon wieder weggerufen, entschuldigte sich, ging und ich erinnerte mich.

Ich war sechs oder sieben Jahre alt. Mit dem Nachtbus wollten wir nach Delhi fahren. Das fand ich ziemlich lustig, denn der Bus kam und kam nicht. Eine Menge Leute warteten. Nach einer Stunde knatterte ein Mann mit dem Moped vorbei und erklärte, dass der Bus mit einem defekten Getriebe im Straßenrand liege und dass es keinen anderen gäbe, dann knatterte er wieder davon. Meine Mum blieb gelassen – in Indien müsse man nur abwarten, irgendetwas passiere immer. Tatsächlich tauchte der Mopedfahrer nach einer Weile wieder auf, mit einem Weißbärtigen hintendrauf, so alt und verschrumpelt wie eine Schildkröte. Er trug eine sehr dicke Brille auf der Nase. Lachend rief uns der Fahrer zu, dass er einen Techniker gefunden habe, den er nun zum kaputten Bus fahren würde. Stunden später rumpelte der Bus die staubige Straße hoch. Am Steuer saß die Schildkröte und glotzte uns mit stark vergrößerten Pupillen durch die Windschutzscheibe an. Damals fand ich das wahnsinnig lustig und konnte nicht verstehen, warum mein Vater so gestresst war. Die Leute zwängten sich mit ihrem Gepäck in den Bus und die Schildkröte fuhr uns in die nächstgrößere Stadt. Dort beratschlagten sich fünfzehn Busfahrer, wie es weitergehen könne.

Es war Abend, als wir endlich die Reise nach Delhi beginnen konnten. Zwölf Stunden waren wir unterwegs. Bei der Nachtfahrt fiel mir auf, dass sich in Indien, anders als bei uns, der Mond sichelförmig nach oben öffnete. Dieses Land stand niemals still. Die ganze Nacht sah ich Leute am Straßenrand herumlaufen, viele von ihnen arbeiteten. Selbst Baustellen waren nachts ausgeleuchtet. Ich schlief nicht viel und mein Vater versuchte mich mit allen möglichen Spielen und Tricks bei Laune zu halten, obwohl er selbst mit den Nerven längst total fertig war. Er wollte einfach nur ins Hotel, eine Dusche, ein kaltes Getränk und ein weiches Bett. Vor allem aber wollte er Kraft tanken vor dem Flug nach Sri Lanka, der letzten Station unserer dreiwöchigen Reise, wo alle möglichen Verwandten schon Tage zuvor die Kochtöpfe angeworfen hatten, um uns nach allen Regeln der Gastfreundschaft endlich empfangen zu können.

Mein Vater hatte nicht mit der Entschlossenheit meiner Mum gerechnet: Auf die Dusche im Hotel musste er warten, zuerst mussten wir nach Old-Delhi, um zu frühstücken; so hatte sie das geplant. Niemand konnte nach Delhi reisen, ohne zuerst in Old-Delhi zu frühstücken. Also rein in die Metro. Raus aus der Metro. Über den Gassen hingen Kabel, so dicht, dass man vor schwarzem Gewirr den Himmel kaum mehr sehen konnte. Kühe lagen zwischen stinkenden Motorrädern und voll beladenen Rikschas. Old-Delhi war ein einziger, riesiger Basar mit Werkstätten und Händlern wie im Mittelalter.

Der Basar war in Straßen getrennt. Es gab eine Lederstraße, eine Schuhstraße, eine Blechwarenstraße und eine Süßigkeitenstraße. Mehrere Quadratkilometer verwinkelte Gassen. Und dort, mittendrin, in der Schmuckstraße, zwischen einer Million goldener Billigklunker, entdeckte meine Mum genau diesen Anhänger. Sie konnte sich gar nicht mehr einkriegen vor lauter Glück, weil dort Zigtausende ähnliche Anhänger hingen, aber der, auf den sie es abgesehen hatte, sah offenbar genauso unverwechselbar aus wie jener, den sie als Kind in London geschenkt bekommen und eines traurigen Tages verloren hatte. In ihrer Fantasie war der Anhänger um den halben Erdball gereist und hatte genau hier auf sie gewartet.

Sie schlang sich ihren roten Seidenschal um den Hals und machte sich bereit für einen Kuhhandel. Meine Mum feilschte wahnsinnig gern. Mit sprühenden Augen und fuchtelnden Händen spielte sie mit dem Händler nach allen Regeln orientalischer Kunst.

„Komm, wir setzen uns", sagte mein Vater ermattet zu mir. „Das kann Stunden dauern."

Und während sie um den Anhänger feilschte, als ginge es um Leben und Tod, saß ich, an meinen Vater gelehnt, im Schatten. Er besorgte uns zuckersüße Limonade. Wir schauten zu, wie in der Straße gegenüber Hühner geschlachtet und mit den Köpfen nach unten an Moped-Lenkräder gebunden wurden, wo sie wie welke Blumen baumelten. Beißender Gestank nach Blut und Hühnerfleisch lag in der Luft. Die Hitze, der Lärm und die bunten Farben würde ich nie vergessen. Nie wieder hatte ich so viele Farbnuancen auf einen Blick gesehen. Und dann kam sie und strahlte über das ganze Gesicht. Mein Vater sah sie und ließ mich sitzen und stand auf, um sie zu küssen. Die beiden hatten sich damals noch sehr geliebt. Er flüsterte ihr etwas ins Ohr. Sie kicherte und umarmte ihn. Von ihrem Liebesgeflüster war ich immer schon ausgeschlossen gewesen, aber das hatte ich ihnen nie übel genommen.

Nach einem opulenten Frühstück schenkte sie mir den Anhänger. Sie hatte ihn von Anfang an nur für mich kaufen wollen. Es war ein runder graphitschwarzer Onyx mit einem birkenweißen Shiva-Eye – eine Spirale, die von einer Kreiselschnecke aus dem tiefen Ozean kam. Die Spirale war nicht die Schnecke selbst, sondern die Tür, die die Schnecke benützte, um den Eingang in ihr Haus zu schließen. Die Spirale wurde das dritte Auge des Gottes Shiva genannt. Wenn man es ansah und dabei Böses dachte oder schlechte Gefühle in seinem Herzen trug, würde man von einem Feuerstrahl vernichtet, so erzählte es die Legende oder meine Mum, die der festen Überzeugung war, dass es sich bei dem Schmuckstück um einen Glücksstein handelte.

Der Tag war für sie gerettet. Strahlend legte sie mir die Kette mit dem Anhänger um den Hals. Er sollte mir Glück bringen. Mein Vater hatte geweint, teils vor Rührung und wahrscheinlich auch vor Erschöpfung. Diese Geschichte wollte ich ihr erzählen, als Tristan kam. Mein Hals fühlte sich auf einmal nackt an. Er küsste sie und mir wurde urplötzlich schlecht. Hals über Kopf rannte ich hinaus. Jonas hatte mich vorgewarnt: Sie würde mir das Herz brechen. Das hatte sie schon. Sie liebte Tristan und sie besaß mein Glück.

Passend zu meiner Stimmung hingen dunkle Wolken über der Fabrik. Es begann zu regnen. Bis ich den Bahnhof erreichte, war ich nass. Ich kam in dem Moment an, als der Fahrradbesitzer den Diebstahl bemerkte.

„Hab's nur kurz ausgeliehen", sagte ich und wollte das Rad unauffällig zurück an den Zaun lehnen. „Das Schloss solltest du einmal auswechseln, ist echt nichts wert", wollte ich noch sagen, aber als ich die bösartigen Funken aus seinen Augen spritzen sah und die tätowierten Hakenkreuze auf seinem Hals, ließ ich's besser bleiben.

„Eine in die Fresse kannst du haben!", schnaubte er. Ich rannte los. Der würde mich zu Brei schlagen oder die Kalaschnikow auspacken. Ich war zwar schnell, aber nicht mit so viel Kuchen und Kaffee im Magen und den harten Schuhen, die die alten Blasen noch einmal aufscheuerten. Mit seiner Kondition war es aber auch nicht so gut bestellt. Zu viele Zigaretten.

Meine Flucht endete in einer nach Kotze stinkenden Unterführung. Keuchend wischte ich mir mit einem Taschentuch den Rest des Make-ups vom schwitzenden Gesicht, stopfte die feuchte Perücke in den Rucksack, fummelte die Linsen aus den Augen und fühlte mich elend. Wie eine Riesenwelle brach das schlechte Gewissen über mir zusammen und die große Menge Kuchen stieß in mir auf.

Ich wollte Jonas zurückrufen und suchte mein Handy, fand es aber nicht. Ich musste es im Priesterseminar auf der Theke liegen gelassen haben. Die nächste Welle brach über mir herein. Eiskalt diesmal. Noch nie hatte ich einen Anruf von Jonas ignoriert. Ich griff an die Stelle auf meiner Brust, wo normalerweise das Shiva-Eye hing. Es war weg. Das Glück hatte mich verlassen. Wie ein begossener Pudel, schlotternd und frierend, wartete ich über eine Stunde auf den nächsten Zug. Ich war abgeschnitten von der Welt. Selbst wenn es Jonas noch einmal versuchte, konnte er mich nicht mehr erreichen.

26

Gemälde: like a trooper
Öl auf Leinwand. 92 × 35 cm

Der flüchtige, unfertig wirkende Stil mit rasch aufgetragener Farbe macht eine innere Zerrissenheit fühlbar.
(Oskar De Jong, Kunstsammler)

Am nächsten Morgen ging ich mit Bauchweh zur Schule.

„Wie geht's deiner Oma?", fragte Jonas.

Ich wollte ihm die Wahrheit sagen, aber ich erzählte ihm eine neue Lüge. Mein Magen brannte. Ich fühlte mich so richtig scheiße. Er machte ein besorgtes Gesicht und ließ mich nicht aus den Augen.

„Ich schreib deiner Mum eine Nachricht, dass sie dich abholen kommen soll", flüsterte er mir zu, während der Biolehrer etwas über Mitochondrien erzählte.

„Bist du blöd?"

„Nein, bin ich nicht. Irgendetwas stimmt nicht mit dir, das merke ich schon eine ganze Weile. Du machst mir was vor. Ich glaube, dass du krank bist, und drum schick ich dich jetzt nach Hause und sorg dafür, dass dich jemand zum Arzt bringt. Du verheimlichst mir etwas, und weil ich weiß, dass du mir sonst eigentlich immer alles erzählst, muss es etwas Schlimmes sein."

Ich riss ihm das Handy weg. „Hör auf mit dem Scheiß. Ich brauch keinen Babysitter." Ich löschte die angefangene Nachricht an meine Mum, warf das Handy zurück auf sein Heft, packte meine

Sachen, ließ ihn verdattert zurück und ging am Lehrer vorbei mit der Bemerkung: „Mir ist total schlecht.“

Und das war nicht gelogen.

Zu Hause legte ich mich ins Bett und war traurig. Meine Mum bügelte Hemden und braute mir eine Kanne Chai – ihr Allheilmittel für fast alles. Später ging sie einkaufen. Um Jonas zu beruhigen, schickte ich ihm über ihr altes Nokia, bei dem der Akku schon wieder fast leer war, eine Nachricht: „Lieber Jonas, ich war mit Leander beim Arzt. Es ist nur ein harmloser grippaler Infekt. Er liegt im Bett und schläft. Mach dir keine Sorgen. Wendy.“

Keine fünf Sekunden später kam Jonas' Antwort: „Sag ihm gute Besserung, Jonas.“

Ich löschte beide Nachrichten. Der Akku war endgültig leer und ich legte das Handy zurück aufs Bügelbrett. Dann trank ich eine halbe Flasche Baldrian, weil ich Auszeit vor mir selbst brauchte. Ich konnte mich nicht mehr ertragen.

V

Xy – die dreizehnte Erkenntnis: Leander Blum hat wirklich einen Grund, sich das Leben zu nehmen

Jonas wohnte im achten Bezirk. Vornehme Gegend. Das große Wohnhaus in der Piaristengasse war weiß und hellblau gestrichen. Säulen waren angedeutet und über dem Eingang lagen weiße Engel mit großen Flügeln unter einem Wappen. Die Tür war hellblau und hatte silbern glänzende Metallklinken und runde Klopfer. Rechts war ein Laden für „Fisch- und Fleischspezialitäten aus Dalmatien". Auf den Klingeln standen keine Namen, sondern nur Nummern.

Ich überquerte die Straße noch schnell, bevor ein Moped an mir vorbeiknatterte, stellte mich vor den Eingang zur Probenbühne des Josefstädter Theaters und den Kostümfundus und beobachtete die Haustür gegenüber. PUBER oder einer seiner Trittbrettfahrer hatte überall seine Schriftzüge hinterlassen. Ein Müllwagen hielt vor mir. Die Müllmänner schütteten den Inhalt der vollen Eimer in den Wagen. „Saturday Night Feger" stand auf ihren orangen Arbeitsanzügen.

Wie sollte ich es nur anstellen, Kontakt zu Jonas zu kriegen? Sollte ich wahllos irgendeinen Klingelknopf drücken? Hinter dem Müllwagen ging ich wieder auf die andere Straßenseite. Gerade als ich den erstbesten Klingelknopf drücken wollte, kam eine Frau mit einem Kinderwagen aus der Tür. Im Wagen lag ein Neugeborenes. Ich half ihr mit dem Kinderwagen.

„Wissen Sie zufällig, in welchem Stock Palmer wohnt?"

„Im Erdgeschoss. Geradeaus. Einmal rechts. Zweimal links. Die Wohnung führt in den Innenhof."

Ich nahm ihr die Türklinke aus der Hand, bedankte mich und folgte ihren Anweisungen.

Das Stiegenhaus war in hellem Gelb gestrichen. Weiße Fliesen mit blauen Ornamenten am Boden. Ein wunderschönes Treppengeländer im Jugendstil führte in die oberen Stockwerke. Es sah aus wie in einem Hotel um die Jahrhundertwende. Hier pinkelte niemand in den Flur. Es roch nach Putzmittel. Vor den einzelnen Wohnungstüren herrschte penible Ordnung, keine Gummistiefel, alte Fußmatten oder verdorrte Topfpflanzen, die ihre Blätter fallen ließen. Schlichte Klinken aus Messing. In jeder Tür ein Spion.

Bei „Palmer-Baumgartner" spähte ich durch den Spion. Natürlich sah ich nichts. Aber ich hörte etwas. Musik? Übte in dieser Wohnung jemand ein Instrument? Konnte es sein, dass sich Leander hier versteckte? Hinter der Tür bewegte sich etwas. Ich huschte die Treppe hinauf, duckte mich hinters Geländer und sah durch die Schnörkel nach unten.

Die Wohnungstür öffnete sich. Klassische Musik ergoss sich in den Flur. Eine dünne, ältere Frau mit einem weiß-schwarzen Pagenschnitt kam heraus und klimperte mit einem Schlüsselbund. Ihre Stirnfransen sahen aus wie mit einem Lineal gezogen. Mit viel Make-up und Puder hatte sie versucht, ihre Falten zu kaschieren. Sie trug ein vornehmes schwarzes Kleid und eine Kette bis zum Bauchnabel. Und sie hatte den Mund voll. Während sie kauend zum Eingang in Richtung der Briefkästen ging, konzentrierte sie sich darauf, den richtigen Schlüssel aus dem Bund zu zupfen. Dass ihre Wohnungstür nur angelehnt war, schien ihr nichts auszumachen oder sie dachte nicht daran.

Ich wartete, bis sie hinter der Ecke verschwunden war, dann rannte ich, zwei Stufen auf einmal nehmend, die Treppe hinunter und huschte in die Wohnung. Mein Herz schlug mir bis zum Hals. Ich hätte sie nach Leander und Jonas fragen können, aber ich hatte Angst davor, zurückgewiesen zu werden wie gestern. Die Chance auf freien Eintritt bekam ich so schnell wohl nicht wieder.

Diese Altbauwohnung musste ein Vermögen wert sein. Hohe Räume. Stuck an der Decke. Ein alter, polierter Parkettboden. Luftig und frei. Hier hätte man einen Tanzabend mit zwanzig Paaren veranstalten können und keiner hätte sich am anderen gestoßen. Es gab nicht viele Möbel, aber die wenigen sahen wertvoll aus. Eine Doppelflügeltür ins Wohnzimmer stand offen, die bunten Scheiben waren bleiverglast. Klassische Musik von einer Schallplatte; ich konnte die Nadel auf der Rille rauschen hören. Auf dem runden Esstisch war ein Puzzle ausgelegt, das aus mindestens tausend Teilen wolkenlosem Himmel zu bestehen schien. Schnell weiter.

Aus einer Porzellankanne auf dem Küchentisch kräuselte sich ein Dampffaden. Auf einem Teller lag ein abgebissenes, mit Marmelade bestrichenes Stück Toast. All das nahm ich im Vorbeihuschen wahr. Ich suchte Jonas. Oder Leander. Oder beide. Genau das würde ich der alten Frau erzählen, falls sie mich ertappte. Ich hielt einen Augenblick inne und versuchte zu hören, ob sich noch jemand in der Wohnung befand, aber mein Herz hämmerte lauter als die Musik. Die Badezimmertür war nur angelehnt. Die anderen Türen waren zu. Was, wenn ich jemanden im Bett erwischte? Versuchen musste ich es trotzdem. Prompt geriet ich in das Schlafzimmer der alten Frau: eine Spiegelkommode, auf der ihre Ketten und Ringe lagen. Raus hier!

Im Stiegenhaus klimperten Schlüssel, eine Zeitung raschelte. Gleich würde sie hereinkommen. Der Weg hinaus war mir versperrt. Ohne lang zu überlegen, huschte ich ins Zimmer am Ende des Flurs. Ich presste eine Hand auf mein Herz, weil ich Angst hatte, dass es zerspringen könnte. Mein Ohr hielt ich an den Türspalt und richtete all meine Aufmerksamkeit nach draußen. Das Orchester machte Pause vor dem nächsten Satz. Besteck klapperte in der Küche.

Meine Hände schwitzten. Aber für den Moment brauchte ich wohl nicht zu fürchten, dass mich die alte Frau entdeckte. War sie die Mutter von Jonas Palmer? Eher die Großmutter. War ich überhaupt in der richtigen Wohnung? Langsam drehte ich mich um. Das musste Jonas' Zimmer sein. Ein Meer aus aufgestellten Glückwunschkarten stand auf dem Schreibtisch am Fenster. Jeans lagen so verdreht am Boden, wie sie Jonas am Vortag ausgezogen hatte. Shirts, Pullover, Unterwäsche und Socken über den Boden verstreut, den man kaum sehen konnte, weil drunter und drüber Graphie Novels und Sachbücher, vor allem über Technik und Tiere, lagen. Auf einem aufgeschlagenen Matheheft mitten im Saustall lagen Fineliner, ein Zirkel am Boden. Also ehrlich, ich hatte immer gedacht, in meinem Zimmer herrschte das Chaos. Das hier übertraf alles. Das Bett war ungemacht, das Kissen noch zusammengedrückt. Am Fußboden lagen Reste eines Gemäldes. Da hatte jemand mit Gewalt versucht, die Leinwand von einem Ölbild zu zerstückeln.

Auf den ersten Blick sah es hier aus wie das normale Zimmer eines etwas unordentlichen Achtzehnjährigen. Und doch war hier etwas ganz und gar nicht normal. Es war der Geruch. Ich dachte an Onnos Zimmer: Schweißfüße, verschwitzte Klamotten, durchmischt mit dem intensiven Geruch nach jungen Männern, den ich aus meinem Klassenzimmer kannte, manchmal Ausdünstungen von zu viel Alkohol und Zigaretten am Vortag. Hier kein Hauch von nichts.

Ich merkte, dass ich seit meinem Eintreten versuchte, flach durch die Nase zu atmen. Es gefiel mir hier nicht. Und dann bildete ich mir ein, etwas Heiliges zu riechen. Mich schauderte. Es roch abgestanden, irgendwie nach Kirche, nach Staub und ungelüfteten Sachen. Dieses Zimmer war anders als der Rest der Wohnung, wahrscheinlich anders als der Rest des Hauses.

Auf dem Schreibtisch vor dem Fenster zwischen den Glückwunschkarten sah ich jetzt ein gerahmtes Foto von einem hübschen Jungen. Weizenblondes, wirres Haar. Sommersprossen. Brille. Braune Augen. Strahlend lachte er aus dem Bild heraus. Sein Blick war offen und warmherzig. Ich merkte, dass ich zurücklachen musste, aber nur kurz, sehr kurz nur, dann erst erlaubte mir der Verstand, die brennenden weißen Kerzen und die Engelsfiguren wahrzunehmen, die rund um das Bild aufgestellt waren.

Meine Knie zitterten, als ich die ersten Schritte durch das Zimmer machte. Mein Bauch verkrampfte sich. Intuitiv wusste ich längst, was hier nicht stimmte. Nur mein Verstand wollte es nicht wahrhaben. Es war das Kerzenwachs, das dem Raum den Geruch nach Kirche verlieh. Neben dem Foto lag die Brille des Jungen. Eine Armbanduhr, das Glas zerbrochen – stehen geblieben um dreizehn Minuten nach eins. Ein Ring, wie ihn Jungen manchmal am Zeigefinger trugen. Diese Karten waren keine Geburtstagskarten. Es waren Kondolenzkarten, Traueranzeigen und Beileidsbriefe. Mir wurde schwindelig.

Bruchstückhaft überflog ich, was mir als Erstes ins Blickfeld geriet: „Das Schönste, was ein Mensch hinterlassen kann, ist ein Lächeln im Gesicht derjenigen, die an ihn denken ... Unendlich schwer fällt uns der Abschied von unserem lieben Sohn, Enkel, Neffen und Freund Jonas Palmer ... Unfassbar für uns alle ... Viel zu früh von uns gegangen ... Mit Schock haben wir die Nachricht ... Hinterlässt eine große Lücke in unserer Mitte ... Unser tiefes Mitgefühl ... Im Vertrauen auf ein Wiedersehen ...“

Jonas Palmer starb völlig unerwartet am, ich musste zweimal hinsehen, 29. Mai ... mein Geburtstag ... während ich gefeiert hatte ... ich konnte nicht mehr weiterdenken. Mein Kreislauf geriet ins Stocken. Ich hätte schreien können, als ich auf den zweiten Blick die Staubschicht auf dem ungemachten Bett wahrnahm. Offensichtlich hatte es seit vier Monaten niemand gewagt, irgendetwas anzurühren. In diesem Zimmer war die Zeit stehen geblieben. Wäre ich doch nur draußen geblieben. Ich konnte den Anblick dieses strahlenden, lachenden Jungen, das Bett, in dem er zuletzt geschlafen hatte, und diese deprimierenden Karten kaum ertragen.

Und Leander?

Plötzlich wusste ich, was sein Untoter war, den er mit sich herumschleppte, sein Trauma. Keine Drogen. Kein gewalttätiger Vater. Sein bester Freund war gestorben. Das war es, was er nicht gepackt hatte. Und deswegen hatte Leander ... hatte sich Leander dazu entschlossen ... hatte Leander vor ... plante Leander ... ihm zu folgen. Onno hatte es gewusst und mir nichts gesagt.

Der Boden kippte auf mich zu. Ich verlor die Kontrolle, fiel tief, schlug mit dem Kinn gegen die Sesselkante, fiel mit meinem Knie auf einen knirschenden Spitzer, dessen Gehäuse schon zerbrochen war. Zwischen Bett und Schreibtisch schlug ich auf staubigem Boden auf. Jemand näherte sich dem Zimmer. Ich kroch in einen Spalt zwischen dem Bettende und der Wand und dachte an Leander. Gut tat mir das nicht.

„Mutter, bist du in Jonas' Zimmer gewesen?"

„Wie kommst du drauf?"

„Die Tür war angelehnt."

Ich erkannte die Stimme wieder. Sie gehörte der blonden Frau, die gestern in Leanders Wohnung war. Die Mutter von Jonas.

„Das muss der Durchzug gewesen sein. Ich habe heute Morgen die Kerzen angezündet, vielleicht habe ich die Tür nicht ordentlich geschlossen", sagte die alte Frau. „Habt ihr schon was von Leander gehört?"

„Nein, nichts." Die Tür wurde geschlossen.

Ich kauerte in der dunklen Ecke wie ein Hund, der sich in einem Loch verirrt hatte und nicht mehr herausfand. Ich fühlte mich hilflos und klein. Die Vorstellung, das Zimmer mit einem übermächtig präsenten Toten zu teilen, behagte mir nicht. Gab es ein Leben nach dem Tod? Geister, die herumirrten, weil sie nicht sterben konnten?

Blödsinn! Ich musste raus. Frische Luft schnappen. Einen klaren Gedanken fassen. Ich krallte meine Finger an die Unterseite des Bettes, um mich aus meinem Spalt ziehen zu können. Da löste sich etwas. Ein Stück Papier. Ich zupfte es heraus, rechnete mit einem Pornoheft. Es war ein Notizbuch, das zwischen Lattenrost und Matratze steckte. Tote können alles sehen! Verzeih, Jonas, aber ich muss wissen, was du aufgeschrieben hast. Vielleicht kannst du mir helfen, Leander zu finden, bevor es zu spät ist. Schnell steckte ich das Notizbuch ein, öffnete ein Fenster am Fußende des Bettes und kletterte über einen Pflanzenkübel in einen kleinen Garten im Innenhof.

27

Gemälde: doom
Öl auf Leinwand. 110 × 90 cm

Farben, die so schmerzen wie das Ergebnis, das sie darstellen.
(Dr. Frederik Scharitzer, Galerist)

Um Jonas nicht sehen zu müssen, ging ich auch am nächsten Tag nicht zur Schule. Ich schlief bis Mittag. Meine Mum setzte sich zu mir ans Bett und versorgte mich mit Chai, Ingwer-Gemüsesuppe und Liebe, was mich in noch größere Depressionen versetzte. Sie behandelte mich, als wäre ich der beste Sohn der Welt, als gäbe es keinen Besseren als mich, als dürfte sie mit mir das Glück auf Erden erfahren. Die Wahrheit? Ich führte ein erbärmliches, himmeltrauriges, verlogenes Doppelleben. Ich spielte ein gottverdammtes Scheißspiel. Ich belog sie alle – Jonas, meine Mum, meinen Vater, Rapunzel.

Nachdem ich die Suppe gegessen hatte, kratzte ich meine Energien zusammen und tat, als wäre das blühende Leben in mich zurückgekehrt, als hätte ich die Farbe mellon yellow geschluckt, als wäre ich der von den Toten auferstandene, wiedergeborene Heilsbringer. Die Sorgenfalten gruben sich noch tiefer in ihr schönes Gesicht – auch sie wusste längst, dass mit mir nichts mehr stimmte, aber sie hatte mir noch nie Vorschriften gemacht oder mir dreingeredet, weil sie dem festen Glauben unterlag, dass ich mich ihr anvertrauen würde, wenn ich ein Problem hätte. Meine Not wurde immer größer. Ich musste raus!

„Where are you going, hon?“, rief sie mir aus der Küche zu.

„Zu Jonas!“ Die Wohnungstür fiel lauter hinter mir zu, als ich beabsichtigt hatte. Ich rannte die Treppen durchs Stiegenhaus hinunter, als sie sich noch einmal übers Geländer beugte. „Take care!“

Ich blieb stehen, verzog meine Mundwinkel zu einem Lächeln und hob die Hand. „Love you, mum.“

Wie ein Junkie hockte ich in einer scheiß Bahnhofstoilette und betrachtete die Schminke auf meiner Fingerkuppe, die ich mir ins verheulte Gesicht schmieren wollte. Wozu noch die beschissene Verkleidung? Die brachte mich nicht weiter. Aber dann tat ich es doch, einfach, um nicht ich selbst sein zu müssen.

Auf der Fahrt zur Fabrik schien die Zeit stehen zu bleiben. Wenn ich ein Jahr lang dort sitzen hätte können, es wäre mir nicht aufgefallen. Graffiti zogen an mir vorbei, viele waren von den MÖRVs, ein paar von TCP – sie waren scheißgut.

Durch kalten Dauerregen schleppte ich mich ins Priesterseminar. Aber Rapunzel war nicht da und kam auch nicht und es blieb düster.

Hinter der Theke langweilte sich eine Rothaarige, die ich in *Heavens Garden* schon einmal gesehen hatte. Sie war total vegan, bis obenhin zugekifft, oder sie trug auch so beschissene Kontaktlinsen wie ich, was ihre stark geweiteten Pupillen vielleicht erklärt hätte. Aber spätestens auf meine Frage, ob sie ein Handy gefunden hatte, reagierte sie so zeitverzögert wie mein dementer Opa. „Ein Haaaaandy?“

„Das sind die Dinger, mit denen man alles kann.“ Ich untermalte meine Schilderung mit einer Telefonier-Geste, damit sie's auch wirklich verstand.

„Mooomeeent“, sagte sie und ich änderte meine Meinung – vielleicht war sie nur ganz normal betrunken. Ich setzte mich auf meinen Barhocker-Stammplatz und versuchte, meinen auf und ab wippenden Oberschenkel zur Ruhe zu zwingen. Mich fror elendig.

Onno, Yannick, die Duschhaube und noch ein paar andere Blindgänger spielten Billard und redeten über eine bevorstehende Party. Die Duschhaube versenkte donnergrollend die schwarze Kugel, reichte Onno den Queue und entdeckte mich.

„Hey, Jack!“ Grinsend schlenderte er auf mich zu. „Vermisst du was?“

Mir klappte der Mund auf, als er mir mein Handy gab.

„Wow! Danke! Wo hast du das denn her?“ Beinah wäre ich ihm um den Hals gefallen. Ich schwor mir, ihn nie wieder Duschhaube zu nennen.

„Kein Problem, Tristans Freundin hat's gefunden. Ich hab gesagt, dass ich mich drum kümmer, bin öfter hier als sie. Sie hat übrigens Geburtstag. Wir planen eine Überraschungsparty. Falls ihr kommen wollt, du und Felix, wär' schön.“ Er nannte noch ein Datum. Ich nickte unverbindlich, bedankte mich noch einmal und ging.

Unter dem Vordach suchte ich Schutz vor dem Regen und tippte mein Passwort ein: R&B29. Es fiepte eine ganze Weile, bis alle Nachrichten von Jonas heruntergeladen waren. Einige waren von gestern Abend, in denen er mir gute Besserung wünschte. „Alles ok bei dir? ... Bist du so erledigt, dass du nicht mehr tippen kannst? ... Haaaallllloooo! ... Du bist sicher, dass alles ok ist? ... Jetzt könntest du dich langsam wirklich mal melden ... Deine Mum nimmt auch nicht ab ... Was ist los bei euch? ... Wo bist du? Ein Buchstabe würde reichen ... Muh wär' okay, oder mäh, einfach irgendwas! ... Handy verloren? ... Lebst du noch? ... scheiß Witz ...“

Mein Herz wurde mit jeder SMS schwerer. Über Nacht hatte er in Abständen von etwa einer Stunde geschrieben: „Bist du da?“

Zwischen drei und sechs Uhr dreißig schien er dann doch eingeschlafen zu sein. Um sechs Uhr einunddreißig schrieb er: „Wieder da?“ Sein Wecker läutete um sechs Uhr dreißig, also musste es das Erste gewesen sein, was er getan hatte, nachdem er aufgewacht war. Seine letzte Nachricht kam um sieben Uhr fünfzig: „Schock!!! Heute ist ENGLISCH SCHULARBEIT!!! Hab's vergessen. 2. Stunde. Lass mich nicht hängen!“

Zwei Minuten später: „Wo bist du?“

Eine Minute später: „LEEEAAANDEEER!!!!“

„S. O. S!!!“

„I NEEEEED YOU!“

Das war die letzte Nachricht. Und dann ging der Akku auch noch aus – hoffentlich hatte die Duschhaube, Verzeihung, Dragan nicht mein Passwort umgangen und auf meine Kosten Zusatzmunition für *Angry Birds* geladen oder auf den Antillen mit einer Sex-Hotline telefoniert.

Vulkanhitze brodelte in mir hoch. Um nicht in Flammen aufzugehen, rannte ich in einen nahe gelegenen Wald und versuchte Dampf abzulassen. Es war zu spät. Die Schularbeit war seit einem halben Tag vorbei. Hoffentlich war Jonas so schlau gewesen, ebenfalls eine Krankheit vorzutäuschen und nach Hause zu gehen, dann konnten wir vielleicht noch etwas in Ordnung bringen. Es war die letzte, die alles entscheidende Schularbeit in diesem Jahr.

Ich traktierte mein Handy, aber der Akku war leer. Also nahm ich meine Beine in die Hand und rannte noch einmal. Ich rannte, bis mir die Lungenflügel aus dem Mund hingen, bis es in meiner Brust brannte wie in einem Inferno, bis meine Fersen blutende Fleischwunden waren. Ich hielt es nicht aus, zwanzig Minuten untätig auf die Bahn zu warten, und brachte eine weitere Station rennend hinter mich, um dann doch in die Bahn zu steigen. Still herumzusitzen machte mich fast wahnsinnig.

Bei Jonas zu Hause klingelte ich Sturm. Niemand öffnete. Vielleicht verschanzte er sich in seinem Zimmer, hatte sich die Decke über die Ohren gezogen und beschlossen, nie wieder ein Wort mit mir zu wechseln. Ich hätte es ihm nicht verdenken können. Ich rannte in den Hof. Unter Jonas' Fenster lag Birgits Mikrokosmos, ihr Garten war nicht viel größer als ein mittlerer Wohnzimmerteppich, und normalerweise wäre ich jetzt beeindruckt gewesen, wie sie es wieder geschafft hatte, mit ihrem grünen Daumen so viele Blüten und Blätter aus ein paar Töpfen zu zaubern. Ich wuchtete einen Pflanzenkübel unter das Fenster von Jonas' Zimmer, stieg daran hoch und donnerte mit der Faust gegen die Scheibe. „Mach auf! Jonas! Ich bin's! Es tut mir leid!" War ich eigentlich komplett vertrottelt?

Auch wenn er da war, würde er nicht aufmachen. Ich an seiner Stelle hätte es jedenfalls nicht getan, nicht nach so viel unbeantworteten Nachrichten. Mein Körper fiel in sich zusammen. Ich gab auf. Irgendwann würde ich schon erfahren, was passiert war.

Auf Straßenbahn hatte ich keine Lust. Ich latschte zu Fuß weiter. Es regnete immer noch. In meinem Gesicht pappten Reste von Schminke. Kein Wunder, dass mir die Leute auswichen. Ich musste aussehen wie ein Zombie, dem die Fleischfetzen aus dem verrotteten Gesicht hingen. Zuerst wollte ich nach Hause, aber die Vorstellung, in meinem Zustand einem meiner Elternteile begegnen zu müssen, ertrug ich nicht. Ich hinkte immer weiter, genoss die brutalen Schmerzen auf meinen Fersen, ließ mich achtlos treiben, kletterte auf einer Brücke über eine Absperrung, missachtete Verbotsschilder, die an Eisenketten hingen, und rannte durch einen Seitenarm des Kanals einen mickrigen Fluss entlang hinein in unseren Tunnel.

ξ

Xi – die vierzehnte Erkenntnis: Leander Blums Freund ist durchgeknallt

„Okay, jetzt schreibe ich eben Tagebuch, weiß nicht wofür, hab das überhaupt noch nie gemacht, liegt mir nicht, aber Leander schläft und ich muss den ganzen Wahnsinn sofort loswerden, sonst drehe ich durch. Leander glaubt mir nicht, hat es nicht gesehen, hat nicht gesehen, was ich gesehen habe, aber ich habe es gesehen, irgendwas passiert hier, weiß nicht, was es ist, fühlt sich scheiße an, macht mich nervös, hab Angst, scheiß Angst, hatte noch nie im Leben so viel Angst. Da waren Augen in dem Gemälde, ohne Scheiß, käferschwarze Pupillen in rot unterlaufenen Chinesenaugen, sie haben mich angesehen, aus einem Gemälde heraus haben sie mich angesehen, aus einem Gemälde, das ich einmal selbst gemalt habe, ich habe mich gemalt, wie ich an der Staffelei stehe, und da liege ich im Bett und kann nicht schlafen, weil ich immer an Leander und dieses Mädchen denken muss, in das er sich verliebt hat, ist ja okay, wenn er sich verliebt, aber sie liebt einen anderen, das weiß er, und trotzdem verliebt er sich in sie, schöner Trottel der, also echt, so was kann nur schiefgehen, aber hört er auf mich? Nein, wie immer hört er nicht auf good old Jonas, na ja, irgendwann werden wir schon mal zu dritt sein, oder zu viert vielleicht, eigentlich gab es immer nur Leander und mich, scheiß kindisch wie ich bin, kindisch zu glauben, dass das ewig so bleiben wird, ich denke, wie das werden wird, wenn wir Freundinnen haben, Familien vielleicht, irgendwann, wie sich unsere Kinder anfreunden und wir mit ihnen am Kanal malen gehen, und ich schaue auf mein Selbstbildnis, auf mich selbst, in mein eigenes Gesicht, wie ich mich malend an meiner Staffelei dem Betrachter zuwende, mit einem Spiegel habe ich das Bild gemalt, und plötzlich bewegen sich die Pupillen in meinem Bild, meine Pupillen bewegen sich, es sind aber nicht meine Augen, Scheiße, verflucht, es sind die Augen eines anderen, ich schwöre, ich habe nicht geträumt, es ist scheiße wahr, die Augen, meine Augen, diese Augen, die nicht meine Augen waren, sondern die von dem Chinesen, die Chinesenaugen haben sich im Zimmer umgesehen, sie haben etwas gesucht, sie haben mich gesucht, sie haben uns gesucht, Leander und mich, Leander hat es nicht gesehen, aber ich weiß es, und auch wenn mir keiner glaubt, sie wollen etwas von uns, es waren chinesische Augen, es waren die Augen von Wang Xizhi, dem berühmtesten Kalligrafen aller Zeiten, von dem uns der kleine Herr Alfred erzählt hat, ich weiß es genau, ich habe immer gewusst, dass all die Gemälde, die die Menschen seit grauer Urzeit malen, dass diese Gemälde irgendwo lebendig sind, in einer Welt hinter der Leinwand, in einer Welt, die wir nicht kennen, ich habe immer schon gewusst, dass wir unsere Bilder nicht umsonst gemalt haben, wir haben mit ihnen eine neue Welt erschaffen, eine Welt, die Wang Xizhi vor nahezu zweitausend Jahren als Erster betreten hat, er war es, der Zugang bekam, weil die Trauer um seine toten Töchter zu übermächtig wurde, weil er es nicht ertragen hatte. Wang Xizhi, der bedeutendste Kalligraf aller Zeiten, hatte fünf Töchter, alle wunderschön, wurden ermordet, die Kehlen durchgeschnitten, ersoffen in ihrem Blut, alle fünf tot. Wang Xizhi hat aus ihren Haaren fünf magische Pinsel gefertigt, konnte sich damit seine eigene Welt malen, hat seine Töchter gemalt, betrat ihre Welt, ist seinen Töchtern wiederbegegnet, war wieder glücklich, malte ihnen alles, was sie sich gewünscht hatten, blieb dort, in seiner gemalten Welt, bezahlte seinen Preis, indem er sein irdisches Leben aufgeben musste, irrt nun seit zweitausend Jahren in der Bilderwelt herum, betrinkt sich mit van Gogh, philosophiert mit Dürer, schläft mit Mona Lisa, geht mit Arcimboldos Gemüsemännern spazieren, reist durch alle Epochen der Malerei, trifft sie alle, die Enthaupteten, die Jungfrauen, die biblischen Figuren, und manchmal, aus reiner Neugier, oder warum sonst?, wagt er einen Blick in unsere Welt, durch unsere Bilder, hinein in unsere Welt, hat uns gefunden, will uns zu sich holen, will, dass wir ihm folgen, in die Welt der Bilder." An dieser Stelle war Jonas' Stift abgebrochen.

„Ich will dahin, ich weiß, dass Leander auch dahin will. Wir brauchen diese fünf Pinsel, verflucht noch mal. Sie liegen in einer Jadeschatulle. Die Schatulle ist im Priesterseminar, im Allerheiligsten, in Alfreds Sakristei, er verwahrt die Schatulle und er weiß, was diese mächtigen Pinsel vermögen, diese fünf chinesischen Pinsel sind der Eintritt in die Welt der Bilder, oh Mann! Ist das abgefahren oder abgefahren? Verdammte Scheiße! Wir könnten uns unsere eigene Welt malen, alles, was wir wollen, gottgleich könnten wir uns unsere Welt erschaffen, wir brauchen diese verdammte Schatulle, wir brauchen diese fünf Pinsel, Leander und ich, wir können uns unsere eigene perfekte Welt malen. In der Welt der Bilder leben wir ewig, Wang Xizhi hat uns zu sich gerufen. Er will, dass wir ihm nachfolgen, unsere Körper in der irdischen Welt werden wir aufgeben müssen, aber was sind schon Körper in einer irdischen Welt? Sie sind sterblich, vergänglich, wir enden sowieso in Staub und Erde, aber Trarraa! Hurra! Und Yippieja yeah, es gibt einen Ausweg, du heilige Scheiße, wir haben das große Los gezogen, wir haben das größte Geschenk auf Erden bekommen, das ewige Leben, wir sind die Auserwählten, Wang Xizhi hat uns auserwählt, er hat uns erwählt, in seine Welt zu kommen und ewig zu leben, er hat uns zu sich gerufen, in seine Welt, in unsere neue Welt, die wir uns zurechtmalen können, wie wir wollen, wir müssen nur daran glauben und, Scheiße noch mal, ich glaube daran."

Ich ließ Jonas' Tagebuch sinken und starrte in den Tunnel, durch den die U-Bahn ratterte. Mein Körper fühlte sich taub an. Ich war völlig irritiert, wusste nicht, was es war, das ich da gelesen hatte, Buchstaben, rasend schnell hingefetzt, ein Rausch aus wirren und verrückten Gedanken. Was sollte ich anfangen mit Chinesenaugen, den Auserwählten und dem ewigen Leben in Bilderwelten? Die U-Bahn hielt. Ich sollte raus. Aber ich war unfähig, mich zu rühren. Während der letzten halben Seite wurde Jonas' Schrift immer schräger und unleserlicher. Er verlor die Zeile unter den Fingern. Die letzten beiden Zeilen waren verschmiert. Dann nur noch Tintenflecken.

Mir war schlecht, als ich ausstieg und die U-Bahn in die andere Richtung wieder zwei Stationen zurückfuhr. An der frischen Luft traf mich die Wahrheit mit voller Wucht: Jonas war tot. Und Leander war ihm gefolgt.

28

Gemälde: tunnel vision
Bitumen, Teer, Öl auf Leinwand. 120 × 50 cm

Ein Bild in der Atmosphäre der schwermütigen Malerei von Caspar David Friedrich.
(Sabine Habermas, Galeristin)

Jonas saß in der Tunnelröhre auf einem Geländer, die Füße auf einer Stange, und rauchte. Er kam mir vor wie ein indigener Stammeshäuptling, der Rauchzeichen in die ewigen Jagdgründe schickt. Mit finsterem Gesicht starrte er über das Rinnsal hinweg unsere Wand an. Als er mich erkannte, stieg er ruhig, aber entschlossen vom Geländer, zeigte mir die kalte Schulter und ging neben dem Fluss entlang tiefer hinein in den Tunnel.

„Jonas, bitte! Bleib stehen!", rief ich.

Er ignorierte mich und stapfte mit großen Schritten in die Dunkelheit.

„Ich wollte das nicht!", japste ich. „Ich hab mein Handy verloren."

„Klar, das sagen immer alle, wenn sie eine Ausrede brauchen. Wahrscheinlich ist dir der Akku auch noch ausgegangen."

„Genauso war's. Ich hab das Handy verloren und dann war der Akku leer."

Ohne mich anzusehen, murmelte er müde vor sich hin: „Du bist mir keine Rechenschaft schuldig, kannst machen, was du willst."

Er spickte den Zigarettenstummel in den Fluss. Sein Kopf war in Rauch gehüllt.

„Jetzt bleib halt stehen! Ich will dir nicht durch den ganzen Tunnel nachrennen!"

„Dann lass es bleiben."

„Ich hab Scheiße gebaut, okay? Das wollte ich nicht, wirklich, die Frau hat mir den Kopf verdreht."

Er reagierte immer noch nicht, also legte ich einen Zahn zu, packte ihn an den Schultern, drehte ihn zu mir und sagte ihm ins Gesicht: „Lass mich erklären, was passiert ist."

„Überflüssig. Du kannst erklären, was du willst, ich weiß nicht mehr, was ich dir glauben kann und was nicht." Es hätte die gleiche Wirkung auf mich gehabt, wenn er mir die Nase gebrochen hätte; was mir genau genommen sogar lieber gewesen wäre, aber es war noch nie möglich gewesen, sich anständig mit Jonas zu raufen. Ruhig, aber bestimmt befreite er sich von meinem immer schwächer werdenden Griff und ging weiter.

Ich blickte ihm nach.

„Wie war Englisch?"

Da blieb er plötzlich stehen und drehte sich um, zwischen uns war ein großer Abstand. „Wie soll's gewesen sein? Ich war blockiert, hab keinen geraden Satz herausgebracht. Sie hat's noch vor Ende der Stunde durchgeblättert und war erstaunt, dass meine Arbeit so schlecht war. Du warst zum ersten Mal nicht in meiner Nähe. Das fiel ihr auch auf. Sie hat mich gefragt und ich habe ihr die Wahrheit gesagt. Alles. Auch, dass du meine Schrift imitieren kannst und fast alle meine Arbeiten geschrieben hast ... Sie lässt mich durchfallen." Er schob mit der Schuhspitze ein Steinchen in den schwachen Fluss.

„Wird ohnehin das Beste für uns beide sein, dann gehen wir in unterschiedliche Klassen und du kannst dein Ding durchziehen, was immer es ist, das du da am Laufen hast. Und jetzt wär' ich dir wirklich dankbar, du würdest mich in Ruhe lassen."

Beschämt stand ich vor ihm und kam mir vor wie ein Kleinkind mit vollgeschissenen Hosen. Ich kaute auf meiner Unterlippe und suchte krampfhaft nach Worten. „Das kann sie nicht machen. Sie muss dir noch eine Chance geben. Wir werden darum kämpfen, dass du noch eine Prüfung machen kannst. Diesmal können wir ja lernen. Sie kann dich doch nicht einfach durchfallen lassen."

„Doch, das kann sie. Mach dich nicht lächerlich. Du weißt, wie schlecht ich bin. Hab kein Ohr für Sprachen. Aber macht ja nichts. Endlich ist es raus. Ich habe bekommen, was ich verdient habe."

Es war nicht das, was er sagte, sondern wie er es sagte – still und so unendlich traurig, dass es mir körperlich wehtat.

„Weißt du, ich bin davon ausgegangen, dass ich mich immer auf dich verlassen kann ... Das war ein Irrtum. Wenn wir nicht mehr in die gleiche Klasse gehen, tut uns das beiden gut. Ich muss mich endlich auf die Hinterfüße stellen und anfangen, mein eigenes Leben zu führen. Also mach's gut, ciao!"

„Das kannst du nicht machen!", rief ich und ballte meine Fäuste.

„Du kannst mich doch nicht einfach zurücklassen, ohne dass ich dir alles erklärt habe."

„Was willst du mir denn erklären?" Noch einmal drehte er sich um. „Dass du dich verknallt hast? Weiß ich schon. Dass du mir ins Gesicht gelogen hast? ... Weißt du, dass ich geglaubt habe, du seist wirklich schwer krank?" Seine Augen wurden feucht, was ihm sichtlich unangenehm war; er hob seine Brille und wischte sich schnell über die Lider. „Harmloser grippaler Infekt? Sorry, aber so etwas würde deine Mum nie schreiben. Mir war von Anfang an klar, dass die Nachricht von dir war. Und da habe ich mich gefragt, warum in aller Welt du das Handy deiner Mutter nehmen solltest, um so einen Schwachsinn zu verzapfen. Wohl nur, um mich zu beruhigen. Ich bin ja nicht im Traum davon ausgegangen, dass du mich einfach nur anlügen wolltest ... du hast mich noch nie angelogen."

Er zog seine Schultern nach oben, als müsste er sich vor mir schützen. „Ich gebe zu, vielleicht habe ich mich in etwas hineingesteigert. Aber es hat mir halt Sorgen gemacht, dass du manchmal von einem Schlag auf den anderen plötzlich keine Luft mehr kriegst. Du musst nicht glauben, ich hätte das nicht bemerkt. Deine zitternden Hände waren auch nicht zu übersehen. Ich wusste ja nicht, was los war. Du hast mich noch nie so lange hängen lassen. Ich bin davon ausgegangen, dass du zum Doktor bist und der dann was Schlimmes festgestellt hat. Unheilbare Krankheit oder so. Ich hätte bei dir zu Hause vorbeigehen können, aber ich war zu feige, hatte Angst vor irgendeiner Diagnose. Und je länger du dich nicht gemeldet hast, umso größer wurde meine Angst. Da kann man sich echt in was hineinsteigern. Richtige Horrorszenen sind mir durch den Kopf gegangen. Ich hab dich schon vor mir gesehen, wie du dir nach einer Chemotherapie die Seele aus dem Leib kotzt und nur noch aus Haut und Knochen bestehst. Ich habe mir schon überlegt, was ich dir noch alles sagen wollte, meine letzten Worte und so. Ich hab mich schon an deinem Grab stehen sehen. Verdammte Scheiße! Weißt du eigentlich, was für eine beschissene Scheißangst ich um dich ausgestanden habe? Vollkommen überflüssige Angst?"

Ich wurde immer kleiner.

„Keine einzige beschissene Nachricht. NICHTS! Einfach nichts. Das muss man sich einmal geben. Siebzehneinhalb Jahre Freundschaft und dann NICHTS! Gut, denke ich mir, vielleicht haben sie ihn notfallmäßig eingeliefert und unters Messer gelegt und keiner kommt auf die Idee, dass man dem guten alten Jonas ja vielleicht mal erklären könnte, was los ist." Er knöpfte seine Jacke zu bis unter den Hals.

„Und dann höre ich heute in der großen Pause nach dem Englisch-Desaster, wie Onno und Yannick im Klo über unseren Auftritt im Priesterseminar reden. Sie lachen sich fast kaputt. Sie reden darüber, wie naiv wir gewesen seien zu glauben, der Priester würde jedem dahergelaufenen Möchtegern-Sprayer einfach so seine Dosen gratis zur Verfügung stellen. Ich will gerade gehen, als ich höre, wie Onno sagt, dass Jack aus London am Sonntag den ganzen Nachmittag im Priesterseminar war und seine Schwester so was von widerlich angebaggert hat und ihr Schmuck geschenkt und dabei noch ihren ganzen Kuchen aufgefressen hat, ohne zu zahlen. Beleidigt abgezogen sei er, nachdem Tristan aufgetaucht sei. Zuerst denke ich, nein jetzt, echt jetzt, die erzählen totale Scheiße, aber sicherheitshalber frage ich lieber nach und behaupte, dich flüchtig zu kennen, und da bestätigen sie noch einmal, dass du den ganzen Sonntagnachmittag dort warst." Er grub seine Hände tief in die Taschen. „Ich denke immer noch nichts Böses, aber ich kann's drehen und wenden, wie ich will, nach einer Stunde Physik wird mir klar, dass du mir eiskalt ins Gesicht gelogen hast."

Und dann äffte er mich nach, was einem totalen Knock-out gleichkam. *„Es tut mir ja so leid, aber offenbar hab ich ganz vergessen, dass ich versprochen habe, meine Oma zu besuchen."* Er stellte seine Stimme wieder auf normal: „Vergessen und versprochen! Wo dir deine Oma ja so am Herzen liegt."

Der Sauerstoffgehalt in meinem Gehirn sank auf ein dramatisches Minimum.

„Und am Montag danach spielst du mir den Todkranken vor. Gott, du hättest dich mal sehen sollen. Du hast so was von scheiße ausgesehen. Ich plane also deine Beerdigung und in Wahrheit hast du dich nur überfressen, und das Einzige, worunter du, außer einem Zuckerschock, noch leiden könntest, ist dein schlechtes Gewissen, aber wahrscheinlich nicht mal das. Auch egal. Ich habe die Schnauze voll von dir. Ich such mir neue Freunde. Ciao, Leander, war eine geile Zeit!"

Und dann ging er und schnäuzte sich in ein Taschentuch und verschwand im Dunkeln, in weiter Ferne in die helle Tunnelöffnung. Jonas. Eine Gestalt wie aus einem Film. Nicht mehr als ein Schatten seiner selbst.

Und ich ein Haufen Elend.

Ich hätte ihm nachrennen und ihm noch einmal erklären können, dass ich mein Handy tatsächlich im Priesterseminar vergessen hatte, aber ich konnte nicht mehr, sollte er doch glauben, was er wollte.

29

Gemälde: agony
Öl und Acryl auf Leinwand. 85 × 130 cm

Blum studiert den dramatischsten Moment, wo alles in der Schwebe ist und die Aufmerksamkeit des Betrachters geweckt wird.
(Oskar De Jong, Kunstsammler)

Die nächsten Tage waren schlimm. Jonas machte seinen Beschluss, nichts mehr mit mir zu tun haben zu wollen, wahr. Im Gegensatz zu mir stellte er sich seinem neuen Leben; er verkroch sich nicht, sondern ging brav zur Schule, selbst mit dem Wissen, das Schuljahr nicht positiv abschließen zu können. Er ließ mich gegen eine Wand rennen. Er ließ mich auflaufen. Er war freundlich wie immer, ließ mich aber nicht mehr an sich heran. Er legte mir vor der ersten Stunde sein Matheheft vor die Nase. „Wenn du möchtest, kannst du selbstverständlich abschreiben."

Ich schrieb ab und gab ihm das Heft schweigend wieder zurück. Eine rein logisch-technische Abfolge. Er schien nicht einmal mehr böse auf mich zu sein, er hatte einfach beschlossen, ohne mich weiterzuleben. Ich spielte keine Rolle mehr in seinem Leben. Es war die reinste Folter. Ich wusste, wie stur er sein konnte. Wenn sich Jonas einmal zu einem Entschluss durchgerungen hatte, dann zog er ihn mit allen Konsequenzen durch.

Mir fehlten nicht nur die vielen Gespräche und die Gesellschaft mit ihm, sondern auch das Malen. Was sollte ich den ganzen Tag und die ganze Nacht mit mir allein anfangen?

Jonas hingegen schien sich glänzend mit sich selbst zu beschäftigen. Gegen Ende der Woche, von der ich mich die meiste Zeit im Stadtpark oder am Kanal herumgetrieben hatte, anstatt zur Schule zu gehen, sah auch er ziemlich schlecht aus – aber nicht, weil er krank war – so sah er immer aus, wenn er viel zu wenig Schlaf bekam. Ich entdeckte Farbflecken auf seinen Jeans und da war mir klar: Jonas war am Sprayen! Ohne mich!

Am Samstagmorgen konnte ich nicht mehr. Ich überwand meinen Stolz und schrieb ihm eine lange Nachricht. In allen Einzelheiten schilderte ich, was vorgefallen war, mitsamt den dazugehörigen komplizierten Gefühlslagen. Ich betonte etwa ein Dutzend Mal, wie sehr mir alles leidtat und dass er mir zugestehen musste, auch einmal einen Fehler machen zu dürfen – ja, ich hatte ihn angelogen, aber nur, um das Mädchen zu sehen, obwohl ich ihm versprochen hatte, sie zu vergessen. Das war aber schon mein einziges Verbrechen gewesen, einmal abgesehen von meiner Dummheit, das Handy liegen zu lassen, weil mich die Eifersucht gepackt hatte. Ich schrieb ihm, wie wichtig er für mich war und dass ein Leben ohne ihn für mich nicht möglich war.

Ich schickte die Nachricht ab.

Alle drei Sekunden checkte ich mein Handy. Ich hatte schon Ewigkeiten nichts mehr gegessen, und um vor meinen Eltern die Illusion aufrechtzuerhalten, dass alles war wie immer, würde ich bald unter dem Vorwand, mich mit Jonas zu treffen, die Wohnung verlassen müssen. Aber ich hatte keine Lust mehr, sinnlos in Parks und an öffentlichen Plätzen herumzuhängen.

Es klopfte an meiner Zimmertür. „We need to talk!", sagte meine Mum mit Nachdruck; ihrem Tonfall hörte ich selbst durch die geschlossene Tür an, dass sie nicht eher verschwinden würde, bis ich bereit war, mit ihr zu reden. Ich saß in der Falle. Meine Hände begannen zu schwitzen. Ich hatte Angst, denn ich spürte, dass ich diesmal auspacken würde, sobald ich sie hereinließ; mein

Freund war weg und sie würde mir zuhören und mich vielleicht sogar verstehen, aber Lust darauf hatte ich keine, denn diesmal würde ich Ernst machen und ihr ALLES erzählen, die ganze Story, womit ich ihr Probleme aufhalste, die sie nicht verdient hatte – ich würde sie in einen massiven inneren Konflikt stürzen, wenn sie erfuhr, dass wir BLUX waren und was wir in unserer Freizeit, vor allem aber nachts, getrieben hatten. Es klopfte erneut. „Open up, hone!"

„Soll ich die Tür aufbrechen?", rief mein Vater aus der Küche.

„Ist das die einzige Idee, die du hast?", rief sie zurück. Nervös lief ich auf und ab.

Mit wem würde sie solidarisch sein? Mit mir oder mit meinem Vater? Womöglich versetzte ich durch mein Geständnis ihrer brüchigen Ehe den endgültigen Todesstoß. Wollte ich daran schuld sein? Nein, aber ich hatte keine Kraft mehr. Und wofür noch Widerstand leisten? Ohne Jonas war BLUX tot. Ich wollte nie wieder sprayen. Egal, auf welche Seite sie sich stellte, sie würde furchtbar enttäuscht darüber sein, dass ich ihr Vertrauen missbraucht hatte. Das hatte sie nicht verdient. Und es tat mir auch leid. Wie sollte ein anderer verstehen, dass ich Farbe genauso brauchte wie Luft und Nahrung? Normal war das nicht. Aber normal war ich noch nie gewesen.

„Open up, Leander!"

Ich ballte die Fäuste und würgte meinen Schmerz hinunter, bereit, ihr meine Geheimnisse zu erzählen. „Come in!"

In dem Moment, als sie die Tür öffnete, fiepte mein Handy: Jonas. Schnell drehte ich ihr den Rücken zu und überflog seine Worte: „Du sack! Warum hast du mir nicht früher erzählt, dass du dein handy wirklich verloren hast? Ja, okay, ich wollt's nicht hören, meine schuld, sorry, hab überhaupt keinen bock auf andere freunde, übrigens, hab die kohle, michael konnte den steampunkkutscher teuer verkaufen, hat mich gestern abend zum essen eingeladen und mir ein kuvert überreicht, ich geh einkaufen, falls du lust hast, mit dir würd's noch mehr spaß machen!"

Ich wirbelte herum, nahm meine Mum in die Arme und tanzte lachend mit ihr vor meinem Bett im Kreis.

„Have you lost your marbles?", rief sie kichernd und versuchte sich zu wehren, aber ich musste sie einfach drücken.

„Keine Sorge, alle marbles noch da", sagte ich.

„What's the matter with you?"

„Alles gut ... alles ist gut!" Ich stieß einen tiefen Seufzer der Erleichterung aus meinem Körper und ließ von ihr ab.

„Sorry, aber ich muss los, treff mich mit Jonas."

Ihr Blick sprach Bände. „But I thought ... ich habe lange mit Birgit telefoniert ... she says ..."

„Ja, ja", ich winkte locker ab. „Wir hatten eine kleine Krise."

„Kleine Krise."

„Na ja, ausgewachsene Krise, aber wir haben sie überstanden, muss jetzt wirklich los."

„Well ..." Sie wollte noch mehr sagen, aber ich gab ihr einen dicken Kuss auf die rechte und einen auf die linke Wange und ließ sie verdattert zurück. Im Hinausrennen entschuldigte ich mich für allen Stress, den ich ihr verursachte, packte meinen Rucksack und stürmte aus der Wohnung.

30

Gemälde: on top of death valley
Mischtechnik auf Karton. 93 × 65 cm

Der intensive Hell-Dunkel-Kontrast verleiht der Szene eine Ausdruckskraft von einer Wucht, der man sich kaum entziehen kann.
(Hiltrud Teufel-Bruckbauer, Kunstsammlerin)

Natürlich war ich zu früh. Aber Jonas war auch zu früh. Mit einem riesigen Reisekoffer saß er unter der Salztorbrücke im Adria und aß ein Pastrami Sandwich. Lachend sprang er auf, als er mich sah. Wir pufften und knufften uns gegenseitig, umarmten uns kurz, aber heftig und sprachen unseren Streit nicht mehr an – für uns war alles klar: Jetzt ging es nur noch darum, unser Masterpiece zu vollenden. Er stopfte mir den Rest Sandwich zwischen die Zähne und wir zogen los.

„Ah, das sieht ganz nach Großeinkauf aus“, sagte Sebi, als wir den Koffer durch die enge Ladentür ins *Spray Chilled* zogen. Sebi trug kurze Hosen und Birkenstockschuhe. Er war aus Frankfurt, hatte Jura studiert und dann als Tischler gearbeitet, ehe er nach Wien gekommen war, um diesen Laden zu eröffnen. Der Qualm war dicht und beißend wie eh und je. Hinter der Verkaufstheke stapelten sich die Dosen farbenweise in übereinanderliegenden Kartonschachteln. Der Kühlschrank surrte. T-Shirts hingen von der Decke. Der Laden war vollgestopft und vollgemalt. Auf einem speckigen Sofa saß ein Pärchen so alt wie wir – sie trug ein grünes Shirt, auf dem Polizei stand, er ein Basecap. Sie drehten sich

Zigaretten, besprachen etwas miteinander, und ich erkannte sie als Elli-D und Barbu – zwei Rapper, die auch sprayten. Neben ihnen lümmelte einer von den MÖRVs, schüttete Bier in sich rein und regte sich wahnsinnig über Smogi auf, den Besitzer des Konkurrenzladens in der Burggasse. „Wenn du dem nicht ins Gesicht passt, verkauft er dir die Dose um dreizehn Euro ... macht dir jeden geschissenen Tag einen anderen Preis ... der geht mir schon so was von auf den Sack ... hat kürzlich ein paar von uns verpfiffen ..." Wir ließen ihn labern und gaben unsere Bestellung auf. Sebi hüpfte durch den Laden. „Schockblau, Johannisbeere und Mister Green müsst ich euch bestellen."

„Brauchst du nicht", sagte Jonas, „Wir nehmen, was da ist."

„Die Herren haben Großes vor?", stellte Sebi fragend fest.

„Jep", sagte Jonas verschmitzt; Sebi versuchte schon seit einiger Zeit herauszufinden, unter welchem Pseudonym wir unterwegs waren. Er genoss einen guten Ruf in der Szene und wir hätten ihm bestimmt vertrauen können, aber sicher war sicher.

Wir verstauten die Einkäufe im Koffer, zahlten und latschten wieder über die Brücke, hinüber ins *Fame* – ein unsympathischer Laden mit Boards, Streetwear, GoPros und anderem Markenscheiß. An der Theke mussten wir gleich mal unsere Rucksäcke abgeben. Schockblau und Johannisbeere hatten sie trotzdem nicht.

Also warfen wir uns in die U-Bahn und fuhren zum Volkstheater. Wie immer nahm Jonas das Gratismagazin, das in der Bahn an einem Haken baumelte. Die vorletzte Seite war leer. Leser wurden aufgefordert, ihren eigenen Senf hineinzuschreiben. Unauffällig zeichnete Jonas die schwangere Frau ab, die uns gegenübersaß und versuchte, das Kleinkind auf ihrem Schoß zu beruhigen. Mit wenigen Strichen traf er sie auf den Punkt. Er warf das Magazin auf den Sitz, ehe wir ausstiegen. Die Schwangere brach in helle Verzückung aus, als sie das Porträt von sich in dem Magazin entdeckte. Jonas lächelte ihr zu und hob die Hand.

„Komm jetzt!“ Ich gab ihm einen Schubser, die U-Bahn-Türen knallten hinter uns zu.

Smogis Laden sah eher leer als voll aus. Smogi gehörte zu den Urgesteinen und hatte das Geschäft von seinem Vater übernommen, das ursprünglich nur für Maler- und Anstreicher gewesen war. Smogi konnte furchtbar grantig sein. Wir hatten Glück. Obwohl er nicht wusste, wer wir waren, schien er uns zu mögen.

Zuletzt machten wir noch einen Abstecher in die Kirchengasse zur *Bilderbox*. Es war der einzige Laden, in dem es 49er-Dosen gab, mit denen man extrem feine Lines ziehen konnte. Außerdem rochen sie nach Vanille. Wir zogen den Koffer zum Westbahnhof, wo wir ihn in einem Schließfach unterbrachten, und verfeinerten unterwegs unseren Plan – der kommende Donnerstag war ein Feiertag, somit war der Freitag danach schulfrei. Ein langes Wochenende, an dem Birgit mit ihren Freundinnen zu einem Yoga-Seminar wollte und Jonas' Großmutter eine Kulturreise durch Kroatien, Montenegro und Herzegowina geplant hatte. Beinah perfekt.

Ich verklickerte meiner Mum, dass Jonas und ich Zeit für uns brauchten, um wieder ins Reine zu kommen. Ich erzählte ihr, dass wir im Priesterseminar neue Leute kennengelernt hatten und uns dort mit Billard und Tischtennis bei lauter Musik die Zeit vertreiben wollten – eben das, was Jugendliche ihrer Meinung nach wohl so trieben.

Sie war nicht traurig darüber, dass die Familie versorgt war – der Mobile Hilfsdienst hatte meinem Opa eine Slowakin geschickt, mit der er zufrieden war –, und wollte das Wochenende einmal wieder für sich nützen. Bis dahin bekochte sie uns, während wir unser Piece noch einmal in allen Details durchgingen: Stell dir einen 3-D-Schriftzug von RED&BLU vor. Jeder Buchstabe mit dem anderen verschlungen, plastisch, wie Buchstaben, die du in die Hand nehmen und fühlen kannst. Die Buchstaben schweben in einer düsteren Wüstenlandschaft – Death Valley in einem Endzeitthriller. Und dann stell dir vor, eine Bombe schlägt in den Schriftzug ein und sprengt ihn auseinander. Staub spritzt. Die Buchstaben fangen Feuer. Nun liegen sie zerbrochen, ineinander verschlungen und verhakt auf einem Haufen aus zerbrochenen Asphaltstücken, aus denen einzelne Flammen schlagen. Du siehst tief in die Steinwüste hinein und hast das Gefühl, an dem brennenden Buchstabenhaufen vorbeigehen zu können, tagelang durch eine Ebene mit einzelnen, steilen Felsen und einem Horizont in weiter Ferne. Die Idee, die Tiefenwirkung noch zu verstärken, indem wir frei stehende Felsbrocken einbauten, hatte Jonas erst letzte Woche gehabt. Er wollte, dass die Leute der Illusion erlagen, am Beginn einer weiten Wüste zu stehen, der Eindruck wurde verstärkt durch eine Straße, die scheinbar endlos Richtung Horizont führte.

Zum hundertsten Mal übten wir den Sketch auf Papier jeder Größe, die Verhältnisse mussten gleich bleiben, egal wie groß das Piece schlussendlich werden würde.

Offiziell arbeiteten wir an Zootieren – Papageien, Löwen, Tüpfelhyänen, mit denen wir unsere Sketche zudeckten, falls jemand hereinkam, was aber höchstens dann passierte, wenn das Essen fertig war und wir auf die Rufe meiner Mum nicht sofort reagierten. Selbst wenn sie kam, konnten wir die verbotenen Sketche unter den Zootieren verschwinden lassen.

Mein Vater hasste lange Wochenenden zu Hause und seine Kollegen freuten sich, wenn er Dienst schieben wollte. Wir fürchteten, dass er uns in die Quere kommen könnte, aber weil inzwischen nicht mehr zu übersehen war, dass er ein Alkoholproblem hatte, ging ich davon aus, dass sie ihn im Innendienst einteilten.

Alles war perfekt. Der Wetterbericht versprach vorsommerliche Temperaturen bei wolkenlosem Himmel. Wenn alles gut lief, würden wir Sonntagnacht fertig werden. Eine Sorge hatte ich noch und diesmal wollte ich sie mit Jonas teilen: Ich erzählte ihm, dass eine Geburtstagsparty für mein Mädchen geplant war. Natürlich war mir klar, dass sie Tristan liebte, aber ... Jonas unterbrach mich. „Logisch gehen wir da hin! Du gehst doch sowieso und einer muss schließlich auf dich aufpassen, damit du nicht wieder riskierst, dass Onno und Yannick so schlecht über dich reden."

„Du meinst über Jack."

Er lachte. „Wir geben uns die Party, saufen auf Kosten vom Priester, feiern bis Mitternacht und malen den Rest der Nacht durch! Deal?" Wir gaben uns Five.

An dem Wochenende eröffneten die Strandbars und Outdoor-Lokale die Sommersaison. Die ganze Welt hielt sich im Freien auf. Kein Mensch hatte Lust, in einem feuchten, kalten, verbotenen Tunnel spazieren zu gehen. Nicht einmal die MÖRVs. Die Abgaswolke über der Stadt mischte sich mit dem Geruch nach gegrilltem Fleisch; auf jedem noch so kleinen Balkon brutzelte eine Bratwurst.

Mit dem großen Rollkoffer marschierten wir in der Nacht zwischen Mittwoch und Donnerstag in den Tunnel. Wir waren ausgerüstet wie nie zuvor: mehrere Eimer, Farbrollen, zwei Teleskopleitern, eine Baulampe. Das Adrenalin verpasste uns einen Dauerkick. Wir brauchten die ganze Nacht, um eine riesige Fläche an der Tunnelwand mit Betonfarbe anzumalen; ein paar Pieces von anderen mussten dran glauben, wir baten um Vergebung. Die Arbeit ging zwar gut voran, verschlang aber mehr Zeit, als wir geplant hatten. Die Tunnelwand war mit Moos und Dreck überzogen und wir mussten an manchen Stellen zuerst eine durchsichtige Lasur anbringen, bevor wir drüberpinseln konnten. Im Morgengrauen fielen uns die Arme beinah ab. Obwohl wir trainiert waren, spürte ich jeden einzelnen Muskel in meinem Rücken, den Armen und im Nacken.

Mit dem einsetzenden Frühverkehr verließen wir den Tunnel. Die leeren Eimer wurden wir unterwegs los, dann genehmigten wir uns ein ausgiebiges Frühstück am Naschmarkt.

„Iss!", sagte Jonas und wedelte mit der Speisekarte. „Wir haben genug Geld."

„Was hat Michael eigentlich gesagt?"

„Er hat gesagt, das Leben sei zu kurz, um Geld zu sparen. Ich soll auf den Putz hauen und ausgeben, für was immer mir Spaß macht, und vor allem soll ich es genießen!" Und dann bestellte er das große Menü mit allen Extras: Schokolade-Palatschinken und Rührei und Marmelade und Semmeln und Melange und Schinken und Salami und Oliven und tausend andere Sachen. Hinterher waren wir total platt. Wie vollgefressene Raubtiere schleppten wir uns zum Bahnhof, holten den Koffer aus dem Schließfach, gingen zu Jonas nach Hause, fielen ins Bett und schnarchten bis zum frühen Abend.

Dann legten wir Tschaikowski 1812 in Endlosschleife auf den Plattenteller, grölten laut und falsch mit, kochten uns einen Topf Spaghetti und machten uns wieder auf den Weg. Wir lachten viel. Das Leben war leicht und schön. So sollte es sein. Aber über mir hing seit Wochen eine schwarze Wolke, sie begleitete mich auf Schritt und Tritt und ich wurde sie nicht los – vielleicht war es die Angst davor, meinen Eltern irgendwann die Wahrheit sagen zu müssen. Instinktiv ahnte ich, dass wir auf eine Katastrophe zusteuerten. Es gelang mir, die dunkle Wolke für eine Weile aus dem offenen Fenster zu jagen. Ich griff nach der Pfeffermühle und schüttelte sie wie ein euphorischer kubanischer Straßenmusiker, worauf Jonas mit der Gabel die Käsereibe bediente. Wir jaulten *La Cucaracha* zu Tschaikowski und lachten, bis uns die Bäuche wehtaten.

Wir konnten es kaum erwarten, bis die Sonne unterging, checkten x-mal unser Equipment, sortierten die Kannen noch einmal nach Farben und teilten sie auf zwei Koffer auf. Dann zogen wir los. Je näher wir dem Tunnel kamen, umso nervöser wurden wir – war unsere Wand entdeckt worden? Hatten sich andere Sprayer daran ausgetobt?

Wir hatten Glück.

Jungfräulich und getrocknet wartete die schwarze Betonwand auf uns. Wir verloren keine Zeit. Endlich konnte es losgehen. Nach einem Jahr Vorbereitungszeit war es endlich so weit: Mit großen Bewegungen fingen wir an, Jonas links, ich rechts. Wir begannen mit den komplizierten Bruchstücken der Buchstaben auf dem Haufen, hatten jeden Strich im Kopf. Viele Meter lagen zwischen uns, aber wir wussten ganz genau, wie es auszusehen hatte. Ob das Bild zehn Zentimeter oder zehn Meter groß war, blieb einerlei, solange die Verhältnisse stimmten. Wir konnten an jedem Punkt beginnen. Am Ende würde es ein großes Ganzes werden.

In schwachen Momenten, als mich die Müdigkeit packen wollte, hielt ich inne und sah Jonas bei der Arbeit zu. Er war glücklich. Es zählte der Augenblick. Nichts davor. Nichts danach. Im Morgengrauen kam ein Obdachloser mit einem verfilzten Hund. Er schlug uns gegenüber sein Lager auf und schaute uns zu. Jonas stieg von der Leiter, überquerte den schwachen Fluss, setzte sich neben den Obdachlosen, drehte eine Zigarette, schenkte sie ihm und zündete sie ihm an.

„Wie heißt denn dein Hund?"

Der Obdachlose grinste zahnlos. „Das ist Oski."

„Und du?"

„Karl."

„Freut mich, Karl. Ich bin Jonas." Er gab ihm die Hand.

„Schön, was ihr da macht", sagte Karl.

„Gefällt's dir?" Karl nickte.

Jonas zog das Geldbüschel von Michael aus seinen Jeans und gab Karl einen Hunderter; ich fand's völlig übertrieben, ein Zehner hätte seinen Zweck auch erfüllt, der versoff die Kohle doch nur.

„Kauf Oski was Anständiges zu beißen. Und falls irgendein Wichser auf die Idee kommen sollte, unser halb fertiges Piece zu crossen, dann hetzt du Oski auf ihn. Okay?"

„Was soll ich?“, fragte Karl.

„Unser Bild beschützen“, sagte Jonas, lachte und klopfte ihm auf die Schulter; ich bewunderte ihn dafür – Karl stank über den Fluss bis zu mir herüber wie ein verwesender Iltis; Jonas war ein Held.

„Und wie lang soll ich das Bild beschützen?“ Karl steckte das Geld weg.

„Bis es fertig ist“, sagte Jonas. „Wenn du das hinkriegst, geb ich dir noch einen Hunderter.“

„Jonas!“, ermahnte ich ihn. Er stand auf, latschte durch den Fluss und hob beide Arme. „Was soll's, ist doch scheißegal, der soll das Geld genießen, und wenn er's versaufen will, auch gut.“

In jener zweiten Nacht schafften wir es, die First Lines zu ziehen. Wir zeichneten den zerbrochenen Buchstabenhaufen, die Asphalttrümmer, die Straße, den Horizont, die herumliegenden Felsen, man konnte sich schon einbilden, in eine offene Landschaft zu blicken.

Karl schaute uns die längste Weile aus blutunterlaufenen Augen zu und schlief erst im Morgengrauen ein.

Draußen ging die Sonne auf. Wir verließen den Tunnel. Jonas legte mir einen Arm um die Schulter. „Morgen wird's fertig!“

31

Gemälde: once in a blue moon
Öl auf Leinwand. 50 × 64 cm

Ich male, weil ich Leben spüren will, bevor ich auf die andere Seite trete.
(Leander Blum)

In der Stadt war Marathon und alles auf den Beinen. Kein Mensch kümmerte sich um ein Graffiti in einem Tunnel. Wieder schliefen wir bis zum Abend. Dann verkleideten wir uns als Felix und Jack. Diesmal gaben wir uns viel Mühe. Jedes Detail musste sitzen. Ich säuberte den Rollkragenpullover von Tante Ingrid und hüllte mich in eine Duftwolke, die Jonas für ziemlich schwul hielt. Er hatte recht, aber ich brachte den Duft nicht mehr von mir ab. Jetzt fühlte ich mich noch unsicherer.

Vor der Wohnung stand ein Taxi. Ich ging daran vorbei in Richtung Straßenbahn.

„Hey!", rief Jonas. „Hier einsteigen."

„Was?"

„Das Taxi wartet auf uns. Ich hab's bestellt." Er grinste. „Oder findest du es nicht würdig und recht, dass Jack London und Felix Krull ausnahmsweise mit dem Taxi zum Priesterseminar fahren sollten, um Lady Long Hair zu verführen?"

„Unbedingt!"

Einen halben Kilometer vor dem Priesterseminar verließen wir das Taxi unter dem Schatten einer Weide und gingen den

Rest zu Fuß – wir wollten nicht mehr Aufmerksamkeit als nötig; kein Mensch kam mit dem Taxi hierher, nicht einmal der Priester persönlich.

„Haben wir uns verlaufen?", fragte Jonas in die Dunkelheit. „Ich dachte, wir seien schon ganz nah."

„Sind wir auch, es brennt nur kein Licht." Wie tot lag die alte Fabrik in der Nacht: Die schwarzen Höhlen waren die Fenster und auch sonst kein Funke Licht. Grillen zirpten. Wolken schoben sich vor den Mond und schwacher Wind säuselte in den Wipfeln der Birken vor der Fabrik, ansonsten war es still – keine Musik, keine Stimmen.

„Bist du dir sicher, dass der Geburtstag heute ist?", fragte Jonas. Hinter uns knackte es. Erschrocken fuhren wir herum. Ein langbeiniges, schlankes Mädchen mit dunklem Haar und vollen Brüsten stand vor uns.

„Falls ihr zu Lilas Party wollt, seid ihr genau richtig", flüsterte sie aufgekratzt und blendete uns mit dem Handy. Ich hob meine Hände vors Gesicht.

„Du bist Jack", stellte sie fest, nachdem sie mich gemustert hatte. Dann fiel ihr Blick auf Jonas. „Und du Felix."

Offenbar schien uns inzwischen das ganze Priesterseminar zu kennen.

„Onno hat erzählt, dass ihr bei Tristan im Anfängerkurs wart …" Ihr Unterton verriet, dass sich alle über uns lustig gemacht hatten.

„Hat's euch gefallen?"

„Und wie!", sagte Jonas charmant. „Macht echt viel Spaß. Sprayst du auch?"

„Nein." Sie lachte. „Ich bin übrigens Sarah, eine Freundin von Lila. Sie müsste gleich mal kommen. Sie hatte vor, ihre Kuchen heute noch zu liefern, damit sie morgen nicht so viel Stress hat. Die wird Augen machen. Kommt mit!" Sie leuchtete uns einen

Weg um das Gebäude. Im Gänsemarsch stapften wir ihr nach. Durch ein Gestrüpp aus Brennnesseln führte ein Trampelpfad; offenbar waren wir nicht die Ersten, die hier entlanggingen.

Ausnahmsweise hatten die Leute ihre Autos heute hinter der Himmelspforte in der Nähe des Fabrikschlots geparkt. Über einen Feldweg tanzten die Lichter von Fahrrädern. Sarahs Handy piepte. Sie las die Nachricht.

„Von Onno", sagte sie aufgeregt. „Lila wird gleich hier sein. Na los, nichts wie rein! Oh Mann, ich kann's kaum erwarten, ihr Gesicht zu sehen. Die Arme hat mir schon fast leidgetan."

„Warum das?"

Durch einen Seiteneingang folgten wir ihr in die Fabrik.

„Als sie auf die Idee kam, eine Party zu machen, hatten wir schon alles organisiert. Sie hat versucht Leute einzuladen, aber alle haben mit einer Ausrede abgesagt. Irgendwann hat sie frustriert aufgegeben."

Geflüster. Aus allen Richtungen tappten Gäste im Dunkeln zur Hostienzentrale. Obwohl kein Licht brannte, konnte ich die Anwesenheit vieler Leute spüren – ihre Parfums, ihren Schweiß, ihre Deos und Nikotinfinger. Sarah schob uns hinter die Bar, wo sich schon viele andere drängten. Jemand drückte uns eine Wunderkerze in die Hand. Wie Insekten klang es, als alle paar Augenblicke jemand „Pssst" machte. Pssst, Pssst, Pssst.

Die freudige Aufregung steckte mich an. Jemand verteilte Zündholzschachteln. Ein Auto fuhr vor den Haupteingang. Das Scheinwerferlicht glitt über die Decke und beleuchtete für einen Moment jede Menge Girlanden, die kreuz und quer gespannt worden waren. Der Motor verstummte. Eine Tür ging auf. Schritte in der Eingangshalle.

„Lass bloß nichts fallen", sagte Lila draußen.

Die Tür zur Hostienzentrale öffnete sich und ihre schwarze Silhouette zeichnete sich vor schwach beleuchtetem Hintergrund ab. Hinter ihr erschien die Löwenmähnen-Silhouette von Onno. Sie jonglierte ein Kuchenblech und betätigte den Lichtschalter mit dem Ellbogen. Jemand boxte mir in die linke Schulter.

„Der Lichtschalter funktioniert schon wieder nicht", sagte Lila.

„Ist aber auch eine Scheiße hier!", sagte Onno übermäßig laut und hörbar grinsend. „Scheiße" war das Stichwort – gleichzeitig rissen alle ein Zündholz an und steckten sich gegenseitig die Wunderkerzen in Brand. Sternchen spritzten. Lachende Gesichter wurden erleuchtet und das „Happy Birthday" war ohrenbetäubend.

Lila blieb wie versteinert stehen. Onno riss ihr übermütig das Kuchenblech aus der Hand. Sie schien es kaum zu realisieren, schlug sich dann aber beide Hände vor den Mund, während ihre Augen größer und feuchter wurden. Onno reichte das Blech an Sarah weiter, die gab es Yannick, der schob es auf die Theke, einer griff nach einem Stück Kuchen, ein anderer schlug ihm auf die Finger. Onno hob sie hoch, als wäre sie eine Porzellanpuppe, und ihr dicker Haarzopf baumelte über ihren Rücken bis zu den Oberschenkeln. Warum durfte er das?

Die Leute sangen laut und inbrünstig. Jonas legte mir seinen Arm auf die Schultern. Vielleicht dachte er gerade dasselbe wie ich: Wenn wir Geburtstag hatten, kam nur der andere, sonst keiner. Wir feierten zu zweit. Lila hingegen hatte so viele Freunde, dass sie damit eine ganze Kantine füllen konnte. Es roch nach Weihnachten, Sterne sprühten und dem Raum ging langsam, aber sicher der Sauerstoff aus. Ich hatte Angst, dass die Kontaktlinsen weggeschwemmt werden könnten, und zwinkerte nervös. Gott sei Dank kamen mehrere Leute gleichzeitig auf die Idee, die Fenster zu öffnen. Auf der Bühne fing eine Band an zu spielen. Tristan streckte seine Arme nach Lila aus. Die Menge teilte sich. Er rannte auf sie zu. Sie lachte zwar, wich vor seinem Angriff aber trotzdem einen halben Schritt zurück. Er küsste sie so leidenschaftlich, wie ich es wohl auch gemacht hätte, und kraulte sie unter dem Haaransatz im Nacken. Konnte sein, dass ich mir das nur einbildete, aber mir kam sie ein wenig steif dabei vor.

Jonas reichte mir ein frisch gezapftes Bier.

„Danke", murmelte ich. „Danke, dass du mit mir hergekommen bist."

„Hey!" Er puffte mich in die Brust. „Reiß dich zusammen."

Ich setzte das Glas an die Lippen. Es fiel mir schwer, meine Gefühle für Lila zu schlucken, dabei halfen mir Jonas' Gegenwart und der Alkohol.

Lichterketten und Girlanden beleuchteten den Raum. Ich roch Oregano, Knoblauch, Oliven, Tomaten, Salami und Käse. Draußen in der Eingangshalle hatte einer kurz nach Lilas Eintreten seinen mobilen Pizzaofen hereingerollt. Lila wurde herumgereicht wie eine Trophäe. Keiner konnte es lassen, ihren Zopf zu berühren oder ihn sich um die Hand zu wickeln. Ich beobachtete es genau. Sarah flatterte gackernd von einer Ecke zur anderen und wurde nicht müde, jedem jedes Detail der wahnsinnig schwierigen, geheimen Vorbereitungen zu erzählen. Tristan, heute passend in ein priesterweißes Hemd gekleidet, hatte für sich selbst die Mitte des Raumes gewählt, ließ sich von allen Seiten huldigen und verteilte großzügig Johannisbeerbonbons, wie ein Onkel aus Südamerika, der nur alle heiligen Zeiten zu Besuch kam, um dann die aufregendsten Abenteuer von Elefantenjagden und Wirbelstürmen zu erzählen. Mit hechelnden Zungen bettelten sie um seine Gunst.

Jonas und ich verzogen uns in eine Ecke mit dem größtmöglichen Abstand zum kreischenden Sound der verstimmten Gitarren. Wir rauchten synchron und beobachteten das Geschehen schweigend. Jeder, der an uns vorbeikam, quatschte uns auf unseren peinlichen Auftritt im Anfängerseminar an. Tristan wäre ja so amüsiert gewesen. TC hätte uns niedlich gefunden. So etwas wie uns hätte Tristan noch nie erlebt. Tue City Priest hätte sich gefragt, wie man nur so dämlich mit Spraydosen umgehen könne, jedes Kleinkind stelle sich geschickter an.

Wir hielten unsere Perückenköpfe hin wie Prügelknaben und taten, als fänden wir ihre geschmacklosen Witzchen und Anspielungen wahnsinnig komisch. Offenbar hatte Tristan nach unserem Auftritt den ganzen Abend hier in der Hostienzentrale Audienz gehalten, in der es vor allem darum gegangen war, uns als die größten Vollidioten im Universum darzustellen. Unser angeberisches Outfit hatte wie die Faust aufs Auge zu unserem Auftritt gepasst; was das anlangte, brachte ich sogar einen Funken Verständnis für Tristan auf: Ich hätte Typen, wie wir sie verkörperten, auch nicht sofort ins Herz geschlossen.

Vielleicht blieben wir deswegen bewegungslos stehen und grinsten dämlich unser Bier an, obwohl wir merkten, dass sie in allen Ecken über uns redeten. „Schau, das sind die beiden Arschgeigen, von denen Tristan erzählt hat", schien jeder dem anderen zu sagen, so lange, bis es auch der Letzte glaubte. Lila war inzwischen bei der Band angelangt. Sie prostete ihnen zu und die Musiker warfen ihr Küsschen zu, ohne den Sound zu reduzieren. Meine Knie wurden weich, als ich sah, dass Lila jetzt auf uns zusteuerte, mit einem Körper so aufrecht wie der einer Tänzerin.

„Nice to see you."

Redete sie mit mir? Hilfe suchend blickte ich zu Jonas, der die Augen verdrehte, weil ich wieder mal auf der Leitung stand. Lila war offenbar die Einzige, die noch nicht bemerkt hatte, dass ich auch Deutsch sprach. Ich wollte ihr die Illusion nicht nehmen.

„Wicked party", murmelte ich und eine Menge anderes wirres Zeug, „never have experienced something like this before ... bloody good location ... all the mates ... thrilling." Für das Leuchten in ihrem Gesicht hätte ich noch ewig so weitermachen können, aber Jonas stieß mich von hinten in die Rippen und ich würgte ein halb verschlucktes „happy birthday" in ihre Richtung. Sie näherte sich gefährlich nahe meinem Gesicht, offenbar in der Absicht, sich ein Küsschen abzuholen. Ich stellte mir vor, wie ihre Wangen meine berührten – voll mit Make-up. Schnell drehte ich mein Gesicht weg, nahm ihre Hand und schüttelte sie kräftig wie ein Handtuch, an dessen Ende sich ein Krebs mit seinen Zangen verbissen hatte. Heilige Scheiße, war das alles peinlich!

Jonas drängte sich zwischen uns und rettete mich wieder einmal, indem er einen haarsträubenden englischen Satz über mein ungeübtes kontinentales Benehmen von sich gab. Ich glaube, sie verstand kein Wort. Er küsste sie auf die Wange und wünschte ihr alles Gute.

„Lila, du musst mitkommen!" Onno riss sie uns weg, war wohl besser so.

„Sie riecht gut", sagte Jonas mit einem Gesichtsausdruck, als hätte er seine Nase in einen erotisierenden Blütenkelch gesteckt oder in eine Hortensie – mein Vater hatte einmal erzählt, dass immer wieder Diebe in Vorgärten unterwegs waren und Hortensien klauten, weil man die trocknen und rauchen konnte und angeblich gefährlich high davon wurde.

Ich holte die nächste Runde Bier. Jonas die übernächste. Wir stopften uns mit Pizza voll. Jonas drängte darauf zu gehen. Im Tunnel wartete das Piece darauf, vollendet zu werden.

Kollektives Gelächter riss mich aus meinen Gedanken. Lila war dabei, Geschenke auszupacken, und schwang lila Unterwäsche wie den Wimpel eines Fußballvereins. Was für ein Idiot machte solche Geschenke? Ich hätte ihr etwas anderes geschenkt, keine Ahnung was, aber bestimmt keinen nuttigen Billigkram.

„Komm, sie tut dir nicht gut, es ist besser, wir gehen", sagte Jonas. Aber ich konnte nicht weg, riss schnell noch eine Dose *Red*

Bull auf, nahm einen Schluck und reichte sie Jonas. Er seufzte tief. Ich hielt ihn hin, ließ mich einen Schritt Richtung Tür ziehen, um dann wieder zwei zurückzumachen. Als es Mitternacht wurde, hatte ich keine Ausrede mehr. Ich war bereit zu gehen. Da kletterte Lila auf die Theke und rief laut: „Ich hab auch noch eine Überraschung!“ Eilig schob man Gläser und Geschirr unter ihren Füßen weg. Ihre Wangen glänzten vor Erregung. Sie wirkte aufgekratzt, nervös und auch nicht mehr ganz nüchtern. Ich hielt Jonas fest. „Nur noch kurz.“

Jonas seufzte.

„Eigentlich ist es ein Geschenk an mich selbst“, sagte Lila laut und schwankte ein wenig. „Hoppla.“ Sie kicherte. Alle verstummten. Es wurde leiser. Die Musiker hatten aufgehört zu spielen und sahen neugierig zur Theke.

Jeder konnte spüren, dass etwas Bedeutungsvolles in der Luft hing, etwas, das niemand versäumen wollte, selbst Jonas drängte nicht mehr zur Tür. Hatte sie etwa vor, sich vor allen auszuziehen? Bitte nicht! Das hätte ich peinlich gefunden. Ich machte mich gefasst darauf, die Flucht zu ergreifen, spätestens wenn sie anfangen sollte, sich die Bluse aufzuknöpfen. Diesen Moment wollte ich nicht miterleben. Oder doch?

„Ich will das schon seit ein paar Jahren machen, hab mich aber nie getraut.“ Ihre Stimme klang, als steckte ihr eine heiße Kartoffel im Hals und die dünne Bluse flatterte über ihrer Brust, weil ihr Herz ähnlich heftig schlug wie meines.

„Was wird das denn?“, fragte Jonas leise.

Ich schüttelte den Kopf. Das, was Lila da machte, fühlte sich nicht gut an. Sogar auf die Entfernung sah ich, dass sie sehr nervös war.

„Also ein paar von euch werden mich dafür hassen, bei denen möchte ich mich jetzt schon entschuldigen. Ich mach's nicht, um euch wehzutun. Ich mach's für mich.“ Sie warf einen kurzen Blick auf Tristan, der sich erschrocken umsah, bis er kapierte, dass der Blick wirklich ihm galt.

„Ihr seid alle so lieb zu mir und dieses Fest ist so schön und ich hoffe, dass ihr mir nicht böse sein werdet, und danke Onno, du bist der beste Bruder der Welt und, ach, was soll's ...!" Onno war ihr Bruder? Ich dachte mir seine Haarmähne weg und erkannte eine gewisse Ähnlichkeit. Nur war er viel größer als sie. Vorne schrien ein paar. Sarah kreischte wie in einem Horrorfilm. Ich stürmte in Richtung Theke, bis ich nicht mehr weiterkam, blickte über viele Köpfe und da sah ich es: Lila hielt eine große Schere in der Hand. Die Köpfe vor mir gerieten ins Wanken. Der ganze Raum schien auf Wellen zu stehen. Warum nahm ihr keiner die Schere weg?

„NEIN!", schrien mehrere Leute gleichzeitig. „Tu's nicht!"

„Tut mir leid", sagte Lila mit verschnupfter Nase. Lächelnd zwinkerte sie, legte sich ihren dicken goldenen Zopf über die Schulter nach vorne, setzte die Schere an und säbelte den Zopf unter dem Ohr ab.

„Bist du wahnsinnig?!", brüllte Tristan außer sich und wollte sich auf sie stürzen, aber als hätte Onno nur darauf gewartet, hielt er ihn zurück. Es waren nur Haare und trotzdem hatte ich das Gefühl, wenn sie sie abschnitt, würde das die Welt verändern. Ein paar Mädchen brachen in Sirenengeheul aus, andere schluchzten laut und hemmungslos, manche kreischten hysterisch und auch die Jungen wurden blass und konnten nicht fassen, was da vorne geschah. Ungefähr hundert Handys waren auf Lila gerichtet. Alle blickten zu ihr hoch. Wie sie dort stand ... Sie faszinierte mich ohne Ende. Ihre Augen waren inzwischen rot von den Tränen, die ihr über die Wangen liefen. Sie weinte und lachte gleichzeitig. Die Schere musste verdammt gut geschliffen sein, denn es ging schrecklich schnell, zu schnell. Kann bitte mal schnell jemand die Zeit anhalten?

„Bist du bescheuert?", heulte Tristan und erinnerte mich an einen Wolf, der sich noch nicht im Klaren darüber war, ob er beißen oder fliehen sollte. „Das kannst du nicht machen!"

„Doch", sagte sie weinend und lächelnd gleichzeitig. „Ich kann das."

„Aber sie waren das Schönste an dir!", brüllte er verzweifelt.

„Genau deswegen", sagte sie ruhig, „du mochtest meine Haare lieber als mich."

„So was Beschissenes hab ich ja überhaupt noch nie gehört", wetterte Tristan. „Bitte, hat dir irgendwer ins Gehirn gekotzt? Wenigstens fragen hättest du mich können. Ich hab da auch noch ein Wörtchen mitzureden."

Onno und Dragan versuchten gemeinsam, ihn zu beruhigen, indem sie auf ihn einredeten, aber Tristan schäumte. Er riss sich los und stürzte hinaus auf die Terrasse, um sich Luft zu verschaffen.

Lila stand da, den abgeschnittenen Rapunzelzopf quer über ihren Händen und blickte ihn verwundert an, fast so, als sähe sie ihn zum ersten Mal. Mit dem Ärmel wischte sie sich über die verweinten Augen. Dann griff sie sich in den Nacken, lachte kurz auf und schüttelte den Kopf. Dabei blitzte zwischen den Knöpfen ihrer Bluse das Shiva-Eye auf. Mein Shiva-Eye! Ich presste mir eine Hand auf die Brust. Die Mädchen, die nicht weinten, und die anderen auch, schienen kollektiv beleidigt zu sein auf Lila, weil sie es gewagt hatte, etwas zu tun, das sie sich selbst nie getraut hätten.

Ich hatte vom ersten Moment an gewusst, dass Lila anders war als die meisten. Sie war mutig. Vorsichtig fuhr sie sich über den Kopf und zerzauste ihr kurzes Haar, bis es wild und ungezähmt in alle Richtungen abstand. Frech sah sie aus, nicht mehr wie eine Prinzessin, eher wie ein Kobold. Und da konnte ich nicht anders, als zu klatschen, zuerst nur einmal, dann noch einmal. Alle drehten sich zu mir um und Lila fielen erleichtert die Schultern nach unten, weil ich ihr einen Moment Verschnaufpause von zu viel Aufmerksamkeit verschafft hatte. Jonas fiel in mein Klatschen ein, dann klatschte der kleine Herr Alfred, der in gebügeltem schwarzem Anzug mit Krawatte auf einem Tisch zwischen einer Sektflasche und Gläsern stand, um das Geschehen mitverfolgen zu können. Onno fiel in unser Konzert ein und bald klatschte die halbe Hostienzentrale, die andere Hälfte war damit beschäftigt, den Schock zu überwinden und die ganze Welt darüber zu informieren, dass Rapunzel um Mitternacht an ihrem achtzehnten Geburtstag ihr Haar gelassen hatte.

„Ganz schön mutig“, sagte Jonas leise in mein Ohr. „Was ich dir noch sagen wollte ... Hast du eigentlich gemerkt, wie sie dich vorhin angehimmelt hat? ... Vielleicht hab ich mich getäuscht ... Aber vielleicht liebt sie Tristan doch nicht so, wie ich gedacht hatte ... Vielleicht hast du doch Chancen.“

„Als Jack the Ripper vielleicht.“

„Du meinst als Jack London.“

„Egal. Sie kennt mich nur verkleidet.“

„Umso besser. Die wird erst Augen machen, wenn sie dich in natura sieht.“

Gegen meinen Willen entschlüpfte mir ein Lächeln. In meinem Bau erwachte ein winziger Gummiball zum Leben, krempelte sich die Ärmel hoch und wärmte sich mit Kniebeugen und Liegestütz auf. Eine irrwitzige Idee gab dem Gummiball den Startschuss, völlig außer Kontrolle in mir herumzuhüpfen.

O

Omikron – die fünfzehnte Erkenntnis: Leander Blum hatte viele Geheimnisse

Leanders Mutter war schön. Ihr Haar war tiefschwarz und sie schien mit ihren großen schwarzbraunen Augen sprechen zu können. Ihre Haut war dunkelbraun und ihre Lippen grau, fast violett, und matt. Sie stand zwar vor mir, schien mich aber nicht wirklich wahrzunehmen.

„Mein Name ist Lila und ich liebe Ihren Sohn“, sagte ich geradeheraus.

„Please, come in.“

Sie trug Flipflops an ihren nackten Füßen, was mich an den heißen Sommer erinnerte, der mir Leander Blum geschickt hatte. Etwas irritierte mich. Noch wusste ich nicht, was es war.

In der Küche hing der Dunst von Curry, Tee und schweren Gesprächen. „Sind Sie allein?“ Ich legte meine Scheu ab, musste alles tun, um herauszufinden, wo Leander sein konnte.

„Ja, sie sind alle auf der Suche, ich bleibe hier, jemand muss hierbleiben.“ Sie hielt ihr Telefon mit beiden Händen fest umklammert.

„Willst du Chai? Ich habe Chai gemacht.“

Sie kehrte mir den Rücken zu und schenkte milchigen Tee in eine Tasse. Er roch nach Zimt, Kardamom und Honig und Tausendundeine Nacht. Ich nahm einen Schluck. Das heiße Getränk floss durch meine Kehle und wärmte mich ein wenig.

„Wie war dein Name?“

„Lila.“

„Ich bin Wendy.“

Ich nickte und hielt mein vibrierendes Gesicht über den Dampf des Tees.

„Weißt du, wo Leander ist?“

„Nein, aber ich werde es herausfinden.“

Sie stand auf und holte eine Schachtel Kekse aus dem Schrank. Sie setzte sich damit an den Tisch, zog die verschweißte Innenverpackung aus dem Karton und versuchte vergeblich, sie zu öffnen. Ihre zarten dunklen Hände zitterten. Ihr verzweifeltes Bemühen rührte mich fast zu Tränen. Ich nahm ihr die Schachtel ab und riss die Verpackung auf.

„I'm sorry“, murmelte sie und zwang sich zu einem Lächeln.

„Schon okay.“

Sie legte die Kekse fein säuberlich auf einen Teller und stellte ihn vor mich hin. Ich hatte keinen Hunger. Dann griff sie nach meiner rechten Hand, hielt sie fest und sah mich an. „I want him back, Lila.“

„Ich auch“, murmelte ich, und plötzlich wusste ich, was mich irritiert hatte: Leander Blums Mutter sprach englisch, nicht immer, aber offenbar immer dann, wenn sie von zu vielen Emotionen überrollt wurde oder ihre Kontrolle verlor. Ich musste an die Stunde bei Miss Rush denken. Leander hatte so getan, als brächte er keinen geraden englischen Satz zusammen. Die ganze Arbeit hatte er mich machen lassen. Dieser Verräter. Was hatte er sonst noch für Geheimnisse?

„Ich kenne Leander nicht gut. Er hat sich vor mir versteckt … Ich glaube, er hat sich vor allen versteckt.“

Sie nickte.

„Aber ich werde ihn finden.“

„Promise", sagte sie und schaute mich aus verzweifelten Augen erwartungsvoll an. Sie war so jung.

„I promise", sagte ich und wir drückten uns lange über den Tisch hinweg die Hand. Ihr Blick fiel auf den Anhänger unter meiner hellen Bluse und ihre nass glänzenden Augen weiteten sich.

„Er hat es dir geschenkt?"

Ich zog die Kette über meinen Hals und legte sie auf den Tisch.

„Sie kennen das?"

„The Shiva-Eye", sagte sie und strahlte, wie ich noch nie jemanden strahlen gesehen hatte. „Ich habe es Leander in Delhi auf dem Basar gekauft."

Ich verschluckte mich an dem Chai. „Wie bitte?"

„Ich habe Leander das Shiva-Eye gekauft, als wir in Indien waren", wiederholte sie und rieb den weichen Stein.

„Das kann nicht sein. Ich habe es von einem anderen Jungen bekommen."

„No, darling." Wendy lächelte. „Ich würde dieses Schmuckstück unter Tausenden wiedererkennen."

„Aber ..." Was hatte Jack aus London mit Leander zu tun? Kannten sich die beiden? Jack hatte Englisch gesprochen. Er tauchte vor meinem inneren Auge auf. Wie er an der Theke saß und meinen Kuchen aß. Er hatte diese langen Haare gehabt ... die Handschuhe ... der Rollkragenpullover ... diese unechten schwarzen Augen ... Das ganze Bild begann zu bröckeln wie nasser Verputz.

„Woher kommen Sie? Ich meine, wo haben Sie gelebt, bevor Sie hierhergekommen sind?"

„Ich bin in London aufgewachsen." Sehnsuchtsvoll strich sie über das Shiva-Eye und hielt es sich an die Wange. „Aber es war mir wichtig, dass Leander seine Wurzeln kennt, den Ort und die Kultur, wo meine Familie herkommt. Wir waren ein paarmal in

Indien. Als ich das erste Mal mit ihm dort war, habe ich ihm das Shiva-Eye gekauft. Ich würde es unter Tausenden erkennen."

Und plötzlich wusste ich, wer Jack aus London tatsächlich gewesen war.

„Ist alles okay mit dir?"

Mit fahrigen Bewegungen raufte ich mir den Kopf. Dreimal war Jack im Priesterseminar gewesen. Zweimal mit seinem Freund Felix. Felix, der Glückliche. Loving Lila! Die beiden hatten mir das schönste Geburtstagsgeschenk gemacht, das ich je bekommen hatte. Leander Blum und Jonas Palmer. BLUX. Mir war, als tauchte ich in tiefes Wasser. Wie viele Geheimnisse gab es noch?

„Ich weiß, dass du ihn finden wirst", sagte Wendy und gab mir das Shiva-Eye zurück. „Wenn eine es kann, dann du." Ihr Vertrauen ehrte mich, aber ich fühlte mich noch mehr unter Druck gesetzt. Es war Zeit, ein paar harte Fakten zu kriegen.

„Was ist passiert? Was ist mit Jonas passiert? Wenn ich Leander finden soll, muss ich wissen, was passiert ist."

Sie seufzte.

„Leander und Jonas ... ein Herz und eine Seele ... two brothers, one spirit ..." Sie begann zu weinen und konnte nicht mehr sprechen. Ich sah ihr dabei zu. Es fiel mir schwer, aber ich hielt es aus, nichts zu tun, außer ihr zuzuhören. Sie schnäuzte sich in eine Serviette, nahm einen Schluck Tee und erzählte mir dann die ganze Geschichte. Bilder entstanden in meinem Kopf und so nach und nach konnte ich mir ungefähr vorstellen, was in jener Nacht im Mai, an meinem achtzehnten Geburtstag, geschehen war.

32

Gemälde: loving lila Graffiti

Ich male, weil ich malen muss.
(Leander Blum)

„Ich finde, wir sollten ihr auch was schenken", versuchte ich möglichst gelassen zu sagen. Jonas konnte ich nichts vormachen. Er wusste genau, was ich vorhatte.

„Nicht doch, nicht doch." Grinsend rieb er sich die Hände.

„Die sind alle hier unten", sagte ich und zwang den Gummiball zurück in seine Gummiball-Höhle.

„Du meinst, es kriegt keiner mit, wenn wir ihr oben ein kleines Präsent in 3D hinterlassen?"

„Niemand weiß, wer wir sind."

„Mir geht's eigentlich mehr darum, den kaputten Ruf von Jack London und Felix Krull wiederherzustellen. Wir können die beiden doch kaum so beschädigt in der Welt zurücklassen."

„Auf keinen Fall."

Wir gaben uns Five, nickten uns grinsend zu, rannten hinaus, vorbei am Pizzaofen, dem Marterpfahl mit den Zetteln und an ein paar Kiffern, die baufällige Treppe hoch. Seit dem letzten Graffiti-Kurs war noch niemand auf die Idee gekommen, die Spraydosen wegzuräumen. Und eine Ecke war noch herrlich unbemalt.

„Was für Wörter stehen zur Auswahl?", fragte Jonas, scannte

den Boden und bückte sich nach einem Bleistiftstummel, der neben einer Palette lag. Ich dachte kurz nach.

„Wie wär's mit Lila with Love?"

Jonas setzte sich auf den Boden und zeichnete ein Raumgitter, das uns half, die Perspektive zu ermitteln. Inzwischen dachte er über meinen Vorschlag nach und schüttelte dann den Kopf.

„Loving Lila", sagte ich. Auch das passte ihm nicht.

„Lila in Love?"

„Die Kombination O und V ist optisch nicht schön."

„Okay, warte, jetzt hab ich's: Lila Life."

„Mit v oder f?"

„F."

Er hob seinen Blick „Warum das jetzt wieder?"

Ich musste lachen. „Einfach so, du kannst es auch mit v schreiben, geht beides, je nachdem."

„Scheiß auf O und V, wir schreiben Loving Lila."

Er schloss für einen Moment die Augen, stellte sich den fertigen Schriftzug vor und nickte. Dann zeichnete er einen ersten Entwurf in das Raumgitter und gab mir den Bleistift. Ich zeichnete eine neue Variante. Er nahm meine Idee auf und verfeinerte sie. So ging das ein paarmal hin und her.

Als wir zufrieden waren, prägten wir uns das Schriftbild ein, hoben es in unserer Vorstellung in die Luft, bliesen es dreidimensional auf und brachten es in der Ecke zum Schweben. Wir hatten so viel mit Raumgittern und 3D anamorphics geübt, dass wir inzwischen eine ungefähre Idee davon hatten, wie verzerrt wir die Buchstaben malen mussten, damit der Schriftzug schwebend aussah.

„Als Lichtquelle nehmen wir die." Jonas zeigte auf eine Lampe mit einer zerbrochenen Glühbirne. Wir stellten uns die Schatten an Fußboden und Wand vor.

„Hast du's?"

„Glaub schon", murmelte ich und riss ein Etikett von der Verpackung mit den Atemschutzmasken. Auf die Rückseite des Etiketts sketchten wir noch einmal. Ein anderer hätte sich bei unserer wirren Kritzelei nicht ausgekannt, aber wir wussten genau, wie was gemeint war.

Ohne lange zu überlegen, nahm jeder zwei Dosen von der Palette. Wir steckten Caps drauf und begannen kräftig zu schütteln. Jonas prägte sich das Schriftbild noch einmal genau ein; ich wusste, dass er hinterher kein einziges Mal mehr auf das Papier sehen musste. Das kriegte ich nicht hin, und so überließ ich es ihm, die erste Line zu ziehen. Er schaffte es immer noch, mich zu überraschen. Jonas war nie besser gewesen als in jener Nacht. Mit träumerischer Sicherheit und absoluter Perfektion setzte er die Linien verschlungener und verschachtelter Buchstaben nahtlos ineinander, perspektivisch verzerrt über die rechtwinklig aneinanderstoßenden Wände, dass man glauben konnte, der Schriftzug schwebte. Er brauchte kaum hinzusehen, so sehr war seine reine Vorstellungskraft mit seiner Zeichenhand verbunden.

Wir korrigierten den Standort der Lichtquelle, um die Wirkung zu verstärken, und machten die Schattenumrisse zu zweit. Danach konnten wir frei und ungehemmt loslegen. Wir tobten uns aus, arbeiteten in Hochgeschwindigkeit und ließen uns durch nichts aus der Ruhe bringen, nicht durch dichter werdenden Zigarettenrauch, noch durch trappelnde Füße, nicht durch nervöses Geflüster, noch durch aufgeregte Stimmen.

Erst als das Klickgeräusch von Handykameras in unser Bewusstsein drang, wurden wir nervös und stellten uns der Wirklichkeit, indem wir uns umsahen: Hinter uns hatte sich eine Menschentraube gebildet. Mit offenen Mündern und großen Augen sahen sie uns fassungslos zu. Keiner wagte etwas laut zu sagen. Sie hatten Bier und andere Getränke bei sich. Manche hielten nach unten hängende Pizzaecken in der Hand, hatten aber offenbar die längste Zeit vergessen abzubeißen. Zwischen ihnen und uns lag ein Sicherheitsabstand, den alle einhielten, als trennte uns ein unsichtbarer Graben oder eine ansteckende Krankheit, die sich niemand freiwillig holen wollte.

„Heilige Scheiße!", murmelte ich. Jonas grinste.

„Was jetzt?", fragte ich nervös; zum ersten Mal in unserem Leben hatten wir Zuschauer. Und das fühlte sich verdammt prickelnd an.

„Weitermachen und nicht aus der Ruhe bringen lassen", schlug Jonas vor. Die abstehenden Härchen in seinem Gesicht verrieten mir, dass auch er gerade den ultimativen Kick verpasst bekam. Wir legten noch einen Zahn zu, wurden uns jeder Bewegung bewusst und spürten eine tiefe Befriedigung. Ich sprühte mit zwei Dosen gleichzeitig.

„Ist sie schon da?", flüsterte ich, weil ich es nicht mehr wagte, zur Tür zu sehen. Jonas schüttelte den Kopf, reckte sich und sprayte den i-Punkt von Lila in der Farbe firerose. Nachdem ich das dritte L ausgefüllt und Lichtpunkte gesprayt hatte, hielt ich es nicht mehr aus. Das Geflüster schlug um in aufgeregtes Geplapper und die herumstehenden Leute drängten näher – der Graben zwischen uns war schmaler geworden.

„Wer hat den Arschlöchern erlaubt, meine Kannen zu verwenden?" Tristan polterte die Treppe herauf.

„Aber TC, schau doch mal!"

„Das musst du dir anschauen, Tristan!"

„Echt jetzt, hast du so was schon mal gesehen?"

Nun fingen meine Hände wirklich an zu zittern. Aber es war kein Zittern, wie ich zitterte, wenn ich eine Angstattacke bekam. Dieses Zittern war gutartig und das Gegenteil von bedrohlich. Den Stoff für diese Prüfung hatte ich gelernt. Ich konnte ihn auf dem Kopf stehend und im Schlaf. Ich konnte ihn von hinten und von vorne. Und ich hatte den Meister aller Meister neben mir. Nur die vielen Kameras, die auf uns gerichtet waren, bescherten mir Unbehagen. Sie würden im Netz die Runde machen und irgendwann bei meinem Vater auf dem Bildschirm landen. Sei's drum. Wir konnten ohnehin nicht mehr lange so weitermachen. Es war nur noch eine Frage der Zeit, bis wir aufflogen. Trotzdem achteten wir darauf, ihnen nur unsere Rücken zu zeigen, was nicht einfach war; nur zu gern hätte ich ihre Gesichter gesehen, stattdessen schnappte ich ihre Kommentare auf.

„Ja leck' mich am Arsch."

„Urgeil!"

„Wer sind die denn?"

„Fuck!"

„Gehören die zu den MÖRVs?"

„Alter!"

„Jack und Felix, Engländer oder so."

„Etwa die, die sich im Anfängerseminar so danebenbenommen haben?"

„Genau die."

„Gott Allmächtiger!" Das war die Stimme des kleinen Herrn Alfred.

„Love ... Loving Lila, das heißt Loving Lila ... holt Lila!"

„Wo ist Lila?"

„Das sind meine Kannen!", rief der große City Priester wie ein zorniges Kind.

„Aber schau doch mal, TCP. Schau doch, was die machen."

„Lila! Lila! Lila!", fing die Menge an zu rufen.

Wir beeilten uns, traten einen Schritt zurück, zogen die finalen Striche und vollendeten gemeinsam das schönste Geburtstagsgeschenk, das wir je jemandem gemacht hatten. Es strahlte in allen Schattierungen und mit mehr Glück als Verstand hatten wir die Perspektive für die 3-D-Illusion astrein hingekriegt.

„Lila! Lila! Lila!“

Endlich kam Lila. Inzwischen war ihr Haar noch kürzer geworden – es schien, als hätten mehrere Hände, beziehungsweise Scheren, hemmungslos an ihr herumgeschnippelt. Ihr Gesicht aber war unverändert hübsch.

Schlagartig wurde es still in der Halle. Wir hielten uns die Hände schützend vor unsere Gesichter, was vermutlich nicht mehr allzu viel nützte. Lila wankte betrunken auf uns zu.

„Happy birthday“, keuchte Jonas, heute schon zum zweiten Mal.

„Wer seid ihr?“, rief Tristan von weiter hinten.

„Weißt du das immer noch nicht?“, rief ihm Lila durch die ganze Halle zu. „In der ganzen Stadt gibt es nur eine Crew, die so was kann – und die heißt BLUX.“

Der Raum um uns herum begann sich zu bewegen. So hatte ich mir unser Outing auch nicht vorgestellt. Auf einmal fand ich die Menge bedrohlich. Lila verschwamm vor meinen Augen. Die Menge bewegte sich in unsere Richtung. Blux! Blux! Blux! Jonas packte mich am Arm und zog mich zum Fenster. Er kletterte über den Sims.

Ich ihm hinterher. Eine scheppernde, wackelnde Feuerleiter führte in die Tiefe. Wir stürmten abwärts. Treppe um Treppe. Schritt um Schritt. Stufe um Stufe. Atemlos. Immer tiefer. Wurzeln und Efeu. Die Leiter wollte nicht enden. Ich verlor den Boden. Jonas verschwand mit der Leiter in der Dunkelheit. Ich folgte ihm. Hinab in endlose Finsternis.

Pi – die sechzehnte Erkenntnis: Leander Blum bekam ein geheimnisvolles Paket

Leander und Jonas kletterten über die Feuerleiter aus dem Priesterseminar, als ich meine Entdeckung, dass sie BLUX waren, vor allen ausposaunt hatte. Sie klauten sich ein Fahrrad. Leander fuhr, Jonas saß auf dem Gepäckträger. Leander trat in die Pedale. Sie wollten so schnell wie möglich zurück in die Stadt, beide voller Adrenalin und mit zu viel Alkohol im Blut. Dem Fahrrad ging die Luft aus. Sie warfen es ins Gebüsch und verschnauften. Euphorisch seien sie gewesen, übermütig und aufgedreht. Sie befreiten sich von den beißenden Perücken und den Kontaktlinsen. Jonas suchte seine Brille, hatte sie aber zu Hause vergessen. Leander wischte sich die Farbe aus dem Gesicht. Jonas dauerte das zu lang. „Geh pinkeln. Bin gleich zurück", sagte er.

Als Jonas nach zehn Minuten noch nicht zurück war, machte sich Leander auf die Suche nach ihm. Von einem Wäldchen aus sah er Jonas, wie er neben einem Gleis einen Stromkasten mit riesigen Lettern ansprühte: BLUX 4ever. Eine Laterne hing über ihm und ließ seine Gestalt in unwirklichem Licht erscheinen. Er winkte Leander zu und kletterte vom Stromkasten. Direkt auf das Gleis. Leander winkte zurück. Der Zug schoss mit rasender Geschwindigkeit um die Kurve.

Leander sah alles.

Vier Stunden lang war die Bahnlinie gesperrt. Der Lokführer musste psychologisch betreut werden. Erst im Morgengrauen entdeckte man während der Aufräumarbeiten, dass da noch einer im Gebüsch lag: Leander. In gefährlicher Schockstarre, zusammengekrümmt, nur noch ein Schatten seiner selbst. Sie brachten ihn ins Krankenhaus. Seine Eltern harrten an seiner Seite aus. Unerträgliche, endlose Tage und Nächte.

Irgendwann war er bereit zu sprechen und erzählte alles. Zu verlieren gab es nichts mehr. Seine Eltern hörten zu. Sein Vater war der Nächste, der knapp davor war durchzudrehen. Jahrelang hatte er seinen eigenen Sohn gejagt und nichts von dessen Doppelleben geahnt. Leander und Jonas hatten ihr Ding ohne Rücksicht durchgezogen. Die Möglichkeit, jederzeit aufzufliegen, und die Angst vor der Zukunft hatten bei Leander panikähnliche Zustände ausgelöst, die sich in Form von Atemnot, erhöhtem Puls und zitternden Händen gezeigt hatten. Vielleicht war es auch eine Art Todesahnung gewesen, aber beweisen konnte das niemand.

„Hinterher wurde mir alles klar", sagte Wendy. „Ich glaube, ich habe schon lange vorher geahnt, dass die beiden etwas Verbotenes trieben, aber ich habe es nicht wahrhaben wollen ... und ich habe ihnen vertraut." Plötzlich kam sie mir um Jahre älter vor. „Wolfgang sah immer nur den Schaden, den Sprayer anrichteten. Er hatte diese Abteilung gewählt aus Verbitterung, weil er es selbst nie geschafft hatte, seinen Traum zu verwirklichen. Ich glaube, in gewisser Weise bewundert er Leander, dass er das getan hat, was er selbst nicht konnte. Aber dass ihn Leander so schamlos ausgehorcht und ausgenutzt hatte, verkraftete er nicht. Bis heute. Jonas' Tod gab Wolfgang den Rest. Er begann noch mehr zu trinken. Seine Kollegen versetzten ihn in den Innendienst. Dort muss er jetzt Akten sichten. Und das auch nur, weil sie wissen, dass seine Arbeit das Einzige ist, was ihn am Leben hält. Sein Sohn ist es nicht. Und seine Frau auch nicht. Unsere Ehe existiert nicht mehr. Wir sind am Ende."

Sie nahm einen Schluck Tee.

„Leander bekam psychologische Betreuung. Gute Betreuung. Aber Jonas ist tot. Da hilft keine Betreuung. Eine Woche nach der Beerdigung kam ein Paket mit der Post. Darin lag eine Schatulle aus Jade mit fünf Pinseln." Sie strich sich eine Strähne aus der Stirn. „Ich weiß nicht, von wem die Pinsel waren, aber sie schienen Leander ein wenig zu helfen. Er fing an zu malen wie besessen. Eine Spraydose hat er nie wieder angefasst, die Pinsel schon. Seither steht er Tag und Nacht an der Staffelei in seinem Zimmer. Wir lassen ihn in Ruhe. Wir dachten, die Malerei würde ihm helfen. Er hat mir die Bilder nicht gezeigt. Ich spioniere meinem Sohn nicht hinterher. Aber manchmal lässt er mich in sein Zimmer. Überall liegen Skizzen herum. Auf fast allen ist Jonas zu sehen. Ich glaube, Leander hat seine Erinnerungen gemalt, so wie andere Menschen Tagebuch schreiben. Er hat Szenen aus seinem Leben gemalt. Ich finde das ... wie sagt man, touching ... berührend. Ich dachte mir, wenn er so weit ist, wird er uns die Bilder schon zeigen.

Wolfgang und er sprechen nicht mehr miteinander. Nur das Allernötigste. Sie begegnen sich wie Feinde, sie sind zerfressen von gegenseitigen Vorwürfen, Enttäuschungen und Traurigkeit, vor allem aber von Selbstvorwürfen, beide wissen, dass sie Fehler gemacht haben ... und ich weiß das auch." Mit einer fahrigen Geste wischte sie sich über die Augen. „Wolfgang betäubt sich mit Alkohol, Leander betäubt sich mit Malen. Ich betäube mich, indem ich mich um meine Schwiegereltern kümmere und mir einrede, dass sie mich brauchen. Wir sind Leanders Wunsch nachgegangen, die Schule zu wechseln. Nichts hätte ihn dazu gebracht, ohne Jonas in die gleiche Klasse zu gehen. Für uns ist es ein Wunder, dass er überhaupt noch zur Schule geht. Aber nachts, da malt er. Er malt jede Nacht. Ich weiß nicht, wann und ob er jemals schläft.

Es macht mich verrückt. Aber was hätte ich tun sollen? ... Ich habe ihm Chai gekocht und dafür gesorgt, dass er einmal am Tag etwas Warmes in den Magen bekommt. Aber was er wirklich vorhat, wissen wir nicht." Der Schmerz in ihrem Gesicht verschwand für einen Augenblick und sie lächelte mich an, als trüge ich einen Heiligenschein. „Aber jetzt bist du gekommen. Du und das Shiva-Eye. Du wirst ihn finden, nicht wahr?"

Der Chai in meinem Bauch erstarrte zu einem Eisklotz. Es war die pure Verzweiflung, als ich fragte: „Wo sind die Bilder, die er gemalt hat?"

„Wir wissen es nicht. Er muss sie mitgenommen haben. Wir haben sein Zimmer durchsucht. Die Keilrahmen hat er hiergelassen. Die Ölbilder hat er wohl zusammengerollt oder zusammengelegt. Es müssen Hunderte Bilder gewesen sein. Kein einziges haben wir gefunden. Wolfgang glaubt, dass er sie irgendwo aufgehängt hat, an einem Ort, an dem er sich ungestört fühlt, wo er sie ansehen kann, wenn er ..." Weiter kam sie nicht.

Ich sah Leander vor mir, wie er vor seinen Bildern stand, an Jonas dachte und nur noch einen Gedanken hatte: sich wegzumalen und Jonas zu folgen. Angst kroch wie Gift durch meine Venen. Wohin hatte Leander seine Bilder gebracht? Es musste ein Versteck sein. Etwas, das niemand so schnell erreichte ... Spontan fiel mir nur ein Ort ein. Aber das war absurd. Genauso absurd wie alles andere. Ich sah die Kekse vor mir. Unangerührt. Niemand hatte sie essen wollen. Und ich sah diese tapfere Frau. Es biss mich in den Bauch. Ich hatte nicht gewusst, dass Leben so wehtun konnte.

33

Gemälde: masterpiece
Öl auf Leinwand. 100 × 70 cm

„Kein Rahmen wird es schaffen, meiner Fantasie eine Grenze zu setzen, wenn ich eintauche in die Welt der Illusion.“
(Leander Blum)

Ich stehe hier und male. Ich male Jonas und mich, wie wir im Tunnel malen. Wir sind kurz davor, unser Masterpiece zu vollenden. Niemand stört uns. Karl und sein Hund Oski sind unsere einzigen Zuschauer. Ich kann Jonas spüren. Er ist ganz nah bei mir. Wir gehen auf im Rausch. Bald werde ich mich auflösen. Gemeinsam werden wir im Reich der ewigen Farben verschwinden.

ρ

Rho – die siebzehnte Erkenntnis: Mit Leander Blum würde ich bis ans Ende gehen

Ich konnte mich kaum auf den Beinen halten, als ich in den Bergen vor der Tür zur Hütte stand und die Klinke in meiner Hand hielt. Der Morgen graute. Und mir graute davor, diese Tür zu öffnen. Bald würde die Sonne aufgehen. Was war letzte Nacht dort drinnen geschehen? Was erwartete mich hinter dieser Tür? Leander tot?

Zum ersten Mal erlebte ich, wie es sich anfühlte, Todesangst um jemanden ertragen zu müssen; für mich in diesem Moment zweifellos das schlimmste aller Gefühle: Wut, Zorn, Traurigkeit, Kummer, Ekel ... alles erschien mir erträglicher als der eisige Würgegriff nackter Angst. Ich brauchte die Klinke nur nach unten zu drücken und einen Blick hineinwerfen, um Gewissheit zu bekommen. Aber ich schaffte es nicht. Meine Sicht verschwamm. Plötzlich verstand ich depressive Menschen, die nicht die nötige Energie für den Schritt vor die Haustür aufbrachten.

Warum nur hatte ich darauf bestanden, dass Onno und Tristan ohne mich weiter zur First-Hütte fuhren? Sie hatten mich hierher begleiten wollen. Aber ich hatte vehement abgelehnt. Die Hütte gehörte Leander und mir. Sonst niemandem. Wie würde Leander reagieren, wenn er plötzlich Tristan hier sah – falls Leander noch am Leben war. Die ganze Nacht waren wir mit Tristans

Transporter unterwegs gewesen. Onnos Idee. Die Zeit hatte gedrängt und in der Eile war uns niemand anderer eingefallen, der sowohl ein Auto als auch einen Führerschein und genug Geld für Benzin besaß.

Tristan und ich hatten uns seit meinem Geburtstag nicht mehr oft gesehen. Das Priesterseminar und die MÖRVs hatte ich gemieden. Manche hatten mir vorgeworfen, dass ich Tristan vorgeführt hatte, als ich mir die Haare abgeschnitten hatte. Nachdem wir Tristan Leanders Geschichte erzählt hatten, war er sofort bereit gewesen, uns zu helfen. Er bewunderte BLUX schon sehr lange und brannte darauf, Leander wirklich kennenzulernen und sich mit ihm über anamorphics, styles und characters austauschen zu können. Nach dem Besuch bei Leanders Mutter war mir eingefallen, dass wir in meiner Geburtstagsnacht das Zugunglück unmittelbar mitbekommen hatten, weil eine Menge Einsatzfahrzeuge am Priesterseminar vorbeigefahren waren und sich viele Freunde darüber aufgeregt hatten, wie schwierig es gewesen sei, nach dem Fest nach Hause zu kommen, weil die Straßen, vor allem aber die Bahnstrecke gesperrt gewesen waren. Die dramatischen Details waren vor der Öffentlichkeit verborgen geblieben. Oder nur vor mir. Weil ich nicht wissen wollte, was tatsächlich geschehen war. Weil ich den Gedanken, dass einer, den ich kannte, das Opfer war, nur schwer ertragen hätte können.

In Onnos Schule schlug die Nachricht vom Tod des Mitschülers wie eine Bombe ein. Onno sagte nichts. Warum auch. Jonas und Leander hatten auf meinem Geburtstag Perücken getragen. Selbst Onno hatte sie nicht erkannt, obwohl sie in seine Parallelklasse gingen.

Jetzt saß ich zitternd vor der Hütte im Wald und schaffte es nicht hineinzugehen. Immer wieder schweiften meine Gedanken in die Vergangenheit. Weil ich Angst hatte, mich der Zukunft zu stellen. Was für ein verrückter Tag. Ohne eine Sekunde zu überlegen, war Tristan Stunden zuvor mit uns ins Auto gestiegen und den weiten Weg hierher gefahren. Die Talstation hatten wir um Mitternacht erreicht. Die Hütte zu finden hatte fast noch einmal so lange gedauert und war viel schwieriger gewesen, als ich gedacht hatte. Die halbe Nacht waren wir über Schotterpisten und Güterwege ohne Genehmigung kreuz und quer durch den Wald bergauf und bergab gerumpelt und ich hatte zu zweifeln begonnen, ob Leander wirklich hier war.

Wie hätte er herkommen sollen? Er hatte bestimmt keinen Fahrer und kein Auto gehabt. Wir hatten schon aufgeben und unsere Suche in den Tag verschieben wollen, als wir den Wegweiser zur First-Hütte entdeckt hatten, in der unsere Klasse damals übernachtet hatte. Von dort versuchte ich rückwärts zu denken und lotste Tristan instinktiv mal links, mal rechts. Wir hatten mehr Glück als Verstand, als im Scheinwerferlicht das mächtige Holzkreuz mit dem aufgenagelten Jesus auftauchte. Ich stieg aus und verlangte von Onno und Tristan, zurück zur First-Hütte zu fahren, wo sie auf mich warten sollten, bis ich sie anrief. Zur Sicherheit checkten wir den Empfang unserer Handys. Zuerst lachten sie mich aus – unter keinen Umständen wollten sie mich alleine gehen lassen. Sie hielten mich für wahnsinnig, aber ich ließ nicht locker. Ich musste Leander allein begegnen.

Aber jetzt, als ich die Türklinke umklammerte und mich nicht traute, sie nach unten zu drücken, musste ich Onno recht geben: Ich war wahnsinnig! Den Anblick, Leander an einem Strick von der Decke baumeln zu sehen, würde ich niemals verkraften. Die Angst fraß mich auf. Ich konnte mich nicht bewegen. Meine Muskeln waren starr, während in meinen Organen ein Krieg tobte. Schweiß rann aus meinen Achselhöhlen an den Innenseiten meiner Arme herunter. Am heller werdenden Tag erkannte ich, dass ich schon viel zu lange vor der verschlossenen Tür stand. Konnte ich es mir je verzeihen, zu spät gewesen zu sein? Nur weil ich es nicht geschafft hatte, eine Klinke zu drücken? Ich ballte meine Fäuste, sammelte meine Energie hinter dem Bauchnabel, holte tief Luft und schlug die Klinke nach unten, während ein ekelhafter Laut aus meiner Kehle entfuhr, vor dem mich selbst schauderte. Meine Schläfen pochten und mein Kopf wollte platzen. Ich versuchte alle Schutzmechanismen zu aktivieren, um mich gegen jeden noch so schrecklichen Anblick zu wappnen. Ich war nicht mehr ich selbst. Ich stieg aus mir heraus.

Wie in Trance trat ich ein. Das erste Licht des Tages fiel durch die Fenster. Ich roch Zigaretten, sowohl abgestandenen Rauch als auch den Gestank alter Kippen. Frische Farbe und Terpentin. Im Flur standen zwei sehr große Rollkoffer, offen und leer. Die Tür zum Schlafzimmer war angelehnt, zum Glück, sonst wär' ich noch einmal so lange davorgestanden. Mein Herz war kurz davor zu explodieren. Es hämmerte laut in meinen Ohren. Mit der Fußspitze stieß ich die Tür auf.

Gemälde hingen an allen vier Wänden, übereinander und untereinander, von oben bis unten, auf dem Bett, dem Schrank, am Fußboden. Unterschiedliche Formate. Unterschiedliche Techniken. Unterschiedliche Farben. Leinwände, von den Rahmen abgenommen, einfach an die Wand genagelt. Mir blieb die Spucke weg. Nie zuvor hatte ich kraftvollere Bilder gesehen, ausdrucksstark und so intensiv, dass es mir Tränen in die Augen trieb. Ich stellte mich in die Mitte des Raums und drehte mich etliche Male im Kreis. Leanders Erinnerungen wirbelten an mir vorüber. Leander und Jonas in Sturmhauben vor einem Maschendrahtzaun an einem U-Bahn-Gleis. Jonas hielt eine Drahtschere in Händen. Die Nacht war nebelig und ich konnte mir vorstellen, dass es nach Öl und Pisse roch. Eine Katze lauerte im Gebüsch, bereit zum Sprung. Die Szene war umgeben von dicken Farbschlieren, die mich förmlich in das Bild hineinziehen wollten. Im Bild daneben huschten zwei schwarze Gestalten wie Geister auf Turnschuhsohlen von Schatten zu Schatten, die Bahntrasse entlang, gebückt und die Rucksäcke voller Farbdosen auf ihren Rücken. Ich glaubte, die Metallkugeln darin klappern zu hören. Silberne U-Bahn-Waggons, zwei vermummte Sprayer, die ihre Dosen schüttelten. Mir war, als bewegten sich die beiden vor meinen Augen. Durch ein Fenster erkannte ich die Figur eines sich nähernden Polizisten. Leanders Vater. Auf mehreren Bildern konnte ich die Flucht mitverfolgen, durch Tunnel, U-Bahn-Schächte, über Rolltreppen und Lifte, hinaus ins Freie. Zum Teil nur angedeutet. Zum Teil hätte man auch etwas anderes darin sehen können. In einem Hinterhof inmitten eines Kinderspielplatzes stand Jonas, die Hände auf die Knie gestützt, und lachte. Sein Lachen steckte mich an. Aus einem Fenster streckte eine alte Frau ihren Kopf und ich glaubte, sie keifen zu hören. Auf einem nächsten Bild sah ich Leander und Jonas auf einer Kippschaukel. Ihre Füße abgehoben vom Erdboden, schwebend im Gleichgewicht. Auf einem Bild stand der Mond über den Dächern und ließ die Silhouette der Kamine und Satellitenschüsseln wie Scherenschnitte erscheinen, fehlten nur noch die buckelige Katze und die Hexe auf einem Besen vor dem Mond. Farben wirbelten um mich herum. Nicht alle Details waren zu erkennen. Leanders Pinselstrich war großzügig. Und dann war da dieses kleine quadratische Bild von einem Kebab, mit Jonas' kauendem Mund im Hintergrund und ... war das etwa Arsim, der ihm mit seinem Messer drohte? Unwillkürlich musste ich lachen.

Ich wandte mich dem nächsten Bild zu: An einem Waschbecken wusch sich ein blondes Mädchen mit langen Haaren die Hände ... meine Knie gaben endgültig nach ... ich erkannte mein eigenes Gesicht im Spiegel ... und da wusste ich, dass er mich wirklich geliebt hatte. Keiner sonst hätte mich so malen können. Eine Sehnsucht nach Leander Blum ergriff mich, die mich fast in Ohnmacht versetzte. Mein Schädel drohte zu zerspringen. Mehr denn je wollte ich ihn nicht verlieren. Aber wo war er? Ich konnte es mir nicht erlauben, in aller Ruhe seine Bilder anzusehen. Es waren unglaublich viele.

Ich stolperte in die Küche. Auch dort Bilder an den Wänden. Gegenüber dem Fenster hingen die, die er zuletzt gemalt hatte. Das Bedrückendste von allen war ein zu Farbe gewordener Albtraum. Aus der Schwärze kamen grelle Lichtkreise direkt auf den Betrachter zu. Die Lichter des Zuges. Es war passiert, kurz nachdem sie *Loving Lila* für mich gesprayt hatten. Ich rang nach Luft. Wenn ich nicht Geburtstag gefeiert hätte, wären Leander und Jonas nicht ins Priesterseminar gekommen, dann hätten sie nicht gesprayt und Jonas wäre noch am Leben ... Magensäure stieg in mir hoch. Und plötzlich wusste ich, warum Leander mir gegenüber so abweisend gewesen war, obwohl er mich geliebt hatte. Es musste ein Schock für ihn gewesen sein, als ich an meinem ersten Schultag die Klasse betreten hatte. Kein Wunder, dass er keine Lust gehabt hatte, sich mit mir zu unterhalten, und sich unter seiner Kapuze versteckt hatte. Hätte er sich nicht in mich verliebt, würde Jonas wahrscheinlich noch leben.

Ich rannte aus der Hütte, fiel auf die Knie und musste mich übergeben. Leander, wo bist du? Du kannst mich doch nicht so zurücklassen. Nicht jetzt. Ich kniete würgend im Gestrüpp und das Shiva-Eye baumelte an mir herunter. Ich hielt mich daran fest wie an einem Anker. Lass mich nicht im Stich! Für einen Moment lichtete sich der Schleier vor meiner Angst und ich blickte klarer, das düstere Bild war nicht das letzte gewesen, das er gemalt hatte. Da war noch eines gewesen. Auf wackelnden Beinen stand ich auf und ging noch einmal in die Hütte.

Das allerletzte Bild war sehr beeindruckend. Graffiti auf Papier gemalt. Die Details waren umwerfend. Ich sah das Innere eines Tunnels. Am Ende ein Licht, das lange Schatten warf. Neben einem Rinnsal, das durch den Tunnel floss, saß ein zahnloser Obdachloser und streichelte seinen Hund. An der gebogenen Tunnelwand auf einer Leiter standen Jonas und Leander. Sie vollendeten ein Graffiti, das mich nach Luft schnappen ließ. Zweifellos das Beste, das BLUX je vollbracht hatten. Ob es dieses Piece in dem Tunnel tatsächlich gab? Wenn, dann hätte es bestimmt schon jemand entdeckt. Tristan oder Onno hätten es erwähnt. Es hätte in der Szene mindestens so viel Staub aufgewirbelt wie der brennende Buchstabenhaufen in der endlos düsteren Wüstenlandschaft auf diesem Gemälde. Die Tiefenwirkung ließ mich glauben, ich könnte die Wüste betreten und tagelang an Felsbrocken vorbei eine Straße in Richtung Horizont laufen. Das Gemälde glänzte noch nass. In einer Ecke stand BLUX 4ever.

Auf dem Küchentisch lag eine gebrauchte Palette mit unzähligen Klecksen von Farbresten, daneben ausgedrückte Ölfarbtuben und eine Jadeschatulle, in der fünf Pinsel lagen, mit denen schon viel gemalt worden war. Die Pinsel kamen mir vor wie lebendige Wesen und ich musste an das denken, was Jonas in sein Tagebuch geschrieben hatte: „Wir können uns unsere eigene perfekte Welt malen. In den Bildern leben wir ewig. Unsere Körper werden wir aufgeben müssen. Aber was sind schon Körper in einer irdischen Welt? Sie sind vergänglich, aber Trarraa! Hurra! Und Yippieja yeah, es gibt einen Ausweg, du heilige Scheiße, wir haben das große Los gezogen, wir haben das größte Geschenk auf Erden bekommen, das ewige Leben, wir sind die Auserwählten, wir müssen nur dran glauben, Herr Alfred glaubt dran, und, Scheiße noch mal, ich glaube auch daran."

Vorsichtig nahm ich einen Pinsel aus der Schatulle. Heiß lag er in meiner bebenden Hand, und für einen Moment stellte ich mir vor, wie es wäre, wenn Jonas und Alfred recht hatten. Was, wenn sich Leander mit diesen Pinseln seine eigene Welt gemalt hatte, die Welt der Erinnerungen, in der er bei Jonas sein konnte, in der er das ewige Leben fand? Aber was war mit mir?

Er konnte sich doch nicht so einfach aus dem Staub machen und mich allein zurücklassen? „Leander, bist du da drinnen?“, fragte ich das Bild. Zuckte der Hund mit dem Ohr? Hörte ich das Rinnsal durch den Tunnel rauschen? Drehte Leander den Kopf nach mir um? „Leander!“, brüllte ich wie besessen das Bild an. Ich näherte mich mit meinen Fingern dem Papier. Es hätte mich nicht gewundert, wenn ich hindurchgreifen hätte können, wenn es das Papier gar nicht gab. „Bist du da drinnen? Hier bin ich! Ich rede mit dir! Du kannst nicht ohne mich abhauen! Leander?“ Meine Finger griffen ins Nasse und wurden voller Farbe. Das Piece auf der Tunnelwand bekam hässliche Schlieren. Ich verschmierte den Buchstabenhaufen. Ich hatte es ruiniert. Oh Gott!

Eine eingehende Nachricht auf meinem Handy katapultierte mich zurück in die Realität. Ich tippte aufs Display und hinterließ dabei einen blauen Ölfleck: Werbung für ein Abnehmprodukt. Noch nie war ich so dankbar für Werbung gewesen. Ich wischte mir die Fingerkuppen an der Hose ab. Das fühlte sich besser an. So irdisch. Was machte ich hier? War ich eigentlich verrückt? Ich stand in einer verlassenen Hütte im Wald und brüllte ein Bild an. Hey, aufwachen! Bist du irre? Das ist doch der Wahnsinn! Wütend warf ich den Pinsel, der magisch sein sollte, zurück auf den Tisch, hob die Jadeschatulle und kippte alle anderen Pinsel aus. Dann drehte ich die Schatulle um und untersuchte sie. Chinesische Kalligrafie und darunter Buchstaben, die ich lesen konnte: Made in China! Woher zum Teufel hatte Herr Alfred diese Schatulle? Ich googelte unter *Bilder*: Kalligrafie-Pinsel Jadeschatulle. Prompt erschienen auf dem Bildschirm identisch aussehende Jadeschatullen. Glaubte Leander wirklich, dass magische Pinsel gab, mit denen man sich seine Welt schönmalen konnte? Zu diesen Jadeschatullen gab es eine offizielle Legende, die ebenfalls im Internet abgedruckt war. Sie erzählte das, was Jonas ungefähr in sein Tagebuch geschrieben hatte: Von Wang Xizhi, dem berühmtesten Kalligrafen aller Zeiten, der aus den Haaren seiner fünf ermordeten Töchter Pinsel angefertigt hatte, mit denen er sich in die Bilderwelt gemalt hatte. Verflucht! Ich hatte immer schon gewusst, dass der kleine Herr Alfred (früher Buchhalter in einer Kanzlei, aus der man ihn rausgeworfen hatte) ein König im Geschichtenerzählen war, aber diese Geschichte hatte er offensichtlich nicht mal selbst erfunden. Ich erinnerte mich an die Story, die er mir aufgetischt hatte, als er mir das uralt aussehende Kochbuch mit Großmutter-Rezepten geschenkt hatte; wahrscheinlich war auch das nur Retro gewesen.

Die Besessenheit, mit der Leander gemalt hatte, ließ mich glauben, dass er die Geschichte für bare Münze genommen hatte. Leander konnte unmöglich in der Bilderwelt verschwunden sein. Aber wo war er dann? Erneut begann ich nach ihm zu rufen. Ich hatte viel zu viel Zeit vergeudet. Panisch rannte ich die Treppe hoch. Nichts. Ich steckte meine Nase in jede Ecke und Nische. Ich rief nach Leander, aber in der Hütte war er nicht. Jede Bewegung war besser, als wie gelähmt in Panik zu erstarren. Die Wut auf Herrn Alfred, dass er Leander und Jonas mit einem chinesischen Billigprodukt so schamlos verführt hatte, gab mir Energie. Zornige Energie. Ich rannte durch den Wald, vorbei am Holzkreuz, den Wanderweg bergab. Links von mir fiel der Wald steil ab. Tief unten, auf einer Lichtung, sah ich etwas neongrün leuchten. Ein Stofffrosch. Leander hielt ihn fest und stand an der Kante eines senkrechten Felsens. Bereit zu springen.

Die ersten Sonnenstrahlen beleuchteten die Wipfel. Ein Vogel pfiff. Leander hob den Kopf und runzelte die Stirn. Mir war, als fürchtete er sich, von den Strahlen berührt zu werden, und plötzlich hatte ich die Vision, dass er schon die halbe Nacht hier gestanden und sich vorgenommen hatte zu springen, ehe die Sonne aufging. Ich hatte schon etliche Filme gesehen, in denen Selbstmörder sich von Dächern stürzen wollten. Man durfte sie nicht erschrecken. Was noch? Was durfte man sagen, was nicht? Wie musste man sich verhalten? Plötzlich war mir alles egal. Energisch rutschte ich den Abhang zwischen den Bäumen hindurch auf ihn zu und spürte Wut in meinen Adern brodeln.

„Spring doch!", brüllte ich wie von Sinnen, hakte meine Fersen in den Waldboden, bremste ein paar Meter hinter ihm und stand auf.

„Aber wenn du das tust, bist du so ein verflucht blödes, beschissenes Arschloch!" Es fühlte sich richtig an. langsam drehte er sich zu mir um. Sein Blick war leer und machte mir noch mehr Angst, aber ich hatte nicht vor, jetzt aufzugeben. Ich ballte die Fäuste. „Was glaubst du eigentlich, wer du bist? Zuerst verliebst du dich in mich, dann küsst du mich, schleppst mich in den Prater, und jetzt willst du dich einfach aus dem Staub machen?" Wusste er überhaupt, wer ich war?

Er starrte mich an wie eine Fata Morgana.

„Ich bin's, Lila", sagte ich ein wenig sanfter. „Ich weiß, dass du Jonas vermisst und dass es dir beschissen geht. Aber was glaubst du eigentlich, wie's mir geht, wenn du mit zerschmetterten Knochen und aufgeplatztem Kopf da unten liegst?" Geladen stampfte ich auf ihn zu. Etwas zu schnell vielleicht.

„Was machst du da?", krächzte er aus trockener Kehle. Seine Lippen klebten fast aneinander.

„Was glaubst du wohl, was ich mache? Ich springe dir hinterher", sagte ich und war stolz, weil es so überzeugend klang.

Ungläubig glotzte er mich an.

„Ist doch logisch", sagte ich. „Du kannst ohne Jonas nicht mehr leben. Das verstehe ich. Bei deiner tollen Rechnung hast du nur vergessen, dass ich ohne dich nicht mehr leben kann. Also springe ich mit dir. Ziemlich sicher kann Onno ohne mich nicht mehr leben. Er wird der Nächste sein, der springen wird. Und dann wird uns Charly folgen. Zwei tote Kinder überlebt er nicht ...

Aber uns kann das ja egal sein, weil wir kriegen das ja nicht mehr mit." In einem Anfall von Verzweiflung stellte ich mich neben ihn. „Also, wie machen wir's? Zählen wir bis zehn? Oder lieber bis drei? Vorwärts oder rückwärts?"

Leanders Miene war wie aus Stein. Er schien nicht zu glauben, was ihm gerade geschah. Ich wagte den ersten Blick nach unten, 150 Meter mindestens. Die Grenze zwischen Leben und Sterben war hauchdünn. Gemeinsam standen wir an der Klippe. Wenn es sein musste, würde ich mit ihm fallen. Besser, als ihn zu verlieren und allein zurückzubleiben. Aus meinem Übermut wurde Wehmut. Mein Kinn zitterte. Meine Sicht verschwamm. Ich hatte eine Ewigkeit nicht mehr geschlafen. Ich war fertig. „Jonas ist tot", murmelte ich und sah ihm von der Seite in diese unrealistischen blauen Augen. „Aber ich lebe. Noch. Nicht mehr lange. Denn wenn du springst, ich schwöre dir bei Gott, dann springe ich mit dir."

„Lila." Seine Pupillen begannen zu flackern. Er geriet ins Wanken. Der Stofffrosch fiel ihm aus der Hand. Er prallte an der Kante ab, drehte sich und fiel in die Tiefe. Es schien eine Ewigkeit zu dauern, bis wir ihn nicht mehr sahen.

Leander blickte nach unten. Ich hielt die Verzweiflung in seinem Gesicht nicht mehr aus und machte mich bereit, mit ihm bis ans Ende zu gehen. Ich spannte meine Muskeln an, stellte mich breitbeinig an den Rand der Klippe und streckte meine Hand nach seiner aus. Er schob seine rauen, farbverschmierten Finger in meine. Sie waren so viel länger. Er verhakte sich fest mit mir. Dann riss er mich an sich, umhüllte mich mit seinem großen Körper und zog mich von der Kante weg. Wir kippten zur Seite und landeten hysterisch weinend auf dem Waldboden.

Vernissage

„Das Leben meint es gut mit dir, solange du Pflaumenkuchen backen kannst.“ Diesen Satz schrieb meine Uroma meiner Oma mit dem Montblanc-Füller ins Poesiealbum. Meine Uroma war aus Böhmen und musste im Krieg flüchten. Ihre Generation lernte zu verzichten. Meine Generation lernt das Gegenteil. Nach schrecklichen Jahren kam aber irgendwann der Tag, an dem sie wieder einen Kuchen backen konnte. Die Pflaumen schmeckten zwar anders als in ihrer alten Heimat, nicht so süß, nicht so weich, nicht so besonders, aber trotzdem war alles wieder ein bisschen so wie in ihrer Kindheit.

Ich binde mir eine Schürze um. Ich siebe Mehl mit Backpulver auf die Arbeitsfläche und verteile Butter in Flöckchen. Ich streue Zucker darüber und schlage ein Ei auf. Ich rieche daran. Es riecht frisch. Das Omegahoch. Der letzte Sommer. Eine Ewigkeit her. Jetzt prasselt Schneeregen gegen die Küchenscheibe. Oliver hat einen Elch aus Lichterketten auf dem kleinen Raucherbalkon vor der Küche aufgestellt. Charly hat den Elch wieder abmontiert, der Balkon sei zum Rauchen, und seit Leander ihm dabei hin und wieder Gesellschaft leistet, braucht er den Platz noch dringender. (Immer öfters kommt Oliver zufällig auf die Idee, sich eine Zigarre anzuzünden, wenn die beiden in der Kälte stehen. Er ist eifersüchtig, weil sich Leander und Charly so gut verstehen. Mit der Zigarre kann er an ihren Gesprächen teilhaben, was Monika zur Weißglut bringt: „Ihr werdet alle zusammen an Lungenkrebs verrecken.") Manchmal wechseln Leander, Charly und Oliver dann kurzerhand die Location und gehen zum Punschstand um die Ecke.

Ich gebe das Eigelb auf den Teig und hole entkernte Pflaumen aus der Tiefkühltruhe. Ich reiße den Sack auf und schütte sie in eine Schüssel. Bevor ich anfange, den Teig zu kneten, schreibe ich Leander eine Nachricht:

„Wie geht's dir?"

Sekunden später kommt die Antwort: „Beschissen. Brennst du mit mir durch?"

Ich muss lachen und tippe: „Keine Zeit." Ich mache ein Foto von dem Mehl-Zucker-Butter-Eier-Haufen und schicke es ihm.

„Was ist das?"

„Der Beginn eines Pflaumenkuchens."

„LL"

Loving Lila. Lächelnd lege ich das Handy beiseite und will mir nicht vorstellen, wie nervös er ist. Ich bin auch nervös. Heute Abend wird Leanders Ausstellung im Beton Brut, einer großen Galerie für Moderne Kunst, eröffnet. Seine Bilder haben Kunstkenner in Euphorie versetzt. Schuld daran war Oswalda Herzog.

Noch während des Kuraufenthaltes wollte sie mit Leander einen Termin für die Fertigstellung des Gemäldes fixieren. Leander nahm sein Handy nicht ab, aber seine Mutter. So erfuhr Oswalda von Jonas' Tod. Sie unterbrach ihre Kur, um an der Beerdigung teilzunehmen. Niemand habe lauter geweint als sie (laut Leanders Mum). Im Andenken an den jungen Künstler räumte Oswalda eine Wand in ihrem Wohnzimmer leer. Sie ließ die Wand bordeauxrot ausmalen, wie im kunsthistorischen Museum. Sie ließ ihr unvollendetes Porträt in einen kitschigen Goldrahmen mit Schnörkeln fassen, hängte es in die Mitte der Wand und ließ es mit Spots beleuchten.

Leander versteht immer noch nicht, was alle an diesem Bild finden, aber ich kann mich der Faszination auch nicht entziehen. Vielleicht, weil es halb fertig und unter tragischen Umständen entstanden ist, vielleicht, weil es Jonas' letztes Bild ist, vor allem aber, weil es die Wucht dieser Frau zum Ausdruck bringt, ihre Größe und Großspurigkeit, ihre Schönheit, aber auch ihre Einsamkeit. Da hing das Bild dann über den Sommer und der Drill Sergeant kam regelmäßig zu Besuch – Leanders Fantasien, was ihr Verhältnis angeht, sind ziemlich üppig (ich hasse es, wenn er Dinge sagt, von denen ich rot werde, aber ich habe ihn im Verdacht, dass er es mag, wenn ich rot werde). Jedenfalls stellt er sich vor, wie der Drill Sergeant nackt und mit der Ausstrahlung eines Kartoffelsacks auf ihrem Fauteuil liegt, die aufgepumpten, bleichen Arme unter dem Nacken verschränkt, und das halb fertige Gemälde mit den dicken Brüsten betrachtet, während sie seinen Schwanz nach allen Regeln der Kunst bearbeitet.

„Diese Frau, Lila ... ich sage dir ... ich glaube, wenn die richtig loslegt, kannst du nicht mehr klar denken", sagte Leander. Er lag, die Arme im Nacken, in meinem Bett und sah verträumt an die Decke.

„In so einer Situation kannst du doch kein Bild mehr richtig beurteilen. Der Drill Sergeant schon gar nicht." Ich küsste ihn auf die Brust und sah ihn an und musste lachen. Er schlang sein langes Bein um mich und legte mich auf den Rücken. Leander ist so voller Leidenschaft. Egal, ob er etwas gut oder schlecht findet, ob er sich über etwas aufregen muss oder vor Begeisterung fast durchdreht, emotional wird er immer.

An seinen eigenen Bildern, die seiner Meinung nach nie fertig sind, hat er immer etwas auszusetzen. Er betrachtet sie wie aus Jonas' Augen und bringt all diese Totschlagargumente, gegen die man so schlecht etwas sagen kann: Jonas wäre damit auch nicht zufrieden. Jonas hätte dieses gemacht. Jonas hätte jenes gemacht.

Jonas hätte das Bild auf jeden Fall übermalt und neu begonnen. Jonas hätte ein anderes Format gewählt. Jonas hätte das nicht in Öl, sondern in Acryl gemalt.

Der Drill Sergeant jedenfalls fand dieses unfertige Bild so gut, dass er unbedingt wissen wollte, wer es gemalt hatte. Wochenlang lag er Oswalda damit in den Ohren. Eisern hielt sie ihr Versprechen und verriet nichts. Aber dann verlor sie eine Wette gegen ihn (Leander vermutet etwas Unanständiges). Die Namen der Maler verriet sie immer noch nicht, aber sie erlaubte dem Drill Sergeant, ein Foto des Bildes der Galeristin Sabine Habermas zu zeigen, und obwohl sie nur ein Foto sah, kippte sie fast aus den Latschen (wie Leander sagen würde). Habermas wollte das Gemälde unbedingt sehen und besuchte Oswalda. Um sich ganz sicher zu sein, nahm sie einen ihrer besten Kunden, Oskar De Jong, mit. Und weil De Jong aussah wie Bud Spencer und Oswalda Bud Spencer verehrte, ließ sie sich von seinem Charme einlullen und verriet die Namen der Maler dann doch.

Hinterher ging alles ziemlich schnell. Anfangs wehrte sich Leander noch. Er beteuerte, an dem Gemälde von Oswalda nicht viel gemalt zu haben. Aber schließlich zeigte er ihr seine eigenen Bilder und die fand Sabine Habermas noch besser. Sie nahm ihn unter Vertrag und begann die Ausstellung zu planen. Sie stellte Leander einen Garagenraum als Atelier in ihrer Galerie zur Verfügung und eine Auswahl großflächiger leerer Leinwände. Alle mindestens zwei mal drei Meter groß. Da war es um ihn geschehen. Er sah die Leinwände und wusste, was er tun würde. Noch am gleichen Tag verließ er die Schule und verzichtete auf einen Abschluss. Sein Vater fand diese Entscheidung falsch. „Kannst du dich bitte einmal daran zurückerinnern, als du in meinem Alter warst? Hättest du nicht genau die gleiche Entscheidung getroffen? Wenn ich will, kann ich die Matura später immer noch nachholen."

Sein Vater gab keine Antwort. Er verließ die Wohnung und suchte Trost in seiner Stammkneipe. Wendy holte ihn raus und sagte ihm ihre Meinung. Ich war mit Leander in seinem Zimmer und hörte, was für eine Power diese Frau hat, wenn ihr etwas wichtig ist, und wie sehr sie für Leander kämpft.

Seither kann er tagsüber malen und nachts schlafen. Ich sitze wieder allein in der letzten Bank. Aber solange ich ihn abends und am Wochenende sehen kann, bin ich glücklich. Oft besuche ich ihn in seinem Atelier und versuche zu lernen oder meine Aufgaben zu machen. Das gelingt mir meistens nicht. Ich werde nicht satt davon, ihm beim Malen zuzusehen. Er tanzt mit den Farben.

Der Mürbteig wehrt sich, verknetet zu werden. Ich gebe noch ein wenig Butter dazu. Onno kommt herein, will eine Pflaume stehlen und merkt, dass sie gefroren ist. „Schwester!", stöhnt er, reißt den Kühlschrank auf, nimmt sich ein kaltes Würstchen, setzt einen dicken Tupfer Ketchup drauf und steckt es sich in den Mund. „Wann geht'n das los heute Abend?"

„Um sieben."

„Wusste ich's doch. Sarah will schon um sechs dort sein. Sie sagt, da kommen VIPs. Aber das kann sie so was von vergessen …" Mürrisch knurrend verlässt er die Küche. Sarah und Onno! Ich werde es nie begreifen. Die beiden passen überhaupt nicht zusammen. Inzwischen bin ich ihr nicht mehr böse. Aber lustig war es nicht, als wir herausfanden, dass sie Leander angelogen hat, damals am Lagerfeuer.

Die Geschichte war die: Leander verliebte sich in mich, als er mich das erste Mal sah. Ich war mit Tristan, Onno, Yannick und Dragan unterwegs. Wir machten mit den MÖRVs ein paar Roofies (Tristan hatte sich einen Postschlüssel nachmachen lassen und Onno hatte mich überredet mitzukommen). Es war aufregend, mit dem Schlüssel durch Treppenhäuser auf Dächer zu klettern und Maulwürfe auf Kamine zu sprühen. Tristan war nett, er wusste, dass ich nicht gut sprayen kann, aber er ließ mich machen, weil er mich verehrte (besser gesagt meine Haare). Nach der Aktion auf den Dächern bekamen wir Hunger und gingen zu Arsim. Weder Leander noch Jonas waren zu sehen und ich musste dringend meine Hände waschen. Dabei beobachtete mich Leander. Scheinbar begegnete er mir immer wieder. Er war draußen am Donaukanal, als Tristan das Fotoshooting mit den Models hatte. Ich bekam nur die Jack-London-Version von Leander zu Gesicht. Er kriegte mit, dass ich mit Tristan zusammen war. In jener Septembernacht, als wir uns im Wald verirrten, wusste er nicht, ob ich immer noch mit Tristan zusammen war. Er hätte mich fragen können. Aber das traute er sich nicht.

In der First-Hütte, zwischen all den anderen, und mit den geprellten Rippen, konnte er nicht schlafen. Er setzte sich ins Freie vor die Glut des Lagerfeuers und rauchte. Sarah kam und versuchte ihn anzumachen. Sie hatte zwar keine Chance, aber er nützte die Gelegenheit, um sie auszuquetschen, und fragte, ob ich noch mit Tristan zusammen sei. Und was sagte sie ... diese ... ich verkneife mir, was ich denke ... sie sagte, dass ich natürlich noch mit Tristan zusammen wäre. Sie fand großen Gefallen daran, Leander Lügengeschichten über die traumhafte Beziehung zwischen mir und Tristan aufzutischen. Einen gemeinsamen Urlaub hätten wir geplant. Wir seien schon zusammen in Prag und Paris und sonst noch wo gewesen.

Alles nicht wahr. Ich hatte Tristan nie wirklich geliebt. Er war überhaupt nicht mein Typ. Aber ich hatte mich von seinen Komplimenten einwickeln lassen. Er war mein erster Freund gewesen. Und dann gleich einer, der sieben Jahre älter war als ich und den viele bewunderten. Plötzlich nahmen die Leute auch mich ernst und das hatte mir gefallen. Seine arrogante Art gefiel mir weniger. Davon aber erzählte Sarah nichts. Sie erfand unsere große Liebe so eindrücklich, dass Leander beschloss, mich zu vergessen.

Er ging nach Hause und malte die letzten Pinselstriche von dem Bild, das in der Ausstellung die Nummer 36 bekam. Schon viele Tage arbeitete er daran. Er vollendete das, was er Masterpiece nannte, auf dem Papier. Mit Jonas hatte er das nicht mehr geschafft. Das Graffiti im Tunnel war unvollendet geblieben. Das Ölgemälde nicht. Er malte den Tunnel, das Graffiti, den Obdachlosen, den Hund und zwei Sprayer auf der Leiter. Die Idee, all seine Gemälde, die Leinwände, die vollen Zeichenblöcke, die Papierfetzen, Servietten, Bütten und Schnipsel, auf denen er seine Erinnerungen Szene für Szene festgehalten hatte, mitzunehmen, war ihm in der Hütte gekommen. Es erschien ihm der perfekte Ort, um alles, was er den Sommer über mit den chinesischen Pinseln gemalt hatte, aufzuhängen und ein letztes Mal zu betrachten, bevor er sich das Leben nehmen wollte – auch dieses Problem hatte sich mit einem Mal gelöst.

Er nahm die Ölbilder von den Keilrahmen, schichtete sie in zwei große Rollkoffer zwischen dünne Kartonplatten, legte sie zusammen oder rollte sie ein – je nachdem, wie feucht sie noch waren. Die Knicke hatten die Bilder beschädigt. Aber das war ihm egal. Er konnte sie in der Hütte ausbessern.

Der letzte Zug in Richtung Alpen fuhr kurz nach Mitternacht. Er hatte gepackt, selbst den Stofffrosch, den ihm Birgit unter Tränen vermacht hatte, nahm er mit. Seine Eltern waren nicht da. Ein paar Stunden blieben ihm also noch. Er schrieb einen Abschiedsbrief und vergewisserte sich, dass er das Kuvert von Oswalda Herzog bei sich hatte. Das Honorar für das Porträt. Sie hatte es ihm nach der Beerdigung zugesteckt, mit der Entschuldigung, dass es viel mehr wert sei Dreitausend Euro. Er fand es völlig übertrieben. Die Hälfte gab er Birgit. Etwa ein Tausender war im Laufe des Sommers für Farben und Leinwände draufgegangen. Den Rest nahm er mit. Er schleppte schwer. Sein Gepäck (zwei große Rollkoffer, eine Sporttasche, ein Rucksack) verschloss er in mehreren Schließfächern am Bahnhof.

Was er in den noch verbleibenden Stunden mit sich anstellen wollte, wusste er erst nicht. Er ließ sich treiben, fuhr mit der einen und der anderen Straßenbahn, fand in der Innentasche seines Mantels Tickets für den Prater, die ihm seine Eltern zum achtzehnten Geburtstag (den ersten ohne Jonas), einen Tag vor Schulbeginn, als ich gegen die Campylobacter kämpfte, geschenkt hatten, aus lauter Verzweiflung, weil er das Lachen verlernt hatte. Nicht ganz zufällig strandete Leander vor meiner Wohnung, drehte sich eine Zigarette und überlegte sich, ob er klingeln sollte oder nicht.

Als ich aus dem Fenster sah und ihn entdeckte, konnte er nicht mehr zurück, aber sobald wir im Prater waren, wusste er, dass er einen Fehler gemacht hatte. Er wollte fröhlich sein, aber er konnte es nicht. In der Geisterbahn zog er die Reißleine und stieg aus.

Mit Müh und Not schaffte er den letzten Zug, fuhr über Nacht in die Alpen, stieg um in einen Landbus, gab einem Taxifahrer fünfhundert Euro und ließ sich von ihm über eine steile Forststraße, für die man eigentlich eine Genehmigung gebraucht hätte, in die Nähe der First-Hütte bringen. Am Holzkreuz stieg Leander aus, mitten im Wald, mit all seinem Gepäck.

Er verschaffte sich Zutritt zur Hütte, nagelte seine Erinnerungen an die Wände, legte sich aufs Bett und schlief ein paar Stunden. Dann machte er sich an sein letztes, beklemmendes Werk. Das mit den Lichtern des Zuges. Die Lichter kommen direkt auf den Betrachter zu. Ein Gemälde, von dem man sich wie überfahren fühlt, je länger man es betrachtet. Er ließ sich Zeit. Er malte drei Tage und drei Nächte.

Endlich ist der Mürbteig fertig. Ich wickle ihn in eine Folie und stelle ihn in die Kälte. Ich heize den Backofen auf 210 Grad auf. Monika kommt in die Küche und schwenkt drei verschiedene Kleider auf drei verschiedenen Bügeln.

„Das? Oder das? Oder das? Was meinst du?“

Ich hole eine Backform aus dem Schrank. „Die sind alle schön.“ Monika hängt die Kleiderbügel auf den Küchenschrank und kommt auf mich zu. „Lass dich drücken, mein Schatz.“ Ich wische meine Finger in ein Geschirrtuch und lasse mich drücken. Es fühlt sich echt und gut an, wie die Umarmung einer ... meiner Mama. Sie ist uns allen eine große Hilfe.

Wie lange Leander und ich auf dem Waldboden lagen, weiß ich nicht mehr. Irgendwann halfen wir uns gegenseitig hoch und schleppten uns zurück zur Hütte. Onno und Tristan kamen uns entgegen. Sie hatten uns gesucht und sich schreckliche Vorwürfe gemacht. Die beiden fragten nicht viel, sondern halfen uns, Leanders Bilder von den Wanden zu nehmen, während er apathisch auf dem Bett saß und noch nicht bei sich selbst war.

Ich schrieb seiner Mum eine SMS: „Leander ist in Sicherheit. Wir bringen ihn nach Hause.“ Ich war zum Umfallen müde. Leander und ich schliefen auf dem Rücksitz. Wir fuhren durch, hielten nur einmal, um zu tanken. Onno brachte Kaffee und Sandwiches.

Die Szene, als ihn seine Eltern in die Arme schlossen, vergesse ich nie. Onno, Tristan und ich hielten Abstand. Leanders Vater heulte Rotz und Wasser und wollte ihn in die Psychiatrie einweisen. Leander wäre das recht gewesen. Ihm wäre alles recht gewesen. Oder nichts. Er kam mir vor wie eine seelenlose Marionette an Fäden. Er schaffte es nicht, sich zu wehren, man hätte alles mit ihm tun können, aber ich fand das mit der Psychiatrie nicht gut, und Onno und Tristan fanden es auch nicht gut, also riefen wir Monika an. Wir lieferten ihr eine Kurzversion der ganzen Geschichte und baten sie um Hilfe. Sie kam in die Mondscheingasse. Sie redete lange mit seinen Eltern, während Leander schlief. Sie wechselten sich ab und schauten ihm zwanzig Stunden beim Schlafen zu.

Wir fuhren nach Hause. Monika redete mit mir. Sie behandelte mich auf Augenhöhe. Sie machte mir keine Vorwürfe. Sie akzeptierte unsere Liebe und sie half mir, mit den Schuldgefühlen, die ich hatte, einigermaßen fertigzuwerden. Natürlich weiß ich, dass ich keine Schuld an Jonas' Tod habe, aber etwas zu wissen und trotzdem mit seinen Gefühlen klarzukommen, ist zweierlei.

Langsam dämmerte mir, was für eine fantastische Psychotherapeutin Monika ist. Leander vertraut ihr alles an und sie hält dicht, was ich richtig gut finde. Nicht einmal mit Oliver redet sie darüber. (Aber manchmal bin ich schon sehr neugierig, ich warte dann in meinem Zimmer, bis Leander ihr Zimmer verlässt, manchmal sehe ich, dass er geweint hat, aber trotzdem wirkt er nach den Gesprächen mit ihr erleichtert). Leander sagt, dass er sich von keiner anderen Therapeutin, mit der er es bisher zu tun hatte, so verstanden fühlt wie von ihr.

„Du backst Kuchen?“, fragt sie. Ich nicke.

„Das hat meine Oma auch immer gemacht.“

„Ich weiß.“ Ich fette die Backform mit Butter ein und streue gemahlene Haselnüsse drauf. Dann rolle ich den Mürbteig rund und dick aus, lege ihn in die Backform und steche den Teig mit einer Gabel ein. Ich teile die Pflaumen und belege den Teig. Auf der unteren Schiene backe ich den Teig dreißig Minuten. Währenddessen ziehe ich mich um.

Ich bin nervös. Es klingelt an der Tür. Ich öffne. Leander steht vor mir. Er trägt einen schwarzen Pullover, eine dunkelgraue, schmal geschnittene Hose und darüber seinen dunklen Mantel. Sein schwarzes Haar schillert. Nie hat er besser ausgesehen. Er betrachtet mich und muss lächeln, ehe er mir Mehl von der Nase küsst.

„Oh. Ich bin gleich fertig. Komm rein!“

„Der Herr Künstler, meine Verehrung!", ruft Oliver und erblasst, als er ihn sieht.

„Hallo", verlegen gibt Leander ihm und Charly die Hand. Wir gehen alle in die Küche.

Charly öffnet den Kühlschrank. „Kleines Beruhigungsbierchen?" Er hat sich zwar sein bestes weißes Hemd angezogen, sieht aber trotzdem insgesamt verknittert aus.

„Danke, lieber nicht", sagt Leander.

Charly öffnet sich eine Flasche, prostet Leander zu und nimmt einen Schluck.

„Wenigstens dein Hemd hättest du bügeln können", zetert Monika und räumt den Inhalt ihrer Handtasche auf den Küchentisch. Charly sieht erschrocken an sich herab und streicht sich das Hemd über den Bauchansatz.

„Findest du auch, ich sollte mein Hemd bügeln?", fragt er Leander. Der lacht. „Auf keinen Fall."

Ich pinsele warmes Johannisbeergelee auf die Pflaumen. Onno kommt herein und duftet, als sei er ins Rasierwasser gefallen. Alle rümpfen die Nase, keiner sagt etwas. Onno und Leander begrüßen sich wie alte Kumpel. Onno schaut mir über die Schulter. „Was ist das denn?"

„Johannisbeergelee."

„Hör mir auf mit Johannisbeer", sagt Onno. „Kannst du dich an Tristans Experimente erinnern?"

Ich winke ab.

Leander tritt hinter mich, steckt seinen Zeigefinger in das Gelee und leckt daran. „Jonas war so was von scharf auf das Zeug ... du heilige Scheiße, er hätte dich geliebt für diesen Geschmack ... von was für Experimenten redet ihr da eigentlich?"

Ich schiebe Onno und Leander von mir weg; die sollen sich um ihr Bier kümmern und mich meinen Kuchen fertig machen lassen.

„Tristan hatte ein irres Rezept für Johannisbeerdrops, wollte damit die Mörderkohle machen, hat mit einem tschechischen Kumpel mächtig herumexperimentiert", sagt Onno.

„Na bravo", sagt Charly und stöhnt.

„Und? Was für Zeug war so in diesen Drops?", fragt Monika kopfschüttelnd und räumt Geldtasche, Lippenstift, Autoschlüssel, Taschentücher, und was sonst noch auf dem Haufen lag, zurück in ihre Handtasche.

„Was weiß ich", sagt Onno, nimmt einen Schluck von Charlys Bier und rülpst. „Shit hat er halt reingepanscht, und je nach Lust, Laune und Lieferung LSD, Amphetamin, Ecstasy, keine Ahnung, was noch alles."

Ich reiße eine Packung Mandelblättchen auf.

„Wie bitte?", fragt Leander und sinkt auf einen Küchensessel. Ich stecke mir ein Mandelblättchen in den Mund. Wir tauschen Blicke und wissen plötzlich beide, warum Jonas schreiend aufgewacht war und glaubte, in seinem eigenen Bild die bewegten Augen von Wang Xizhi zu sehen. Jonas war high von den Johannisbeerbonbons, die ihm Tristan untergejubelt hatte. Auch ein Grund, weswegen ich nicht mehr mit ihm zusammen sein konnte. Bei Tristan weiß man nie, was er im Hintergrund alles am Laufen hat. Leute ohne ihr Wissen high zu machen ging gar nicht. Bei nächster Gelegenheit würde ich mit ihm reden. Ich gieße Öl in eine Pfanne und röste die Mandelblättchen.

„Dieser Wichser", murmelt Leander.

Ich gehe zu ihm und flüstere: „Ohne diese Drops wäre Jonas niemals auf die Idee gekommen, Tagebuch zu schreiben, und ich hätte dich nie gefunden." Ich küsse ihn hinters Ohr. Leander lächelt. Die anderen schauen peinlich berührt in alle Richtungen. Ich streue geröstete Mandelblättchen auf den Kuchen. Charly will ihn probieren und ist beleidigt, als ich ihm sage, dass der für später ist. Dann gehen wir.

Bevor wir in die Galerie fahren, will Leander noch einen Abstecher zu Arsim machen. Döner will er diesmal keinen. Er bezahlt seine Schulden. „Hat doch nicht zehn Jahre gedauert“, sagt Leander.

Arsim bringt den Mund nicht mehr zu. Das mit Jonas hat sich längst bis zu ihm herumgesprochen. Er sucht nach Worten, findet aber keine und Leander gibt zum Ausdruck, dass er ohnehin keine hören will. Schweigend macht er kehrt. „Ciao, Arsim“, sage ich. Entgeistert hebt er die Hand und schaut uns betroffen hinterher.

Die Galerie Habermas befindet sich in der Nähe des Tiergartens. Ein abweisender, brutalistischer Betonbau mit Sehschlitzen. Das einst private Wohnhaus stand lange leer. Es wurde nicht beheizt, also froren die Leitungen ein und die Radiatoren platzten. Korrosion und der Abriss drohten. Kaufen wollte das Haus niemand. Aber Architekten sahen in dem undurchdringlichen Bunker einen Schatz der Moderne. Experten liefen Sturm. Sabine Habermas, deren Vorfahren mit einer Nudelfabrik ein Vermögen verdient hatten, kaufte das Haus und beherbergt dort seither ihre Galerie, Ausstellungsräume und in der Garage ein Atelier für einen zeitgenössischen Maler, an dem sie gerade Gefallen fand. Leander ist begeistert von der Atmosphäre. Klare Strukturen. Große Räume. Kein Schnickschnack. Er mag Beton.

„Ach, wenn ihr wüsstet, wie die Kunstszene nach neuen, unentdeckten Künstlern dürstet“, erklärte Sabine Habermas, die ihr Glück, Leander entdeckt zu haben, noch gar nicht glauben kann. Leander hat auch Glück. Sabine Habermas ist eine ruhige Frau mit einem weit verzweigten Beziehungsnetz zu Kuratoren, Kunden, Kritikern, Künstlern und Kollegen. Und die treffen der Reihe nach alle ein. Dazwischendrin unsere Leute: Onno, Sarah, Müni, Tristan, Dragan und das halbe Priesterseminar. Unser Mathelehrer, Professor Berg, Herr Mathis, Miss Rush und die Schöne Carmen kommen herein. Ich will mich zuerst von ihnen abwenden, aber Leander geht auf sie zu, begrüßt sie und bedankt sich. Eingeschüchtert wenden sich die Lehrer den Gemälden zu. „Er war mein Schüler", wird der Berg nicht müde, jedem zu sagen, der ihm in die Quere kommt.

„Oh nein, nicht der auch noch. Dir bleibt wirklich nichts erspart", sage ich, als ein glatzköpfiger Mann mit extravaganter Brille hereinkommt und sofort interviewt wird.

„Wer ist das?", fragt Leander.

„Du machst Witze, oder?" Fassungslos schaue ich ihn an, aber offensichtlich weiß er wirklich nicht, wer der Mann ist.

„Das ist Dr. Suchanek. Tristans Vater."

„Und? Muss man den kennen?"

„Du warst wirklich in einer anderen Welt unterwegs", stelle ich nicht zum ersten Mal fest. Leander hat nichts, aber auch wirklich nichts von dem mitbekommen, was sich seit Mai außerhalb seines Kopfes ereignet hat. „Suchanek war in einen riesigen Steuerskandal verwickelt." Ich sehe Leanders ahnungslose Miene und muss lachen – über viele Monate hat es in den Medien kaum ein anderes Thema gegeben als Suchaneks zweifelhafte Offshore-Geschäfte mit seinen vielen Firmen. „Was denkst du denn, wem die alte Papierfabrik gehört und wer Tristans Leben finanziert? Das ganze Material und den Transporter? Natürlich kann Tristan was. Der hat schon Talent, aber dass er so viele lukrative Aufträge bekommt, dafür sorgt sein Vater. Wenn mich nicht alles täuscht, gehört ihm auch das Gebäude mit der Urban-Priest-Gallery." Leander ist platt. Unverhohlen schaut er zum alten Suchanek und kann es nicht fassen, wie er sich getäuscht hat. Ich bin froh, dass ich die fertige Ausstellung schon mehrmals zuvor gesehen habe. Sabine Habermas und Leander haben sich viel Mühe gemacht, jedes Gemälde ins richtige Licht zu setzen. Er ist den Deal mit ihr nur unter der Bedingung eingegangen, dass sie Jonas' Tod nicht zum Thema machte. Er hat keine Lust, in einem Gratisblatt in der U-Bahn oder auf einer Plattform eine schicksalstriefende Schmonzette über sich und seinen toten Freund zu lesen. Wir hoffen, dass das auch so bleibt. Nur die engsten Freunde wissen, was passiert ist. Niemand sonst ahnt, wie autobiografisch die Szenen wirklich sind, die man auf seinen Gemälden sieht.

Ich lasse Leanders Hand los. Er braucht sie, um viele andere Hände zu schütteln, trotzdem möchte er, dass ich in seiner Nähe bleibe. Und so lerne ich lauter Menschen kennen, die teilweise selbst so aussehen, als seien sie Gemälden entsprungen. Sabine Habermas stellt uns all die Kritiker, Kenner, Sammler und Künstler vor: Winter Winetzki, Fidel Spörri, Hiltrud Teufel-Bruckbauer, Mizzi Langer, Oskar De Jong, Harald Grünberg, Eckehard Spieß und Dr. Frederik Scharitzer. Es ist anstrengend. Aber Leander hält sich gut. Mit ungläubiger Miene hört er sich an, was andere in seine Bilder, die bereits alle verkauft sind, hineininterpretieren. Der Kunsthistoriker Eckehard Spieß hält die Vernissagerede. Ich bin erstaunt, was für hochgeschraubtes Vokabular diese Kunstleute draufhaben, und verstehe nur die Hälfte der komplizierten Sätze, die Spieß selbst am meisten zu lieben scheint.

„Heilige Scheiße", flüstert Leander stöhnend neben mir, als es vorbei ist. Es vergehen noch zwei Stunden, bis er all die Fragen der Journalisten und der Interessierten abgearbeitet hat. Überall Fotoapparate. Blitzlichter. Hier ein Selfie. Dort ein Erinnerungsfoto mit der Schönen Carmen und ein Promifoto mit dem alten Suchanek, das bestimmt in vielen Medien zu sehen sein wird. Dann endlich klingt der offizielle Teil langsam aus.

Der kleine Herr Alfred steht vor einem ungerahmten Bild, nur eine Notiz auf einem Schulblock, darauf ist Herr Alfred selbst zu sehen: So groß wie ein Bleistift läuft er über den Schreibtisch im Himmelszelt.

„Das hast du gut hingekriegt", sagt Herr Alfred und hebt sein Glas Rotwein. „Danke", sagt Leander. Zu dritt wenden wir uns der nächsten Arbeit zu.

Herr Alfred steht in einem Farbwirbel, darin angedeutet chinesische Zeichen, die verzerrten Umrisse von einer finsteren Figur, die Wang Xizhi sein könnte, die Schatten der fünf ermordeten Töchter, lodernde Haare und ein Tupfer Jadegrün, der die Szene zusammenhält. Das Gemälde ist nicht verkäuflich. Leander gefällt es nicht, aber Sabine Habermas wollte es unbedingt in die Ausstellung hineinnehmen.

Verlegen zupft Herr Alfred die Fliege auf seinem Adamsapfel zurecht.

„Es passiert nicht oft, dass die Leute meine Märchen glauben." Er räuspert sich und erzählt.

Die originalverschweißte Schatulle, die keineswegs aus Jade, sondern aus Plastik war, fand er in einem Nachtkästchen eines Nachlasses. Er packte die Schatulle aus. Darin lag zusammengefaltet die abgedruckte Geschichte von Wang Xizhi. „Es ist verrückt, was sich diese Werbemenschen einfallen lassen, nur um den Verkauf eines Produktes zu steigern, aber ich muss zugeben, auch mir hat die Vorstellung von einem Leben hinter den Bildern gefallen. Den Zettel habe ich weggeworfen. Die Schatulle habe ich behalten." Er nimmt noch einen Schluck Rotwein und leckt sich die Oberlippe ab. „Kurz nach eurem gemeinsamen Besuch im Priesterseminar kam Jonas noch einmal allein zu mir. Er wirkte so entschlossen und war bereit, alles zu tun, um diese Schatulle zu kriegen. Ich kann es euch nicht in Worten erklären, aber mit dem, was ich heute weiß, könnte ich behaupten, er ahnte, dass etwas passieren würde." Leander hängt dem kleinen Mann an den Lippen. „Was soll ich sagen ... er stand da vor mir, brennend vor Leidenschaft und Begeisterung ... er hat es auf alle Arten versucht, er hat sich zuerst auf die Kunst berufen, aber ich blieb stur und wollte die Illusion nicht zerstören. Dann sagte er, dass er dir eine Freude machen will, weiter nichts, einfach nur ein Geschenk für seinen besten Freund, ohne Anlass, einfach so ... das hat mich angerührt. Ich habe ihm erklärt, dass die Schatulle ein chinesisches Massenprodukt ist, das man im Internet bestellen kann. Jonas hörte gar nicht mehr auf, sich zu bedanken. Er sah so glücklich aus, als er ging ... du meine Güte.“ Herr Alfred muss zwinkern, leert mit einem großen Schluck das Glas und meidet den Blickkontakt mit Leander.

Jonas bestellte die Schatulle über einen chinesischen Internetversand. Er kreuzte „Send as a gift“ an und gab als Lieferadresse die von Leander an. Drei Wochen nach der Beerdigung kam das Paket mit der Post, an einem Tag, der so düster war, dass Leander nicht wusste, wie er ihn überleben sollte. Er fiel fast in Ohnmacht, als er die Schatulle auspackte und darin eine Geschenkkarte fand, auf der stand: „Have fun! Jonas“

„Weißt du, Leander, es gibt Menschen, die wünschen sich ihr ganzes Leben lang einen besten Freund und kriegen keinen. Immerhin hast du mal einen gehabt“, sagt Herr Alfred mit gläsernem Blick.

Leander nickt, wendet sich ab und lässt uns stehen. Herr Alfred erschrickt und sieht mich Hilfe suchend an. „Habe ich etwas Falsches gesagt?“

„Nein“, sage ich.

„Da ist er ja, der große Künstler! Leander, komm, Eugen möchte dir unbedingt die Hand schütteln.“ Oswalda Herzog, eingewickelt in ein himbeerrotes Kleid mit scharfem Ausschnitt, hakt Leander unter und schleift ihn durch die Halle.

„Ach du Schande, die schleppt ihn doch nicht wirklich zum Drill Sergeant“, stöhnt Onno in meiner Nähe und ist damit beschäftigt, ein Tablett mit Häppchen leer zu fressen. „Die kennt keine Gnade. Lila, du musst ihn retten!“

Ich folge den beiden und beziehe Stellung mit ein paar Schritten Abstand. Ich erwarte peinliche Handshakes, verlegene Worte, falschen Small Talk, verlogene Komplimente. Aber Leander ist cool. Während dem zappelnden Lehrer der Schweiß von der Stirn rinnt und der enge Anzug unter seiner Muskelfülle zu platzen droht, reicht ihm Leander die Hand und nagelt ihn gleichzeitig mit seinem intensiven Blick fest.

Diesem Blick hält der Lehrer nicht stand, er sieht an ihm vorbei sein Adamsapfel bewegt sich nervös, er schluckt mehrmals und murmelt dann: „Ich muss mich entschuldigen. Ich habe euch völlig unterschätzt."

Leander nickt. „Danke."

Oswalda hält die Spannung zwischen den beiden nur schwer aus und plappert drauflos. Leander hört noch kurz anstandshalber zu und wendet sich dann ab, worüber der Drill Sergeant sichtlich erleichtert ist. Leander zieht mich hinter eine Stellwand und küsst mich. Ich spüre, dass er zittert.

„Leander?"

Hinter mir steht ein Mann mit einer starken Brille. In der Hand hält er drei Gläser.

„Ich dachte mir, nach all dem Stress könntet ihr vielleicht einen Schluck vertragen." Leander lässt von mir ab und fällt dem Mann um den Hals. Ich schaffe es gerade noch, ihm das Bier abzunehmen, bevor es hinunterfällt.

Leander wischt sich über die Augen und sagt heiser: „Das ist Michael ... Palmer." Er muss schlucken.

„Ich bin der Vater von Jonas", kommt er ihm zu Hilfe. „Und du musst Lila sein. Die große Retterin. Danke, Lila!" Als er mich drückt, muss ich auch schlucken. Michael reicht uns Getränke. Wir stoßen an und trinken. „Kommt doch mal vorbei bei mir ... Ich hab ein echtes Welte Mignon Klavier aus dem Jahr 1925 reingekriegt, ein selbst spielendes Klavier. Man muss nur eine Notenrolle einlegen. Die besten Pianisten der damaligen Zeit spielten für dieses Klavier Stücke ein, Debussy, Grieg, Horowitz. Ich habe etliche der Rollen bei mir zu Hause." Er blickt an uns vorbei und lächelt verlegen. Leander und ich drehen uns um. Eine brünette Frau mit Sommersprossen steht hinter uns und scheint auf etwas zu warten. „Das ist Eva."

„Viel von dir gehört", sagt Eva.

„Kann nichts Gutes sein", sagt Leander; ich kann die Schuldgefühle schmerzhaft fühlen, mit denen er sich quält.

Michael beugt sich zu ihm und flüstert ihm etwas ins Ohr.

„Nein." Leander geht fast in die Knie. „Und wann?"

„Ende April", sagt Michael und legt Eva eine Hand um die Taille. Ich kann die kleine Wölbung unter ihrem Kleid sehen. „Wir können doch damit rechnen, dass du der Patenonkel von Jonas' kleinem Bruder wirst?"

Leander macht keinen guten Eindruck mehr. Er nickt und er kann es kaum glauben und er freut sich und löst sich nur deswegen nicht komplett in Tränen auf, weil immer noch zu viele Leute da sind.

In einer Ecke, ziemlich verlassen, stehen Leanders Eltern. Seine Mum trägt einen roten Sari. Sie sieht wunderschön aus und wirkt trotzdem verloren. Neben ihr steht sein Vater mit einem Mineralwasser und sieht verstohlen in unsere Richtung. Leander seufzt. Dann nimmt er mich an der Hand und wir gehen zu ihnen. Nach ein paar Worten lasse ich die drei allein. Sie müssen reden.

Als wir die Galerie verlassen, ist es zwei Uhr morgens. Eiskalter Wind schlägt uns entgegen. Leander stellt den Kragen seines Mantels auf und zündet sich die Zigarette an, die er sich vor sieben Stunden gedreht hat. Ich sehe zu ihm hoch.

„Was ist?", fragt er.

„Ich versuche herauszufinden, wie's dir geht."

Er hüllt sich in Rauch und zuckt mit den Schultern. „Ich hab mir von allen Seiten erklären lassen, was in meinen Bildern steckt und was ich mir dabei gedacht habe. Sehr interessant. Jeder wusste es besser." Er nimmt einen tiefen Zug. Der Tabak knistert.

„Zweifelst du?"

„Nein. Es ist das, was ich mir immer gewünscht habe, vom Malen zu leben. Ich glaube, das kriege ich hin, aber du weißt, warum ich diese Bilder gemalt habe ... bestimmt nicht, um damit Geld zu verdienen."

„Ich weiß."

Leander hat die Bilder gemalt, um die letzten paar Wochen mit Jonas ein zweites Mal zu erleben. Er redete sich ein, die chinesischen Pinsel, die ihm Jonas geschickt hatte, seien magisch. Er ging in seinen Erinnerungen auf. Er vergaß zu essen. Er vergaß zu trinken und zu schlafen. Allein in seinem Zimmer malte er eine Szene nach der anderen, während das Omegahoch die Stadt unter einer Hitzeglocke festhielt. Er ließ sich jeden Dialog mit Jonas ein zweites Mal auf der Zunge zergehen. Seine Einbildungskraft war so groß gewesen, dass er dachte, er könne der Zeit ein Schnippchen schlagen. Anfangs nahm er sich vor, nur die guten Erinnerungen zu malen, aber bald merkte er, dass die Verfolgungsjagd mit seinem Vater ebenso dazugehörte wie die demütigenden Erlebnisse im Priesterseminar mit Tristan. Alles bekam seinen Platz, sogar der einzige Streit, den er je mit Jonas hatte. „Ich konnte das nicht ausblenden. Ich musste malen, wie gekränkt Jonas war, wie verlassen er im Tunnel am Geländer saß und nicht mehr mit mir reden wollte, weil ich ihn angelogen hatte. Damals dachte ich tatsächlich, dass es nichts Schlimmeres geben könnte, als mich mit ihm zu streiten ..."

„Und jetzt?"

„Jetzt gibt es noch etwas, das ich tun muss", sagt er. „Aber ich glaube, ich muss es alleine tun."

Ich nicke. Muss ich Angst um ihn haben? Er scheint meine Gedanken zu erraten. „Mir passiert nichts, keine Sorge. Wir sehen uns morgen, ja?“

„Na dann.“

Wir küssen uns. Er geht in die eine Richtung. Ich ahne, was er vorhat, und gehe in die andere Richtung, zu mir nach Hause.

Ich versuche zu schlafen, aber ich kann nicht. Was, wenn ich mich täusche? Was, wenn wir uns alle täuschen und er doch nicht so stabil ist? Ich schicke ihm eine Nachricht. Dann noch eine. Keine Antwort. Immer wenn er arbeitet, ist er offline. Das weiß ich. Und trotzdem. Die Stunden ziehen sich. Ich probiere es erneut. Ich versuche ihn anzurufen. Meine Angst wird größer. Ich male mir die schlimmsten Dinge aus. Soll ich meine Mutter wecken? Soll ich selbst losziehen und ihn suchen? Ich bin es leid, mich sinnlos im Bett zu wälzen, setze mich auf und reibe mir die Augen. Auf dem Fenstersims liegt Schnee. Fünf Uhr morgens. Völlig erledigt sinke ich zurück in mein Bett und starre die Wand an.

Dann endlich gibt mein Handy einen Ton von sich und versetzt mir einen Schlag. Gute oder schlechte Nachrichten? Ich habe Angst, etwas Schlimmes zu lesen. Langsam hebe ich das Handy vor meine Augen: „Ich würde dir gern was zeigen. U-Bahn-Station Kettenbrückengasse. Grüne Leiter hinunter in den Kanal. Ich hol dich ab, wenn du da bist. LL.“ Mir fällt ein Stein vom Herzen. Halb weinend, halb lachend ziehe ich mir rasch etwas Warmes an und verlasse die Wohnung. Er braucht mich nicht abzuholen. Ich weiß, wo ich ihn finde.

Als ich im Tunnel ankomme, klettert er gerade eine Teleskopleiter herunter und wischt sich die farbigen Hände in die schmutzigen Jeans. Er wirft eine Spraydose in einen großen Koffer voller Dosen, kreist seine Schultern, streckt seine Arme und lächelt, als er mein Gesicht sieht. Atemwolken kommen aus meinem offenen Mund, als ich sein soeben vollendetes Masterpiece betrachte. Ich bringe kein Wort über die Lippen. Ohnehin würde kein Wort das treffen, was ich sehe. Er küsst mich, läuft an mir vorbei und gibt einem Obdachlosen, den er Karl nennt, hundert Euro, weil der ein halbes Jahr darauf aufgepasst hat, dass niemand die Tunnelwand berührt.

„Er hat gewusst, dass du wiederkommst, früher oder später", sagt der Obdachlose zahnlos. Ich muss mich konzentrieren, um ihn zu verstehen.

„Wer? Wer hat das gewusst?", fragt Leander.

„Jonas. Ich soll dir schöne Grüße von ihm ausrichten. Du sollst was machen aus deinem Leben. Man hat nur eines."

„Er war hier? Wann?", fragt Leander.

„Gestern. Heute. Morgen. Übermorgen. Wer weiß das schon. Uns kommen eine Menge Leute besuchen, nicht wahr, Oski?" Ohne uns weiter zu beachten, legt er sich zur Seite, umarmt seinen Hund und schläft ein.

Leander und ich verlassen den Tunnel. Schnee liegt auf den Straßen. Wir gehen nach Hause. Pflaumenkuchen essen.

„Die Farbe hat mich.
Ich brauche nicht nach ihr zu haschen.
Sie hat mich für immer.
Das ist der glücklichen Stunde Sinn:
Ich und die Farbe sind eins. Ich bin Maler."
Paul Klee